Helgard Klein

Der Goritschnigg

Die Toten vom Wörthersee

Das Buch

Ein Strafgefangener wird von der Pathologin des LKH Klagenfurt als ‚verstorben' von der Internen Abteilung abgeholt. Beide kommen jedoch nie in der Pathologie an. Die Medizinerin wird noch am gleichen Tag im Wörthersee treibend aufgefunden, der Häftling einen Tag später. Je mehr der unkonventionelle und lässige Chefinspektor Goritschnigg von der Klagenfurter Kriminalabteilung den Fall untersucht, umso rätselhafter wird er. Auch als die Schwester der Medizinerin aus Russland auftaucht, führt das nicht zu mehr Klarheit, sondern wirft zusätzliche Fragen auf. Haben die Todesfälle mit dem verschwundenen Großvater der beiden Frauen zu tun oder geht es um die Tochter der Pathologin, die ebenfalls abgängig ist? Als ein weiterer Toter im Wörthersee aufgefunden wird, blickt Goritschnigg langsam durch, aber erst eine Gegenüberstellung aller Beteiligten führt zu der überraschenden Auflösung.

Die Autorin

Die gebürtige Kärntnerin studierte in Wien Lebensmitteltechnologie und arbeitete zunächst in der Forschung. Später war sie als Handelsunternehmerin tätig und betrieb zuletzt eine Privatschule für Naturheilkunde. In der Pension schreibt sie Romane, Krimis und Kinderbücher.

Helgard Klein

Der Goritschnigg

Die Toten vom Wörthersee

Kriminalroman

Die Handlung dieses Romans ist frei erfunden. Die Namen sind willkürlich ausgewählt. Ähnlichkeiten mit Personen und den meisten Schauplätzen sind rein zufällig. Ausgenommen sind bekannte Lokale, Örtlichkeiten und öffentliche Einrichtungen in Klagenfurt und Umgebung.

Taschenbuchausgabe 2019

Umschlaggestaltung: myMorawa
Umschlagzeichnung: © Stefan Klein

Druck und Verlag: myMorawa von Morawa Lesezirkel GmbH
printed in Austria

Paperback: ISBN 978-3-99084-825-8
Hardcover: ISBN 978-3-99084-826-5
e-book: ISBN 978-3-99084-872-2

Dienstag

„Goriiiiiitschnigg!“

Er fuhr ruckartig hoch, als die Stimme ihn unsanft in die Gegenwart riss. Sie erinnerte ihn an das unangenehme Kreischen der Kreissäge auf dem Hof seines Vaters, dabei war er an diesem heißen Tag gerade so sanft in Morpheus’ Arme gesunken.

„Goriiiiiitschnigg!“

Die Tür wurde aufgerissen und Traneggers Gesicht erschien, hektisch gefleckt und mit geblähter Nase. „Wo zum Teufel steckst du? Wir haben um zwei ausgemacht!“

„Jessas, vergessen, Chef!“ Er sprang behände auf die Beine und wand sich um den Schreibtisch herum, der so nahe an der Wand stand, dass er den Bauch einziehen musste. Ein kurzer Blick in den Spiegel, der über dem Waschbecken hing, ließ ihn vor seinem eigenen Bild erschrecken. Rasch fuhr er sich durchs Haar, das in wilden Locken von seinem Haupt abstand, was aber nicht das Geringste bewirkte.

Der Chef, ein großer, etwas korpulenter Mann mit dunklem Haar, braunen Augen und einem breiten, fülligen Mund, stand mit verschränkten Armen in der Türöffnung. „Mal wieder vor Erschöpfung eingeschlafen, wie? Mal wieder überlastet?“ Er streckte abrupt den Kopf nach vorne wie ein Geier, der sich auf die Beute stürzt und setzte mit zusammengekniffenen Braunen einen vermeintlich stechenden Blick auf, der Goritschnigg augenblicklich zum Lachen reizte. „Oder hast du wieder mal zu tief ins Glas geschaut?“

„Bingo!“ sagte Goritschnigg, „alle drei Vermutungen treffen zu!“

„Na ja, dann bin ich beruhigt. Dachte schon, du bist vielleicht krank.“

„Krank?? Was ist das? Was zum Essen?“

„Lass die Witze! Wir haben einen Fall! Besser – *du* hast einen Fall!“

„Oje, der Tag hat so schön angefangen!"

„Komm, es ist bereits halb drei. Die anderen warten schon. Der Tomaschitz hat einen Toten gefunden."

„Der Tomaschitz findet was? Gerät die Welt aus den Fugen?"

Goritschnigg löste sich von seinem Spiegelbild, nachdem er rasch den Kragen an seinem kurzärmeligen Hemd gerichtet hatte. Er ging mit Tranegger aus dem Raum und den Gang hinunter, vorbei an ehemals weißen Wänden und ehemals weißen Türen, an deren Seiten Schilder angebracht waren mit Namen wie ‚Brandstetter', ‚Weitschacher', ‚Garantschnig', ‚Zawulnig' und ‚Zweigstelle Völkermarkt', das ewige Provisorium, seit in Völkermarkt die Polizeidienststelle abgebrannt war und man beim Neuaufbau auf die Kriminalabteilung verzichtet hatte – mit der Begründung, sie sei in Klagenfurt ohnehin gut aufgehoben.

Fast am Ende des Korridors betraten sie rechter Hand einen Raum, der mit ‚Amtsleitung' gekennzeichnet war. In dem Raum waren zwei Schreibtische gegeneinandergestellt, sodass sich die beiden hier beschäftigten weiblichen Wesen, die sich überhaupt nicht leiden konnten, ständig tief in die Augen schauen mussten. An einem davon saß eine junge Blondine, die von ihrem Computer aufsah und mit einem kurzen: „Ah! Der Kommissar ist auch schon da!" bei Goritschnigg eine Salve imaginärer Kugeln aus einer imaginären Pistole auslöste, was die Dame mit einem: „Schießen kann er zumindest noch!" quittierte. Links ging eine Tür ins Büro des Amtsleiters Kurt Tranegger.

Die beiden Männer gingen auf die rechte Tür zu, die offen stand und in den Besprechungsraum führte. In der Mitte waren Tische der Länge nach zusammenstellt und bildeten mit den sie umgebenden Sesseln einen Konferenztisch. An einer Querwand gab es eine große weiße Tafel, die als Projektionsfläche oder auch als Pinnwand benutzt werden konnte. Es standen diverse Gegenstände herum, die man für Instruktionen, Vorführungen oder Ausbildungsmaßnahmen brauchte. Der Raum konnte mit wenigen Handgriffen in einen Lehrsaal umgewandelt werden.

Drei Männer saßen an einem Ende des Tisches. Neben Anton Smolnig, der ein korpulenter, untersetzter Uniformierter mit feistem Gesicht, dunklem glattem Haar und Schnurrbart war, saß ein langer, dürrer Polizist mit blondem Flaum auf allen Hautpartien, hellem Haar und hellblauen Augen. Er strahlte, als hätte man ihm gerade einen Scheck über zehntausend Euro überreicht. Es war Franz Tomaschitz und der Kollege des Dicken. Sie hatten die Spitznamen ‚Stan und Ollie', was passender nicht hätte sein können.

Der dritte Mann blickte finster drein. Er war groß und kräftig, hatte ein gut geschnittenes, braun gebranntes Gesicht, kurze, dunkle Haare und braune, von dichten Augenbrauen überschattete Augen. Er trug einen schicken grauen Anzug mit Krawatte und blickte missmutig die beiden eintretenden Männer an. Es war Chefinspektor Roland Kopetzky.

„Tommy, du hast eine Leiche *gefunden,* wie ich höre." Goritschnigg hatte sich neben den langen Lulatsch gesetzt. „Wo ist sie denn nun?"

Der Angesprochene grinste womöglich noch breiter: „Im Krankenhaus!"

Goritschnigg fuhr verblüfft zurück. „Du hast eine Leiche im Krankenhaus gefunden? Toll! Was denn für eine Leiche?"

Tomaschitz hörte auf zu grinsen und sah leicht irritiert zu Tranegger. „Sie haben ihm nichts gesagt?"

Tranegger zuckte die Schultern. „Sie sollen es ihm selbst erzählen."

„Also gut, ich habe meine Mutter im Krankenhaus besucht. Sie hat gerade eine Gallenoperation hinter sich und ich wollte kurz mit dem Arzt reden, ob vielleicht Komplikationen zu erwarten ..."

„Deine Mutter in Ehren, aber gleich gibt's Komplikationen mit mir ..."

„Äh, also, wie ich so durch den Gang marschier', steht die Tür zu einem Krankenzimmer offen - die Nummer fünf war's –

und da drin liegt eine Leiche auf einer Bahre. Ich habe gleich gesehen, dass es eine Leiche ist, weil sie gerade zugedeckt wurde."

„Hätte ja auch ein Dieb sein können, der sich versteckt."

„Wie, was? Im *Krankenhaus*?"

„Na, ja, unter so einem weißen Leintuch kann sich alles Mögliche verbergen."

„Nein, nein, es war eindeutig eine Leiche", beeilte sich Tomaschitz zu erwidern, „ich habe *sie* ja schließlich auch gesehen."

„Wen? Die Leiche?"

„Nein, die Pathologin Dr. Lüttje! Das ist mir schon etwas komisch vorgekommen und da hat's bei mir geklingelt."

Goritschnigg antwortete mit Pokerface und tiefer Stimme: „Tatsächlich geklingelt!"

Tranegger konnte nicht an sich halten und verließ ganz rasch den Raum. Nach zwei Minuten kam er zurück und setzte sich. „Tschuldigung, ein plötzlicher Hustenanfall."

„Könnte die sogenannte ‚kalte Bronchitis' sein", sagte Goritschnigg grinsend. „Sehr verbreitet in diesem Sommer." Er ignorierte Traneggers wütenden Blick.

Tomaschitz hob die Augenbrauen: „Die habe ich vorige Woche auch gehabt. Bin sie nur schwer wieder losge..."

Goritschnigg beugte sich genervt vor: „Scheint ja nicht dein Leben gekostet zu haben. Also, was ist dabei, wenn sich die Pathologin um einen Toten kümmert?"

„Weil das der Petrovic war! Ich habe die Pathologin gefragt, wie der Petrovic hierherkommt, aber sie hat nichts weiter gesagt. Ich soll mich an das Krankenhauspersonal wenden."

„Und, hast du?"

„War keins da!"

„Was soll denn das heißen?"

„Die ganze Station war leer, nachdem mich alle schon im Treppenhaus fast umgerannt haben. Da hab ich gedacht, besser Sie oder Chefinspektor Kopetzky sollten sich darum kümmern."

„Mir sagt der Name Petrovic nichts, wieso hat's eigentlich bei dir *„geklingelt"*?" Er sah entschuldigend zu seinem Chef hinüber. „Hast du ihn gekannt?"

Tomaschitz schaute erstaunt Goritschnigg, dann Kopetzky an. „Natürlich, ich habe ihn doch ins Gefängnis gebracht. Im Frühjahr! Ich meine, nicht ich persönlich, das war Chefinspektor Kopetzky, aber ich habe geholfen, ihn aufzuspüren. Da werd' ich mich wohl an ihn erinnern!"

„Oh! Gut, Tommy. Wann war das genau?"

Tomaschitz schaute zu Kopetzky und hob die Schultern. „Irgendwann im März oder April, glaube ich."

„Ich meinte, wie spät war's, als du *heute* den Petrovic gesehen hast?"

„Ach so. Elf Uhr dreiundzwanzig."

Jetzt staunte Goritschnigg. „Wieso weißt du das so genau?"

„Die Uhr im Zimmer meiner Mutter zeigte elf Uhr vierundzwanzig und nachdem ich eine Minute gebraucht hab, um den Gang entlang zu ..."

„T o m a s c h i t z!!! Danke, du kannst gehen!"

Der kleine dicke Smolnig hatte die ganze Zeit über geschwiegen, jetzt sagte er: „Sollen wir unsere übliche Runde ...?"

„Ja, ja, es gibt weiter nichts in der Sache für euch zu tun!" Die beiden Streifenbeamten verließen den Raum.

Kopetzky hatte bisher nichts von sich gegeben, sondern nur finster zu Boden gestarrt, als fürchte er, von dort schreckliche Wesen aus der Vergangenheit aufsteigen zu sehen. Jetzt hob er den Kopf und blickte von Goritschnigg zu Tranegger und wieder retour. Er war erst zwei Jahre hier im Amt, ein ehrgeiziger Wiener, den man ihnen ins Nest gesetzt hatte und der entsprechend unbeliebt war. Niemand hätte sagen können, warum, denn er war weder unfreundlich noch aufdringlich. Er sah einfach immer finster drein, war wortkarg und verschlossen. Nicht dass Jakob Goritschnigg ein Ausbund an Gesprächigkeit oder zugänglicher gewesen wäre, aber das war halt der Goritschnigg, basta. In Kärnten hatten immer schon solche Erklärungen genügen müssen. Deshalb war es ganz selbstverständlich, dass jeder mit einem Problem zuerst zu ihm kam, bevor er jemand anderen auch nur in Erwägung zog. Kopetzky war das vollkommen bewusst und es wurmte ihn oft genug, dass er die zweite Geige spielen musste, obwohl er der bestausgebildete Kriminalbeamte in der Abteilung war. Er hatte Jus studiert, bevor er zur Polizei gegangen war und hatte Kurse über Forensik, Kriminalstrategien, Kriminalpsychologie und auch Schulungen in Amerika besucht. Er sprach perfekt Englisch und einigermaßen Französisch, aber das nützte ihm hier nicht viel. Vor allem aber war er ein Protegé und das verzieh man ihm nicht. Er hatte eine Kärntnerin, Tochter eines Regierungsbeamten, geheiratet und der hatte ihm die Stelle in der Klagenfurter Kriminalabteilung beschafft.

„Was halten Sie davon?" Kopetzky wandte sich an Tranegger, obwohl es Goritschnigg war, der mit Tomaschitz gesprochen hatte. Tranegger war der einzige, mit dem er ‚konnte', denn der behandelte ihn nicht wie einen Aussätzigen.

Tranegger zuckte mit den Schultern: „Der Petrovic sitzt doch in Atschalas, soviel ich weiß. Warum war er überhaupt im Krankenhaus? Woran ist er gestorben? Andererseits ist Tomaschitz halt leider nicht der Hellste. Wer weiß schon genau, was seine Beobachtung wirklich bedeutet. Vielleicht ist es viel Lärm um nichts."

Goritschnigg kratzte sich am Kinn. „Kann natürlich sein. Ein Verbrechen wäre uns gemeldet worden, wenn Petrovic Opfer eines solchen geworden wäre."

„Perfektes Deutsch!" Kopetzky grinste.

„Nicht wahr! Bin ein Naturtalent!", konterte Goritschnigg. „Muss uns die Sache eigentlich etwas angehen?", fragte er seinen Vorgesetzten.

„Nachdem der Tomaschitz sie gemeldet hat, geht sie uns etwas an. Ich finde, du solltest das übernehmen, Jakob, du bist von hier und es fällt nicht so auf!" Kopetzky zog eine säuerliche Schnute und Tranegger beeilte sich, hinzuzufügen: „Das soll kein Affront gegen Sie sein, Herr Kopetzky, aber die Leute hier reagieren ein bisschen ..."

„... allergisch auf Fremde, ich weiß!"

„... zurückhaltender gegenüber Nicht-Kärntnern, wollte ich sagen. Schildern Sie uns bitte kurz, was es mit dem Petrovic auf sich hat."

„Im März dieses Jahres wurden uns von einigen sehr abgelegenen Pfarreien Diebstähle von Statuen und Altartafeln gemeldet. Bei einem dieser Vorfälle wurde der Übeltäter, ein Mann namens Karel Petrovic, von einem Messdiener beobachtet. Dieser rief uns an und wir konnten den Kerl, der sich heftig wehrte und einen unserer Beamten verletzte, dingfest machen. Er wurde rechtmäßig verurteilt und sitzt seitdem im Gefängnis in Atschalas."

„Besserungsanstalt heißt das neuerdings!", sagte Tranegger.

Goritschnigg grinste. „Willst du damit sagen, dass wir dort unsere lieben unsozialen Mitbürger zu nützlichen Mitgliedern der Gesellschaft machen?"

„Natürlich, das gefällt ihnen sogar, deshalb sind viele ja auch Dauergäste und kommen immer wieder."

„Das ist gar nicht so lustig, wie's klingt."

„Sollte auch nicht lustig sein, weil die Wahrheit selten lustig ist."

Kopetzky fuhr fort: „Von mir aus – Besserungsanstalt! Er hat zwei Jahre bekommen, da er keine Einsicht zeigte und nicht bereit war, das Versteck, bzw. die Bezieher der Kunstgegenstände zu nennen."

„Hatte er Komplizen?"

„Vermutlich nicht. Er bestritt es vehement und es gab auch keine Vorfälle mehr, seit er sitzt."

„Gut", sagte Tranegger, „das muss vorläufig reichen. Jakob, frag mal im Gef…, äh, in der ‚Besserungsanstalt' nach, wie's dem Petrovic geht. Dann wissen wir ja gleich, ob der Tomaschitz sich geirrt hat."

Der Direktor des Landesgefängnis wirkte reserviert. Goritschnigg hatte nicht oft mit ihm zu tun, aber so unfreundlich war er ihm noch nie vorgekommen.

„Petrovic hatte heute Morgen einen Anfall von Bauchkrämpfen mit Durchfall, Erbrechen und hohem Fieber. Er wurde sofort ins Krankenhaus gebracht."

„Von der Rettung oder habt ihr ihn transportiert?"

„Die Rettung hat ihn geholt."

„Wann war das?"

„Um zehn Uhr dreißig."

„Haben Sie seitdem etwas von ihm gehört?"

Der Direktor wirkte verwundert; „Nein, sollten wir?"

„Dann wissen Sie also nicht, dass er verstorben ist." Stille am anderen Ende der Leitung. „Sind Sie noch da?"

„Natürlich! Der Petrovic tot? Woher wissen Sie das?"

„Einer unserer Beamten hat ihn unter einem Leichentuch gesehen. Heute am Vormittag. Im Krankenhaus! Interne Zwei!"

Schweigen. Dann: „Und es war eindeutig der Petrovic?"

„Das weiß ich noch nicht. Der Beamte hat ihn nur kurz gesehen, behauptet aber steif und fest, dass er es ist. Die Pathologin, die dabei war, hat nicht widersprochen."

„Heißt das, mit seinem Tod könnte etwas nicht stimmen?"

„Genau das wollen wir ja jetzt herausfinden. Vorläufig bin ich so schlau wie Sie! Noch eine Frage: War ein Beamter dabei, als er mit der Rettung ins Krankenhaus geschickt wurde?"

Wieder Schweigen. Goritschnigg beschlich leichte Ungeduld. „Was ist?"

„Es war ein Notfall und es war niemand abkömmlich. Zwei Beamte sind in Urlaub und einer ist krank …"

„Also Schlamperei! Ich glaube, da gibt es einen Erklärungsbedarf", sagte Goritschnigg und legte auf.

Nachdem er Tranegger das Ergebnis seines Telefonats mitgeteilt hatte, holte er sein Fahrrad aus dem Hof des Polizeigebäudes, schob es durch das Tor auf die Straße und schwang sich darauf. Erleichtert und glücklich, das Polizeigebäude verlassen zu können, fuhr er los. Er liebte es, mit dem Rad durch *seine* Stadt Klagenfurt zu fahren. Deshalb wählte er dieses Verkehrsmittel, wann immer es möglich war. Er fuhr die 10. Oktoberstraße entlang, schob das Rad über den Neuen Platz, dem Zentrum der Stadt, wo der gute alte Lindwurm, bedroht von dem keulenschwingenden, aber zahnlosen, weil nie zuschlagenden Herkules, seinen dünnen Wasserstrahl gegen den aufgeplustert drohenden griechischen Helden spie, ohne ihn je zu treffen. Die weitere Strecke führte durch die Fußgängerzone und über die St. Veiterstraße zum Landeskrankenhaus.

Das Klagenfurter Krankenhaus bestand aus einer Ansammlung von separaten Bauten für die einzelnen Abteilungen, eingebettet in ein parkähnliches Gelände. Einige Kranke saßen mit und ohne Besucher auf Bänken, flanierten über die Kieswege durch das Gelände oder gaben sich der Sonnenbestrahlung hin. Man hätte es glatt für ein Sanatorium halten können.

Der Chefinspektor radelte zur Zweiten Medizinischen Abteilung, stellte sein Fahrrad ab und betrat das Gebäude. Im zweiten Stock ging er auf eine Krankenschwester zu.

Sie sah ihn mit Interesse an: „Ja?“

„Ich suche die Oberschwester.“

„Die ist da vorne – gerade in Zimmer sieben gegangen.“

Er fand die gewichtige, matronenhafte, streng blickende Frau, die er kannte. „Grüß Gott, Frau Glantschnig.“

„Der Goritschnigg, schau an, was führt Sie zu uns? Doch kein Verbrechen?“

„Nicht direkt, ich hätte gerne Auskunft über den Petrovic, der heute Vormittag bei euch verstorben ist.“

„Wo soll denn das gewesen sein?

„In Zimmer fünf.“

Die Schwester wurde reserviert und wandte sich ab: „In Zimmer fünf ein Todesfall? Da müssen Sie den Oberarzt fragen."

„Sagen Sie mir wenigstens, woran er gestorben ist."

„Da müssen Sie den Oberarzt fragen."

Goritschnigg verdrehte die Augen. „Welche Krankheit er hatte, werden Sie mir doch sagen können."

„Da müssen Sie den Oberarzt fragen."

„Wann wurde er denn eingeliefert."

„Da müssen Sie ..."

„... den Oberarzt fragen, ich weiß! Sagen Sie, spielen wir das Spielchen: ‚Da müssen Sie den Oberarzt fragen' jetzt bis zum Sankt Nimmerleinstag weiter oder können Sie auch selbständig sprechen."

Beleidigt wandte sie sich ihm zu: „... sich an die Schwester am Empfang wenden, wollte ich sagen."

„Wo finde ich den Oberarzt."

„Zu Hause!"

„Oh, prima, das hätten Sie mir gleich sagen können."

„Wär' aber weniger amüsant gewesen!" Sie grinste. Wieder ernst sagte sie: „Wenn Sie etwas über einen Patienten in Zimmer *fünf* wissen wollen, bin ich die falsche Ansprechperson. Kapiert!"

„Wieso das?"

„Weil das eines der Privatzimmer von Primarius Dr. Hochstetter ist und da gibt es eigene Spielregeln."

„Zum Beispiel?"

„Nicht zu viel fragen!"

„Und deshalb wissen Sie als Oberschwester nicht über einen Patienten Bescheid, der hier lebend reinkommt und tot rausgeht."

„Raus*geht* ist gut, Herr Inspektor." Sie stemmte die Fäuste in ihre ausladenden Hüften und fauchte den Kriminalbeamten an: „Jetzt hören Sie mal gut zu, Sie Schlaumeiner. Zimmer fünf war gar nicht belegt, von einem Verstorbenen weiß ich nichts und außerdem war heute Vormittag die Hölle los. Der Strom ist ausgefallen, das Notstromaggregat ist nicht gleich angesprungen und alle Ärzte und Schwestern waren bei den Intensivpatienten auf der anderen Seite vom Stiegenhaus."

„Wieso kam es zu dem Stromausfall?"

„Durchgebrannte Sicherungen! Dieses Gebäude ist uralt und die elektrischen Leitungen können schon mal überlastet sein, hat der Techniker erklärt. Und im ersten Stock wird umgebaut."

„Und warum ist das Notstromaggregat nicht angesprungen?"

„Seltsamerweise war der Stecker herausgezogen. Tja, so einfache Pannen können passieren. Wahrscheinlich hat die Putzfrau nicht aufgepasst oder einer der Bauarbeiter hat gepfuscht. Na ja, ist ja nichts passiert und nach kurzer Zeit hat alles wieder funktioniert."

Der ‚Empfang' war nichts anderes als ein Fenster neben der Tür zum Schwesternzimmer, hinter dem normalerweise keine ‚Empfangsschwester' saß, da es sich hier um eine Bettenstation handelte. Goritschnigg klopfte an die offenstehende Tür und eine vielleicht dreißigjährige blonde Frau in weißem Kittel erschien aus einem dahinterliegenden Raum. Sie stellte sich als Schwester Maria vor. Von einem verstorbenen Patienten namens Petrovic wisse sie nichts; weder von einem Ein- noch von einem Abgang. „Es war allerdings heute hier die Hölle los und wenn es ein Notfall war, dann kann schon mal ein Patient durch den Rost fallen."

„So dünn war er auch wieder nicht, nehme ich an!"

Sie blickte ihn entgeistert an, weshalb er sich zu bemerken beeilte: „War ein Scherz, gute Frau! Muss der Name nicht irgendwo vermerkt sein?"

„Normalerweise schon, aber wie gesagt …"

„Der Rost mit den großen Löchern, ich weiß! Könnte es sein, dass man unter Umgehung dieses Zimmers hier jemanden reinbringen kann?"

„Natürlich! Ich bin nur für Patienten mit einer Einweisung zuständig. Es gibt da eine Hintertreppe." Sie kam zum

Chefinspektor auf den Gang und zeigte diesen entlang. „Der Gang zweigt am Ende nach links und rechts ab und wenn Sie den rechten nehmen, kommen Sie dort zu dem zweiten Stiegenhaus, das zur Rückseite des Gebäudes führt."

„Ist es immer offen zugänglich?"

„Eigentlich schon, aber wir benutzen diesen Teil selten."

„Eine Frage noch: Haben Sie die Rot-Kreuz-Leute oder Dr. Lüttje heute gesehen?"

„Vom Roten Kreuz habe ich niemanden gesehen. Dr. Lüttje? Doch, die schon und hab mich noch gewundert, was die hier macht. Sie ist in Zimmer fünf gegangen, aber gleich wieder rausgekommen. Das war so um halb zehn."

„War sonst noch jemand da, der nicht hierhergehört?"

„Ein Pfleger, den ich nicht kenne, ist aus dem Vorratsraum da gekommen …", sie zeigte auf eine gegenüberliegende Türe, „… und mit den anderen hinausgerannt, als auf der Station die Hölle los war. Dann war da noch ein langer schlaksiger Mann, der seine Mutter zu den unmöglichsten Zeiten besucht."

„Danke, dem kenn' ich. Kommt es häufig vor, dass Personal zu sehen ist, das nicht hier arbeitet?"

„Natürlich! Wir sind ja mit allen Stationen vernetzt." Sie bekam einen gehetzten Blick und beeilte sich zu sagen: „Ist noch was? Ich muss jetzt wirklich …"

„Ja, ja, danke, gehen Sie nur."

Goritschnigg inspizierte das abgelegene Stiegenhaus. Hinter der Glastüre stand eine Krankenliege am oberen Absatz, sonst war nichts zu sehen. Auf dem Rückweg schaute er kurz in den Raum, aus dem angeblich ein Pfleger gekommen war. Es war ein Depot für medizinische Vorräte. Er war gerade dabei, das vordere Treppenhaus zu betreten, als ihn Schwester Maria am Ärmel zupfte und zurückhielt.

„Mir ist noch etwas eingefallen. Ich weiß nicht, ob das wirklich von Bedeutung ist: Dr. Lüttje war vor ein paar Tagen schon mal hier."

„Was hat sie hier gemacht?“

„Sie hat ..., ich weiß auch nicht ..., so seltsame Sachen gefragt: Wie viele Betten belegt sind, ob der Giftschrank gut gesichert ist, ob das Essen gut ist und solche Sachen. Ich sagte, wir seien meistens voll, der Giftschrank sei stets verschlossen, das Essen sei ganz passabel und warum sie das alles wissen will. Da sagte sie, sie wolle den Krankenhausbetrieb einfach besser kennenlernen, da sie erst seit kurzer Zeit da sei und es gäbe immer Personen, die sich für Drogen interessierten und sie habe da böse Erfahrungen usw. Es war ziemlich krauses Zeug. Dann fragte sie noch, ob eines der Privatbetten in nächster Zeit frei sei. Ich sagte, dass zurzeit nur das Zimmer drei belegt ist. Ihr Verhalten kam mir ziemlich komisch vor und ich wollte nichts damit zu tun haben, denn wenn es nicht korrekt wäre, dass ich ihr Auskunft gäbe, dann bekäme ich das Fett weg und nicht sie, deshalb sagte ich, wenn sie Genaueres wissen wolle, müsse sie sich an die Oberschwester oder einen der Ärzte wenden.“

„Haben Sie den Vorfall jemandem erzählt?“

Sie wurde kleinlaut. „Nein, habe ich nicht, deshalb sage ich es jetzt Ihnen; und bitte verraten Sie mich nicht. Ich habe natürlich angenommen, dass sie einen Patienten bei uns unterbringen wollte und um seine Sicherheit besorgt war.“

„Haben Sie gesehen, wo sie anschließend hingegangen ist?“

„Nein, aber die Milena vielleicht.“

„Wer ist Milena?“

„Hilfskraft für Reinigung, Essenausgabe, Hilfsdienste. Eine Polin. Ich habe ihr gegenüber die Sache kurz erwähnt, aber sie hat gesagt: ‚Meine Devise: Nicht kümmern um die G’sunden, die sein oft kranker als die Kranken.“

„Wo finde ich sie jetzt?“

„Bei der Essenausgabe. Sie ist die Dunkelhaarige, Kleine, Mollige. Sie geht ein bisschen schief – ein Bein kürzer, glaube ich! Ich muss jetzt gehen und entschuldigen Sie, dass ich Sie belästigt habe mit etwas, das vielleicht gar nichts ist.“

„Das weiß man nie."

Er fand den Essenskonvoi in Zimmer zwei. Milena entdeckte er sofort. Nachdem er ihr seinen Polizeiausweis gezeigt hatte, fragte er sie, ob er ganz kurz mit ihr sprechen könne. Sie beäugte ihn misstrauisch und versuchte ihn abzuwimmeln, ging aber dann doch mit ihm vor die Tür.

„Nicht habe Zeit! Essen ausgeben wichtig. Weshalb mich wollen sprechen?"

Nach Erwähnung des Gesprächs mit Schwester Maria fragte er, ob sie die fremde Ärztin auch gesehen habe. Sie meinte, sie habe sie ganz kurz von hinten gesehen., als sie den Gang hinuntergeeilt sei. Knapp vor dem Ausgang ins vordere Stiegenhaus, der durch eine über die ganze Gangbreite gehende Milchglastür gebildet wurde, sei sie stehengeblieben und habe kurz in den Raum auf der linken Seite geschaut, bevor sie die Station verlassen habe. Goritschnigg bedankte sich und Milena wollte schon enteilen, als er noch fragte, warum sie der Meinung sei, dass die G'sunden oft kränker als die Kranken seien, worauf sie aufsässig zurückfragte: „Ehrlich, ist nicht so? Schauen Sie Ärzte, Schwestern: sind blass, müde, gestresst! Schauen Sie Kranke: Liegen in Betten, sitzen in Sonne, sind entspannt, munter, haben Zeit! Wem geht besser?"

Nun betrat er die Kammer, in die er zuvor schon einen kurzen Blick geworfen hatte. Links und rechts gab es offene Regale. Auf der einen Seite standen dicht an dicht Kartons mit der Aufschrift: ‚Spritzen' – in verschiedenen Dimensionen. Auf der anderen Seite waren die Regale angefüllt mit Verbandszeug, Mullbinden und jeder Menge Papierkram für Popos, die nicht mehr auf natürliche Weise funktionierten. Goritschnigg schauderte bei dem Gedanken, dass er diese Utensilien womöglich auch einmal würde in Anspruch nehmen müssen. Er schickte ein Stoßgebet zum Himmel und flehte um ein langes Leben für seine Mutter, denn sosehr und sooft er sich auch über sie ärgern musste, geholfen hatte sie ihm immer noch, wenn ihn etwas drückte.

Er nahm einen Spritzenkarton heraus und öffnete ihn. Der Inhalt waren kleinere Schachteln, in denen sich 20 ml Spritzen befanden. Er stellte den Karton zurück und wollte eben einen zweiten herausziehen, als etwas zu Boden fiel, das zwischen den beiden Kartons gesteckt hatte. Es war ein Faltplan mit einem Schaltschema. Er deponierte ihn in einen der dünnen Plastikbeutel, die er immer bei sich trug. Weiter fand er nichts. Er verließ den Raum und wollte gerade durch die angrenzende Milchglastür ins Stiegenhaus gehen, als diese aufging. Erschrocken stand die Oberschwester vor ihm.

„Sie sind noch da?"

„Ein Geist bin ich jedenfalls nicht", sagte Goritschnigg hastig, wobei er den Plastikbeutel rasch in die linke Hand wechselte, die von ihr abgewandt war. Mit der rechten Hand winkte er ihr zu, bevor er an ihr vorbeieilte. Sie blickte ihm verblüfft nach und ging kopfschüttelnd durch die Tür. Am Vorratsraum blieb sie stehen und warf einen Blick hinein. Nochmals schüttelte sie den Kopf und murmelte: „Was hat er bloß da drin gewollt?" Sie hatte ihn durch die Milchglasscheibe aus dem Raum kommen sehen.

Das pathologische Institut lag etwas abseits in einem kleineren Gebäude, wo sich auch die Labors befanden. Er kannte Dr. Lüttje, mit der er gelegentlich zu tun hatte. Sie war eine große, dunkelhaarige, attraktive Frau um die vierzig, die sich immer kühl und abweisend verhielt. Das lag weniger an ihrer nicht besonders freundlichen Art, die er ja noch verstehen konnte, weil Kriminalbeamte immer ungeduldig waren und sofort Ergebnisse haben wollten, sondern an ihrem *‚don't touch me'* – Gehabe, mit dem sie ihr Gegenüber einzuschüchtern und auf Distanz zu halten versuchte. Er schrieb das dem Umstand zu, dass sie Deutsche war, noch dazu, ihrem Akzent nach, mit slawischem Einschlag. Vielleicht brauchte sie auch eine längere Anlaufzeit, nachdem sie erst seit ein paar Monaten im Dienst war. Seine Versuche jedenfalls, die Atmosphäre etwas zu lockern, wie es seine natürliche

Art war, scheiterten bisher kläglich, sodass er es schließlich aufgab und sich auf das rein Berufliche beschränkte. Nicht, dass er gegen Deutsche etwas hatte, schließlich war seine Mutter auch eine, aber eben aus diesem Grunde kannte er die Reserviertheit der Deutschen gegenüber der etwas, na sagen wir, lässigeren Art, wie man in Österreich an Aufgaben und Probleme herangeht. Viele Diskussionsstunden mit seiner Mutter hatten ihn gelehrt, dass man besser daran tat, die Gegenseite nicht umkrempeln zu wollen.

Die Pathologie war im Erdgeschoss untergebracht. Dunkler Gang? Dunkler Raum? Düstere Atmosphäre? Weit gefehlt! Die pathologische Wirkungsstätte befand sich in lichtdurchfluteten Räumen; die Ausstattung war relativ neu. Erst vor zwei Jahren hatte man hier alles renoviert und angenehme Arbeitsbedingungen geschaffen.

Goritschnigg betrat das Büro, wo Dr. Wurzer als Chefpathologe und die Deutsche ihre Schreibtischarbeit erledigten. Weder Wurzer noch die Lüttje waren da; eine junge Medizinerin saß an einem der Tische.

„Dr. Lüttje, wo finde ich sie?"

„Bereits nach Hause gegangen. Irgendein privater Notfall. Mit wem ...?"

„Goritschnigg, Kripo!" Er zeigte seinen Ausweis.

„Aha! Dr. Rosenig. Ich bin die neue Assistentin! Gerade auf Ausbildung! Wir haben keinen Mordfall zurzeit hier, also worum geht es denn?"

„Haben Sie eine Leiche mit Namen ‚Petrovic' eingeliefert bekommen?"

„Petrovic? Petrovic? Nicht, dass ich wüsste. Aber ich war am späteren Vormittag nicht da; hatte einen Zahnarzttermin. Dr. Lüttje sagte, sie brauche mich nicht, es gäbe nur Routinefälle."

„Sie haben doch sicher so etwas wie eine Aufnahmekartei im Computer, in dem die Neuzugänge eingetragen werden? Könnte ich da mal reinschauen."

„Ich weiß nicht ...? Ah, da ist Dr. Wurzer, der kann Ihnen sicher helfen.“ Erleichtert wandte sie sich ab.

Goritschnigg begrüßte den alten Pathologen: „Servus, Fritz.“

Der dicke, weißhaarige, rotgesichtige, vielleicht sechzigjährige Mann gab dem Kriminalbeamten die Hand. „Was machst du denn hier? Es ist kein Fall anhängig. Reine Neugier oder wolltest du die freundliche Dr. Lüttje besuchen. Hast dir noch nicht genug Frust geholt?“

„Keine Ahnung, warum sie mich nicht leiden kann. Ich bin doch ein umgänglicher Typ. Was hat sie nur gegen mich?“

„Das kann ich dir sagen: Du bist lästig und vorlaut und willst Ergebnisse, bevor die Leiche überhaupt auf dem Tisch liegt.“

„Ich bin nicht lästig und schon gar nicht vorlaut. Ich bin nur stur und arrogant und ein Ekel – und deswegen lieben mich alle.“

Der alte Mann lachte, dann wurde er wieder ernst. „Was also willst du hier?“

„Heute Vormittag hat die Lüttje einen gewissen Petrovic von der Internen Zwei abgeholt. Es ist ein alter ‚Kunde‘ von uns. Mein Kollege hat ihn im Frühjahr festgenommen und er wurde für zwei Jahre eingebuchtet. War ein großer Kirchgänger, nur leider beschränkte sich seine Vorliebe für alles Heilige auf die Statuen, Tabernakel, Bilder, Opferstöcke usw. Ich wollte wissen, woran er gestorben ist und warum er aufgeschnitten werden soll. Das liebe Kind hier“, er deutete auf die junge Frau, die am Schreibtisch ihrer Arbeit nachging, „war so freundlich, mir jede Auskunft zu verweigern.“ Sie schenkte Goritschnigg ein Lächeln.

„Tut mir leid, du kennst die Vorschrift. Wenn das kein Fall für eure Abteilung ist, kann ich dir auch nichts sagen.“

„Komm schon, ich will ja nur wissen, was passiert ist. Kann ja sein, dass es ein Fall für uns *wird.* Die Lüttje ist nicht da und ich möchte zurück ins Büro und in Ruhe meinen Kaffee trinken. Schau nur mal kurz nach, ob es etwas Ungereimtes gibt oder nicht, dann bist du mich los.“

„Na gut, Moment.“ Er setzte sich an den Schreibtisch und tippte etwas in die Computertastatur. Mit ratlosem Gesicht sagte er: „Da ist kein Eintrag über einen Petrovic! Warte, ich schau mal im Sektionssaal nach. Wäre zwar ungewöhnlich, denn die Lüttje ist äußerst penibel mit der Administration. Vielleicht hat sie aber auch noch gar keine Sektion gemacht. Augenblick, komme gleich wieder.“ Nach wenigen Minuten kam Dr. Wurzer zurück. Skeptisch fragte er: „Bist du sicher, dass du dich nicht getäuscht hast. Es gibt auch keine Leiche dieses Namens. Wo hast du bloß die Information her?“

„Von einem unserer Beamten, der zufällig vor Ort war.“

„Komisch! Wir holen keine Leichen persönlich ab. Die werden uns gebracht.“

„Sag’, weißt du, wieso die Lüttje heute früher gegangen ist?“

„Keine Ahnung! Ich war am Vormittag beim Kernmayer zu einer Besprechung.“ Das war der Direktor des Krankenhauses. „Aber ohnehin pflegt sie mich nicht in ihre Pläne einzuweihen!“

„Nicht?“, sagte Goritschnigg spöttisch, „was habt ihr denn für ein Betriebsklima hier?“

„Vermutlich das gleiche wie bei der Polizei“, sagte Dr. Wurzer grinsend. „Was ist los? Suchst du nun eine Leiche oder die Medizinerin?“

„Schaut so aus, als müsste ich beide suchen!“

Auf der Rückfahrt ließ er sich Zeit und genoss die intensive Augustsonne. Es war ein richtig heißer Tag und die Lust, schwimmen zu gehen, kam in ihm hoch. Er sah auf die Uhr: Vier vorbei. Er würde seine Sachen holen und dann zum See rausfahren. Ja, das würde er tun!

Ein Bad im See nach getaner Arbeit war für ihn das höchste der Gefühle. Es durchströmte ihn die Vorfreude auf das mit sechsundzwanzig Grad angenehm temperierte Nass. Sofort trat er schneller in die Pedale. Er hatte kaum das Polizeigebäude betreten, als ihm Tranegger entgegenkam.

„Hey, wo warst du so lange. Wollte dich gerade anrufen!“

„Sag bloß nicht, du hast schon wieder eine Leiche?“

„Doch! Wolltest zum See raus, ich kenn’ dich doch. Aber tröste dich, du kannst sowieso zum See fahren.“

„Was? Eine Badeleiche? Was ist passiert?“

„Eine Ertrunkene. Gefunden in Loretto. Dort am Spitz, gleich neben dem Restaurant.“

„Badeunfall? Kann das nicht die Funkstreife ...?

„Nein, *du* fährst da raus. Scheint einige Unklarheiten zu geben. Der Wirt hat die Funkstreife gerufen und Stan und Ollie sind vor Ort und die wollten ausdrücklich dich dahaben.“

Goritschnigg stöhnte. „Na, dann ist ja alles klar!“

Er nahm den Wagen und fuhr die Strecke über die Villacher Straße zum See, dann mit wehmütigem Blick am Strandbad vorbei. Die schmale Straße führte am Loretto-Bad entlang und endete beim Restaurant ‚Strandwirt‘. Es gab ein paar Parkplätze gleich neben dem Aufgang zu der Wallfahrtskapelle Maria Loretto, wo Goritschnigg das Auto abstellte. Vor dem Restaurant befand sich ein kleiner Gastgarten mit ländlich gedeckten Tischen. Zwei schöne alte Kastanienbäume beschatteten den Platz. Die Tische waren nicht besetzt, einige zeigten aber die Spuren von vor kurzer Zeit stattgefundenem Gebrauch. Die Leute bildeten eine Menschentraube vor dem kleinen Anlegesteg seitlich des Restaurants und starrten auf etwas, das auf dem Boden des Stegs lag, was zwei Beamte in Uniform, der eine klein und dick, der andre lang und dürr, eifrigst vor ihnen zu schützen suchten.

Der Streifenwagen stand quer auf dem Zugangsweg zum Restaurant. Goritschnigg musste sich zwischen dem Wagen und der Hecke, die das Areal auf der Landseite umgab, hindurchzwängen. Die beiden Beamten atmeten erleichtert auf, als sie Goritschnigg auf sich zukommen sahen.

„Gott sei Dank, Herr Chefinspektor, dass Sie endlich da sind. Die Leute sind ja kaum zu bändigen“, sagte der Lange.

Goritschnigg konnte zwar keine wilden Horden ausmachen – die Leute waren neugierig, aber absolut friedlich – doch er ließ dem Beamten die Illusion der Wichtigkeit seiner Aufgabe.

„Gut gemacht, Tommy, man weiß ja nie, ob nicht der Mörder dabeisteht und seine Tat bewundert."

Tomaschitz riss die Augen auf und stammelte: „Mei... meinen Sie wirklich, dass es ein Mord war?"

Goritschnigg rollte mit den Augen, aber freundlich sagte er zu dem Mann: „Wer weiß? Vielleicht könnte ich mir das Opfer aber erst mal anschauen."

„Natürlich, klar! Es ist die Pathologin!"

„Was!" Goritschnigg eilte zu der Leiche und beugte sich über sie. Es war eindeutig Dr. Lüttje, das attraktive Gesicht sah frisch aus, weder kalkig weiß noch blau, das halblange dunkle Haar lag wie ein Kranz um ihren Kopf. Sie trug einen schwarzen, einteiligen Badeanzug. Außer kleinen goldenen Kreolen in den Ohren hatte sie keinen Schmuck am Körper.

Goritschnigg richtete sich auf. Zornblitzend fuhr er Tomaschitz an: „Warum hast du das nicht gleich gesagt, als du uns gerufen hast?"

Beleidigt reagierte der Uniformierte: „Wir hatten die Tote noch gar nicht gesehen, als wir die Meldung gemacht haben. Wir mussten uns ja erst durch die Menschenmassen hindurch kämpfen und da ..."

„Aha! Menschenmassen! Ist der Arzt verständigt?"

„Selbstverständlich", reagierte Tomaschitz noch immer gekränkt. „Dr. Wurzer muss gleich da sein."

„Und die Spurensicherung?"

„N... nein, ich ... ich dachte nicht, dass sie ermordet worden sein könn... ich meine, dass es sich um Mord handeln könnte. Ich dachte, sie ist ertrunken. Badeunfall! Vielleicht ist sie zu weit raus geschwommen, vielleicht hat sie einen Wadenkrampf bek..." Er verstummte, als er Goritschniggs strengen Blick wahrnahm.

„Schon gut. Wir müssen hier einfach alles in Erwägung ziehen. Schließlich ist diese Frau nicht irgendein Badegast!"

Tomaschitz wollte los eilen, um das ganze Programm anzufordern, als Goritschnigg ihn nochmals zurückhielt: „Wenn du an einen Badeunfall gedacht hast, warum habt Ihr dann mich angefordert?"

„Weil es mir schon komisch vorgekommen ist, dass die Dr. Lüttje einfach so ertrunken sein soll."

„Wieso ist dir das komisch vorgekommen?"

„Weil sie eine gute Schwimmerin war."

„Und woher weißt du das?"

„Na, sie hat doch das Rettungsschwimmerdiplom. Sie hat regelmäßig im Strandbad Dienst getan. Wir hatten einmal mit ihr zu tun, als ein Badegast …!"

Nun konnte Goritschnigg nicht mehr an sich halten. Sosehr er den langen Lulatsch auch irgendwie mochte, manchmal trieb er ihn zur Weißglut. Natürlich wusste er, dass es nicht viel nützte, wenn er ihn hart rannahm, aber gelegentlich berief er sich darauf, dass er auch nur Nerven hatte. Und die lagen jetzt blank. Mühsam presste er heraus: „Du Vollkoffer, wenn du das alles gewusst hast, warum hast du nicht gleich alles in Bewegung gesetzt? So ist wertvolle Zeit vergangen und die Leute haben sicher jede Art von Spuren verwischt."

Tomaschitz zog eine Schnute; nun war er endgültig bis ins Innerste gekränkt: „Erstens, Herr Chefinspektor, wo soll es im Wasser schon Spuren geben; zweitens hatten die Leute ohnehin schon alles niedergetrampelt; drittens dachte ich, dass Sie am ehesten wissen, was zu tun ist; und viertens erinnerte ich mich an das letzte Mal, als wir das ganze Team zusammengetrommelt haben und sich herausstellte, dass die alte Frau an Altersschwäche gestorben ist. Wissen Sie noch, welchen Rüffel wir bekommen haben!" Er warf den Kopf zurück und stapfte davon.

Goritschnigg sah im verblüfft nach und wandte sich dann schroff an Smolnig, der die ganze Zeit danebengestanden war und keinen Ton gesagt hatte: „Wer hat die Leiche gefunden? Wo lag sie genau? Wer hat sie aus dem Wasser geholt?“

„Gefunden hat sie ein kleines Mädchen. Sie saß mit Mutter und Oma an einem Tisch und tollte dann ein wenig herum. Dabei ist sie auf den Steg gelaufen und hat ins Wasser geschaut. Die Leiche war an dem Pfeiler am Ende des Stegs hängen geblieben. Aus dem Wasser hat sie ein Gast hier geholt.“

„Na gut.“ Er war etwas besänftigter. „Jetzt nehmen Sie mit dem Tomaschitz alle Personalien der Leute hier auf. Fragen Sie, wie lange sie schon hier sind, wer gekommen und wer gegangen ist, wer auf den Steg getreten ist und was sie gegessen haben.“

„Was, das auch?“

„Nein, war ein Scherz, Mensch!“

Er ging nachdenklich auf die Menschen zu, als er angesprochen wurde: „Servus, Jakob. Was ist denn das für eine Geschichte?“

Er kannte den Mann gut, der groß, dunkelhaarig, braungebrannt und mit nassen Hosen vor ihm stand. Er war Reporter der ‚Kärntner Zeitung’ und hieß Paul Stannek. Wie hatte der nur so schnell hier sein können!

„Hallo Paul. Was meinst du mit ‚Geschichte‘?“

„Tu nicht so! Wer ist die Frau? Ich habe deinen Disput mit dem Beamten beobachtet. Etwas ist da ziemlich faul, nicht wahr?“

„Wie kommst du überhaupt hierher? So rasch?“

„Ich war zufällig mit einem Inform…, äh, Bekannten hier zum Essen verabredet.“

„Zufällig hier verabredet, dass ich nicht lache.“

„Doch, glaub mir. Ich hör’ auf einmal das Kind schreien, eile zum Steg und sehe die Bescherung.“

„Und holst die Leiche gleich aus dem Wasser! Hast du Fotos gemacht?“

„Ja, aber erst, nachdem ich sie auf den Steg gelegt habe. Vorher dachte ich ja noch, dass man ihr eventuell helfen könnte. Als die Beamten kamen, habe ich mich zurückgezogen. Was ist nun? Wer ist die Frau? Ihr kennt sie doch!"

„Tut mir leid." Goritschnigg wandte sich zum Gehen, da er Dr. Wurzer kommen sah. „Du bleibst noch. Gib dem Inspektor deine Personalien und auch die von deinem ‚Bekannten'. Gleichzeitig gibst du die Kamera ab, ist das klar".

„Mein ‚Bekannter' ist noch gar nicht gekommen, also lass' ich ihn aus dem Spiel, ist *das* klar! Und die Kamera bekommt Ihr, wenn ich die Bilder auf meinen Laptop habe. Ist gleich erledigt, habe das Kastel im Auto."

„Paul, übertreib es nicht. Ich kann härter reagieren ..."

„Weiß ich, weiß ich. Aber ich kann auch mit meinen Informationen zurückhalten – und die brauchst du oft genug! Also lass mich meine Arbeit machen. Ich richte mich sowieso meistens nach deinen Anweisungen und ich vertraue darauf, dass du mir als erster sagst, was hinter dem Ertrinken der Gerichtsmedizinerin steckt, die noch dazu Rettungsschwimmerin war."

Goritschnigg verzog das Gesicht. Er hatte so seine Probleme mit dem smarten Reporter. Einerseits mochte er ihn, ja, sie waren fast so etwas wie befreundet. Sie luden sich gelegentlich zum Essen ein und so. Aber wirklich herzliche Gefühle gab es dabei nicht, eher so etwas wie: ‚Ich brauche und verstehe dich, du brauchst und verstehst mich, also lass uns nicht gegenseitig die Augen auskratzen'. Und manchmal ging es richtig spaßig zu, vor allem, wenn die Frauen dabei waren, denn die verstanden sich wirklich gut. Stannneks Frau Julia war Kundin bei Ursula Goritschnigg, die einen Friseurladen in der Innenstadt betrieb.

„Hast den Tomaschitz ausgequetscht? Du bekommst schon noch deine Informationen, wie immer, aber jetzt sei kooperativ, das rate ich dir."

Stannek schloss sein Auto auf, holte den Laptop aus dem Kofferraum, setzte sich auf den Fahrersitz, schaltete das Gerät ein und schloss die Kamera an. Nachdem er die Fotos überspielt hatte, gab er Goritschnigg den Chip.

Dr. Wurzer war erschüttert über den Tod seiner Kollegin. Der Schock stand ihm ins Gesicht geschrieben, als er sich aufrichtete und Goritschnigg zuwandte: „Ich kann dir nicht genau sagen, wann oder woran sie gestorben ist. Sie muss erst obduziert werden. Das wird nicht leicht für mich." Ein schmerzlicher Zug legte sich auf das Gesicht des alten Arztes. „Da arbeitest du mit einer Person eng zusammen und dann sollst du ihr den Bauch aufschneiden. Ich bin schon ziemlich abgebrüht, aber so abgebrüht offensichtlich doch nicht."

„Kannst du mir eine erste Einschätzung geben?"

„Sieht nach Ertrinkungstod aus. Lange ist es noch nicht her. Zwei, drei Stunden vielleicht. Was hat sie bloß hier draußen gemacht? Sie ist heute früher gegangen, wie du weißt. Es war bestimmt nicht ihre Art, unter einer fadenscheinigen Ausrede das Institut zu verlassen und schwimmen zu gehen."

„Sie war Rettungsschwimmern, habe ich gehört."

„Ja, das kommt dazu." Sie gingen zur Seite, nachdem das Spurensicherungsteam angekommen war. Goritschnigg gab ihnen kurze Anweisungen, den Steg und den Pfosten des Stegs auf eventuelle Kratzer oder hängen geblieben Dinge zu untersuchen. Er zeigte ihnen, wo die Leiche angeschwemmt worden war. Erwartungen hatte er keine. Was sollte auch gefunden werden?

„Das kommt dazu", wiederholte der Pathologe. „Sie wäre niemals schwimmend in Gefahr geraten. Das glaube ich jedenfalls. Natürlich kann es sein, dass sie einen Herzanfall bekommen hat oder einen Wadenkrampf." Tomaschitz' Bemerkung fiel Goritschnigg ein. Der Junge war manchmal heller, als man es ihm ansah.

„Hätte sie da nicht geschrien?"

„Bei einem Herzanfall möglicherweise nicht, bei einem Krampf schon. Wenn sie aber zu weit draußen war, muss sie niemand gehört haben. Im Bad ist der Lärmpegel zu hoch und Boote waren vielleicht nicht in der Nähe. Aber, wie gesagt, ich muss sie erst anschauen."

„Wann ...“

„... kannst du die Ergebnisse haben? Ich mache es gleich. Das ist auch mir ein großes Anliegen. Glaubst du, das hat etwas mit dem mysteriösen ‚Petrovic‘ zu tun, den du so verzweifelt gesucht hast?“

„Es würde mich wundern, wenn nicht.“

Nachdem Goritschnigg mit dem Mädchen, das die Leiche entdeckt hatte, deren Mutter und dem Wirt gesprochen hatte, rief er im Strandbad an, um zu erfahren, ob Dr. Lüttje einen dringenden Rettungseinsatz gehabt hatte, was nicht der Fall war. Dann verließ er den Fundort. Er sah keine strahlende Sonne mehr. Er empfand sie als brennend, die Luft als drückend und schweißtreibend. Die Lust auf einen Badetag war ihm gründlich vergangen. Der Lendkanal, der träge in Richtung Stadtzentrum dahinfloss und der ihm sonst mit dem auf dem Wasser schwimmenden Laub, den wild bewachsenen abfallenden Ufern und den glitzernden Lichtspielen der Sonnenstrahlen auf den sich sanft kräuselnden Wellen wie ein verwunschener Fluss vorkam, entpuppte sich in seiner jetzigen Stimmung als kloakiges, feindseliges und verkommenes Rinnsal.

Noch glaubte er nicht an ein Verbrechen. Für einen Unglücksfall erschienen ihm die Umstände allerdings etwas zu dubios. ‚Warum ist sie schwimmen gegangen', war sein zentraler Gedanke. ‚Was hat sie bewogen, an einem gewöhnlichen Dienstag während der Arbeitszeit, nachdem sie die Leiche eines Gefängnisinsassen aus einem Krankenzimmer geschoben hat, die noch dazu kurz darauf verschwand, verdammt noch mal, schwimmen zu gehen?’ Sicher, es war ein schöner Tag und viele Badetage würde es so spät im August nicht mehr geben. Aber gerade diese kühle, beherrschte Frau hätte er nicht als so romantisch eingeschätzt, einer spontanen Laune nachzugeben. Kannte er sie so genau? Natürlich nicht! Hatte nicht auch er Lust auf ein Bad bekommen und hätte diesem Gefühl liebend gern nachgegeben.

Es war schon nach sechs Uhr, als er ins Büro zurückkam. Er rief im Krankenhaus an und ließ sich die Nummer des Oberarztes geben, der am Vormittag Dienst gehabt hatte und der angeblich alles wusste. Er war nicht zu erreichen. Mailbox! Dann rief er in der Verwaltung des Krankenhauses an und verlangte das Büro der Aufnahme. Wie er wusste, musste sich jeder Patient in diesem Büro registrieren lassen, was im Allgemeinen die Angehörigen erledigten. Im Anmeldungsbüro saß bereits der Nachtdienst, der sich erst nach längerer Diskussion bereit erklärte, nachzusehen, ob ein Petrovic an diesem Tag aufgenommen worden war. Mürrisch teilte er Goritschnigg daraufhin mit, dass kein Petrovic und auch kein ähnlich klingender Name verzeichnet seien. Der Beamte fügte dann allerdings hinzu, dass die Anmeldung von Notfallpatienten oft erst im Nachhinein gemacht werde, wenn man die vollen Daten erfahren habe. Es könne also durchaus sein, dass erst am nächsten Tag … usw., usw. Goritschnigg hatte schon aufgelegt.

Auf der Internen Zwei fragte er nach, ob man wisse, welche Rettungsteams die Patienten bringen und er erhielt die Auskunft, normalerweise schon, aber wenn besonders viel los sei – und das sei an diesem Morgen der Fall gewesen – dann könne es schon mal passieren, dass eine Information dieser Art unterginge.

In der Zentrale des Roten Kreuzes konnte er aus Datenschutzgründen telefonisch keine Auskunft bekommen, und heute schon gar nicht, da das Team, das zum Gefängnis gefahren sei, bereits Dienstschluss hatte. Er müsse persönlich vorbeikommen oder eine schriftliche Anfrage einreichen.

Goritschnigg schleuderte ein paar unfreundliche Worte gegen den Kleiderständer, der sie ungerührt einsteckte. Das Telefon hätte er am liebsten hinterhergeworfen, als die Tür aufging.

„Du sprühst ja direkt vor guter Laune.“ Tranegger grinste.

„Verfluchte Bürokratie! Für jede kleine Auskunft brauchst du Geburtsurkunde, Meldezettel und den Totenschein deiner Mutter!“

„Aber deine Mutter lebt doch noch! Was machst du dann?“
„Umbringen werde ich sie deswegen nicht!“
Tranegger legte die Stirn in Falten. „Seltsame Sache das! Der Petrovic als Leiche auf einer Krankenhausliege, das scheint doch oberfaul zu sein. Selbst wenn Tomaschitz sich geirrt hat und die Person auf der Bahre nicht Petrovic war, muss der mit seinen Bauchschmerzen doch irgendwo im Spital sein.“
Goritschnigg schüttelte nachdenklich den Kopf. „Es würde mich nicht wundern, wenn das ganze Theater im Krankenhaus nur dazu gedient hat, ihm die Möglichkeit zu türmen zu verschaffen.“
„Mit Hilfe der Lüttje und des Roten Kreuzes?“
„Warum nicht! Schau: Sie übernimmt einen Patienten an der Hintertreppe der Internen, bringt ihn in ein unbenutztes Krankenzimmer, wartet, bis die Luft rein ist, dann schiebt sie ihn aus dem Zimmer und den Gang entlang zur Hintertreppe. Dort hüpft er von der Bahre und vertschüsst sich. Das allgemeine Chaos durch den Stromausfall hilft ihr dabei. Wahrscheinlich wurde es inszeniert. Der Schaltplan, den ich gefunden habe, könnte ein Indiz dafür sein. Sie verlässt unter einem Vorwand ihren Arbeitsplatz, holt ihre Schwimmsachen – oder vielleicht hatte sie sie ja schon dabei – und fährt zum See. Sie geht schwimmen und als nächstes findet man ihre Leiche am Steg von Loretto.“
„Das wirft die Frage auf: Wo ist der Zusammenhang?“
„Tja! Aber die entscheidende Frage ist wohl: Wer war die Frau eigentlich?“

Er fuhr nach Hause. Da es inzwischen auf halb acht zuging, war seine Frau bereits da. Das Häuschen im Stadtteil Weidmannsdorf, ein Erbe ihrer Großmutter, hatten sie vor etlichen Jahren renoviert und ausgebaut. Das Haus war von einem großzügigen Garten umgeben, der Aufmerksamkeit und Pflege erforderte. Für Jakob Goritschnigg war das Werken im Garten der liebste Ausgleich. Jede freie Minute verbrachte er im Frühling und im Sommer auf der ‚Ranch', wie er sein Zuhause nannte, um das Gras zu mähen, die Bäume zu pflegen oder sich neue Staudenarrangements einfallen zu lassen. Ursula hatte weder Hand noch Sinn für die Gartenarbeit. Nichtsdestotrotz genoss sie den Anblick, die Bequemlichkeit, die Früchte und den Liebreiz des Gartens, weshalb es nicht selten zu Auseinandersetzungen kam. Goritschnigg hatte zwar das Versprechen abgegeben, dass er die Arbeiten übernehmen würde, trotzdem hatte er insgeheim gehofft, dass er nicht allzu wörtlich genommen werden und auch sie sich letztendlich neben den Vorteilen ein wenig den Verpflichtungen widmen würde. Mitnichten, sie dachte nicht daran, und so konnte man ihn manchmal verbissen den Rasenmäher schwingen sehen, während sie auf der Terrasse in der Sonne saß und las.

Jakob Goritschnigg, zweiundvierzig Jahre alt, eins fünfundachtzig groß, schlank, mit einer wuscheligen, kaum zu bändigen, mittelbrauen Mähne, hatte ein einprägsames, eher hager wirkendes Gesicht, das beherrscht wurde von wasserhellen Augen, einer leicht zur Seite gebogenen Nase, die von einem (sinnlosen) pubertären ‚Boxkampf' mit einem Rivalen stammte, und einen breiten, allgemein als sinnlich bezeichneten Mund. Er war kein schöner Mann, aber die Frauen standen trotzdem auf ihn, weil er etwas an sich hatte, das man nur als intellektuelle männliche Ausstrahlung bezeichnen konnte. Er war sich seiner Wirkung durchaus bewusst und genoss es. Er hatte Ursula bisher absolut die Treue gehalten, auch wenn ihn schon manchmal der Hafer stach, wenn eine interessante Frau seine Aufmerksamkeit unbedingt erregen wollte.

Er kleidete sich gerne leger und am liebsten trug er seine ältesten ausgebeulten Hosen und die lockeren T-Shirts, die, wie er zu sagen pflegte, richtig ‚eingetragen' sind. Er hasste es, wenn er sich für offizielle Anlässe in Schale werfen musste. Er nannte es ‚in die Zwangsjacke gesteckt' zu werden. Dabei sah er in einem Anzug umwerfend aus. Ursula brachte ihn gelegentlich dazu, derart adjustiert mit ihr auszugehen, weil sie sich, wie sie sagte, immer wieder aufs Neue in ihn verlieben würde. Ihn hatte das schon zu der Bemerkung veranlasst, sie solle doch seinen Anzug auf den Garderobeständer hängen, dann könne sie sich täglich in ihn verlieben, ohne dass er sich selbst verkleiden müsse.

Goritschnigg brachte das Fahrrad in der Garage unter, die etwas abseits des Hauses stand und mit diesem durch eine schmale Überdachung verbunden war. Er betrat das Haus und fand seine Frau in der Küche. Sie bereitete das Abendessen zu.

Ursula Goritschnigg war eine mittelgroße, schlanke Frau um die Vierzig mit blondem Haar, das sie modisch kurz trug, was ihr ausgezeichnet stand. Mit ihren dunkelblauen Augen, der etwas zu großen geraden Nase und dem etwas zu kleinen zarten Mund sah sie zwar nicht umwerfend schön, aber attraktiv aus. Was ihre Persönlichkeit aber unwiderstehlich machte, waren Wärme und Freundlichkeit, die sie ausstrahlte. Jeder fühlte sich in ihrer Nähe sofort wohl.

Jakob gab ihr einen Schmatz auf die Wange und sagte fröhlich: „Auf was freue ich mich denn heute?"

Sie schnaubte: „Was wird's schon geben? Heute ist Dienstag und du weißt, dass dienstags Frau Direktor Drabusch immer noch spät kommt. Ich hab keine Zeit zum Einkaufen g'habt und deshalb gibt's bloß Fischstäbchen mit einem Salat aus dem Glas."

„Oh, auch nicht schlecht. Ich liebe Fischstäbchen!"

Sie grinste: „Soll das heißen, dass ich in Zukunft aufs Kochen verzichten kann?"

Er gab ihr einen Klaps auf den Hintern. „Untersteh dich! Lass dir das nur nicht zur Gewohnheit werden. Ich liebe auch deine Schnitzel, Fleischlaberl, Schopfbraten, Kasnudeln …"

Sie lachte: „Ist ja gut, hab schon verstanden. Glaubst du, ich selbst würde gern bis ans Ende meiner Tage Fischstäbchen essen?"

Er küsste sie, dann sagte er: „Du bist die beste Frau der Welt! Nur gemein, dass du das weißt!"

„Warum gemein?“
„Weil du das schamlos ausnutzt!“
„Gar keinen Vorteil soll es haben, Frau zu sein!“

Beim Essen fragte er seine Frau: „Sag mal, kannst du dich an die deutsche Pathologin erinnern, von der ich dir einmal erzählt habe?“
„Sicher, die war erst vorig Woche bei mir und hat sich die Haare schneiden lassen. Übrigens, hat sie dich gefragt?“
„Was soll sie mich gefragt haben?“
„Also war sie noch nicht bei dir? Sie, ich meine die Deutsche, wollte wissen, ob sie dich inoffiziell etwas fragen könnte und wie sie dich am besten erreichen kann. Da hab ich ihr deine Telefonnummer gegeben.“
„Wann war das genau?“
„Letzten Freitag. Wieso?“
„Warum hast du mir nichts gesagt?“, fragte er vorwurfsvoll.
Ursula Goritschnigg schaute ihren Mann gekränkt an. „Was führst du dich so auf! Ich habe den ganzen Tag viel um die Ohren und hab's halt vergessen. Wieso ist das so wichtig, was die von dir wollte? Du siehst sie doch sowieso beruflich immer wieder.“
„Weil sie heute ertrunken ist. Und das unter mysteriösen Umständen. Deshalb, meine Liebe!“
Betroffen sagte sie: „Das ist ja furchtbar. Das konnte ich doch nicht wissen. Hättest du sie angerufen, wenn ich dir gesagt hätte, dass sie angerufen hat?“
Er dachte nach: „Nein, hätte ich natürlich nicht, sondern auf ihren Anruf gewartet.“
„Na also, dann macht es doch keinen Unterschied, ob du es vorher gewusst hast.“
Die weibliche Logik brachte ihn manchmal aus der Fassung. Aber sie hatte recht. Es machte keinen Unterschied. Was aber hatte sie von ihm gewollt? Inoffiziell? Hatte es überhaupt mit dem Fall zu tun?

„War sie schon früher bei dir?“

„Nein. Das nicht. Ich habe mich nur daran erinnert, dass du mir einmal erzählt hast, dass Fritz Probleme mit der deutschen Pathologin hat. Es ging damals um eine Frauenleiche, die sie sezieren sollte und sie hat sich, glaube ich, geweigert oder so was. Erinnerst du dich nicht mehr?“

„Jetzt, wo du’s sagst, ja, da war was. Ich muss Fritz fragen, der wird das noch genauer wissen.“

„Ist es ein Mord?“

„Keine Ahnung. Bis jetzt wissen wir nur, dass sie wahrscheinlich ertrunken ist. Wieso fragst du?“

„Weil du, wenn es kein Mord ist, vielleicht morgen nach Dienstschluss Zeit hast, den Rasen zu mähen! Wir können bald ein Pony halten, so hoch ist das Gras.“

Goritschnigg stöhnte. „Bei der Hitze?“

„Ich weiß, du würdest lieber schwimmen gehen, aber ich auch!“

Mittwoch

„Komm rein, wenn dich der Geruch nicht stört." Der alte Pathologe stand am Fußende des Stahltisches, auf dem die Leiche von Dr. Lüttje lag. Er sah sehr nachdenklich aus.

Goritschnigg rümpfte die Nase. „Ich kann ja bald wieder gehen, aber du! Wie hältst du das nur aus, Tag für Tag?"

„Alles eine Sache der Gewohnheit und des abendlichen Weinglases."

„Auch ein Grund, zum Trinker zu werden!"

Dr. Wurzer lachte. „Sicher ein besserer Grund als so mancher andere."

„Du willst doch nicht auf meinen Bierkonsum anspielen?"

Er hob abwehrend die Hände. „Nichts läge mir ferner, mein Freund."

„Will ich dir auch geraten haben, sonst kriegst du das nächste Mal bei mir nichts außer Wasser."

„Um Gottes Willen, keine solche Drohung! Nun aber zu der Dame hier. Weißt du, was ich mich die ganze Zeit frage: Warum soll eine Frau zum Vergnügen schwimmen gegangen sein, obwohl sie das Wasser eigentlich nicht mochte."

Goritschnigg musste verblüfft ausgesehen haben, denn der Pathologe sprach gleich weiter: „Ich weiß, sie war Rettungsschwimmerin, ja, das stimmt, aber nicht aus Leidenschaft für das Schwimmen, hat sie einmal erwähnt. Soviel ich weiß, war sie mit einem der Rettungsärzte befreundet. Sie war eine einsame Frau und hatte kaum Anschluss hier. Großteils durch ihre kühle und unnahbare Art schaffte sie es nicht, sich zu integrieren. Einzig und allein Dr. Mahidi fand Zugang zu ihr. Wie eng sie befreundet waren, weiß ich nicht. Jedenfalls hielt sie große Stücke auf ihn. Sie sagte einmal, mit Ausländern tue sie sich leichter. Er stammt aus einer indischen Familie, studierte in London und dann in Wien Medizin. Schließlich ließ er sich in Klagenfurt nieder und betreibt eine Praxis in der Stadt."

„Schön und gut. Ich werde der Sache nachgehen. Aber was ist mit der Obduktion? Die Lebensgeschichte dieser Frau", er zeigte auf die Tote, die kalkweiß und reglos auf dem Tisch lag, „ist sicher nicht das einzige Ergebnis deiner Untersuchung."

„Nein! Schwimmen liebte sie nicht, aber vielleicht ist sie überhaupt nicht schwimmen gegangen."

„Äh, das verstehe ich jetzt nicht."

„Wirst du gleich! Übrigens, sie ist ertrunken."

Goritschnigg sah den Mediziner spöttisch an. „Was du nicht sagst. Darauf wäre ich nie gekommen."

„Aber nicht so wie du denkst! Sie ist nicht im See ertrunken."

„Was? Wo dann?"

„Sie hat Chlorwasser in der Lunge und das kann nur aus einem Swimmingpool stammen."

„Sie ist in einem Swimmingpool ertrunken?"

„Das sagte ich gerade. In einem privaten, selten benutzten Swimmingpool und nicht etwa in einem Schwimmbad."

„Wieso kannst du das so genau sagen?"

„Weil das Wasser nicht die Keime enthielt, die man in öffentlichen Schwimmbädern findet. Welche das sind, will ich dir gar nicht so genau sagen, sonst gehst du nie wieder in eines."

„Tu ich auch so nicht! Zu viele Leute, zu viele Kinder, zu viel Lärm, zu wenig Platz!"

Wurzer lachte. „Ganz meine Meinung."

„Könnte es ein Unfall gewesen sein?"

„Könnte es! Ich habe den Körper auf blaue Flecken abgesucht. Es gibt überhaupt keine!" Dr. Wurzer beugte sich über die Füße der Toten „Allerdings muss ich dir etwas zeigen." Er nahm einen Kugelschreiber zur Hand und deutete auf den rechten Außenknöchel. „Hier ist ein kleiner Einstich."

Goritschnigg nahm die Stelle in Augenschein, richtete sich aber enttäuscht wieder auf. „Ich sehe nichts."

„Er ist fast nicht zu sehen. Und jetzt halt dich fest. Du hast doch nach einem Petrovic gefragt, als du gestern hier warst."

„Was ist mit ihm? Hast du ihn etwa gefunden?“

„Nun ja, er ist doch tatsächlich aufgetaucht.“

„Was? Wie? Wo?“

„Hei, nicht alles auf einmal! Er ist nicht physisch bei mir erschienen, aber er hat angerufen.“

„Und hat sich mit ‚Petrovic' gemeldet?“

„Ja.“

„Wann war das?“

„Vor etwa einer Stunde.“

„Was hat er gesagt?“

„Er hat mir mitgeteilt, dass ich hinter ihrem rechten Knöchel nachschauen soll.“

Goritschnigg stieß einen leisen Pfiff aus. Das war ja nun der Hammer! Als er sich von seiner Verblüffung erholt hatte, fragte er: „Hat er sonst noch was gesagt?“

„Nein. Bevor ich etwas fragen konnte, hat er aufgelegt.“

„Was hatte er für eine Stimme? Wie sprach er?“

„Ich weiß, worauf du hinauswillst. Er sprach nicht mit Akzent, er sprach gutes altes Kärntnerisch.“

Der Chefinspektor holte sein Handy hervor und tätigte einen kurzen Anruf, dann sagte er zu dem Pathologen: „Unser Petrovic kann es nicht gewesen sein. Der hat nämlich einen Akzent. Hast du registriert, woher der Anruf kam?“

„Hab's versucht, aber es war offensichtlich ein Wertkartenhandy.“

Goritschnigg strich sich sinnend über das Kinn. „Was hat das nur alles zu bedeuten.“

„Wenn das jemand herausfindet, dann du.“

„Dein Vertrauen ehrt mich, aber momentan bin ich völlig ratlos.“ Goritschnigg war schon im Gehen begriffen, als er sich nochmals umdrehte. „Sag' mal, was war das für eine Geschichte mit der Leiche, die die Lüttje nicht aufschneiden wollte?“

„Komisch, dass du danach fragst. Das ist mir gestern auch schon durch den Kopf gegangen. Richtig hysterisch ist sie geworden, als ich sagte, eine junge Drückerin liege auf dem Tisch. Dabei hat sie extra verlangt, über alle Drogenfälle sofort unterrichtet zu werden, wollte dann aber nichts mit dieser Toten zu tun haben.“

„Hat sie das irgendwie erklärt?“

„Nur vage! In Deutschland habe sie viel mit Drogenleichen zu tun gehabt und sie habe gehofft, dass es hier anders wäre. Das war alles!“

„Ziemlich dünn, die Rechtfertigung! Für eine Pathologin!“

„Das habe ich auch gedacht.“

Jakob Goritschnigg fuhr zur Internen Zwei, wo er im zweiten Stock eine vorbeieilende Schwester nach Oberarzt Dr. Kofler fragte. Er war noch bei der Visite. Goritschnigg musste warten. Er lehnte sich an die Wand, unnachgiebig und gestreng beäugt von Schwester Maria. Er hasste Krankenhäuser und er hasste Warten und am meisten hasste er Warten in Krankenhäusern oder beim Arzt. Die halbe Stunde erschien ihm wie eine Ewigkeit. Er studierte schon den Dienstplan der Schwestern, die Verhaltensregeln für Besucher und das Brett mit den Fotos und Namen des medizinischen und des Betreuungspersonals, als endlich die Abordnung der Weißgewandeten aus dem letzten Krankenzimmer kam, angeführt von dem großen, grauhaarigen, ehrfurchteinflößenden Primarius der Internen Zwei, den die dicke, ehrfurchtgebietende Oberschwester Regina mit hochrotem Gesicht anhand eines Klemmbrettes um einen Kommentar zu ihrem auf dem Brett dokumentierten Fall bat, den er ihr offenbar nicht geben wollte. Primarius Dr. Dr. Hochstetter gab ihm nicht die Ehre, ihn zu bemerken, obwohl er ihn sehr wohl von diversen Gesellschaften kannte, vor denen sich der Chefinspektor nicht drücken konnte. Goritschnigg war das ohnehin recht, wäre ihm das Aufsehen und die Neugier, die der Besuch eines Kriminalbeamten unweigerlich ausgelöst hätte, doch nur unangenehm gewesen. Niemand beachtete ihn. Er hörte im Vorübergehen die scharfe

Stimme des Bosses, mit der er die Oberschwester zurechtwies: „Wie konnten Sie nur so nachlässig sein. Ihre langjährige Erfahrung muss ihnen doch schon längst gesagt haben, dass Sie bei ausländischen Patienten auf Dinge Acht geben müssen, die ihre spezielle Lebensart betreffen. Wie konnten Sie ihm das Essen zumuten!"

Sie stotterte mit hochrotem Kopf: „Aber *Sie* haben doch diese Diät angeordnet! Wie konnte ich wiss... !"

Er blieb abrupt stehen. „*Ich* habe *gar nichts* angeordnet. Es sind nur Empfehlungen, aber die Umsetzung liegt bei Ihnen, das sollten Sie längst wissen."

Verzweifelt ließ sie die Hände sinken. „Wie soll ich jeden einzelnen ...? Bei den vielen Patienten ...?"

Er beugte sich zu ihr und sagte mit eiskalter, gepresster Stimme: „Wie oft soll ich Ihnen noch sagen, dass die Patienten in den drei Zimmern dort", er zeigte in die Richtung, aus der sie gerade gekommen waren, „nicht *irgendwelche* Patienten sind. Geht das *irgendwann* in Ihren Dickschädel rein. Die sind bevorzu... äh, *anders* zu behandeln! *Ist das klar*!"

Sie stotterte: „J... ja, schon ... aber ...!"

Er wurde zornig: „Kein *aber!*"

Nun wurde auch sie zornig und in diesem Moment bewunderte Goritschnigg die kleine dicke Frau: „Doch ‚*aber*', Herr Primarius, geben Sie mir mehr Personal, mehr Schwersten, mehr Bertreuerinnen, dann kann ich Ihren Wünschen gerne nachkommen. Aber so ...!" Sie drehte sich um und rauschte davon. Verblüfft starrte ihr der hohe Herr nach, den Kopf nach vorne gestreckt und mit Augen, die fast aus den Höhlen traten. Vor der Tür zum Schwesternzimmer drehte sie sich nochmals um und sagte kalt: „Stellen Sie doch selbst jemanden ein, der Ihre reichlich zahlenden Privatpatienten verhätschelt." Sie warf den Kopf in den Nacken und verschwand hinter der Tür, wobei sie diese zufallen ließ. Dr. Dr. Hochstetter ging mit hochrotem Kopf den Gang hinunter und verschwand im Stiegenhaus.

Der Pulk des Mitläuferpersonals an Ärzten, Aspiranten und Schwestern löste sich auf, wobei eifrigst getuschelt und gegrinst wurde. Teils bewundernde, teils verärgerte Blicke trafen die verschlossene Tür zum Schwesternzimmer. Keiner kümmerte sich um Goritschnigg außer einem großen, blonden, etwa fünfzigjährigen, unschwer als Arzt zu erkennenden Mann, der unschlüssig stehen blieb und Goritschnigg anstarrte. „Was machen Sie ...?"

„Sind Sie Oberarzt Dr. Kofler?"

„Ja. Ah, Sie sind Inspektor Goritschnigg und wollen etwas über einen Patienten wissen. Leider kann ich Ihnen nicht viel sagen. Aber kommen Sie doch hier herein."

Er öffnete eine Tür, die ins Arztzimmer führte. Es war ein schmaler, nüchterner Raum mit zwei Tischen, die an der Längswand standen. Dazwischen gab es Aktenschränke, einen Beistelltisch mit einer Kaffeemaschine und billigen Werbegeschenk-Häferln drauf. In der Ecke stand ein Kühlschrank, bepinnt mit bunten Zetteln. Es gab neben den Schreibtischsesseln noch zwei separate Polstersessel, auf denen es sich zwei junge Turnusärzte bequem gemacht hatten. Als der Oberarzt mit seinem Begleiter das Zimmer betrat, standen die beiden auf und gingen hinaus.

Dr. Kofler bot Goritschnigg an, sich zu setzten und offerierte Kaffee, Tee oder ein gekühltes Getränk. Goritschnigg lehnte ab. Er setzte sich und sah dem Arzt zu, der eine Tasse unter den Automaten stellte und auf ‚Start' drückte. „Ich bin ein wenig kaffeesüchtig, muss ich gestehen."

Er setzte sich ebenfalls und schaute dem Chefinspektor freundlich in die Augen. „Was kann ich für Sie tun?"

„Gestern muss ein Patient namens Petrovic hier gewesen sein. Ist das richtig?"

Dr. Kofler runzelte die Stirn: „Petrovic, Petrovic, helfen Sie mir weiter. Wer soll das gewesen sein und was soll er gehabt haben?"

„Ein Patient mit Bauchbeschwerden, der gestorben ist. Die Oberschwester sagte mir, dass Sie darüber Bescheid wüssten."

„Die Oberschwester sagte Ihnen ...?“ Kofler stand auf, ging zur Tür und rief in den Gang hinaus: „Schwester Regina, Schwester ...! Wo ist sie hin? Ach, wenn Sie zurückkommt, sagen Sie ihr bitte, sie möge unverzüglich zu mir ins Arztzimmer kommen.“ Und an Goritschnigg gewandt: „Wir werden das gleich geklärt haben.“ Er setzte sich wieder. „Was interessiert Sie an dem Mann?“

„Das weiß ich noch nicht.“

„Das wissen Sie nicht? Ja, was kann ich dann überhaupt ...?“

„Wie gesagt, ich weiß nichts, außer, dass ein Häftling namens Petrovic gestern von Dr. Lüttje auf einer Bahre aus einem Ihrer Krankenzimmer geschoben wurde. Zugedeckt, also tot.“

Dr. Kofler machte große Augen. Seine Verblüffung war vollkommen echt. „Ein Häftling? Hier? Das ist völlig unmöglich. Wir behandeln keine Häftlinge.“

„Auch nicht, wenn es sich um einen Notfall handelt? Herzinfarkt zum Beispiel, oder ein Selbstmordversuch vielleicht?“

„Nein, bisher nicht. Solche Akutfälle kommen in die Notaufnahme oder ins Unfallkrankenhaus oder auf die Intensivstation. Wir haben hier nur eine Bettenstation. Ein Patient Petrovic war sicher gestern nicht hier und ist schon gar nicht gestorben.“

Schwester Regina betrat forsch den Raum. „Was gibt’s? Ich habe nicht viel Zeit ...!“ Als sie Goritschnigg sah, grinste sie. „Aha, haben Sie endlich den Oberarzt gefunden.“

Dr. Kofler stand auf und ging auf die Schwester zu. „Sie sagten gestern zu Inspektor Goritschnigg, ich wüsste etwas über einen Patienten namens Petrovic! Wie kommen Sie darauf?“

Sie schaute den Chefinspektor entrüstet an. „Ich habe nicht gesagt, dass der Oberarzt etwas weiß. Ich habe gesagt, Sie sollen ihn fragen.“

Dieser sagte streng: „Wenn es einen solchen Patienten gegeben hätte, müssten Sie das auch gewusst haben, oder etwa nicht!“

Sie stemmte die Fäuste in die Hüften. „Sie wissen genau, dass es Patienten hier gibt, die nicht der normalen Routine unter...!“

Er unterbrach sie: „Ach, darauf spielen Sie an! Das betrifft aber sicher nicht einen Gefängnisinsassen!“

Verwundert sagte sie zu Goritschnigg: „Sie haben nicht gesagt, dass es sich um einen Häftling handelt, sondern nur nach einem Petrovic gefragt und da …! Ich hätte Ihnen gleich sagen können, dass der nicht da sein kann.“

„Da sieht man wieder mal, wie man aneinander vorbeiredet.“ Und mit einem anerkennenden Unterton: „Beeindruckender Auftritt vorhin, alle Achtung!“

Sie warf einen verächtlichen Seitenblick auf Dr. Kofler und schnaubte: „Wenigstens sehen Sie das so, Herr Chefinspektor! Die Ärzteschaft ist nicht immer dieser Meinung. Aber das verstehe ich auch: Mein Arbeitsplatz ist nicht gefährdet – schuftende Krankenschwestern sind schwer zu bekommen. Ärzte hingegen gibt’s wie Sand am Meer!“

Auf dem Rückweg kam er an dem Verwaltungsgebäude vorbei und betrat es. Er fragte nach dem Büro des Krankenhausdirektors. Dr. Kernmayer war ein mittelgroßer Mann um die fünfzig mit grau meliertem Haar, einem blassen Teint und Wohlstandsbauch. Er begrüßte Goritschnigg freundlich.

„Guten Tag, Chefinspektor Goritschnigg, wie geht’s Ihrem Vater?“

„Sie kennen ihn?“

„Er hat mir Holz geliefert für meine Veranda. Interessanter Mann. Scheint sein Licht ein wenig unter den Scheffel zu stellen.“

„Ach, hat er wieder mal über seine Ambitionen geplaudert.“

„Dass er lieber Astronom geworden wäre? Ja! Musste aber den Betrieb übernehmen. Tja, so spielt das Leben. Ich wollte auch nicht Jurist werden, aber mein Vater …! Sie wissen ja, wie das ist.“

Goritschnigg wusste das nicht, denn, wenn es nach seinem Vater gegangen wäre, hätte er auch das Handwerk der

Holzverarbeitung erlernen sollen. Ihm stand aber weder der Sinn nach einfacher Arbeit noch danach, ständig unter Kuratel seines Vaters zu stehen. Er wollte studieren und entschied sich für die Juristerei. Später musste er sich oft genug anhören, wozu ein Studium für einen Politzisten wohl notwendig wäre, noch dazu ein abgebrochenes. Goritschnigg war nach vier Semestern Studium zu der Erkenntnis gekommen, dass ihn weder die Paragrafen noch die beruflichen Möglichkeiten sonderlich interessierten und begab sich lieber auf den Weg, die Verbrecher zu fangen, als sie dann in Prozessen wieder laufen lassen zu müssen.

Kernmayer bat ihn, Platz zu nehmen. „Was kann ich für Sie tun“, fragte er ausgesprochen höflich. „Es geht vermutlich um Dr. Lüttje?“

Goritschnigg setzte sich. „Genau! Wir möchten mehr über sie erfahren. Wie kam sie hierher, welche Referenzen hatte sie, wer waren ihre Vertrauten, Freunde, Kollegen usw.“

Kernmayer seufzte. „Allzu viel weiß ich nicht. Aber warten Sie.“ Er ging zur Tür und rief nach draußen, die Sekretärin solle ihm die Personalakte von Dr. Lüttje bringen. Sie kam sofort mit einer dünnen braunen Mappe herein und legte sie auf den Schreibtisch ihres Chefs, wobei sie den Chefinspektor anlächelte. „Wir haben schon mit Ihrem Besuch gerechnet.“

Dr. Kernmayer schickte ihr einen missbilligenden Blick nach, als sie den Raum verließ, dann schlug er die Akte auf. „Sie meldete sich zum ersten Mal im April und fragte nach einer Anstellung.“

„Sie kam persönlich vorbei.“

„Äh … ja.“

„Hatte sie Referenzen?“

„Laut ihren Angaben arbeitete sie in Berlin, war mit einem Deutschen verheiratet, stammte aber aus Russland. Dort hatte sie Medizin studiert und war Pathologin geworden. In Deutschland konnte sie nach Absolvierung der erforderlichen Qualifikation an der Charité arbeiten. Dadurch war sie bestens mit den

Verhältnissen im Westen vertraut.“ Der Direktor nahm drei Blätter aus der Mappe und reichte sie dem Chefinspektor. Das oberste war das Empfehlungsschreiben eines Dr. Straube aus der Berliner Charité über ihre Tätigkeit als Pathologin. Die zwei weiteren Blätter waren Kopien von in Russisch abgefassten und mit vielen Stempeln und Unterschriften versehenen Urkunden. Goritschnigg verstand zwar kein Kyrillisch, aber aus der Überschrift konnte man zumindest so was wie ‚Diploma‘ erahnen.

„Sagte sie, warum sie nach Klagenfurt wollte?“

„Äh … nein!

„Haben Sie ihr gleich eine Stelle in Aussicht gestellt?“

„Zunächst mussten wir sie vertrösten, aber als einer unserer Pathologen im Mai Kärnten verließ, wurde die Stelle vakant. Wir waren froh, gleich einen so erfahrenen Ersatz zur Hand zu haben.“

„Hat sie sich gut eingefügt? War sie mit jemandem hier eng befreundet?“

Kernmayer schlug die Beine übereinander und zögerte kurz. „Soviel ich weiß, war sie sehr zurückhaltend.“

„Sie war bei den Rettungsschwimmern. Wie kam sie dazu?“

„Keine Ahnung! Da fragen Sie am besten im Strandbad nach.“ Dr. Kernmayer schaute demonstrativ auf die Uhr. „Ich habe leider nicht viel Zeit. Könnten Sie …?“

„Wird nicht mehr lange dauern, aber ich habe noch eine wichtige Frage: Wie läuft das ab, wenn jemand auf einer Station verstirbt?“

„Der behandelnde Arzt stellt die Todesursache fest und stellt einen Totenschein aus. Der Verstorbene wird dann von einem Hilfspfleger in die Pathologie gebracht. Es gibt dafür einen eigenen Transportwagen. Dort sind die Kühlboxen, wo der Tote ‚zwischengelagert‘ wird, bis seine Freigabe erfolgt und die Beerdigung stattfinden kann.“

„Wie lange kann das dauern, bis der Tote von der Station abgeholt wird?“

„Oh, schon mal ein, zwei Stunden, wenn Hochbetrieb herrscht."

„So viele Tote zu transportieren? Kann es da vorkommen, dass der Pathologe selbst einen Verstorbenen abholt."

„Bestimmt nicht. Der Pathologe ist sowieso nur involviert, wenn eine Autopsie durchgeführt werden soll."

„Ach, das wird nicht bei jedem Patienten gemacht?"

„Nein, nur bei unklaren Todesursachen oder im Falle von … äh …" Er wandte sich ab.

„Im Falle von … was?"

Kernmayer seufzte. „Ich will aufrichtig sein. Im Falle von seltenen Krankheiten wird ein Verstorbener schon mal zu Forschungszwecken aufgeschnitten. Schließlich kommt das ja der Allgemeinheit zugute."

„Zu Forschungszwecken, so, so! Kann es nicht sein, dass man die jungen Ärzte ein bisschen herumschnipseln lässt. An Patienten ohne Angehörige oder an alten Leuten z.B. Hat Dr. Lüttje ‚zu Forschungszwecken' an den Leuten herumgeschnipselt?"

„Äh … keine Ahnung."

„Nehmen wir mal an, sie *hätte* ‚geschnipselt', hätte sie dann die Person persönlich aus dem Krankenzimmer geholt?"

„Nein, das sicher nicht. Aber sagen Sie, was sollen all diese Fragen?"

„Einer unserer Polizisten hat sie gestern Morgen gesehen, wie sie die Leiche eines Strafgefangenen, der hier zur Behandlung war, aus einem Zimmer geschoben hat."

„Ach so! Wahrscheinlich hat der Oberarzt eine Obduktion angeordnet. Und vielleicht war kein Hilfspersonal frei. Gestern war auf der Zweiten Med. die Hölle los, da …"

„Ja, ja, ich weiß, ein Stromaggregat ist ausgefallen. Auf der Abteilung bestreitet jeder, bis hin zum Oberarzt, dass ein Patient namens Petrovic überhaupt auf der Station gelegen ist."

„Na also, vielleicht war's ja gar nicht der Petrovic. Sind Sie sicher, dass sich ihr Kollege nicht geirrt hat?"

„Nein, ich bin nicht sicher."

Kernmayer grinste. „Dann sollten Sie das vielleicht erst einmal klären." Er schlug einen Aktendeckel auf und deutete damit an, dass die ‚Audienz' beendet war.

Goritschnigg stand auf. „Ich danke Ihnen. Könnte ich bitte eine Kopie des Referenzschreibens aus Berlin haben?"

„Sicher, meine Sekretärin wird Ihnen eine anfertigen."

„Danke. Und wenn ich noch Fragen habe …?"

„… können Sie mich jederzeit anrufen. Ich gebe Ihnen meine Privatnummer." Dr. Kernmayer schrieb eine Telefonnummer auf die Rückseite der Krankenhaus-Visitenkarte und gab sie Goritschnigg.

„Ach, eine Frage noch: Haben Sie einen Swimmingpool?"

„Nein. Wieso?"

„Reine Neugierde."

Goritschnigg fuhr zurück ins Büro, nachdem er unterwegs einen kurzen Imbiss eingenommen hatte. Er rief im Strandbad an, um zu erfahren, dass Dr. Mahidi heute Dienst habe. Er holte sein Fahrrad aus dem Hof der Polizeistation und radelte los.

Der Lendkanal war ein verträumter Wasserweg, der fast von der Stadtmitte zum See verlief. Links davon befand sich die Villacher Straße, auf der rechten Seite gab es einen wunderschönen Radweg entlang einer Straße, die von PKWs nur als Zufahrt zu den dortigen Wohnhäusern benutzt werden durfte. Er führte unter alten Bäumen entlang, unter der Villacher Straße hindurch, am Planetarium und dem Reptilienzoo vorbei, durchquerte den Europapark und mündete vor dem Strandbad in einen großen Fahrradparkplatz, der mit hunderten von Radständern die Beliebtheit des Drahteseltransports anzeigte.

Nachdem Goritschnigg sein Fahrrad abgestellt hatte, betrat er das Bad durch die imposante Eingangshalle. Der Anblick des zur linken Hand liegenden Biergartens, des alten, schattenspendenden Baumbestandes, der weiß-grün gestrichenen und auf den

Wiesen gleichmäßig aufgereihten Badehütten, des großen ‚mittleren' Badestegs neben zwei kleineren links und rechts davon, versetzte ihn in Hochstimmung.

Er ging rechts um die Liegewiese herum und erreichte kurz vor dem Bootsverleih die Rettungsstation, der man ihre Wichtigkeit nicht wirklich ansah, da sie eher bescheiden in einem kleinen niedrigen Gebäude mit wenigen Räumen untergebracht war. Goritschnigg betrat die Station und fand zwei Personen vor, wobei Dr. Mahidi unschwer zu erkennen war. Der Inder war groß und hatte halblanges schwarzes Haar. Er sah gut aus und wusste es auch, so wie er den Kopf zurückwarf und den Neuankömmling mit charmantem Lächeln und einem kräftigen Händedruck begrüßte.

„Chefinspektor Goritschnigg, nehme ich an. Das ist Renate Sommer." Er zeigte auf das blonde, etwa siebzehnjährige Mädchen, das sich aus einem Korbsessel erhob und dem Chefinspektor schüchtern und artig die Hand reichte. „Sie ist erst seit drei Tagen bei uns und wird gerade eingeschult. Gestern war sie jedenfalls nicht da." An das Mädchen gewandt, sagte er: „Es ist Zeit für deine Runde."

Goritschnigg und Mahidi sahen dem Mädchen nach, das eilig den Raum verließ. Dr. Mahidi bot dem Kriminalbeamten den frei gewordenen Korbsessel an und nahm selbst auf dem Stuhl Platz, der hinter dem kleinen Schreibtisch an der Wand stand.

„Machen Sie täglich hier Dienst", fragte Goritschnigg.

„Wo denken Sie hin. Ich bin dreimal die Woche eingeteilt, und das nur am Nachmittag. Sonst habe ich meine eigene Praxis."

„Waren Sie gestern hier?"

„Nein, Dr. Walter hatte am Vormittag Dienst und mit ihm …" er zog ein auf dem Tisch liegendes Journalheft zu Rate: „Verona Meier und Katharina Draschitz. Ich war am Vormittag in der Stadt, hatte Erledigungen. Ab zwei Uhr war ich in der Praxis."

„Gleich vorweg eine persönliche Frage, Dr. Mahidi. Waren Sie mit Dr. Lüttje befreundet?"

„Wie darf ich Ihre Frage auffassen? Wenn Sie meinen, wir waren ein Paar, dann sind Sie auf dem Holzweg. Ich bin zwar nicht verheiratet und sie war eine durchaus attraktive Frau, aber …" Er beendete den Satz nicht, hob die Schultern und schnitt eine Grimasse, als wollte er sagen: ‚Sie törnte mich nicht an'!

„Doktor Wurzer, ihr Kollege im Krankenhaus, sagte da ganz etwas anders. Weil Sie beide Ausländer waren, hätten Sie sich zueinander hingezogen gefühlt."

Mahidi lachte: „Der gute Doktor! Mir erzählte Rosa, dass er in sie verliebt und furchtbar eifersüchtig ist."

„Wie und warum kam sie in das Rettungsteam?"

„Das müssen Sie in der Verwaltung fragen. Dort werden die Leute eingestellt."

„War sie nicht etwas zu alt für eine Rettungsschwimmerin? Noch dazu, wo sie – laut Dr. Wurzer – Schwimmen eigentlich hasste."

Mahidi blickte erstaunt. „Soviel ich weiß, schwamm sie ganz gerne. Mir gegenüber hat sie das immer wieder betont! Obwohl sie für eine Rettungsschwimmerin eigentlich schon etwas zu alt war, das stimmt. Sie wollte ja auch als Ärztin hier tätig sein, da sie in Russland viel mit Notfällen zu tun gehabt hat. Das ging aber nicht, weil sie schon zu lange ‚nur' als Pathologin gearbeitet hatte. Sie war dann aber sehr bemüht, das muss man sagen. Sie trainierte täglich, machte Sport, und schließlich schaffte sie in kurzer Zeit das Diplom. Seltsamerweise war sie als Teammitglied eher zurückhaltend. Sie nahm an keinen gemeinsamen Aktivitäten teil und suchte sich ständig die Arbeitszeiten heraus, die *ihr passten* und richtete sich wenig nach den anderen. Man hielt sie für arrogant und wenig kooperativ. Niemand kam ihr wirklich nahe. Oft fuhr sie allein mit dem Boot raus."

„Mit dem Boot, sagen Sie? Hatte sie ihr eigenes Boot?"

„Der Station gehören Boote. Wir haben im Bootsverleih eine Koje, wo ein Ruderboot und unser kleines Elektroboot liegen. Drüben in Bootshafen liegt unser schnelles Motorboot."

„Kann jeder die Boote benutzen?“

„Die kleinen Im Grunde schon. Sie werden nicht so oft für Einsätze gebraucht, da die Wasserrettung mit ihrem Motorboot meist schneller ist, wenn es einen Notfall weit draußen auf dem See gibt und im Bad selbst darf man sowieso nur schwimmend zu den Leuten.“

„Wird die Benutzung der Boote irgendwo vermerkt?“

„Natürlich! Ach, Sie meinen, dass Rosa vielleicht eins der Boote benutzt hat? Warten Sie …“ Er nahm das auf dem Schreibtisch liegende Heft und schlug es auf. Stirnrunzelnd sagte er: „Nein, das Boot wurde gestern nicht ausgeliehen.“

„Wann haben Sie vom Tod Dr. Lüttjes erfahren?“

„Am Abend. Es kam ein Bericht in ‚Kärnten heute‘.“ Er dachte kurz nach. „Ich war erschrocken, als ich ihren Namen hörte. Ich konnte es nicht fassen, dass sie ertrunken sein soll. Sie war eine so gute Schwimmerin. Es gibt natürlich mehrere Möglichkeiten, wie jemand ertrinken kann: Wadenkrampf, Herzinfarkt, Schlaganfall. Auch eine Ärztin ist davor nicht gefeit.“ Mahidi rieb sich das Kinn. „Irgendwie kam es mir schon verdächtig vor. Sie war in letztere Zeit so … abwesend. Ich meine, noch kühler, abweisender und unzugänglicher als sonst, als laste etwas schwer auf ihr.“

„Nannte sie einen Grund?“

„Natürlich nicht. Es war zwecklos, sie solche Dinge zu fragen.“

„Hm, ich brauche alle Namen und Adressen der Rettungsschwimmer und der medizinischen Notfalltruppe.“

Mahidi stand auf und holte einen Ordner von einem Regal. Er nahm ein paar Blätter heraus und zeigte sie dem Chefinspektor. „Da sind alle drauf, die aktuell bei uns tätig sind. Ich mache Ihnen eine Kopie.“

Nachdem das erledigt war, stand Goritschnigg auf. „Danke Doktor. Eine, äh, private Frage hätte ich noch: Wie hat es Sie nach Klagenfurt verschlagen?“

„Eine Frau, besser gesagt, ein Mädchen. Ihr Vater war deutscher Botschafter in Indien. Er holte mich als Junge aus den Slums und nahm mich mit. Es war damals Mode unter Diplomaten, sich mit einem armen Kind aus einem armen Land zu schmücken. Ich ging in Bangkok zur Schule, in London durfte ich studierten und in Wien machte ich den Turnus. Als sich allerdings seine Tochter in mich verliebte, war's vorbei mit seiner Huld und er legte mir nahe, mich möglichst weit weg von ihr niederzulassen. Kärnten hat mir gefallen, also bin ich hier."

„Und, bereuen Sie es?

„Wieso sollte ich? Sie meinen, weil die Kärntner Fremden gegenüber nicht gerade freundlich eingestellt sind. Ach, wissen Sie, in London hat man mich wie einen Aussätzigen behandelt, in Wien hat man mich ‚Tschusch' genannt und in Bonn, wo mein Mentor herkommt, hat man mich überhaupt nicht wahrgenommen. In Kärnten muss man einfach nur geduldig abwarten, bis die Leute allmählich den Menschen und nicht die Hautfarbe sehen, dann kommt man schon zurecht. Übrigens bin ich meinem Mentor dankbar, auch wenn das jetzt etwas abfällig geklungen hat, was ich gesagt habe."

Goritschnigg verabschiedete sich und ging nachdenklich die paar Schritte zum Bootsverleih. Er hatte sich von dem Doktor ein klares Bild der Ermordeten erwartet, aber es wurde eher immer verschwommener. Er hatte langsam das Gefühl, dass diese seltsame Frau jedem ein anderes Gesicht gezeigt hatte. Welches war ihre wahre Persönlichkeit gewesen? Hatte sie überhaupt eine gehabt oder wollte sie absichtlich undurchschaubar bleiben? Wenn das stimmte, dann musste er sich nach dem ‚Warum' fragen.

In dem großen Holzgebäude des Bootsverleihs empfing ihn eine düstere Atmosphäre. Über einen Holzsteg mit einigen Abzweigungen erreichte man die Bootsanlegestellen, in denen Ruderboote oder Tretboote dahindümpelten. Da es inzwischen ein schöner Tag geworden war, kurvten die meisten Boote auf dem

See herum und der Angestellte war mit der Ausgabe und Annahme der Boote vollauf beschäftigt. Auf Goritschniggs Frage nach den Booten der Rettungsstation sagte er: „Es sind die zwei Boote ganz am Anfang der Anlegestellen. Können Sie sich die allein anschauen. Ich hab leider momentan keine Zeit."

„Kann ich, aber ich hätte ein paar Fragen: Kennen Sie Dr. Lüttje?"

Während der Mann ein hereinkommendes Ruderboot zum Anleger zog, sagte er: „Freilich hab ich sie gekannt und ich hab sie gestern noch g'seh'n, wie sie das Elektroboot bestiegen hat."

„Wann war das?"

„Kann ich nicht genau sagen, weil ich sehr beschäftigt war. Irgendwann um die Mittagszeit."

„War jemand bei ihr?"

„Nein. Ich hab sie auch nicht wegfahren g'seh'n und nicht weiter drauf geachtet, aber später war das Boot wieder da und is an der Ladestation g'hängt."

„Sie haben sie nicht kommen gesehen?"

„Nein. Wie g'sagt, ich weiß gar nicht, ob sie überhaupt wegg'fahren is, denn etwas war sehr komisch."

„Und? Was?"

„Es hat doch geheißen, dass sie im Badeanzug g'funden worden is, aber wie sie das Boot bestiegen hat, war sie völlig angezogen."

Goritschnigg sah sich das Boot an. Es schaukelte friedlich in seiner Koje. Ein kleiner metallischer Gegenstand erregte seine Aufmerksamkeit. Er hob mit einem Kugelschreiber das Ding, das wie eine Hülse aussah, auf, beförderte es in einen Plastikbeutel und rief Susi an, dass sie die Spurensicherung zum Bootshaus schicken soll. Sie sagte, dass sie ihn gerade habe anrufen wollen, weil eine weitere Leiche in Loretto angeschwemmt worden sei. Goritschnigg stöhnte: „Das hat mir gerade noch gefehlt."

Dem Angestellten trug er auf, niemanden auf den Steg zu lassen, der zu dem Boot führt, worauf der einen leisen Fluch losließ und seinerseits dem Chefinspektor antrug, sich dafür um seine Boote zu kümmern. Bei Renate Sommer, die inzwischen von ihrer Runde zurückgekehrt und allein in der Rettungsstation war, hinterließ er, sie möge Dr. Mahidi ausrichten, dass niemand das Boot benutzen dürfe, bis es freigegeben sei.

Mit dem Fahrrad brauchte er nur wenige Minuten bis Loretto. Der Tote lag im Wasser. Diesmal hatte man das Eintreffen der Funkstreife abgewartet. Wieder waren Tomaschitz und Smolnig zuerst an der Fundstelle und sie hatten sofort den Arzt und die Spurensicherung verständigt, die schon vor Ort waren. Auch Stannek war da, als hätte er einen Riecher für dubiose Leichenfunde.

Als die Spusi den Toten aus dem Wasser holte, rief Tomaschitz aus: „Das ist ..., das ist doch der Petrovic!"

Goritschnigg, der sich bereits zum Gehen wandte, weil er mit Stannek sprechen wollte, wendete sich abrupt dem Toten zu. Er kannte Petrovic nicht und fragte: „Bist du sicher?"

Beleidigt antwortete Tomaschitz: „Wen ich kenn', den kenn' ich!"

„Wollte dir nicht zu nahetreten, Tommy, aber der liegt schon etwas länger im Wasser und schaut … leicht angegriffen aus. Deswegen muss ich sicher sein, dass er es ist."

„Ach so, Herr Chefinspektor, ich versteh schon. Aber er ist es, das erkenn ich an der Narbe auf seiner Stirn. Dieses ‚U' hat er nämlich von mir!" Sein Brustkorb blähte sich vor Stolz.

„Wie das, Tomaschitz? Hast du ihn mit einem Hufeisen getreten?"

Tomaschitz lachte: „Hufeisen! Nein, als wir ihn verhaftet haben, da wollte er davonlaufen und ich habe ihm ein Haxl g'stellt. Oh, Verzeihung – ich habe ihn mit meinem rechten Fuß zu Fall gebracht und da ist er auf das Eisenstück gefallen, das er gerade zu einem Haken gebogen hat und das ihm aus der Hand gefallen ist."

„Super Meldung, Tomaschitz, danke für die ausführliche Auskunft! Jetzt bin ich vollkommen im Bilde und der Mord an ihm wird sofort klar."

Tomaschitz riss die Augen auf. „Was, sie wollen mich wohl ver…" Dann hellte sich sein Blick auf. „Äh, sehr witzig, Herr Chefinspektor."

Goritschnigg ging zu Stannek, der an einem der Tische saß, einen Kaffee trank und sich mit dem Wirt unterhielt. Als Goritschnigg näherkam, wollte der Wirt wieder gehen, aber der Chefinspektor hielt ihn zurück. „Bleiben Sie gleich da, sonst muss ich Sie womöglich im ganzen Haus suchen."

Der Wirt zuckte mit den Schultern und setzte sich wieder. „Ich habe dem Streifenbeamten eh schon alles erzählt. Ich weiß nichts und habe nichts gesehen. Ich bin in der Küche und im Schankraum beschäftigt und habe keine Zeit, mich hier draußen umzutun."

„Ich weiß, ich weiß. Aber vielleicht können Sie mir sagen, wer hier draußen etwas mitbekommen haben könnte. Die Serviererin vielleicht oder der Küchenjunge, der Abfälle rausbringt, oder ein Lieferant."

„Nichts davon, Herr Goritschnigg, heute wurde nichts geliefert und wenn ich mir einen Küchenjungen leisten könnte, würde ich auf Mallorca sitzen und nicht hier. Die Serviererin kommt schon raus, aber der Steg liegt doch da drüben und was im Wasser liegt, ist von hier aus nicht zu sehen. Es sind die Gäste, die gerne zum Wasser gehen." Er schaute zu Stannek und setzte ein schiefes Grinsen auf. „So wie mein guter Freund hier! Er weiß besser Bescheid. Kann ich jetzt gehen?" Er zeigte auf das Haus. „Ich habe zu tun."

„Ja, ja", antwortete Goritschnigg, „vorläufig brauche ich Sie nicht, aber Sie wissen ja …"

Der Wirt lachte. „Natürlich, ich darf das Land nicht verlassen. Keine Angst, wenn ich das könnte, wäre ich schon lange nicht mehr da."

Goritschnigg schaute ihm nach. „Warum ist er nur so negativ eingestellt. Sein Lokal geht doch gut. Ich dachte immer, er ist zufrieden mit seinem Leben.“ Goritschnigg kannte den Magometschnigg, weil er und seine Frau an lauen Sommerabenden gerne hier draußen aßen.

„Das weißt du gar nicht? Seine Frau hat ihn vor zwei Monaten verlassen und jetzt ist er am Boden zerstört“, sagte Stannek.

„Kein Wunder, dass er verzweifelt ist. Sie war unglaublich tüchtig und hat den ganzen Betrieb hier geschaukelt. Aber lassen wir mal den Magometschnigg. Was tust du hier um diese Zeit?“

„Polizeifunk! Hab von dem Leichenfund gehört.“

„Wer war da, als du angekommen bist?“

„Zwei Tische waren besetzt. Bei dem schönen Wetter sind um die Mittagszeit alle im Bad. Nur Kaffeetrinker; zwei Pärchen! Die einen gingen zum Wasser und haben etwas am Pfeiler des Stegs auf und ab dümpeln gesehen. Darauf haben sie den Wirt verständigt und der hat die Funkstreife gerufen.“

„Du hast die beiden also schon verhört?“

Stannek tat beleidigt. „Nicht verhört, nur befragt.“

„Und dabei nicht erwähnt, dass du Reporter bist.“

„Wieso sollte ich. Sie haben mir alles freiwillig erzählt.“

„Welche sind es?“

Die zwei Paare saßen an einem separaten Tisch und warteten darauf, dass man sie entließ. Goritschnigg stand auf und sagte zu Stannek: „Du bleibst noch. Ich habe wegen gestern Fragen.“ Er ging auf das eine Pärchen zu, das ihm verschüchtert entgegenblickte. Die beiden waren noch sehr jung, wahrscheinlich keine sechzehn und dementsprechend unsicher. Das zweite Pärchen war älter und schaute gelangweilt auf den See. Goritschnigg nahm sich das jüngere Pärchen vor, um sie endlich aus der peinlichen Situation zu erlösen.

„Grüß Gott.“ Er setzte sich. Der Knabe, ein dünn aufgeschossener blonder Jüngling, versuchte eine weltmännische Miene aufzusetzen. Das Mädchen, ebenfalls lang und dünn, blickte zu Boden. Goritschnigg dachte an seine eigene Pubertätszeit, als er Annemarie, seine heißverehrte Schulkollegin aus der Parallelklasse, mit klopfendem Herzen zum ersten Rendezvous ins Strandbad-Café eingeladen hatte. Der Fund einer Wasserleiche hätte damals sicher nicht zu seinem Wunschszenario gehört. Also ging er sehr behutsam vor. „Ihr habt's die Leiche g'funden?"

Der Junge fragte etwas aufmüpfig, scheinbar, um seiner Begleiterin zu imponieren: „Sie sind wer? Wir sind doch schon verhört worden."

Goritschnigg sagte sanft. „Nicht wirklich. Das war ein Reporter, der euch befragt hat. Mein Name ist Chefinspektor Goritschnigg." Er zeigte ihm seinen Ausweis.

„Scheiße, das hätte der aber auch sagen können. Wir", er schaute unsicher zu dem Mädchen, „müssen nicht unbedingt in der Zeitung stehen."

„Keine Sorge, der schreibt nur, was ich ihm erlaube." Insgeheim dachte er: ‚Schön wär's!' „Also kann ich bitte eure Namen haben." Sie nannten sie ihm einschließlich Adressen und Telefonnummern. „Danke, und jetzt sagts mir, wann Ihr die Leiche gefunden habt und in welchem Zustand sie war. Was habt ihr danach als erstes gemacht usw."

Der Junge übernahm weiterhin das Reden: „Wir sind zum Steg runtergegangen …"

„Wann genau?"

„Das war so – vor einer Stunde. Auf die Uhr haben wir nicht g'schaut …"

Vom Nachbartisch rief die Dame herüber: „Es war genau viertel zwei. *Ich* hab auf die Uhr g'schaut, weil ich auf ihn g'wartet hab." Sie deutete mit einer ärgerlichen Geste auf ihren Begleiter.

„Danke", rief Goritschnigg hinüber, „zu Ihnen komme ich noch." Und wieder zu dem Jungen: „Wie lag der Tote im Wasser und wo genau."

Die Leiche fanden sie an derselben Stelle, an der auch Dr. Lüttje angeschwemmt worden war. Der Mann sei verkehrt herum im Wasser gelegen, man habe nur den Hinterkopf und das aufgeblähte Hemd gesehen. Danach hätten sie den Wirt geholt und der habe die Funkstreife gerufen. Das Mädchen brach in Tränen aus, weshalb Goritschnigg das Pärchen nach Hause schickte. Die beiden anderen wussten ebenfalls nichts Wesentliches zu sagen. Goritschnigg hatte den Eindruck, dass die Frau sogar bedauerte, nicht selbst die Leiche gefunden zu haben, um einmal im Mittelpunkt des Interesses stehen zu können.

Der Chefinspektor holte den Reporter an einen der Tische. „Du hast dich nicht an die Abmachung gehalten", sagte er vorwurfsvoll.

Stannek schaute unschuldig drein. „Welche Abmachung?"

„Ich sagte gestern, du sollst noch warten, aber es ist alles brühwarm in der Zeitung gestanden. Sogar, dass es sich um Mord handelt, obwohl das noch gar nicht heraus war."

„Aha, und jetzt ist es heraus?" Stannek lachte. „Danke für die Bestätigung."

„Das habe ich nicht gesagt!"

„Eine Gerichtsmedizinerin, die Rettungsschwimmerin ist und tot angespült wird. Wofür hältst du mich eigentlich Du kannst alles von mir denken, aber ein schlechter Reporter bin ich nicht. Und auf deine Auskünfte bin ich nicht angewiesen. Die anderen Zeitungen haben auch schon längst Bescheid gewusst, noch bevor du wieder in der Stadt warst."

„Wie viel zahlt's Ihr Zeitungsfuzzis eigentlich den Polizisten für prompte Auskünfte?"

„‚Geben und Nehmen', so läuft doch das Geschäftsleben seit Anbeginn der Menschheit. Oder etwa nicht."

„Deshalb also hast du mich nicht gelöchert. Du hast schon alles gewusst. Trotzdem, wie kommst du auf Mord? Hat dir jemand etwas in dieser Richtung gesagt?"

Stannek wurde ernst. „Erstens habe ich nicht geschrieben, dass es Mord war, sondern nur die Vermutung in den Raum gestellt, um den Bericht interessanter zu machen. Und zweitens habe ich dir den Grund für die Vermutung schon genannt: Rettungsschwimmerin und Ertrinken, dass ich nicht lach'!" Er blickte Goritschnigg herausfordernd an: „Und? War es Mord?"

„Es deutet einiges darauf hin. Die Autopsie hat Ertrinken ergeben, aber es gibt Unklarheiten. Morgen werden wir mehr wissen, wenn dieser hier", er deutete auf den Toten am Steg „obduziert ist. Aber vielleicht weißt du ja schon früher Bescheid als ich. Bei deinen Beziehungen!" Goritschnigg stand auf und hielt Stannek die offene Hand hin. „Die Fotos bitte."

Stannek stand auch auf. „Es ist der Petrovic, nicht wahr? Der entflohene Häftling!"

„Woher willst du denn *das* wissen?", sagte Goritschnigg alarmiert.

„Ich kann kombinieren. Die beiden Fälle hängen doch zusammen, oder soll ich an einen Zufall glauben."

„Glaub, was du willst", sagte der Chefinspektor unwirsch, „aber ja, es ist der Petrovic. Das ist ohnehin nicht zu verbergen."

„Was hatte die Lüttje mit dem zu tun?"

„Das wissen wir noch nicht, aber du erfährst es sicher als Erster."

Zurück im Büro gab er Susi die Liste der Rettungsmannschaft vom See, damit sie die Leute anruft, die am Dienstag Dienst hatten. „Wer hat Dr. Lüttje gestern im Bad gesehen? Wer hat sie näher gekannt? Wie ist sie mit den Leuten zurechtgekommen? Frag solche Sachen!"

Sie verzog das Gesicht.

„Was ist? Überlastet?"

„Ich wollte heute früher nach Hause gehen, weil ich Besuch bekomme, das ist alles."

„Dann mach den Mozzo flott, ich brauche ihn dringend."

Sie meinte, sie habe es schon versucht, aber der gute Mann sei noch physisch, psychisch und flugtechnisch auf Urlaub, da er erst am späten Abend aus Sardinien zurückkehren würde, wie seine Tochter ihr mitgeteilt habe. „Sein Handy ausgeschaltet und die Sinne auf *ferragosto, commissario, capisci*?"

Goritschnigg fluchte. „Morgen steht er auf der Matte … du *capisci*?"

Er rief beim Roten Kreuz an und erfuhr, dass er die Rettungssanitäter, die den Petrovic abgeholt hatten, jetzt sprechen könne. Zehn Minuten später saß er den beiden Männern gegenüber.

„Als wir schon unterwegs waren, erhielten wir einen Anruf von einer Dr. Schalko, dass wir den Häftling zur Zweiten Med. bringen sollten. Sie habe vom Direktor des Gefängnisses die Anweisung erhalten, ihn gleich auf der Internen zu behandeln, damit er bald wieder zurückgebracht werden könne."

„War er irgendwie gesichert?"

„Ja. Er wurde mit Handschellen an die Bahre gefesselt. Wir bekamen den Schlüssel mit. Wir sind vor das Tor auf der Rückseite der Zweiten Med. gefahren, wo die Ärztin bereits gewartet hat. Es war eine große, dunkelhaarige Frau mit leicht slawischem Akzent."

„Wieso haben Sie die wenig benutzte Rückseite des Gebäudes genommen?"

„Weil uns Dr. Schalko am Telefon gesagt hat, es gäbe einen Stromausfall und die Lifte, die sich im vorderen Teil befinden, seien außer Betrieb, weshalb wir ihn rauftragen müssten. Er konnte dann aber mit unserer Unterstützung einigermaßen gehen. Noch im Stiegenhaus meinte sie, wir könnten ihr den Kranken überlassen, sie werde ihn allein hochbringen. Das war uns aber doch zu riskant, nachdem es ein Häftling war. Also dirigierte sie uns zu einem der unbenutzten Privatzimmer. Es gab da ein Krankenbett und eine Bahre. Sie meinte, wir sollten ihn auf die Bahre legen, denn sie wisse nicht, ob er in dem Zimmer bleiben könne.

Wir haben ihn wieder angeschlossen und ihr den Schlüssel gegeben."

„Hat Sie das ganze Prozedere nicht stutzig gemacht?"

„Nicht wirklich. Wir stellen prinzipiell die Aussagen und Aktivitäten der Ärzte nicht in Frage. Und mit Transporten aus Atschalas haben wir sowieso keine Erfahrung."

„Hätten Sie den Patienten nicht anmelden müssen?"

Er blickte zu Boden und zögerte mit der Antwort. „Eigentlich schon, aber Dr. Schalko sagte, dass momentan niemand auf der Station sei und sie das dann machen werde. Ich weiß, das war nicht ganz korrekt, aber wir haben nicht gewusst, wie lang das dauern wird und hatten bereits den nächsten Einsatz."

„Und Sie sind niemandem mehr begegnet?"

„Nein. Da saß nur eine dunkelhaarige Frau etwas abseits in einem Auto. Sonst war da kein Mensch weit und breit."

Zurück im Präsidium suchte er seinen Kollegen Kopetzky auf, um ihn über den kleinen Gauner Petrovic auszufragen. Es gab einen Akt, den ihm Kopetzky kurz angebunden aushändigte und aus dem er sich die Informationen holen solle. Goritschnigg nahm die Mappe mit in sein Büro und las die Papiere durch. Viel stand nicht drin. Der Mann war gebürtiger Pole und stammte aus den ehemals deutschsprachigen Gebieten dort. Er hatte zur Zeit seiner Umtriebe in Kärnten angeblich keinen festen Wohnsitz. Er sei nur für den einen kleinen Raubzug – eher zufällig – hierhergekommen. Das ‚Zeug', wie er es nannte, habe er gestohlen, um es ‚reichen Leuten' anzubieten. Welche ‚reichen Leute' das seinen, wisse er noch nicht, aber er hätte sicher welche gefunden. Er sei für die früheren Kirchendiebstähle nicht verantwortlich, obwohl ihn Zeugen eindeutig identifiziert hatten usw. Es war alles ziemlich wirres Gerede.

Goritschnigg schüttelte den Kopf, legte den Akt beiseite und ging zu Tranegger, um ihm das Neueste zu berichten. Susi war nicht mehr da, aber er fand einen Zettel auf ihrem Schreibtisch, dass keiner der Leute aus der Rettungsstation des Strandbads Dr. Lüttje gesehen habe. Tranegger hörte sich die Neuigkeiten an. Als Goritschnigg fertig war, runzelte er nachdenklich die Stirn und Tranegger wusste, was kommen würde. Es war Goritschniggs Angewohnheit, in Traneggers Gegenwart laut nachzudenken. Angeblich schärfte das seine Sinne. Tranegger kannte ihn seit beider Eintritt in die Polizei vor achtzehn Jahren. Dass *er* heute auf dem Chefsessel saß, war dem Umstand zu verdanken, dass erstens nur einer Chef werden konnte und dass Goritschnigg zweitens gar nicht so recht wollte. Traneggers Fähigkeiten lagen eindeutig im Organisatorischen, im Umgang mit der Presse und den Beamten der Landesregierung. Goritschnigg hasste gesellschaftliche oder öffentliche Auftritte. Nichtsdestotrotz war er vor zwei Jahren ein wenig enttäuscht gewesen, da er der erfolgreichere Kriminalbeamte gewesen war. Nicht, dass er nicht Abteilungsleiter geworden war, hatte ihn gewurmt – das hätte er vermutlich ohnehin abgelehnt – sondern dass man ich gar nicht gefragt hatte. Schließlich verbannte er den Groll aus einem Herzen und sein langjähriger Kollege und Freund hatte es ihm dann auch leichtgemacht, indem er ihn meistens ungestört seine Arbeit machen ließ. Von der Partnerschaft war außerdem geblieben, dass Tranegger jederzeit ein offenes Ohr für einen Gedankenaustausch hatte.

„Vielleicht müssen wir die Vorkommnisse von einer ganz anderen Seite sehen“, sagte Goritschnigg nachdenklich.

„Welche Seite würde dir da einfallen?“

„Was, wenn sie selbst in eine Sache involviert gewesen ist, die – sagen wir – nicht ganz stubenrein war.“

„Du meinst, sie könnte in eine illegale Angelegenheit verwickelt gewesen sein? Jetzt mal abgesehen davon, dass sie einen Häftling aus dem Gefängnis holen lässt und durch eine filmreife Aktion befreit.“

„Nur mal angenommen, sie hatte etwas zu vertuschen. War sie schon vorher in kriminelle Machenschaften verstrickt?

Könnte es um Drogen gehen, nachdem sie sich so sehr für Drogentote interessierte?"

Tranegger dachte kurz nach „Könnte ja sein. Aber wie passt das mit dem toten Petrovic zusammen?

„Vorläufig noch gar nicht. Dazu ist alles zu verworren. Hoffentlich kommt der Mozzo auch wirklich morgen angetanzt. Ich brauche ihn."

„Der kommt sicher, schon um vor seiner Barbara zu flüchten. Dass du mit ihm so gut auskommst, wundert mich immer wieder."

„Ich bin halt ein umgänglicher Typ."

„Dass ich nicht lach'!" Er runzelte die Stirn. „Und, was hast du als nächstes vor – nur falls mich jemand fragt. Ich brauche dich sicher nicht darauf aufmerksam machen, dass der Fall, gelinde gesagt, heikel ist und sie mir bald auf die Zehen steigen werden."

Goritschnigg grinste: „Hätte mich ja gewundert, wenn das nicht gekommen wär'!"

„Na, dann weißt du ja Bescheid. Also, was ist?"

„Als nächstes gehe ich nach Hause."

„Solltest du nicht …?"

„Immer mit der Ruhe. Heute ist kein Mensch mehr zu erreichen. Hab's versucht, glaub mir. Morgen suche ich die Strandbadverwaltung auf, nochmal das Krankenhaus und dann kommt ihre Friseurin dran, die Kosmetikerin, der Bäcker …!"

„Was …?"

„Ach nichts, war nur ein Scherz. Obwohl man bei Frauen nie verkehrt dran ist, wenn man ihre Friseurin fragt. Die wissen meistens alles über das Privatleben ihrer Kundinnen."

„Erfahrung, wie?"

„Du sagst es! Die Lüttje wollte mich übrigens sprechen. Hat sie meiner Frau gesagt, bei der sie im Salon war."

„Aha, und? Hat nicht geklappt, wie?"

„Uschi hat vergessen, es mir auszurichten."

Tranegger schüttelte den Kopf. „Frauen!!!"

„Ja, leider. Sie konnte nicht wissen …!"

„Klar. Dafür brauchst du also den Mozzo! Für die Feinarbeit mit ‚Kundinnen'."

„So ist es! Wir schauen uns morgen Lüttjes Wohnung an und er soll mit den Nachbarinnen reden. Er kann einfach mit Frauen besser als ich. Außerdem müssen die Häuser mit Swimmingpools abgeklappert werden. Bin noch nicht dazu gekommen. Das wird eine etwas langwierige Angelegenheit. Wo sollen wir da anfangen? Es gibt reichlich davon."

„Dann wünsch ich euch beiden frohes Ermitteln."

Donnerstag

Matteo Mozzolucchesi war von stämmiger Statur, mit dunklen Augen, einer klassisch römischen, also leicht gebogenen Nase, einem vollen Mund und einem markanten Kinn. Die dunklen Haare waren stets tipp topp frisiert und die Kleidung modisch und farblich abgestimmt. Man hätte ihn als sehr attraktiv bezeichnen können, wäre er nicht etwas zu klein geraten.

Er pflegte um Punkt acht im Büro zu sein. Nicht eine Minute früher, nicht eine Minute später. Es lag nicht etwa an seiner überkorrekten Dienstauffassung, denn als gebürtiger Italiener kannte er so etwas gar nicht. Es lag an seiner Frau.

Sie war eine hübsche Person, zweifellos! Das war auch der Grund, warum Mozzolucchesi sie geheiratet hatte – seinerzeit! Sein Temperament war halt ordentlich mit ihm durchgegangen angesichts der üppigen, ansprechenden, anregenden Formen und des anschmiegsamen, schmeichlerischen Wesens, das sie bei ihren ersten Begegnungen an den Tag gelegt hatte. Er konnte damals nicht mehr denken, nicht mehr schlafen, nicht mehr essen – und das sagt bei einem Italiener viel – bis er dieses göttergleiche Wesen endlich rumgekriegt hatte. Natürlich wollte sie gleich heiraten, denn bei einem Italiener weiß man nie, wie lange die Glut anhalten würde. Wenn er allerdings glaubte, sie würde Liebreiz und Figur den Rest ihres Lebens behalten, weil sie Kärntnerin und keine Italienerin war, die bekanntermaßen aus dem Leim gingen, sobald sie Ehefrau und *mamma* waren, so hatte er sich grundlegend geirrt. Er hatte nun einen Drachen im Haus, der über Mann, Hund, Haus, Kinder, Katze usw. gnadenlos herrschte, zumindest sah *er* es so. In Wahrheit war sie immer noch hübsch, warmherzig und von heiterem Wesen, aber sie kannte ‚ihren geliebten Italiener' und wusste, wie er zu behandeln war. Nicht dass er unglücklich wäre, schließlich brauchte er eine gewisse straffe Hand, aber er nutzte jede Gelegenheit, um der alles umfassenden und erdrückenden Umarmung zu entfliehen.

Deshalb pflegte Mozzolucchesi um Punkt acht im Büro zu sein. Auch nicht etwa, um zu arbeiten, nein, seine Motive waren um vieles edler! Er hielt die Stadt frei von menschlichem Unrat. Zu diesem Zweck begab er sich fünf Minuten nach acht, nachdem er gerade seine Aktentasche mit der Mittagsjause, die ihm seine fürsorgliche Frau täglich richtete und die er täglich einem der stets hungrigen Polizeiaspiranten oder Streifenbeamten oder sonst wem, der hungrig aussah, überließ, im Büro abgelegt hatte, gemächlichen Schrittes in die Stadt. Pünktlich um Viertel nach acht betrat er das ‚s'Platzl', ein kleines Café am Neuen Platz und genehmigte sich den ersten Espresso. Das war sein eigentliches Frühstück, denn seine Perle zu Hause konnte ein leidlich genießbares Essen, aber um nichts in der Welt einen ordentlichen Kaffee hinbekommen. Gleichzeitig schaute er sich nach zu schützenden Touristen bzw. nach zu beobachtendem suspektem ‚Gelichter' um, wobei es ihn keineswegs störte, dass die Touristen um diese Zeit noch äußerst spärlich vertreten waren und das ‚Gelichter' zu lichtscheu war, um tagsüber in Aktion zu treten.

Nach dem Kaffeegenuss und der ausgiebigen Zeitungslektüre – man musste schließlich informiert sein – setzte er seine Inspektion durch eine kleine Stadtrunde fort. Wie zufällig führte ihn sein Weg täglich beim *‚gallo nero'* vorbei, wo er einen kurzen Augenblick verweilte, um, wie bereits oben erwähnt, nach Touristen oder ‚Gelichter' Ausschau zu halten und dabei wie zufällig den Aushang zu lesen, der das Mittagsmenü ankündigte: Zum Beispiel konnte das *pasta con aglio-olio* mit frischem *grana* und *Meerbarbe in Weißweinsoße* sein oder eine zarte *Seezunge à la Siciliana.* Das Wasser lief ihm dabei gewöhnlich im Munde zusammen.

Derart freudig gestimmt war er gerade dabei, seinen Rundgang fortzusetzen, als der Anruf kam. Nicht überraschend bei seinem Beruf, aber doch ärgerlich bei diesem schönen Wetter und die wunderbaren gedanklichen Vorfreuden unterbrechend. Es hörte sich verdammt nach echter Arbeit an.

Er musste sein Handy erst aus den Tiefen seiner Gesäßtasche holen, sodass es zu läuten aufhörte, ehe er es gefunden hatte. Er rief umgehend zurück: „Was wünscht der große Meister?"

„Mozzo, Schluss mit lustig, es gibt zu tun – auch für dich!"

„Klingt ja drrrramatisch. Was? Wo? Wer?"

„Morde! Dr. Lüttje, die Gerichtsmedizinerin und der Häftling Karel Petrovic wurden in Loretto gefunden – sollte wie Ertrinken ausschauen. Beeil' dich! Es brennt der Hut!"

„Bin gleich da."

Mozzolucchesi, der gerade über den Neuen Platz geschlendert war, eilte auf den Taxistandplatz am Rande des Platzes zu und gab dem Fahrer die Adresse: „Loretto, aber bitte dalli!"

„Selbstverständlich, *commissario* Mozzolucchesi." Schließlich war er stadtbekannt und all das ‚Gelichter', nach dem er ständig Ausschau hielt, machte einen weiten Bogen um den kleinen Italiener, sobald er sich irgendwo zeigte. Kein Wunder, dass er glaubte, es gäbe keines.

In Loretto stand Mozzolucchesi in einem Gastgarten, der vor gähnender Leere nur so strotzte. Verwirrt rief er Goritschnigg an.

„Was, wo, wie? Hier ist nichts!"

„Wo bist du, Menschenskind?"

„In Loretto. Hast du das Bad gemeint oder das Restaurant?"

„Weder noch. Du solltest ins Büro kommen."

Mozzolucchesi war momentan sprachlos. „Du hast dich aberrr ganz unklarrr ausgedrückt. Absichtlich?" Er pflegte in ein ‚rrrollendes R' zu verfallen, wenn er aufgeregt war.

„Absichtlich werde ich dich irgendwohin schicken, wenn ich dich hier brauch'. Aber wenn du schon dort bist, fahr zur Wagner-Siedlung. Das ist nicht weit. Wir treffen uns vor Dr. Lüttjes Wohnung." Goritschnigg gab ihm die Adresse durch.

„Und wie komm' ich dorthin?"

„Wie bist du denn nach Loretto gekommen?"

„Mit dem Taxi!"

„Na also!"

Die Wagner-Siedlung lag am Südrand von Klagenfurt, wo es eine schmucke Ansammlung von einzelnstehenden zweistöckigen Häusern mit jeweils acht Wohneinheiten gab. Dr. Lüttjes Wohnung hatte ein Wohnzimmer mit Kochnische, ein Schlaf- und ein winziges Arbeits- oder Gästezimmer. Vorzimmer und Bad waren ebenfalls sehr klein.

Die Hausmeisterin, die die Wohnung aufsperrte und dann neugierig den Kriminalbeamten folgte, plapperte ununterbrochen: „Sie war eine ruhige Mieterin. Man hat …“

„Würden Sie bitte draußen warten“, forderte Goritschnigg sie schroff auf.

„Es ist wegen der Spuren, die Dame!“ Mozzolucchesi lächelte verbindlich, was die ‚Dame‘ sofort beruhigte und sie sich mit einem: „Natürlich, natürlich!“ zurückzog.

Die Wohnung war nur spärlich möbliert, so, als hätte die Mieterin gar nicht richtig hier gewohnt. Die Küche war fast unbenutzt und penibel sauber. Es gab kaum Kleidung im Schlafzimmerschrank und kaum Toilettenartikel im Bad, wie man es in einem Frauenhaushalt erwarten würde, und keine persönlichen Gegenstände wie Bilder oder Nippes. Ein paar russische Bücher standen neben ein paar Medizinbüchern auf Deutsch im Wohnzimmerschrank, der ansonsten leer war. Sie hatte ja auch erst ein paar Monate hier gewohnt und man konnte meinen, dass sie halt noch nicht vollständig eingerichtet war. Auf dem Couchtisch lag ein Stapel Prospekte von Kärntner Ausflugszielen und Restaurants. Es gab einen Fernseher, aber weder Computer noch Laptop. Goritschnigg trug Mozzolucchesi auf, sich bei den Nachbarn umzuhören und in Erfahrung zu bringen, was die Ärztin hier für einen Eindruck gemacht hatte. Er selbst setzte sich ins Auto und fuhr davon, ohne sich um die Lamentiererei des kleinen italienischen Inspektors zu kümmern, der nicht schon wieder ein Taxi auf eigene Kosten nehmen wollte.

Mozzolucchesi läutete an der gegenüberliegenden Tür mit dem Schild ‚Strauss‘. Eine ältere Dame in einer Kleiderschürze und mit weißem Haar öffnete einen spaltbreit und sagte barsch: „Ich kaufe nichts!"

Der kleine Inspektor setzte sein freundlichstes Gesicht auf und sagte charmant: „Wäre schön, wenn ich etwas zu verkaufen hätte. Nein, ich bin von der Polizei", er zeigte seinen Ausweis, „und hätte gerne ein paar Auskünfte von Ihnen."

„Oh", sie strahlte und öffnete die Tür weit, „kommen Sie herein. Die Polizei! Na so was!" Sie ließ ihn eintreten und komplimentierte ihn in ein gemütliches Wohnzimmer, das mit Pflanzen, Fotorahmen und Nippes zwar etwas überladen, aber dennoch anheimelnd war. Sie hieß ihn in einem Polstersessel Platz nehmen. „Darf ich Ihnen etwas anbieten? Tee? Kaffee? Kuchen ist auch da. Allerdings ist er nicht frisch, sondern von gestern." Sie wirkte echt unglücklich, aber ihr Gesicht erhellte sich rasch, als Mozzo sagte, das mache ihm nichts aus und er würde sich auch über ein antikes Stück Kuchen freuen. Mit Kaffee allerdings! Die Vorstellung von dünnem Filterkaffee behagte ihm zwar nicht sehr, aber was tat man nicht alles, um eine entspannte Atmosphäre zu schaffen. Und Tee? Das Gebräu hatte er noch nie leiden können.

Während sie in der angrenzenden Küche hantierte, fragte sie laut: „Es geht wohl um die Ärztin nebenan?"

Mozzolucchesi stand auf und gesellte sich zu der Frau. „Ja, ja, natürlich. Kannten Sie sie gut?"

„Ich kannte sie überhaupt nicht."

„Oh, ich dachte …, nachdem Sie nebenan wohnen!"

Der Kaffee war fertig und wurde in Tassen eingeschenkt. Ein Stück Schokoladekuchen landete auf einem Dessertteller. Sie stellte alles auf ein Tablett, gab eine Zuckerdose, ein Milchkännchen und das Besteck dazu und ging vor Mozzolucchesi her ins Wohnzimmer, wo sie alles auf dem Beistelltisch platzierte.

Mozzolucchesi setzte sich: „Der Kaffee duftet ja köstlich." Er war angenehm überrascht; der Kaffee war stark und aromatisch. Mozzolucchesi griff ordentlich zu; auch der Kuchen war ausgezeichnet.

Sie war geschmeichelt. „Die Bohnen frisch reiben – das ist das Geheimnis, dann etwas Kakao und eine Spur Salz drauf und jeder Filterkaffee wird zum Erlebnis.“ Frau Strauss sah ihm begeistert zu. Selbst nippte sie nur an ihrer Tasse. „Wissen Sie, die Frau Doktor war lesbisch.“

Der Inspektor, der gerade ein Stück Kuchen zum Mund führte, verschluckte sich und bekam einen Hustenanfall. „Was?“, rief er aus, nachdem ihm Frau Strauss mitfühlend auf den Rücken klopfte und er allmählich seine Stimme wiederfand „Sie sagten gerade, dass Sie sie gar nicht kannten?“

„Ich sagte, ich kannte sie nicht, aber ich sagte nicht, dass ich nichts über sie wüsste. Es gab da eine Frau, die sie besuchte. Und, Herr Kommissar“, sie blickte verlegen zu Boden und wurde doch tatsächlich rot, „ich bin zwar eine biedere Hausfrau, aber ich kann bestimmte Geräusche sehr gut … zuordnen. Die Wände in diesem Haus sind dünn, sehr dünn. Ich weiß nicht, warum sie sich nicht um diese Geräusche gekümmert hat. Das macht man doch nicht, dass man sich so gehen lässt.“ Sie sah ihn an, ganz moralische Entrüstung und wiederholte: „Das macht man doch nicht! Also, mein Mann und ich, wir hätten nie …“ Sie wurde noch verlegener. „Entschuldigen Sie, das ist nichts für Ihre Ohren. Mein Gott, ich rede lauter Blödsinn.“ Ihre Wangen glühten.

„Aber nein, liebe Frau Strauss. Alles, was wir über die arme Frau Doktor Lüttje in Erfahrung bringen können, hilft uns weiter. Wann war das? Ich meine, der Besuch und die Geräusche?“

„Am Samstag letzte Woche. Ich wollte gerade einkaufen gehen, als ich eine blonde Frau sehe, die die Wohnung von Dr. Lüttje betritt. Das hat mich neugierig gemacht, da sie noch nie Besuch hatte, deshalb habe ich ein wenig gelauscht, das geb‘ ich zu. Zuerst gab’s eine heftige Diskussion und irgendetwas ist umgefallen. Ich war besorgt, habe angeläutet und gefragt, ob ich helfen kann, aber Dr. Lüttje hat ziemlich ungehalten reagiert und mir nahegelegt, ich soll mich um meine eigenen Angelegenheiten kümmern. Danach haben die Geräusche angefangen.“

„Haben Sie das vorher auch schon mal gehört?“

„Nein. Zumindest nicht, als ich noch da war. Ich war nämlich vier Wochen bei meiner Tochter in Düsseldorf. Sie lebt dort, müssen Sie wissen.“ Mozzolucchesi wusste nicht, dass er das wissen musste. „Was in dieser Zeit gewesen ist, kann ich natürlich nicht sagen. Da müssen Sie schon die Frau Kogelnig fragen, die über Dr. Lüttje wohnt. Ich bin sicher, dass sie auch etwas gehört haben muss.“

„Wie hat die Dame ausgesehen, außer, dass sie blond war? Hatte sie etwas dabei? Wie groß war sie? Was für eine Stimme hatte sie? Sie haben doch eine gute Beobachtungsgabe, an was also erinnern Sie sich?“

Sie strahlte. „Ich hab sie ja nur von hinten gesehen, aber ich schätze sie auf fünfunddreißig bis vierzig. Sie war groß und schlank und trug eine weiße Bluse und Jeans. Über die Stimme kann ich leider nichts sagen, da nur Dr. Lüttje zu hören war. Die Dame hatte eine große Aktentasche dabei. Wie lange sie geblieben ist, weiß ich nicht. Weggehen habe ich sie dann nicht mehr gesehen“, sagte sie bedauernd.

„Wissen Sie sonst noch etwas über die Nachbarin?“

„Nein, tut mir leid. Wie gesagt, ich kannte sie ja kaum und sie war auch immer eher unfreundlich und abweisend. Wenn man sie traf, schaute sie demonstrativ weg. Komische Person.“

Der Inspektor spülte den letzten Bissen Schokoladekuchen mit dem letzten Schluck Kaffee hinunter und stand auf. „Ich danke Ihnen, Frau Strauss. Und wenn Ihnen noch etwas einfällt, rufen Sie mich an.“ Er gab ihr seine Karte.

„Ah, wie im Fernsehen! Das sagen die Kommissare auch immer!“

„Ja, und bei Ihrer erstaunlichen Beobachtungsgabe werden Sie sicher einiges in Erfahrung bringen, was uns entgehen könnte.“ Der Inspektor verabschiedete sich.

Sie strahlte: „Sie können sich auf mich verlassen, Herr Kommissar.“

Mozzolucchesi stieg einen Stock höher und klingelte bei ‚Erna Kogelnig'. Es machte niemand auf. Frau Strauss rief von unten herauf, dass die Frau Kogelnig doch um diese Zeit in der Arbeit sei, aber sie werde ihm nicht mehr sagen können, als sie, Frau Strauss, ihm ohnehin schon gesagt habe. Als er wieder nach unten ging, stand sie mit verschränkten Armen und beleidigter Miene in ihrer Wohnungstür.

„Wo arbeitet die Dame?", fragte der Inspektor.

„Keine Ahnung. So gut kenne ich sie nicht, aber ich werde sie schon fragen, wenn sie nach Hause kommt. Ich nehme den Auftrag bestimmt ernst, Herr Kommissar."

Mozzolucchesi bereute bereits seinen Übereifer, was die Motivierung dieser Dame betraf, aber nun war es zu spät, etwas zurückzunehmen. Er wollte gerade möglichst rasch an ihr vorbei, als sie beiläufig sagte: „Übrigens ist sie nochmal zurückgekommen."

„Äh. Wer ist wohin oder woher zurückgekommen?"

„Na, die Lüttje. Vorgestern!"

Mozzolucchesi schaute ratlos drein, deshalb sagte Frau Strauss in einem Ton, als müsse sie einem Schwachsinnigen etwas erklären: „Herr Kommissar, am Dienstag, als Dr. Lüttje ermordet wurde, ging sie in der Früh wie immer aus dem Haus und ist dann nochmals zurückgekommen."

„Wann?"

„Gegen Mittag. Auf die Uhr habe ich nicht g'schaut. Das heißt, ich habe sie nicht *kommen* gesehen. Aber sie ist mit einer Reisetasche *fortgegangen*."

Mozzolucchesi läutete noch an einigen Wohnungstüren, wo er außer ein paar alten Leuten, die Dr. Lüttje nicht kannten, niemanden antraf. Dann fuhr er mit dem Bus in die Stadt zurück.

Goritschnigg war erneut zum Strandbad gefahren. In der Vorhalle des Eingangsgebäudes befand sich rechts die Kasse. Durch die Schranken kam man in die große Halle, in der sich zwei kleine Geschäfte befanden, wo man Getränke, Bade- und Spielsachen kaufen konnte. Dazwischen zweigte ein Gang ab, der in einen kiesbestreuten Hof führte, von dem in zwei Etagen die Seitengänge zu den Tages- und Dauerkabinen abgingen. Im Hof standen Tischtennis- und Tischfußball-Tische. Das fröhliche Klackern der kleinen Fußballer, die sich um einen Plastikball rauften, war schon von weitem zu hören.

Der Kabinenbereich war in zwei Hälften aufgeteilt, zwischen denen es einen Durchgang ins Bad und die Treppe in den oberen Stock gab. Am Ende des zweiten Hofes führte eine unscheinbare Tür zu den Räumen der Verwaltung des Bades. Über einen kurzen Flur gelangte man rechter Hand in einen Raum, dessen Tür offenstand. Eine zweite Tür, die ebenfalls geöffnet war, führte in einen weiteren Raum.

Im vorderen Raum saß eine schlanke, etwa fünfundvierzigjährige Dame in einem legeren Sommerkleid hinter ihrem Schreibtisch. Sie war in die Lektüre einer Wochenillustrierten vertieft. Erstaunt blickte sie auf. Goritschnigg zeigte seinen Ausweis, was die Frau unfreundlich fragen ließ: „Und? Was wünschen Sie?"

„Zunächst wünsche ich Ihnen einen schönen Tag, Frau …?"

„Trabesinger! Grüß Gott. Kommen Sie wegen der Ärztin?"

„Sie haben es erfasst. Kann ich mit dem Verwalter sprechen?"

„*Frau* Kogelnig ist nicht da. Mittagessen!"

„Und Sie sind wohl sauer, weil Sie die Stellung halten müssen, während die anderen sich den Bauch vollschlagen."

Sie schnaubte und drehte sich weg. „Ich bin weder sauer noch hungrig, Ich habe nur genug von Männern, die mich wegen der Ärztin löchern."

„Was? Wer löchert?"

„Sie sind immerhin der zweite."

Sie legte die Zeitschrift zur Seite, nahm einen Bleistift und drehte ihn zwischen ihren Fingern. Goritschnigg schnappte sich einen Stuhl und setzte sich ihr gegenüber. Sie nahm es missbilligend zur Kenntnis. Er beugte sich vor und sagte eindringlich: „Hier sollten Sie nur von mir oder von meiner Behörde befragt werden, also war der andere entweder ein falscher Polizist oder ein Spion oder ein Reporter oder ein Geist. Also werden Sie bitte etwas kooperativer, sonst muss ich Sie in die Stadt aufs Amt mitnehmen. Und da kann es unangenehm werden."

Sie verzog den Mund. „Ich weiß nix, das habe ich auch dem anderen gesagt. Der Mann kam gestern Nachmittag und fragte nach Dr. Lüttje, ob ich sie gut gekannt habe, wie oft sie Dienst gehabt hat, wie sie mit den Kollegen ausgekommen ist, was sie verdient hat und solche Sachen."

„Sie haben das alles beantwortet?"

Sie tat entrüstet: „Wo denken Sie hin. Ich lass mich doch nicht ausfragen. Ich habe nur g'sagt, er soll mit Frau Kogelnig reden, nur war die gerade nicht da, aber er winkte ab und sagte, so richtig hinterfotzig, wenn Sie mich fragen, dass er auf meine Meinung Wert legen würde." Sie lachte auf. „*Meine* Meinung, wen interessiert die schon. Ausfratscheln wollte er mich, sonst nix. Aber ich bin ihm nicht auf den Leim gegangen."

„Hätten Sie seine Fragen denn beantworten können? Ich meine, haben *Sie* Dr. Lüttje gut gekannt?"

Sie zögerte. „Eigentlich nicht. Sie ist mir mit ihrer Fragerei ziemlich auf die Nerven gegangen."

„Was hat sie denn gefragt?"

„So komische Sachen: Ob das Bad in der Nacht bewacht wird z.B. Ich sagte, dass es abgeschlossen ist, aber eine Wache gibt es nicht. Ob ich einen Schlüssel habe, ob Frau Kogelnig verheiratet sei, sie fragte nach unseren Arbeitszeiten, nach den Mitarbeitern, nach dem Restaurant usw. usw. Sie sei nur neugierig, sagte sie, weil alles neu für sie ist."

„Was hat *sie Ihnen* dabei erzählt?"

„Nicht viel. Nur das, was wir sowieso von ihr gewusst haben, dass sie aus Russland stammt, in Deutschland verheiratet war und unbedingt in Österreich arbeiten wollte. Sie ist auf keine persönlichen Fragen eingegangen." Sie hob die Schultern und schaute auf die Uhr, womit sie andeutete, dass ihr auch seine Fragerei langsam auf die Nerven ging. „Ich muss langsam …!"

Goritschnigg beachtete ihren Einwand nicht. „Wie hat der Mann ausgesehen, der gestern da war? Hatte er einen Ausweis?"

Sie wurde verlegen. „Ich habe nicht nach einem Ausweis gefragt, denn der Mann hat so … distinguiert gewirkt. Er war groß, braungebrannt, hatte dunkles, volles Haar und eine schwarze Hornbrille – etwas altmodisch!" Sie dachte kurz nach „Er trug einen grauen Anzug und hatte eine Aktentasche bei sich. Bevor Sie mich das fragen: Ich würde ihn wiedererkennen."

„Gut beobachtet, alle Achtung! Aber Sie sollten Ihre Schlussfolgerungen überdenken. Ein Polizist würde *nie so* daherkommen. Mit Hornbrille und Anzug! Ich bitte Sie, das war in den Fünfzigerjahren!"

Sie sah ihn von oben bis unten an. „Und heute achtet man bei der Polizei darauf, dass man nur ja nicht von den Sandlern zu unterscheiden ist."

Er lachte. „Alles Tarnung!"

Ihre Haltung wurde etwas freundlicher. „Übrigens, er sprach mit einer rauen, tiefen Stimme. Und er hatte einen Akzent. Nur ganz wenig zwar, aber es war erkennbar ein slawischer Akzent."

„Russisch, Slowenisch, Tschechisch, Polnisch, Ungarisch?"

„Bin ich Sprachwissenschaftlerin? Klingt doch alles gleich."

„Sein Name?"

Sie blickte verlegen zu Boden. „Weiß ich nicht. Er hat ihn zwar g'sagt, aber meiner Meinung nach absichtlich so undeutlich, dass man ihn nicht verstand. Wenn Sie meinen, es war ein Unberechtigter, dann war der Name sowieso falsch."

„Hm. Da könnten Sie recht haben." Goritschnigg überlegte. „Was der Stannek sich aber auch immer ausdenkt!"

„Ach, Sie kennen den Mann?"

„Sagen wir so, ich habe eine starke Vermutung, wer es gewesen sein könnte. Hat er mit Frau Kogelnig geredet?"

„Ja, äh, nein! Sie kam gerade in dem Moment, als er wieder gehen wollte. Als sie ihn nach seinem Ausweis fragte, sagte er, dass er ohnehin erfahren habe, was hier so alles läuft, obwohl ich ihm gar nichts gesagt hab."

„Wie hat Ihre Chefin reagiert?"

„Sie bekam einen Wutanfall und fing an mit: „Was unterstehen Sie sich …! Da sagte er laut ‚Guten Tag' und ging."

Der Chefinspektor erhob sich. „Apropos, wo ist Ihre Chefin eigentlich?"

„Das müssen Sie sie schon selber fragen. Sie weiht mich gewöhnlich nicht in ihre geschäftlichen Angelegenheiten ein. Sie sagte einfach: ‚Bin für eine Stunde weg'!"

„Und wenn jemand nach ihr fragt, was sagen Sie da?"

„Dass sie für eine Stunde weg ist."

„Gibt es außer Ihnen noch jemanden, der hier arbeitet?"

„Es gab jemanden, aber der ist vor zwei Wochen entlassen worden. Er war als Hausmeister für die Anlage zuständig und kümmerte sich um Reparaturen, betreute den Gärtner, das Reinigungspersonal, die Handwerker und solche Dinge." Sie beugte sich verschwörerisch nach vorn und kippte mit der rechten Hand ein imaginäres Glas. Beinahe flüsternd raunte sie: „Sie verstehen. Er war nicht mehr tragbar.

„Und wer macht das jetzt?"

Sie seufzte. „Ich natürlich, wer sonst. Aber wir suchen schon nach Ersatz. Ist nur leider nicht so leicht; der Kramer war halt lange da und gut informiert. Leider hat er in letzter Zeit zu viele Fehler gemacht."

„Geben Sei mir bitte Namen und Adresse des Mannes."

Als sie sich zu einer der Schubladen hinabbeugte, ging die Tür auf und eine etwa fünfzigjährige aufgedonnerte Blondine betrat den Raum. Sie fragte Goritschnigg in scharfem Ton: „Sie wünschen?"

Der Chefinspektor drehte sich um und fragte genauso scharf zurück: „Sie sind?"

Die Dame blickte indigniert zu Frau Trabesinger, die um den Schreibtisch herumkam. „Das ist Frau Kogelnig, die Verwalterin!“ Auf Goritschnigg deutend sagte sie: „Und das ist Chefinspektor Goritschnigg von der Mordkommission. Er ist wegen …“

„Kann mir schon denken, weshalb. Kommt jetzt alle Ritt lang jemand angerannt, um uns wegen der Lüttje zu löchern? Was haben Sie denn für eine lausige Koordination im Amt?“

Goritschnigg ging nicht auf den vorwurfsvollen Ton ein. „Schön, Sie doch noch zu treffen, Frau Kogelnig. Wie gut kannten Sie die Ärztin?"

„Gar nicht.“

„Aber Sie haben sie doch eingestellt? War sie für den Rettungsdienst nicht eigentlich schon zu alt?“

Sie blickte verunsichert. „Sie wollte unbedingt hier Dienst tun und hat einen guten Eindruck gemacht. Da hab ich gesagt, sie soll's versuchen und wenn sie das Diplom schafft, kann sie bleiben.“

„Sagte sie, warum sie unbedingt hier Dienst tun wollte?“

„Nein.“ Sarkastisch sagte sie: „Vielleicht als Ausgleich zum Aufschneiden von Leichen. Soll ja nicht der angenehmste Beruf sein.“ Sie wandte sich ab und deutet damit an, dass das Gespräch damit für sie beendet war. Kurz drehte sie sich nochmal um und sagte schnippisch: „Mehr weiß ich nicht. Also bitte gehen Sie!“

Frau Trabesinger gab dem Chefinspektor einen Zettel mit den Angaben über den ehemaligen Hausmeister. Er gab ihr mit der Bitte, ihn anzurufen, falls ihr noch etwas einfallen würde, seine Visitenkarte, nickte der Blondine mit den Worten: „Klagenfurt kann stolz sein auf so tüchtige Beamtinnen!“ zu und ging.

Frau Kogelnig starrte dem Chefinspektor entgeistert nach. „Was ist denn das für ein komischer Vogel!“ Dann wandte sie sich an ihre Untergebene: „Was haben Sie ihm eigentlich erzählt?“

Frau Trabesinger stotterte: „Nichts wirklich Wichtiges … Zum Beispiel habe ich nicht gesagt …“

„Was?“ fragte Frau Kogelnig scharf.

„Dass Sie sich mit ihr im Rathauskeller getroffen haben.“

Die Verwalterin fuhr auf: „Woher wollen Sie denn das wissen? Spionieren Sie mir nach?“

„Nicht nötig, Dr. Lüttje hat's mir gesagt und mich nach der Adresse gefragt“, sagte die Sekretärin triumphierend.

Frau Kogelnig war nun sichtlich nervös: „Es ging um … eine Wohnung. Rein privat. Hm, hm, geben Sie mir die Liste der Bewerber, die sich in den letzten Tagen vorgestellt haben.“ Damit verzog sie sich in ihr Büro.

‚Schau an‘, dachte die Sekretärin, ‚wie die lügt. Wegen einer Wohnung hat sie die Lüttje auf jeden Fall nicht zum Essen eingeladen‘.

Chefinspektor Goritschnigg war ein geduldiger und umgänglicher Mensch; meistens zumindest. Was er aber auf den Tod nicht ausstehen konnte, waren selbstherrliche und eingebildete Frauen in verantwortlichen Positionen. Die Frau, der er soeben begegnet war, reihte er auf jeden Fall in diese Kategorie ein, weshalb er sofort ein Problem hatte: Frauen dieser Art riefen bei ihm unmittelbare Bedürfnisse nach Demütigung hervor. Zumindest pflegte er seinen Status als Gesetzeshüter soweit auszunutzen, dass er der jeweiligen Person so manche Unannehmlichkeit zu bereiten gewillt war. Gewöhnlich äußerte sich das in der Form, dass er sie mit Besuchen und Befragungen quälte oder in ihrem Leben irgendein Haar in der Suppe suchte, das er der jeweiligen Emanze brühwarm auf dem Präsentierteller darbieten konnte. Seine Frau Ursula, die Sanftmütige und stets Verständnisvolle, schalt ihn deshalb oft genug, und, obwohl er normalerweise auf seine Frau hörte, kannte er in dieser Hinsicht keine Gnade. Dieses Weib, die Kogelnig, würde er genauer unter die Lupe nehmen. Er wusste eigentlich nicht, warum, aber ein Gefühl sagte ihm, dass sie etwas zu verbergen hatte. Ihr Verhalten kam ihm – befragungsmüde hin oder her – gelinde gesagt unangemessen vor.

Als er an der Kasse vorbeikam, hielt er kurz inne und wendete sich an die Dame im weißen Kittel, die die Karten verkaufte. Er wollte sich nicht als Polizist deklarieren, deshalb sagte er in vertraulichem Ton zu der jungen Frau: „Meine liebe Dame, ich würde mich für einen Job hier im Bad interessieren. An wen müsste ich mich denn da wenden?“

Die Kassiererin schaute erstaunt auf: „Sie sind doch gerade aus der Verwaltung gekommen. Ich war grad auf der Toilette und hab Sie gesehen. Haben Sie denn da nicht gefragt?“

Goritschnigg tat verlegen. „Ich habe mich nicht so recht getraut, denn die Verwalterin – ich glaube, dass das die blonde Dame ist – erschien mir so …“

Das Mädchen lachte: „Ich weiß, was Sie meinen. Ja, eine recht Scharfe ist sie schon. Aber wenn Sie sich mit Frau Trabesinger gutstellen, dann haben Sie gute Chancen. Denn sie ist der eigentliche Boss hier, nur weiß das die gute Frau Kogelnig nicht.“ Sie beugte sich verschwörerisch vor. „Sie hält sich für weiß Gott was.“

„Oh, vielen Dank. Aber entscheiden muss dann ja doch die Verwalterin.“

„Schon, nur kümmert sich die wenig um das Bad und seine Leute. Die ist meist irgendwo unterwegs.“ Leise sagte sie, sodass sich Goritschnigg noch mehr ihr zuwenden musste: „Das ist eine politische Besetzung gewesen, munkelt man.“

„Wer war denn der … Anschieber … wissen Sie das vielleicht?“

Plötzlich richtete sie sich auf und antwortete reserviert: „Keine Ahnung!“ Laut und kühl fügte sie hinzu: „Wegen des Jobs … da müssen Sie sich, wie gesagt …!“

Hinter Goritschnigg ertönte eine sarkastische Stimme: „„… an mich wenden! Das sind also die Tricks der Polizei: Angestellte aushorchen!“

Das Mädchen lief puterrot an und stammelte: „Po … Polizei …! *Sie* wollen hier arbeiten?“

Goritschnigg lachte: „Keine Sorge, Mädchen", und wandte sich zu Frau Kogelnig um, „selbst, wenn ich das wollte, soeben bin ich gefeuert worden."

Als Goritschnigg das Strandbad verließ, rief Mozzolucchesi an. „Hallo, wo bist du? Dachte, du hättest vielleicht Lust, mit mir essen zu gehen. Im ‚*Cock's*' gibt's heute Spaghetti mit Miesmuscheln."

„Und die schmecken dir nicht, wenn du allein isst?"

„Ich hätte dir halt auch berichtet, was ich erfahren habe."

„Schwing deinen Hintern sobald wie möglich ins Büro und berichte mir dann. Ich habe noch zu tun!"

„Ach komm! Miesmuscheln gibt's nicht alle Tage und die von Luigi sind ... *à la bonheur*." Goritschnigg konnte fast hören, wie Mozzo genüsslich mit der Zunge schnalzte. „Dazu einen *Valpolicella classica* aus der Toskana und als Dessert seine berühmte ‚*Creme caramel*'. Zum Drüberstreuen einen ‚*Caffè corretto*'. Na, wie klingt das?"

„Ich wollte ins Gefängnis fahren und dem Direktor Rabuschnig auf den Zahn fühlen."

„Besserungsanstalt!"

„Fang du nicht auch noch an. Hm! Hunger hätte ich schon. Ich bin noch am See. Hast du was Brauchbares erfahren?"

„Immer mit der Ruhe. Erzähle ich dir später! Jetzt verlangen meine Stimmbänder nach Muscheln. Anders funktionieren sie nicht mehr."

Goritschnigg seufzte. Er kannte seinen Mozzo. Ohne anständiges Mittagessen war er nicht zu brauchen.

Fünfzehn Minuten später traf Goritschnigg im ‚*Cock's*' ein. Mozzolucchesi saß bereits über die Spaghetti gebeugt und hatte keinen Blick für seine Umgebung, weshalb er das Kommen seines Chefs nicht bemerkte. Goritschnigg grinste. „Wenn man einem Italiener eine Schüssel Spaghetti vorsetzt, können alle Verbrecher der Welt fröhliche Urständ' feiern."

„Hmmm! Chef, musst du kosten! Fast wie bei meiner *mamma*! Frische *cozze*, ein Gedicht! Kochen kann man halt nur in Italien. Und widersprich mir nicht!“

„Einmal ‚*Spaghetti arrabiata*‘ bitte mit grünem Salat und ein kleines Bier“, bestellte Goritschnigg bei dem Kellner, nachdem er sich seinem Inspektor gegenüber hingesetzt hatte.

Dieser verdrehte die Augen: „*Spaghetti arrabiata*, wenn‘s Muscheln gibt! Und Bier! Beim Italiener!“

„Du weißt, dass ich weder Muscheln noch Wein mag. Ich bin Kärntner, Mensch. Hier gibt’s keinen Wein, aber gute Brauereien.“

„Warum bist du dann ins ‚*Cock’s*‘ gekommen?“

„Weil ich in eine Pizzeria gehen muss, um von meinem Mitarbeiter zu erfahren, was er herausbekommen hat. Der hält dort nämlich Hof.“

Mozzo brauste auf: „Pizzerrria! Pizzerrria nennst du das ‚*Cock’s*‘. Welche Zumutung! Welche Verrrunreinigung!“

„Verunglimpfung, Mozzo!“

„Ja, ja, Mach dich nur lustig! Banause! Gaumenmörrrder!“

Goritschnigg lachte: „Reg dich ab! Nur weil deine Barbara so lausig kocht, musst du nicht mich zum Gaumenmörder machen.“

Mozzo brummte: „Wenn du was von mir wissen willst, musst du mich zuerst diese köstlichen Spaghetti genießen lassen.“

„Natürlich, ich hätte niemals gewagt, dich in hungrigem Zustand auszuhorchen!“

„Gut, Chef! Jetzt hast du mir den Appetit verdorben.“ Er aß ruhig und genüsslich weiter.

„Das sehe ich.“ Goritschnigg bekam seine Spaghetti und sie füllten sich schweigend ihre Mägen. Dann sah er Mozzo erwartungsvoll an. Dieser wischte sich mit zufriedenem Grinsen den Mund ab, schaute den Kellner, der den Tisch abräumte, bewundernd an. „*Fatti per angeli – le cozze*.“ Der Kellner sagte: „Andscheli homma kane!“ Er war Urkärntner und des Italienischen nicht mächtig, ebenso wie der Koch, der Stefan Glawuschnig hieß und aus dem Rosental stammte. Goritschnigg kannte ihn. Mozzo, der das ebenfalls wusste, dichtete ihm eine italienische *mamma* an, um seine Illusion zu behalten. Er bestellte einen Espresso und Goritschnigg einen Cappuccino.

„Nun red‘ schon, Mozzo, was haben die Nachbarn gesagt?“

„Angeblich war sie lesbisch.“

„Lesbisch“, fragte Goritschnigg verwundert, „auf das wäre ich nun am wenigsten gekommen. Mit wem soll sie denn …?“

Mozzolucchesi erzählte blumenreich und ausführlich, wobei er auch die Kuchen nicht ausließ. Goritschnigg war nun klar, warum Mozzo nach den Muschel-Spaghetti weder Hauptspeise noch die berühmte ‚*Creme caramel*‘ genommen hatte.

„Hast du die anderen Nachbarn gefragt?“

„Von denen, die zu Hause waren, wusste niemand was. Die Kogelnig, die über der Lüttje wohnt und die laut Frau Strauss möglicherweise etwas gehört hat, war auch nicht zu erreichen.“ Der kleine Italiener hob die Schultern.

„Warte mal, wie heißt die Frau?“

„Strauss!“

„Nein, die andere?“

„Kogelnig, Erna Kogelnig.“

„Das ist ja interessant.“ Goritschnigg lehnte sich zurück und strich sich das Kinn. Mehr zu sich selbst murmelte er: „Sie wohnten in demselben Haus. Irgendetwas ist da oberfaul. Die Dame muss ich mir aber ganz genau anschauen.“

„Was, Chef, ich verstehe nur *statione*.“

„Bahnhof, heißt das, Mozzo.“

„Ist doch egal, Jakob. Was meinst du?“

Goritschnigg erzählte nun seinerseits von den Befragungen im Strandbad. „Warum tut sie so unschuldig? Die kennt die Lüttje besser, als sie vorgibt.“

Er holte sein Handy hervor und rief im Strandbad an, um von Frau Trabesinger zu erfahren, dass Frau Kogelnig schon wieder abwesend war.

Zurück im Büro ließ sich Goritschnigg von Susi die Google Earth Karte vom östlichen Teil des Wörthersees auf den Computer holen. Er besah sich die Grundstücke mit Swimmingpool. In Krumpendorf gab es nur zwei Seevillen, die einen Pool hatten. Abseits des Sees waren dreiundzwanzig Grundstücke mit Pool ausgestattet.

In Pörtschach gab es einige Hotels und vier Privathäuser mit Strandzugang und Pool. In Gärten innerorts fand er zweiundvierzig Pools. Auf der Süduferseite gab es bis Maria Wörth keine Swimmingpools, da zu wenig Platz dafür vorhanden war.

Er beauftragte Susi, die Besitzer aller Anwesen ausfindig zu machen. Sie stöhnte, denn das würde einige Zeit in Anspruch nehmen. Aus Erfahrung wusste sie, dass die Besitzverhältnisse nicht immer eindeutig waren, und dann konnte es schon mal mühselig werden.

„Die Seevillen-Besitzer möchte ich gleich auf dem Tisch haben. Der Mozzo soll die heute noch abklappern. Die übrigen Namen brauche ich morgen Vormittag."

Erneut stöhnte sie. „Wird langsam Zeit, dass das *liebe Fräulein Oswald ...* ", sie deutete abfällig auf den gegenüberliegenden verwaisten Schreibtisch, „... aus dem Urlaub zurückkommt."

„Ach, mögen wir die Kollegin nicht?"

Sie verzog das Gesicht. „Magst du sie denn?"

Er richtete sich auf und wurde ernst. „Liebe Susi, eure Animositäten gehen mich nichts an."

„Animositäten! Animositäten! Du brauchst dich nicht so geschwollen auszudrücken, wo du genau weißt, dass die Kollegin aufmüpfig, goschert und unleidlich, mit anderen Worten, einfach ätzend sein kann."

„Meine Liebe, zwei der Eigenschaften kann man gelegentlich auch bei Susanne Robatsch feststellen."

„Welche denn?", fragte sie mit Unschuldsmiene.

„Aufmüpfig und goschert, und bei der dritten bin ich mir nicht sicher."

„Ach, halt die Klappe."

Goritschnigg lachte. „Siehst du!"

Kurz nachdem Mozzolucchesi eintraf, der noch einen Kaffee gebraucht hatte, kam Susi mit der geforderten Liste in Goritschniggs Büro: „Die Besitzer der Seevillen waren leicht ausfindig zu machen. Die beiden in Krumpendorf habe ich gleich angerufen."

„Warum? Ich wollte eigentlich den Mozzo hinschicken und den Überraschungsmoment nutzen", sagte Goritschnigg leicht verärgert.

„Schon klar, aber die beiden kann man ausschließen, das ist aus den Daten bereits hervorgegangen."

Eine der Villen sei eine kleine Pension mit sechs Fremdenzimmern, die von einer älteren Dame betrieben werde. Sie gab an, dass alle sechs Zimmer mit Familien belegt seien und die Gäste täglich auf ihrer Wiese, dem Pool und dem Badesteg dem Genuss des Schwimmens und des Sonnens frönten.

Die zweite Villa gehöre einem alten Ehepaar, das angab, dass sie den Pool schon lange nicht mehr in Betrieb nähmen, da ihre Kinder und Enkelkinder im Ausland lebten und nur selten auf Besuch kämen. Sie selbst seien ohnehin schon zu alt zum Schwimmen und überhaupt sei es viel zu gefährlich, da man hineinfallen und ertrinken könne, wenn man schon so wacklig auf den Beinen sei. Susi fügte den Kommentar hinzu, dass die Erben sicher nur noch auf das Ableben der Eltern warten würden, um einen Haufen Kohle für das Grundstück zu bekommen.

„Neidisch?", fragte Goritschnigg.

„Darf man wohl! Ein Haus am Wörthersee! Weißt du, was das wert ist! Von dem Erlös könnte ich meinen Sklavenjob hier aufgeben", sagte sie grinsend.

„Würdest du nie, gib's zu!"

„Bild' dir nur nix ein", sagte sie schnippisch. „Willst du jetzt wissen, wie die Besitzverhältnisse der anderen am See gelegenen Villen sind?" Wortlos legte sie die Liste auf den Schreibtisch und verließ das Büro.

„Was ist denn mit der?“ fragte Mozzolucchesi erstaunt.

„Ach, nichts! Ist ein bisschen überfordert, weil die Kollegin Oswald am Strand liegt, während sie hackeln muss.“ Goritschnigg nahm die Liste und schaute sie kurz durch. „Du fährst jetzt zu diesen Adressen und schaust dir die Villen an.“

Mozzolucchesi verzog das Gesicht. „Ich? Allein? Alle? Das schaffe ich nie.“

Goritschnigg wurde langsam zornig. „Hör auf mit der Jammerei. Du hast gerade Urlaub gehabt und musst tipp topp erholt sein.“

„Was machst du?“

„Ich werde nochmal die Kogelnig aufsuchen.“

„Wolltest du nicht ins Gefängnis?“

„Nein, ich will nicht ins Gefängnis. Hab schließlich nichts angestellt. Die Kogelnig ist wichtiger.“

Mozzolucchesi ging schmollend zur Tür. Goritschnigg rief ihm nach: „Wir treffen uns um sieben hier.“

Goritschnigg rief erneut Frau Trabesinger an, um ihr mitzuteilen, dass er heute unbedingt noch einmal mit Frau Kogelnig sprechen müsse. Sie meinte, das sei unmöglich und gab ihm einen Termin in Aussicht, der zwischen zehn und sechzehn Uhr am nächsten Tag lag, worauf der Chefinspektor knapp an einem Wutausbruch vorbeiging.

„Sie rufen Sie *jetzt sofort* an und sagen ihr, dass ich *exakt* um sechzehn Uhr …“ er schaute auf die Uhr, „… das ist in einer Stunde – im Bad bin und sie zu sprechen sein muss. Punktum und keine Ausflüchte, sonst wird sie mich von meiner ‚netten‘ Seite kennenlernen!“ Er legte auf, ohne eine Antwort abzuwarten.

Er suchte Tranegger auf, der an seinem Schreibtisch saß und unlustig in Akten blätterte.

„Servus Jakob! Dieser Bürokram geht mir auf die Nerven. Was meint Tomaschitz damit, wenn er schreibt, dass ‚die Situation unlöslich zu werden drohte, als die Umstände zu einer

Verwicklung nach Muster von Verschwörungen zu werden versprachen'?"

„Frag ihn doch."

„Hab ich, hab ich. Und weißt du, was er gesagt hat: ‚Wie soll ich wissen, was ich meinte, als die Situation unlöslich zu werden drohte. Wenn ich es gewusst hätte, wäre sie nicht unlöslich gewesen."

Goritschnigg lachte schallend. „Ja, das klingt nach Tomaschitz."

„Du wirst nicht lange lachen, mein Freund. Ich freue mich schon auf meine drei Wochen Urlaub, wo du meinen Platz einnimmst. Dann darfst du dich an solchen Berichten erfreuen. Ich wünsche dir jetzt schon viel Spaß."

„Das könnte dir so passen. Du machst das Zeug fertig oder ich schick's dir in den Urlaub nach."

Tranegger lachte: „Das könnte wiederum dir so passen. Ich bin auf Korfu und bis die Post dort ist, bin ich längst wieder zurück! Wie kommst du mit dem Fall der Ärztin voran?"

„Vorläufig gar nicht. Diese Frau ist mir ein Rätsel. Kaum glaubt man, es zeigt sich ein Zipfelchen ihrer Persönlichkeit, wo man ansetzen könnte, da entwindet sie sich durch das Zeigen einer völlig neuen Seite. Jetzt soll sie sogar lesbisch gewesen sein, sagt die Nachbarin." In kurzen Worten berichtete Goritschnigg seinem Chef die neuesten Erkenntnisse.

Tranegger schüttelte den Kopf: „Wird nicht einfach, die Wahrheit von Fiktion zu trenne. Übrigens, die Aussage von Lüttje aus Berlin ist eingetroffen."

„Ah, zeig her!" Goritschnigg las die zwei Seiten durch und blickte enttäuscht seinen Chef an. „Das ist nicht viel. Sie hat ihn verlassen, weil sie nicht mehr in Berlin leben wollte, sagt er. Klingt ziemlich vage. Offensichtlich hat er seine Frau auch nicht gut gekannt. Das Problem ist, wer hat sie *überhaupt* gekannt? Was hat sie in Kärnten *eigentlich gewollt*? Sie hat eine Absicht verfolgt, als sie hierherkam. Aber welche?"

„Jakob, die Presse soll nichts von der angeblichen Homosexualität der Frau erfahren. Kaum auszudenken, was die daraus machen."

„Du bist gut. Ich sag sicher nix, aber der Stannek ist fix, war gestern schon bei der Kogelnig und hat sich als Polizist ausgegeben. Die Strauss hat er bestimmt auch schon ausgefragt und die plaudert gerne …"

Er wollte gerade den Parkplatz verlassen, als sein Telefon läutete. Es war Ursula: „Du musst sofort rauf. Die Polizei ist da."

Goritschnigg fluchte: „Verdammt! Hat sie nun endlich jemanden vergiftet – dann könnte ich sie wenigstens endgültig aus dem Verkehr ziehen."

Ursula sagte entrüstet: „Im Gegenteil, sie hat jemandem sehr geholfen."

„Und deswegen soll sie verhaftet werden?"

„Sie soll nicht verhaftet werden. Sie ist nur angezeigt worden. Der Johann hat mich verständigt. Er wollte dich nicht direkt anrufen – damit du keine Schwierigkeiten bekommst."

„Pfh, der Johann macht mir keine Schwierigkeiten, sondern …! Was hat sie denn nun konkret angestellt?"

„Sie hat ein Kind behandelt und der Arzt des Jungen aus Feldkirchen hat sie angezeigt"

Er fuhr sich nervös durch die Haare. „Oh Gott! Nicht schon wieder dieser Oschaunig? Das ist doch …"

„Ja, das ist doch …, du sagst es. Und es kommt noch schlimmer. Sie weigert sich zu sagen, was sie dem Jungen gegeben hat. Deswegen geht's diesmal nicht nur um Kurpfuscherei. Dein Kollege vor Ort hat von einer giftigen Substanz gesprochen, sagt der Johann."

„Ist sie verrückt geworden? Sie weiß doch …! War ja zu erwarten, dass da mal was Gröberes passiert. Das haben wir ihr doch alle schon lange prophezeit. Mein Gott, diese Frau bringt mich noch um den Verstand."

„Du verstehst gar nix! Sie macht im Grunde nur Gutes, aber der Neid der Ärzte – mancher Ärzte, sollte ich vielleicht sagen – du weißt vielleicht, wie das ist!“

„Nein, weiß ich nicht! Und wenn ich Arzt wäre, würde ich eine solche Kräuterhexe wie meine Mutter auch verfolgen. Die hat ja vor nichts Respekt! Diesmal bügle ich ihr das nicht aus. Soll sie einmal richtig einfahren.“

„Ich weiß nicht, ob das eine so gute Idee ist. Sie weigert sich nämlich, ihr Haus zu verlassen und hat sich verbarrikadiert. Zureden hat bisher nicht geholfen. Sie hat sicher ihre Gründe“, sagte seine bessere Hälfte ungerührt. „Du kennst sie doch, hilf ihr!“

„Du hast leicht reden. Ich bin Polizist, ich kann mir eine solche Mutter eigentlich gar nicht leisten. Das Weibsstück denkt nur an sich.“

Ursula wurde nun aber ordentlich wütend. „Wie kannst du so reden. Deine Mutter hilft den Menschen, das weißt du ganz genau. Sie tut nichts ohne Grund. Wenn sie dem Jungen etwas gegeben hat, dann wusste sie, was sie tut. Es ist die Ignoranz der anderen, mit der sie sich herumschlagen muss – nicht mit der Polizei.“

„Die sollte das vielleicht auch so sehen. Aber wir müssen auf Anzeigen reagieren. Es bleibt uns gar nichts anderes übrig. Das weißt du.“ Er hatte sich in Hitze geredet. Wütend schlug er auf das Lenkrad. „Und du solltest sie nicht immer verteidigen, sondern von dem Unsinn abbringen.“

Sie lachte: „Kannst du mir sagen, wie? Die Worte sind noch nicht erfunden, die deine Mutter von ihren Vorhaben abbringen könnten.“

„Ich weiß! Bis später!“ Goritschnigg überlegte, ob er sofort losfahren sollte. Eigentlich hatte er überhaupt keine Zeit. Er rief seine Mutter an, aber sie hatte das Handy ausgeschaltet. Er seufzte. „Eines Tages …!“ Er fuhr los, ohne sich klar zu werden, was er eines Tages mit seiner Mutter anstellen würde.

Die Fahrt nach Hochrindl war mühsam. Die Kurven und Kehren nahmen kein Ende. Goritschnigg verfluchte wie so oft den Umstand, dass seine Mutter Heilpraktikerin war und, obwohl sie in Österreich gar nicht arbeiten durfte, dennoch als ‚Heilerin' ihr Unwesen trieb, die sich um Konventionen, Verbote oder Gesetze einen Dreck scherte. Nicht zum ersten Mal war sie in Schwierigkeiten, aber sie lernte nichts daraus. Im Gegenteil – jeder Widerstand schien sie nur noch sturer und unbeugsamer zu machen. Seine Frau bewunderte sie dafür, wie viele andere auch, aber für ihn bedeutete das ein ständiges Unbehagen, wenn er nur die Worte ‚Mutter' oder ‚Hochrindl' oder ‚Kräuter' oder ähnliches hörte. Er liebte seine extravagante Mutter, sicher, aber er hätte sie sich etwas angepasster gewünscht. Seine Frau meinte oft, er sei einfach zu ängstlich, zu konservativ oder zu obrigkeitshörig. Aber das war er im Grunde gar nicht. Wäre er nicht gerade Polizist gewesen, vielleicht würde er sie auch bewundert haben, aber als Ordnungshüter konnte er eine ständig gegen die bestehende Ordnung handelnde enge Verwandte nicht gebrauchen. Ein Glück für sie (und für ihn), dass der Polizeichef von Feldkirchen, zu welcher Gemeinde der Standort seiner Mutter gehörte, mit seinem chronisch kranken Sohn selbst ‚Kunde' bei ihr war. Es half leider auch das nicht, wenn es eine offizielle Anzeige gab.

Sie selbst nannte sich natürlich nicht ‚Heilerin'. Sie sagte, sie sei ‚Helferin'. Offiziell gab sie nur Empfehlungen auf Bitten der Leute und ließ sich nicht bezahlen, nahm aber Spenden oder Geschenke an. Zweifellos war es ein Graubereich. Sie hatte zwar den freien Gewerbeschein, mit dem sie als Energetikerin arbeiten konnte, aber die mit dem Schein erlaubterweise anwendbaren Methoden waren ihr ja zu einfach und wenig weitgreifend. Als Heilpraktikerin nach deutschem Recht konnte und wusste sie mehr und sie sah nicht ein, warum sie ihr Wissen zwar in Deutschland, nicht aber in Österreich mit demselben Kulturkreis, denselben Krankheiten, derselben Lebenseinstellung usw. anwenden durfte. Also setzte sie sich einfach darüber hinweg und vertraute auf Gott, den Einfluss ihrer ‚Klienten' und nicht zuletzt auf den Beruf ihres Sohnes Jakob.

Dieser fluchte, als er, den Wald verlassend und die Hochebene von Hochrindl erreichend, die Streifenwagen mit Feldkirchner Kennzeichen und eine kleine Menschenmenge schon von weitem vor ihrem Haus stehen sah. Es lag etwas außerhalb des Ortes Hochrindl nahe an der Waldgrenze, flankiert von drei in dieser Höhe etwas mickrigen Fichten. ‚Haus' war fast zu hoch gegriffen für das Gebäude, das eher einer Almhütte glich als einem soliden Wohnhaus. Im Erdgeschoss gab es eine Küche, einen Waschraum und eine Stube; im über eine schmale Stiege erreichbaren Obergeschoss fanden sich zwei Kammern unter dem schrägen Dach. Es gab keinen Komfort außer einer Toilette, die man im Untergeschoß angebaut hatte. Darauf hatte ihr Mann bestanden, als sie heraufzog. Sie wollte nicht mal das haben. Das Plumpsklo außerhalb des Hauses hätte ihr vollauf gereicht, aber nach dem Protest der gesamten Familie gab sie nach. Vater Goritschnigg bereute es allerdings bald, dass er so hartnäckig war, denn er hatte anfangs darauf gebaut, dass sie nach kurzer Zeit genug vom einfachen Leben haben und zu ihm ins Tal zurückkehren würde, was sie aber nie tat. Er meinte, dass ein winterlicher Spaziergang zu dem abgelegenen Klo sie vielleicht bald ‚geheilt' hätte. Jakob allerdings war anderer Meinung. Er kannte seine Mutter als konsequent, stolz und unnachgiebig in prinzipiellen Dingen.

Was sie vor sechs Jahren veranlasst hatte, den Familienwohnsitz zu verlassen und hier oben ein einsames Dasein zu führen, hatte er nie wirklich herausbekommen. Sowohl sein Vater als auch seine Mutter schwiegen sich über die Gründe aus, aber Jakob vermutete doch sehr stark, dass es etwas mit dem eher lockeren Lebenswandel seines Vaters zu tun hatte. Nichts Unübliches am Land, so zumindest die Meinung der Männer. Die Frauen aber, vor allem Frauen, die nicht aus dem Umfeld kamen, sahen das vielleicht etwas anders.

Plössnig begrüßte ihn mit ernster Miene: „Diesmal ist's heikel, Herr Chefinspektor. Die Anzeige lautet auf ‚Giftanschlag'. Ich weiß, dass das reiner Blödsinn ist, aber", er zuckte mit den Schultern, „ich muss trotzdem amtshandeln."

„Gleich mit der ganzen Mannschaft?" Goritschnigg machte einen ausholenden Bogen, der die drei Streifenwagen einschloss.

Der unglücklich dreinschauende Polizist erwiderte: „Vorschrift! Sie wissen ja! Wir müssen wohl ihren ‚ganzen Bestand' beschlagnahmen."

Goritschnigg lachte hell auf: „Und Sie glauben, hier gibt es eine Drogenküche mit Warenlager?" Dann wurde er wieder ernst. „Ich weiß schon, dass das nicht auf Ihre Kappe geht, also lassen Sie uns amtshandeln und dabei so wenig wie möglich anrichten. Wenn's geht!", fügte er mit einem vorsichtigen Seitenblick auf den Feldkirchner Beamten hinzu.

„Sie wissen, dass ich Ihrer Mutter keine Schwierigkeiten machen möchte. Sie leistet Großartiges und die ganze Bevölkerung steht hinter ihr." Er deutete auf die Zuschauer, die, von einem Polizisten in Schach gehalten, in einiger Entfernung auf das spannende weitere Geschehen neugierig waren. Goritschnigg kannte sie alle, es waren Bewohner der kleinen Siedlung Hochrindl. Im Gegensatz zu Plössnig war er sich sicher, dass so mancher jetzt eine gewisse Schadenfreude empfinden dürfte über die Misere der ‚spinnerten' Frau des reichen Sägewerksbesitzers aus dem Tal.

Nicht so der Bauer Johann Angerer, der sich um Martha Goritschnigg sehr kümmerte. Goritschnigg vermutete sogar, dass es mehr als nur Nachbarschaftshilfe war, was ihn oft in ihrer Nähe sein ließ. Er ging zu ihm und begrüßte ihn: „Servus Johann. Blöde Sache!"

„Servus Jakob. Kann man wohl sagen. Ich hoffe, du kannst ihr da raushelfen."

„Ich hoffe auch."

„Hast du mit ihr gesprochen?"

„Nein, hab versucht, sie anzurufen, aber sie hat das Handy ausgeschaltet. Danke, dass du Ursula angerufen hast.“ Goritschnigg begrüßte rasch die anderen Leute und ging zurück zu Plössnig und seiner Mannschaft.

„Wir haben es mit gutem Zureden und mit Drohen versucht, aber Ihre Mutter reagiert auf gar nix. Jetzt müssen wir stürmen. Ich hab nur noch auf Sie gewartet.“

„Moment noch.“ Goritschnigg ging zu dem Fenster, das zu der Stube führte. Es war wie alle anderen Fenster mit hölzernen Läden verschlossen, sodass man nicht hineinsehen konnte. Er rief: „Mutter, mach doch auf. Was soll das? Du machst alles nur schlimmer. Die Polizei muss stürmen, ist denn das notwendig?“

Nichts rührte sich. Mit einem Schulterzucken ging der Chefinspektor zu dem Beamten zurück und sagte resigniert: „Na dann, walten Sie Ihres Amtes. Die Tür dürfte keine Schwierigkeiten machen. Ich habe leider keinen Schlüssel dabei, sonst wär's einfacher g'wesen.“

„Hat Ihre Mutter eine Waffe da drin?“

„Hat sie, ja. Einen Revolver zur Selbstverteidigung. Für alle Fälle! Hat mein Vater ihr eingeredet. Sie hat einen Waffenschein.“

„Dann wird's heikel. Was, wenn sie auf uns schießt?“

„Sie schießt nicht auf euch. Außerdem gehe ich zuerst hinein.“

„Das ist nicht erlaubt, weil Sie mit ihr verwandt sind.“

„Ich weiß, aber ich möchte ihr nicht zur Flucht verhelfen, sondern sie zur Vernunft bringen.“

„Na gut! Woll'n hoffen, dass alles gut geht.“

Plössnig sprach zu seinen Leuten: „Tür aufbrechen, aber bitte nicht mit Brachialgewalt. Die Frau hat eine Waffe, deshalb geht Chefinspektor Goritschnigg voran. Wir halten uns vorerst im Hintergrund.“

Einer der Beamten protestierte: „Das geht nicht! Wenn was passiert, ist das uns're Schuld!“

„Schön g'sagt, Ladstätter! Keine Sorge, ich kenne die Frau und die Umstände; es wird keine Schwierigkeiten geben." Plössnig war sich durchaus nicht sicher, aber er schwankte zwischen Pflichterfüllung und seiner Sympathie für die Goritschniggs.

Ladstätter und seine Leute gingen vorsichtig und mit gezogener Pistole auf die Eingangstür zu. Plössnig rief: „Wir kommen jetzt rein, Frau Goritschnigg." Alle hielten den Atem an.

In dem Moment ging die Tür des Hauses auf und Martha Goritschnigg erschien hoch erhobenen Hauptes in Jeans und T-Shirt in der Türfüllung. Sie war groß und schlank. Das graue schulterlange Haar umgab ihre feinen Gesichtszüge in wilden Locken. Sie war eine attraktive Frau. Ihr Auftritt löste ein allgemeines Geraune aus.

Die Polizisten richteten die Pistolen auf sie, was Plössnig zu dem Ausruf veranlasste: „Sofort runter mit den Waffen. Seids völlig plemplem?"

Frau Goritschnigg trat zur Seite und sagte in ruhigem Ton: „Ich bitte, meine Herren! Kommen Sie doch herein." Ihren Sohn beachtete sie nicht.

„Mutter, was soll …?"

Sie zischte: „Still Junge, es ist alles in Ordnung, sie werden nichts finden. Wir reden nachher."

Uns so war es. Alle Räume, alle Schränke, alle Verschläge wurden durchsucht, aber im ganzen Haus gab es nichts, was auf eine illegale medizinische Tätigkeit hingedeutet hätte. Die Waffe der Frau Goritschnigg war ordnungsgemäß verwahrt. Den Waffenschein hatte sie auf den Tisch gelegt. Zuletzt überreichte sie dem Polizeiinspektor Plössnig ein kleines Fläschchen mit einem Etikett der ‚Kronenapotheke' aus Feldkirchen, auf dem *‚Ars. alb. C30'* stand und das zur Hälfte mit kleinen weißen Kügelchen angefüllt war.

„Hier haben Sie das Gift. Es ist *‚Arsenicum album'*. Lassen Sie es untersuchen. Aber fragen Sie vorher in der Feldkirchner

Apotheke nach, was da drin ist, bevor Sie Steuergeld für das Labor verschwenden."

Plössnig seufzte: „Ich weiß, dass das ein homöopathisches Mittel ist und dass wir nichts finden werden, weil das Arsen so verdünnt ist, dass man es nicht mehr nachweisen kann. Aber wo sind Ihre ganzen anderen Sachen?"

„Welche Sachen?", fragte Martha mit einer unglaublichen Unschuldsmiene, die Goritschnigg veranlasste, seine Mutter ob des schauspielerischen Talents zu bewundern.

„Gut, Sie haben es versteckt", sagte der Beamte halb resigniert, halb erleichtert, „aber das schützt Sie nicht vor der Anzeige, das wissen Sie?"

„Natürlich, bin doch die Mutter eines Polizisten!", sagte sie schmunzelnd und fügte hinzu: „Sie wissen aber auch, dass das nichts ändern wird."

Der Beamte seufzte erneut: „Soll ich jetzt am Boden zerstört oder froh sein?"

„Das überlasse ich Ihnen, mein guter Mann!"

Als sich die Beamten und die Schaulustigen bis auf Jakob Goritschnigg und Johann Angerer verzogen hatten, setzten sich die drei in Marthas Küche zusammen. Es war ein gemütlicher Raum, in dem sich ein quadratischer Tisch mit Eckbank und zwei Stühlen, eine alte Naturholzkredenz, angefüllt mit Keramikgeschirr, ein Herd mit langem Ofenrohr, wie man ihn früher in allen Bauernhäusern vorfand, daneben ein Elektroherd und mehrere Borde mit Töpfen, Pfannen und sonstigem Küchengerät befand. Eine niedrige Tür führte in einen kleinen Vorratsraum, die sogenannte ‚Speis'. Martha setzte Wasser auf und holte eine Dose aus dem angrenzenden Raum. Sie kehrte den beiden Männern den Rücken zu, während sie am Herd hantierte. In scharfem Ton sagte sie: „Vorwürfe könnt Ihr euch sparen!"

Jakob verdrehte die Augen: „Wieso sollte *ich dir* Vorwürfe machen? Man kann doch als Polizist stolz sein auf eine Mutter, die gerade eine Anzeige wegen eines Giftanschlags auf dem Buckel hat."

Martha drehte sich um, schaute ihren Sohn mit mitleidiger Miene an und lächelte. „Du verstehst gar nichts, Jo. Diese Sache verläuft im Sand wie alle bisherigen. Deine Mutter weiß, was sie tut und ist schlauer, als du ihr zutraust. Was, Johann?"

Johann Angerer schüttelte mit besorgter Miene den Kopf. „Diesmal ist es vielleicht nicht so einfach. Der Kramer", an Goritschnigg gewandt fügte er hinzu: „das ist mein Nachbar", und wieder zu Martha: „will gegen dich aussagen, weil dein Mittel bei der Kathi nicht geholfen hat."

Alarmiert fragte Goritschnigg: „Wer ist die Kathi?"

Martha runzelte die Stirn. „Ja, das ist dumm. Die Kathi ist Kramers beste Milchkuh. Ich hätte ihr gerne geholfen, aber der dumme Bauer ist zu spät zu mir gekommen und da war nichts mehr zu machen. Der Tierarzt hat mich aber nicht angezeigt und das wird er auch nicht, weil ich sonst öffentlich mache, was er den Viechern so spritzt."

Goritschnigg stöhnte auf: „Mutter!"

„Nur mit der Ruhe, Junge, du hättest gar nicht kommen müssen. Ich schaukle das schon allein. *Ich* habe keine Bedenken."

„Was hast du denn mit deinen ganzen Sachen gemacht, dass die Polizei nix g'funden hat."

„Das werde ich dir nicht auf die Nase binden. Was glaubst du, warum ich so lange nicht aufgemacht habe. Wenn du gedacht hast, ich habe auf dich gewartet, dann bist du auf dem Holzweg."

„Ah, ein Versteck, ich verstehe. Weiß Vater davon?"

„Dein Vater, mein Junge, hat es mir eingerichtet."

Als Angerer gegangen war, blieb Goritschnigg noch ein Weilchen. Er erzählte seiner Mutter von den beiden Fällen, die er gerade bearbeitete. Sosehr ihn die Machenschaften seiner Mutter auch zur Verzweiflung brachten, es gab eine Eigenschaft, die er sehr an ihr schätzte und die er auch oft genug benutzte: Sie war nicht nur eine Kräutertante, sie hatte so etwas wie das dritte Auge. Schon als sie Kinder waren, stellten er und seine Geschwister fest, dass ihre Mutter Dinge sehen konnte, die anderen verborgen waren. Vor ihr etwas geheim zu halten, war sinnlos, sie ‚spürte' und ‚sah' Lügen, Ausflüchte und Untaten und konnte sehr wütend werden, wenn man sie zu hintergehen versuchte. Deshalb gewöhnten sich die Goritschnigg-Kinder bald das Lügen ab. Sie war immer verständnisvoll, wenn man ehrlich sagte, was man angestellt hatte und half bei der Wiedergutmachung. Wenn man aber etwas vor ihr verbergen wollte, konnte die Strafe schrecklich sein; zumindest für kleine Kinderseelen: Man musste selbst den Schaden ausbügeln, z.B. dem Nachbarn gestehen, dass man einen Apfel gestohlen hatte und ihm dann bei irgendeiner Arbeit helfen, oder gegenüber dem Lehrer das Schulschwänzen zugeben und von ihm eine ordentliche Strafe einfordern oder vom eigenen Ersparten einen Schaden bezahlen, den man angerichtet hatte oder eine Spende ans SOS Kinderdorf entrichten. Also war es bald allen klar, dass man besser mit seinen Taten nicht hinter dem Berg hielt.

Sie konnte einem in die Seele schauen und sie konnte auch aus der Ferne fühlen, wenn etwas nicht stimmte. Als Goritschnigg während der Studienzeit seinen ersten großen Liebeskummer hatte, kam sie unerwartet an und tröstete ihn. Sie wusste genau Bescheid über das Mädchen und über die Umstände, von denen er seiner Mutter nie etwas erzählt hatte. Auf seine Frage, woher sie das wusste, sagte sie einfach: „Es ist einfach da in Form eines Bildes oder eines Gefühls oder einer Gewissheit. Ich weiß auch nicht …!" Für sie war es die selbstverständlichste Sache der Welt.

Diese Gabe nutze Goritschnigg oft genug aus, wenn er selbst in einem Fall nicht weiterkam und manchmal konnte seine Mutter tatsächlich helfen. Nicht immer, denn sie ‚fühlte' eigentlich nur Dinge, die sie gefühlsmäßig berührten. Wenn sie Näheres über die Personen erfuhr und sich emotional in sie hineinversetze, dann gelang ihr schon mal ein Treffer. Niemand im Amt wusste davon und Goritschnigg hütete sich, das publik zu machen. Erstens würde man ihn wahrscheinlich auslachen und zweitens würde er sich damit den Nimbus des ‚intuitiven Zugangs zu den Fällen' zerstören, dem er so manchen Erfolg verdankte.

Martha Goritschnigg nutze ihre Gabe auch bei ihren ‚Klienten', um die Ursachen für ihre Krankheiten ausfindig zu machen, denn für sie hatte jede Befindlichkeitsstörung einen psychischen Hintergrund, aber sie hängte es nicht an die große Glocke. Es war schon genug, dass man sie als ‚verschroben und eigenbrötlerisch' ansah. Sie brauchte nicht auch noch den Ruf einer seherisch begabten Spinnerin. Sie war nämlich trotz intensiver Gefühlswelt ein bodenständiger und rationaler Mensch, der sich nie allein auf des ‚Gesehene oder Erfühlte' verließ. Sie schickte die Leute immer zu einer ärztlichen Untersuchung, wenn sie etwas Gröberes vermutete oder wenn sie nicht helfen konnte.

„Mutter, ich werde dich bei diesem Fall wahrscheinlich brauchen. Diese Frau, Rosa Lüttje, ist ein absolutes Rätsel. Sie scheint weder eine Persönlichkeit noch einen eigenständigen Charakter zu haben. Sie ist wie Wasser, das durch die Finger rinnt, wenn man es festhalten will."

„Du weißt, dass ich mehr brauche, als du mir jetzt erzählt hast. Ich fühle gar nichts außer ...", sie schloss die Augen und ein angespannter Ausdruck erschien auf ihrem Gesicht. „... etwas wie eine Welle, die auf verschiedenen Ebenen schwingt. Da ist nichts Konkretes, nichts Geradliniges. Aber ich glaube, dass du morgen mehr erfahren wirst! Dann frag mich wieder und vielleicht bekommst du ein paar Antworten."

Auf dem Rückweg schaute Goritschnigg bei seinem Vater vorbei. Das Anwesen, das sich seit Generationen im Besitz der Familie Goritschnigg befand, lag etwas außerhalb von Sirnitz. Zu dem Gut gehörten ein großes Haus, ein Sägewerk, ein ehemaliges

Stallgebäude, das als Holzlager genutzt wurde, ausgedehnte landwirtschaftliche Flächen und ein beachtliches Stück Wald, das sich bis Hochrindl hinaufzog. An dessen Ausläufern stand die Jagdhütte, die nun von Martha Goritschnigg bewohnt wurde.

Jakobs Vater Valentin betrieb keine Landwirtschaft mehr. Die Felder waren verpachtet. Keiner seiner Söhne wollte Bauer sein. Der älteste, der auch Valentin hieß, aber allgemein nur Val genannt wurde, war auf dem Hof geblieben und betrieb mit seinem Vater das Sägewerk, das er auch übernehmen würde, wenn Valentin der Ältere mal abdanken sollte.

Man schätzte und respektierte ihn in der Region, aber natürlich blieben Neid und Missgunst nicht aus. Als in den 1970-iger Jahren die Holzwirtschaft bergab ging, weil die Preise verfielen, musste Goritschnigg einen Teil seines Landes verkaufen, um den Betrieb erhalten zu können. Da gab es wenig Mitleid von Seiten der Sirnitzer Bevölkerung. Man warf ihm Verrat vor, weil er anfing, mit billigem Holz aus Russland zu arbeiten. Dadurch aber überstand er die schwere Zeit und gab nicht auf, sodass er jetzt wieder ein florierendes Unternehmen zur Zufriedenheit der Kärntner Holzlieferanten führen konnte.

Valentin Goritschnigg war noch im Werk. Der mittelgroße, stämmige, braungebrannte Mann mit den ausdrucksstarken dunklen Augen und dem weißen Wuschelkopf unterhielt sich gerade mit seinem Sohn Val, als Jakob Goritschnigg die Halle betrat.

„Ah! Hast du sie wieder mal ‚retten‘ können, hoffe ich?“, sagte sein Vater, der ohne Umschweife zum Thema zu kommen pflegte. Er grinste spöttisch.

Jakob begrüßte seinen Bruder herzlich, zu seinem Vater sagte er kurz angebunden: „Muss mit dir reden.“

Seit Martha Goritschnigg den Haushalt der Familie verlassen hatte und auf die Alm gezogen war, spielte sich das Leben der Goritschniggs in gedämpftem emotionalem Miteinander oder besser Nebeneinander ab. Natürlich führten Jakob und seine fünf Geschwister schon lange ihr eigenes Leben, aber das frühere Zusammengehörigkeitsgefühl und die elterliche Geborgenheit, die sie lange Zeit zu Hause empfunden hatten, waren dahin. Sie wussten nicht genau, was in der Ehe ihrer Eltern vorgefallen war, aber dass es etwas mit ihrem Vater zu tun hatte, war allen klar, außer vielleicht Klara, der Jüngsten, die ihren Vater vergötterte und nie aufhörte, ihrer Mutter vorzuwerfen, sie habe Verrat an der Familie begangen, was die Mutter gewöhnlich mit einem Achselzucken abtat.

„Was ist denn dir über die Leber g'laufen? Du wirst dir doch nicht wegen der Mutter Sorgen machen? Die schaukelt das schon", sagte Valentin mit leicht verärgertem Unterton.

„Ich versteh nicht, wie ihr alle so unbedarft sein könnts. Diesmal ist es ernst. Sie muss mit einem strengen Verfahren rechnen. Der Oschaunig aus Feldkirchen – du weißt schon, ihr Erzfeind – macht mobil …"

Valentin nickte. „Ja, das hat mir der Plössnig schon g'sagt. Der Oschaunig hat sie angezeigt, weil sie einem Buben ein Mittel gegeben hat, das dem Buben g'holfen hat. Das wurmt den Arzt, denn er konnte bei ihm nichts ausrichten. Außerdem steckt angeblich auch der Kramer dahinter. Das kriegen wir g'regelt, glaub mir. Halt du dich nur raus! Je mehr du dich einmischst, umso ‚offizieller' wird das Ganze."

„Warum hat er dann dem Johann g'sagt, dass er mich verständigen soll."

Valentin lachte. „Um Zeit zu schinden. Der hat doch genau g'wusst, warum sie nit aufmacht."

„Willst du damit sagen, er weiß schon lange von dem Versteck?"

„Nein. Er hat natürlich mich zuerst ang'rufen und ich hab ihm geraten, dich anzufordern, damit sie eine ‚Galgenfrist zum Überlegen' bekommt. Er hat halt geahnt, was das bedeutet."

Goritschnigg lachte. „Ihr seids doch ganz Durchtriebene."

„Lach nicht, Jo, wer weiß, was deine Mutter noch alles anstellen wird. Mir stellen sich schon jetzt die Haare auf, wenn ich an die ganzen Kräut'ln und Wässerchen denke, die sie da zusammenbraut."

„Ursula meint, sie weiß was sie tut."

„Linde auch, aber das heißt noch lang nix." Adelinde war die älteste Tochter. „Die hat genau so einen Knall wie ihre Mutter". Linde war Lehrerin an einer Waldorfschule in Wien und ging der restlichen Familie gehörig auf die Nerven mit ihren guten Ratschlägen und mit ihrer Kritik am Lebensstil der Menschen im Allgemeinen und der Familie im Besonderen. Vater Goritschnigg machte teilweise sie dafür verantwortlich, dass seine Frau den Weg der ‚Verblendung', wie er es nannte, gegangen war. Andere sahen das wiederum umgekehrt, denn Martha Goritschnigg war schon immer irgendwie anders gewesen. Sie kam bereits mit der Idee eines natürlichen und einfachen Lebens damals nach Kärnten, als sie Valentin heiratete, verlor aber im Laufe der Zeit diese Illusion, als die Modernisierung auch hierzulande einsetzte und jeder andere froh darüber war. Sie nicht! Sie war enttäuscht, dass niemand ihre Ideen verstehen wollte; nicht die Familie; nicht die Nachbarn; nicht die Verwandten. Einzig und allein bei Linde fielen sie auf fruchtbaren Boden. Goritschnigg wusste, dass viel Verbitterung in seiner Mutter steckte, trotzdem war ihr Auszug nicht auf diese Ursache allein zurückzuführen. Sie hätte ihren Mann nicht verlassen, wenn es da nicht einen triftigen Grund gegeben hätte.

Jakob Goritschnigg wusste, dass sein Vater die Mutter zwar nicht verstand, aber respektierte und, davon war er überzeugt, immer noch liebte. Sosehr er sich auch über ihre Eskapaden und Probleme, die sie der Familie bereitetet, aufregte, er bemühte sich immer, ihr zur Seite zu stehen, wenn sie in Schwierigkeiten war und versuchte, ihr das Leben in irgendeiner Form zu erleichtern. Vieles musste er ohne ihr Wissen tun, wie zum Beispiel, Johann Angerer ein Auge auf sie haben zu lassen.

Der alte Goritschnigg fragte: „Wie ist der Oschaunig denn hinter die Sache gekommen?“

„Die Mutter des Knaben sagte aus – das hat mir der Plössnig erzählt – dass sie das Mittel aufgebraucht und das Fläschchen weggeworfen hat. Aber der Junge ist offiziell bei ihm Patient und hat in seiner kindlichen Fantasie über eine Hexe im Wald geplappert, die ihn mit einem Wundermittel geheilt habe. Die Mutter war entsetzt, aber was sollte sie tun, als das Malheur passiert war. Dr. Oschaunig wusste natürlich sofort, von wem die Rede war und hat ihr den Plössnig auf den Hals gehetzt. Ich weiß nicht, was Mutter dem Knaben verabreicht hat, aber dem Plössnig gab sie ein Fläschchen der Feldkirchner Apotheke.“

Valentin lachte. „Schlaues Mädchen!“

Jakob wurde wütend: „Seids ihr alle so naiv oder tuts nur so? Wenn sich jemand weigert, die Polizei einzulassen und ein Giftanschlag im Raum steht, was glaubst du, was *ich* mit der Person machen müsste!“

„Na, na, nun übertreib nicht. Gott sei Dank bist nicht du derjenige, der vor Ort ‚amtshandeln‘ muss, sondern der Plössnig und der …“

„Sag nicht, der ist von dir gekauft“, presste Jakob hervor.

Jetzt wurde auch Valentin Goritschnigg wütend. „Ich ‚kauf‘ keine Polizisten, dass das ein für alle Mal klar ist. Der Plössnig ist ein integrer Mensch! Und er ist ein *Mensch*! Er kennt Martha genau. *Das* ist der Grund, warum man mit ihm reden kann.“

„Wie siehst du das?“ Jakob wandte sich an seinen Bruder, der die ganze Zeit danebengestanden war und nur zugehört hatte. Er hätte ein Zwilling von Jakob sein können: Ebenso groß, schlaksig und von herber Attraktivität.

Val hob die Schultern. „So locker wie Vater seh‘ ich das nicht, aber ich halt mich vollkommen raus. Hab schon längst aufgegeben, mich wegen Mutter aufzuregen. Sie macht ja doch, was sie will.“

Als er in sein Büro zurückkam, fand er Mozzolucchesi vor, der mit einer säuerlichen Miene im Sessel vor Goritschniggs Schreibtisch saß und schimpfte: „Mensch, bin ich ferrrtig! Hitze, Staub und jede Menge sinnlose Rrrennerrrei. Kann ich endlich nach Hause gehen?"

„Das wollen wir alle. Also, was ist mit den Villen?"

Der kleine Italiener holte sein Notizbuch heraus und blätterte darin. „Die Hotels in Pörtschach mit Pool und Strand habe ich als erstes gecheckt. Nichts Verdächtiges. Die vier Villen gehören reichen Schnöseln. Die Habernig sind auf Urlaub. Alles dicht und alarmgesichert. Hab die Nachbarin gefragt, eine Frau Winkler, die einen Schlüssel hat und täglich den Garten gießt. Sie hat nichts Verdächtiges gesehen oder gehört. Eine Villa gehört den Umschalden, du weißt, den Geschäftsinhabern der Gebäudereinigungsfirma. Die Hausfrau hat mich höflich, aber bestimmt gefragt, ob ich von ihrem Hund davongejagt werden möchte. Nette Person, das kann ich dir sagen!"

Goritschnigg lachte: „Zeig deinen Hosenboden!"

„Kann nicht lachen, du Komiker! Die dritte Villa steht leer. Ein Schild ‚zu verkaufen' im Küchenfenster. Ich habe die Telefonnummer, die auf dem Schild stand, angerufen und die Maklerin ist tatsächlich gleich gekommen. Sie wohnt nicht weit weg, hat sie gesagt. Alles ist leer, der Pool ausgelassen und heuer noch gar nicht benutzt worden. Besitzer ist, bzw. war, ein gewisser", er schaute in seinem Notizbuch nach: „Riautschnig. Komische Namen haben diese Kärntner!"

„Inzwischen wirst du dich ja wohl daran gewöhnt haben. Hast immerhin eine Barbara Tschabuschnig geheiratet."

Er grinste. „Kann ich bis heute nicht richtig aussprechen. Immerhin fängt er fast mit ‚Tschau' an, das hilft als Eselsbrücke!"

„Weiter im Text!"

„Die Riautschnig sind eine alteingesessene Pörtschacher Hoteliersfamilie. Nach dem Tod ihrer Eltern, die noch dort gewohnt haben, will die Tochter jetzt das Haus verkaufen, damit sie das

Hotel renovieren kann. Das Haus ist in einem ziemlich desolaten Zustand, weil lange nicht bewohnt. Aber das Grundstück! Mensch, die Lage ist traumhaft! Die vierte Villa in Pörtschach gehört den Nidellkos.“ Mozzolucchesi schaute Goritschnigg fragend an, der meinte: „*Die* Nidellkos?“

„Genau die!“

„Ist doch seltsam! Vor zwei Jahren große Pleite mit ihrem Geschäft in Klagenfurt und trotzdem haben sie noch die Villa.“

„Mir wurde auch hier höflich, aber bestimmt mitgeteilt, dass ich mich schleichen soll.“

Goritschnigg hob die Augenbrauen. „Was hast du den Leuten denn gesagt? Ob in ihrem Haus ein Mord passiert ist?“

„Na, du hast Ideen! Eigentlich hab ich nichts gesagt, außer, ob ich den Swimmingpool sehen kann. Die wollten wissen, warum, aber da ist mir nichts Gescheites eingefallen und so hab ich halt irgendwas gesagt. War scheinbar nicht das Richtige.“ Er beugte sich vor und legte die Arme auf den Schreibtisch. „Dann gibt es eine Villa mit Swimmingpool in Pritschitz, das liegt ja nur zwei Kilometer nach Krumpendorf. Der Besitzer ist ein …“, er schaute erneut in seinen Aufzeichnungen nach und buchstabierte: „… L i e u t s c h n i g. Der wohnt aber offensichtlich nicht dort. Macht alles einen vernachlässigten Eindruck. Nachdem niemand aufgemacht hat, bin ich über den Zaun geklettert und habe mich ein bisschen umgeschaut. Der Garten wuchert, der Pool ist ausgelassen und voller Blätter. Das Haus dürfte in den Sechzigerjahren erbaut worden sein und seitdem ist nichts mehr gemacht worden. Ich habe auch bei der Terrassentür reingeschaut. Der Wohnraum ist leer.“

„Hast du den Lieutschnig kontaktiert?“

Mozzolucchesi setzte eine gestresste Miene auf: „Morgen, Jo, morgen. Heute geht gar nichts mehr. Morgen ruf‘ ich ihn an und frag‘ ihn, ob er eine russische Pathologin in seinem leeren Pool ertränkt hat.“

„Ganz genau.“

Freitag

Am Morgen ließ sich Goritschnigg gerne Zeit. Ursula war da schon längst in ihrem Salon, der um halb acht öffnete, und so genoss Goritschnigg die Ruhe am Kaffeetisch und las die Zeitung. Damit war es an diesem Tag allerdings bald vorbei, als er die ‚Kärntner Zeitung' aufschlug. Er knallte sie verärgert auf den Tisch und wählte Stanneks Nummer. Ohne Gruß oder Einleitung sagte er schroff: „Sag mal, bist du völlig bescheuert! Hinauszuposaunen, dass Dr. Lüttje lesbisch war, was noch gar nicht bewiesen ist."

„Die Strauss erzählt das doch sowieso jedem!"

„Wenn's jeder in der Wagner-Siedlung weiß, muss es noch lange nicht ganz Kärnten wissen! Und dass du in der Strandbadverwaltung als Polizist, noch dazu in einer unmöglichen Verkleidung und mit vorgetäuschtem Akzent, auftrittst, das geht entschieden zu weit. Was sollte die Fragerei?"

Kurze Pause am anderen Ende. „Findest du es nicht komisch, dass die Lüttje sich so sehr bemüht hat, im Strandbad Dienst tun zu können? Noch dazu, wo die Kogelnig über ihr wohnt. Gib's zu, ich habe früher gecheckt als du, dass sie Verwalterin im Strandbad ist und die Lüttje näher gekannt hat."

Grollend musste Goritschnigg ihm recht geben, aber er gab's natürlich nicht zu. „Blödsinn, natürlich wusste ich das, aber ich habe auch noch anders zu tun."

„Zum Beispiel, deiner Mutter zum x-ten Mal aus der Klemme zu helfen."

Der Chefinspektor fluchte innerlich. „Woher weißt du das?"

„Ich habe dir schon öfter gesagt, es gibt Vögelchen, die mir was zuzwitschern. Und es sind nicht deine Mitarbeiter, also lass die in Ruhe. Ich hab die Info sowieso nicht verwertet und werde es auch nicht tun."

„Das will ich dir auch geraten haben. Und – es ist *unsere* Aufgabe, herauszufinden, was da abläuft. Also halt dich z'rück!"

Goritschnigg war wie üblich gegen halb neun im Büro. Mozzolucchesi war auf seiner Morgenrunde unterwegs, die er selten ausfallen ließ. Das störte den Chefinspektor nicht weiter, sofern der kleine Italiener bis neun auftauchte.

Mozzolucchesi mochte ein seltsamer Kauz sein, als Polizist leistete er bisweilen effiziente Arbeit. Seine Stärken waren weniger die intuitive oder die trockene Ermittlungsarbeit. Er konnte mit Leuten gut umgehen und entlockte Zeugen oder Verdächtigen oft Aussagen, die sie gar nicht aussagen wollten. Goritschnigg arbeitete bei unklaren Fällen am liebsten mit ihm, obwohl ihm das Gehabe, die Geckenhaftigkeit und die Wichtigtuerei des Italieners gelegentlich auf die Nerven gingen.

Dieser Fall schien kompliziert zu werden. Es gab kein Motiv, keine Anhaltspunkte, keine Verdächtigen, und man musste sich auf kriminalistische Kleinarbeit einstellen. Dabei war ihm Mozzo der passendste Partner.

Er rief Dr. Wurzer in der Pathologie an und erkundigte sich nach der Obduktion an Petrovics Leiche. Er sei ebenfalls in einem Swimmingpool ertrunken, nachdem man ihm einen Schlag auf den Kopf gegeben habe. Es sei ein schwerer Gegenstand gewesen. Er habe feine weißgraue Tonsplitter in der Wunde gefunden, aufgrund der Verletzungsspuren könne man aber nichts Genaueres sagen. Die Splitter seien ins Labor geschickt worden. Außerdem habe er ein paar blaue Flecken im Gesicht; vielleicht von einer Prügelei oder von einem Sturz. Zumindest zwei davon seien älteren Datums. Weitere Hinweise gäbe es nicht. Der Todeszeitpunkt ließe sich nicht genau bestimmen, weil die Leiche zu lange im Wasser gelegen sei, aber er dürfte mit Dr. Lüttjes Tod zusammenfallen; auf jeden Fall nicht viel später. Der Bericht sei auf dem Weg ins Präsidium.

Danach rief er Frau Trabesinger im Strandbad an, um zu erfahren, wann er Frau Kogelnig antreffen könne. Sie sei nicht da, erfuhr er, und es wäre nicht sicher, ob sie heute überhaupt noch käme und wenn, dann schaue sie vielleicht noch kurz vor Dienstschluss um sechzehn Uhr rein. Da er den gestrigen Termin versäumt habe, der *sooo* dringlich gewesen sei, hätte er von der Chefin nun kein Entgegenkommen zu erwarten, ließe sie ausrichten. Der Chefinspektor wurde zornig. „Sagen Sie der ‚Dame', dass ich um drei bei ihr bin und sie gefälligst da ist. Ich lasse sie sonst ohne mit der Wimper zu zucken von der Funkstreife abholen." Er knallte den Hörer auf den Apparat.

Der nächste Anruf galt dem Direktor der ‚Besserungsanstalt' und der Frage, ob die Sachverhaltsdarstellung bezüglich Petrovic fertig sei, die er angefordert hatte: Wer war am Dienstag für den ‚Kranken' verantwortlich, wer hat die Rettung gerufen, usw. Außerdem wollte er wissen, woher die blauen Flecken im Gesicht des Delinquenten stammten. Rabuschnig reagierte reserviert und sagte, er sei noch nicht dazu gekommen und vor Montag oder Dienstag brauche er damit nicht zu rechnen, denn er müsse erst die entsprechenden Leute ausfindig machen. Dass es eine Mordermittlung sei, das wisse er und dass es dringlich sei, das wisse er auch, aber ein Zauberer sei er deshalb noch lange nicht usw. Goritschnigg war aufgeladen, beherrschte sich aber und sagte nur etwas lauter: „Mein Kollege holt den Bericht in einer Stunde ab, soviel Zeit gebe ich Ihnen, um Ihre Sekretärin zu fragen, wer am Dienstag Dienst hatte und den Bericht über die Schlägerei, den es ja geben müsse, hinzuzufügen."

Susi kam herein. Goritschnigg versuchte gerade, seinem Computer das Geheimnis des Internets zu entlocken und fluchte, weil er versehentlich eine Taste gedrückt hatte, die den Bildschirm schwarz werden ließ, und nicht wusste, welche Taste das gewesen sein könnte. „Was ist?"

Susi sagte ungerührt: „Da ist eine Dame draußen und will dich sprechen." Sie beugte sich über die Tastatur, drückte eine der F-Tasten und der Bildschirm flammte wieder auf. Goritschnigg funkelte sie an: „Sag mir, was in Gottes Namen ich gedrückt habe, dass das passieren konnte."

Im Abgehen sagte die Assistentin: „Das werde ich dir nicht sagen! So hast du eine gewisse Abhängigkeit von mir. Wenn du mich einmal entlassen willst, hilft das vielleicht.“

„So eine Raffinierte“, lachte Goritschnigg. „Die Dame soll kurz warten. Ich komme gleich.“ Und als Susi schon fast wieder draußen war, rief er ihr nach: „Wenn der Mozzo kommt, schick ihn nach Atschalas zum Rabuschnig. Er soll dort einen Bericht abholen. Und er soll sich nicht abwimmeln lassen. Notfalls wartet er drauf.“

„Aye, aye, Chef!“

Goritschnigg ging in den Besprechungsraum, nachdem er Susi gesagt hatte, sie könne die Frau jetzt reinlassen.

Eine etwa vierzigjährige, attraktive Frau mit halblangen dunkelbraunen Haaren betrat den Raum. Sie war mittelgroß, schlank und hatte ein scharf geschnittenes, aber durchaus ansprechendes Gesicht, in dem die lebhaften hellen Augen das Bemerkenswerteste waren. Sie trug ein schlichtes dunkelblaues Kostüm, das ihre Figur geschickt hervorhob. Ein um den Hals drapierter Schal in der Farbe ihrer Augen vervollständigte das Bild einer Dame. Mit einem etwas unsicheren Lächeln ging sie auf den Chefinspektor zu und reichte ihm die Hand.

„Mein Name ist Ilona Saltrytschkowa“, sagte sie in gutem Deutsch mit slawischem Akzent. „Ich bin die Schwester von Rosa … Rosa Lüttje, wie sie jetzt hieß. Bin ich bei Ihnen richtig? Ich meine, sind Sie derjenige, der ihren Mörder sucht?“

Goritschnigg nahm ihre Hand, die sich warm und weich anfühlte. „Ja, ja, da sind Sie richtig. Mein Name ist Jakob Goritschnigg und ich bin der zuständige Kriminalbeamte.“ Er nahm sie am Arm und führte sie zu der kleinen Sitzgruppe in der Ecke, die für vertrauensbildende Gespräche vorgesehen war. Sie nahm in dem einen Fauteuil Platz und er nahm den anderen. „Darf ich Ihnen Kaffee oder Tee anbieten?“

„Kaffee, gerne! Und ein Glas Wasser bitte!“

Goritschnigg stand auf und gab Susi den Auftrag durch, wobei er auch Kaffee für sich orderte. Als er sich wieder setzte, sah er die Frau erwartungsvoll an.

„Es tut mir leid, was mit Ihrer Schwester passiert ist", sagte er mitfühlend.

Sie stellte umständlich ihre etwas altmodische, große blaue Handtasche am Boden ab: „Mir auch, aber es hat mich eigentlich nicht überrascht. Sie hat mich darauf vorbereitet, dass es passieren könnte."

Goritschnigg hob erstaunt die Augenbrauen. „Sie hat damit gerechnet, dass sie sterben könnte. Wieso das? Was hat sie gemacht?"

„Sie war auf der Suche." Sie blickte ihn mit schmerzlichem Gesichtsausdruck an. Susi kam herein und brachte Wasser und Kaffee, stellte alles auf dem Beistelltischchen ab und zog sich diskret zurück. Als sich die Tür hinter ihr schloss, begann die Dame: „Am besten erzähle ich Ihnen alles von Anfang an."

„Ich bitte darum, ja!"

Sie holte tief Luft. „Es ist nicht leicht für mich, denn es wühlt mich sehr auf. Sie müssen wissen, dass wir als Schwestern sehr eng verbunden waren. Sie war ein Jahr älter als ich, aber wir sind eigentlich fast wie Zwillinge aufgewachsen", sagte sie mit bewegter Stimme.

Als sie nicht gleich weitersprach, sagte Goritschnigg: „Ich weiß so wenig von Ihrer Schwester. Hier fand ich nur Geheimnisse um sie herum."

Sie lächelte: „Ja, das ist typisch für sie … für uns! Wir mussten schon in unserer Heimat vieles verbergen. Sie werden das vielleicht nicht verstehen, aber unser Leben war … schwierig." Sie lehnte sich zurück und schloss die Augen. „Unser Großvater war Deutscher, ein Kriegsgefangener, der 1942 als fast Zwanzigjähriger nach Russland kam, dann in Gefangenschaft geriet. Sein Name war Josef Grimm. Er arbeitete in einer Fabrik und lernte dort unsere Großmutter kennen. Sie verliebten sich und sie setzte alles daran, dass er freikam und bei ihr bleiben durfte. Sie schaffte das auch, weil sie in der Partei war und hartnäckig darum kämpfte. 1944, also noch vor Kriegsende, durfte er zu ihr ziehen. Aber es gab Bedingungen: Er musste sich verpflichten, alle Verbindungen nach Deutschland abzubrechen, niemals nach Deutschland zurückzukehren, durfte nicht Deutsch sprechen. Mit niemandem! Er sollte also ein Vollblutrusse werden. Wie das halt so ist, er war verliebt uns so war er einverstanden. In der ersten Zeit ging es gut, aber bald stellte sich bei ihm Heimweh ein. Die Zustände in unserem Land waren natürlich nicht dazu angetan, ihn glücklich sein zu lassen. Das Paar bekam zwei Kinder, einen Sohn und eine Tochter. Er hielt sich an die Auflagen und sprach nur Russisch mit ihnen, obwohl er die deutsche Sprache sehr vermisste. Er versuchte gar nicht, ihnen etwas Deutsch beizubringen, weil er fürchtete, dass sie sich vor anderen Leuten verplaudern könnten. Mein Vater wusste lange Zeit nicht, dass er halber Deutscher war. Ich muss dazu sagen, dass mein Großvater keine Angst um sich selbst hatte, aber man hatte ihm angedroht, dass es seiner Familie schlecht gehen könnte. Und, glauben Sie mir, das System damals war zu allem fähig. Deutsche waren Feinde; lange noch!" Ein bitterer Zug legte sich um ihren Mund. „Er arbeitete fleißig, verhielt sich angepasst und … ‚systemkonform'. So wurde seinen Kindern eine gute Schulbildung ermöglicht. Vater durfte Medizin studieren und wurde Chirurg am Leningrader Krankenghaus. Seine Schwester Maria wurde Lehrerin. Soweit so gut. Aber sie waren ständig unter Beobachtung. Ich weiß wirklich nicht, weshalb die Russen der damaligen Zeit sich so sehr vor einem harmlosen deutschen Jungen gefürchtet haben."

Goritschnigg warf ein: „Spionage! Ihr Großvater wäre prädestiniert gewesen, im kalten Krieg von den Deutschen als Spion angeworben zu werden. Man muss das so sehen."

„Natürlich, das weiß ich, aber was hat das mit seiner Familie zu tun. Wir waren stigmatisiert, so lange er bei uns war und darüber hinaus." Sie nahm ein Taschentuch aus ihrer Handtasche und schnäuzte sich dezent, bevor sie fortfuhr: „Im Krankenhaus lernte Vater unsere Mutter kennen, die als Krankenschwester arbeitete. Sie heirateten. Bald kam Rosa auf die Welt und ein Jahr später ich. Als unsere Großmutter starb, haben wir Großvater zu uns genommen. Für meine Eltern war es eine gewisse Erleichterung, denn Großvater konnte nun auf uns aufpassen. Was sie nicht wussten, war, dass er nun all seine Sehnsucht nach Deutschland auf uns beide übertrug. Er sprach Deutsch mit uns, sodass wir es spielend lernten und erzählte uns von seinem Heimatland Hessen, von Berlin, wo er seine Jugend verbrachte, den deutschen Volksfesten, Weihnachten, den Rummelplätzen an Kirtagen, den Seen und Wäldern, den milden Wintern und angenehmen Sommern, dem Familienleben in Deutschland und vielem mehr. Rosa und ich waren fasziniert von seinen Erzählungen. Wir fanden sie unglaublich aufregend. Manches wird er auch erfunden haben, weil er sich an unserer Begeisterung erfreute, aber in uns entstand das Bild einer Wunderwelt. Oft lagen wir in unseren Betten und träumten davon, eines Tages dorthin zu gehen."

Ein schmerzlicher Zug umspielte ihre Lippen und sie schloss für einen Moment die Augen, bevor sie fortfuhr: „Er verbot uns streng, jemandem davon etwas zu sagen, schon gar nicht unseren Eltern. Das ging fünf, sechs Jahre gut, dann fingen die Probleme an: Großvater wurde einerseits zusehends depressiver, andererseits aggressiv und unleidlich, wenn wir ihm auf die Nerven gingen. Er brabbelte oft seltsame Sätze vor sich hin oder begann von Orten zu faseln, die er vorher nie erwähnt hatte. Rosa erklärte uns später, als sie schon Ärztin war, das sei eine Art Demenz gewesen, wobei der alte Mensch in der Vergangenheit zu leben beginnt. Vater konsultierte einen Spezialisten, aber der konnte bei Großvater außer einer gewissen altersbedingten Verwirrtheit nichts feststellen." Sie erhob sich und ging ein paar Schritte.

Goritschnigg entspannte sich, indem er sich zurücklehnte. „Hat er nie versucht, nach Deutschland zurückzukehren oder zu seiner Familie Kontakt aufzunehmen?"

Sie setzte sich wieder, nahm einen Schluck Wasser und schüttelte den Kopf. Den Kaffee hatte sie noch nicht angerührt. „Ich weiß es nicht. Er sagte, dass seine Eltern tot seien. Der Vater sei im Krieg gefallen; die Mutter wäre schwer krank gewesen. Von Geschwistern sprach er nie.“ Sie machte eine kurze Pause und fuhr dann fort: „Sein Zustand wurde immer schlimmer. Manchmal saß er tagelang völlig apathisch da und manchmal fanden wir die Wohnung durcheinander, wenn wir von der Schule nach Hause kamen; manchmal war er fort und wir fanden ihn in der Umgebung herumirrend. Wir liebten unseren Großvater sehr und litten darunter, dass wir ihm nicht helfen konnten, sosehr wir auch versuchten, ihn aufzuheitern. Und dann …!“ Ihre Augen füllten sich mit Tränen. Sie kramte in ihrer Tasche nach einem Taschentuch. „Und dann verschwand er! Ganz plötzlich!“ Nun weinte sie still vor sich hin. Goritschnigg lehnte sich vor und wartete, bis sie sich beruhigt hatte. Mit tränenverschleierten Augen sah sie auf: „Entschuldigen Sie bitte.“

„Ist schon in Ordnung. Lassen Sie sich Zeit.“

Sie schnäuzte sich und fuhr fort: „Er war schon öfter weg gewesen, also dachten wir uns zuerst nichts dabei.“ Sie schluchzte erneut. Nur mühsam brachte sie heraus: „Aber er kam nie wieder und wir wissen bis heute nicht, was mit ihm passiert ist.“

„Was hat die Polizei unternommen?“

„Die Polizei“, schnaubte sie verächtlich, „hat uns mit nichtssagenden Worten abgewimmelt. Leute verschwanden bei uns häufig und keiner kümmerte sich darum. Schließlich war oft genug der Staat selbst dafür verantwortlich. Man sagte uns, dass er wahrscheinlich in seiner Verwirrtheit irgendwo in die Newa gefallen und ertrunken sei. Man werde für die Suche nach einer Leiche kein Geld verschwenden.“

„Sie glauben nicht, dass er in der Newa ertrunken ist?“

„Nein, das glauben wir bis heute nicht. Wir wohnten viel zu weit von der Newa entfernt.“

„Was also haben Sie vermutet?“

„Dass er vielleicht vom KGB abgeholt wurde, nachdem er möglicherweise über die Russen geschimpft hat. Natürlich kann er auch einem Verbrechen zum Opfer gefallen sein. Es fehlten alle seine Papiere, es fehlte Geld und Teile seiner Kleidung waren auch weg. Die Wohnung wirkte durchsucht. Das können sowohl Fremde gewesen sein, als auch er selbst auf der Suche nach Reisehabseligkeiten, weshalb wir auch vermuteten, dass er auf die Idee gekommen sein könnte, irgendwie nach Deutschland zu kommen."

Goritschnigg beugte sich vor und fragte: „Ihre Familiengeschichte in Ehren, aber was hat das mit Rosas Tod zu tun?"

„Großvater ist zwar nicht direkt der Grund für ihren Tod, aber Sie sollten die Hintergründe kennen, dann werden Sie verstehen, was sie dazu trieb, ins Ausland zu gehen."

„Gut, erzählen Sie weiter."

„Anfangs kamen immer wieder Männer, die nachfragten, ob wir ein Tagebuch, Briefe oder anderweitige Aufzeichnungen von ihm hätten, ob wir Kontakt zu deutschen Verwandten hätten und solche Sachen. Hatten wir natürlich alles nicht, aber man schien uns nicht so recht zu glauben. Man sprach auch versteckte Drohungen aus, was unseren Vater auf jeden Fall davon abhalten sollte, einen großen Wirbel um das Verschwinden *seines* Vaters zu machen. Für uns war aus dem Verhalten nicht ersichtlich, ob der Staat die Hand im Spiel hatte oder selbst nach ihm suchte, weil man ihn als Bedrohung empfand." Sie seufzte. „Wir gaben schließlich die Hoffnung auf."

„Wann ist das alles passiert?"

„1975 zog er zu uns. Ich war damals vier Jahre alt, meine Schwester fünf. 1982 verschwand er."

„Wie ging nun Ihr Leben weiter?"

„Meine Schwester und ich durften studieren, da wir gute Zeugnisse hatten. Ich wählte Deutsch und Englisch als Lehrfach. Meine Schwester wollte Ärztin werden. Rosa heiratete noch während des Studiums. Er hieß Jurij Wuschtschenko und war

Journalist. Zwei Jahre später kam ihre Tochter zur Welt. Rosa nannte sie Barbara nach unserer deutschen Urgroßmutter, von der uns Großvater immer wieder erzählt hat. Inzwischen gab es die Perestroika und es wurde lockerer in unserer Heimat. Rosa und ich unterhielten uns immer auf Deutsch, lasen deutsche Zeitungen und Bücher. Erstens wollten wir das Andenken an unseren geliebten Großvater bewahren und zweitens wollten wir die Sprache nicht vergessen, die uns so viele wunderschöne Stunden in unserer Kindheit beschert hatte. Rosa sprach mit Barbara von Anfang an Deutsch."

„Haben Sie jetzt etwas über den Verbleib Ihres Großvaters erfahren?"

„Nein! Unser Vater wagte zwar einen Vorstoß bei den Behörden, nachdem der KGB zerschlagen war, aber man wimmelte ihn mit dem Bemerken ab, dass es keine Akte Josef Grimm, bzw. Josip Grimow, wie er bei uns hieß, gäbe und nie gegeben habe; zumindest habe man keine gefunden. Wir glaubten ihnen natürlich nicht, aber was konnte man schon machen."

Sie goss Milch in den Kaffee, rührte um und trank die Tasse in einem Zug aus. Er musste schon kalt sein, aber sie verzog keine Miene. Goritschnigg fragte, ob sie frischen Kaffee wolle. Sie lehnte ab, bedankte sich für seine Fürsorge und fuhr fort: „Barbara wuchs heran. Die Aufregungen um Großvater schienen weit fort zu sein. Wir hatten unsere eigenen Wohnungen und unser eigenes Leben. Die Zustände in unserem Land besserten sich, zumindest für uns, aber es kamen auch die Schattenseiten der westlichen Gesellschaft auf uns zu. Arbeitslosigkeit – vor allem der Jugend – Ausbeutung durch rücksichtslose Geschäftemacher, Gleichgültigkeit, Prostitution, Sensationsjournalismus, Fast Food und schließlich die Geißel der Menschheit, die Drogen."

Sie blickte an die Decke und man sah, dass sie erneut mit den Tränen kämpfte. „Barbara war anfangs ein liebes, ruhiges, braves Mädchen, bis sie in die Mittelschule kam. Plötzlich wurde sie aufmüpfig, frech und ließ in ihren Leistungen nach. Jurij machte Rosa dafür verantwortlich. Seiner Meinung nach war sie mehr an ihren Patienten interessiert als an der Familie. Sie reagierte darauf und ließ sich zur Pathologin ausbilden, um mehr Zeit für die Familie zu haben. Für ihre Ehe war es allerdings zu spät. Jurij hatte längst eine Freundin und ließ sich von Rosa scheiden. Das warf Barbara vollends aus der Bahn. Rosa bemühte sich sehr um sie, bekam aber keinen Zugang mehr zu dem Mädchen, das in schlechte Gesellschaft geraten war. Mit vierzehn brach sie die Schule ab und begann eine Lehre als Friseurin. Nach zwei Wochen war sie verschwunden. Der Albtraum, den wir mit Großvater erlebt hatten, wiederholte sich." Ihre Stimme zitterte und die Tränen begannen zu fließen. Als sie sich wieder gefangen hatte, sah sie Goritschnigg an. Schmerz stand ihr ins Gesicht geschrieben. „Das war vor einem Jahr. Für uns alle war das ein Schock. Da die Verhältnisse nun offener waren, schalteten wir vertrauensvoll die Polizei ein. Das brachte nichts. Rosa und ich gingen zu Barbaras ehemaligen Schulkameraden, zu Freunden, zu Lehrern, praktisch zu jedem, mit dem sie Kontakt gehabt haben konnte. Wir erfuhren, dass sie ständig von Deutschland geschwärmt hatte, von Verwandten, die in Berlin lebten und dass sie eines Tages dorthin gehen werde. Zu Rosa hatte sie nie etwas gesagt. Vermutlich fürchtete sie, dass ihre Mutter ihr das ausreden würde. Rosa suchte nun via Internet Kontakte in Deutschland und fand ihn zu Lüttje, einem Sozialarbeiter, äh …, dem sie ihre Situation schilderte und den sie um Hilfe bat. Er kam im letzten September nach St. Petersburg, verliebte sich in sie und erklärte sich bereit, sie zu heiraten. Dann ging sie mit ihm nach Berlin."

„Von hier ab kennen wir die offizielle Version. Bernd Lüttje hat der Berliner Polizei allerdings nicht gesagt, dass sie eine Tochter hatte."

Sie zögerte. „Vermutlich hat ihn Rosa darum gebeten. Wir sind mit einem abgrundtiefen Misstrauen gegenüber der Polizei aufgewachsen und das hat Spuren bis heute hinterlassen. Sie wollte selbst recherchieren und herausfinden, was mit Barbara passiert ist."

„Ist sie deshalb nach Kärnten gegangen?"

„Ja. Sie hat geschrieben, dass sie Barbara in Kärnten vermutet, aber leider nicht, warum. Sie tat sehr geheimnisvoll."

„Können wir die Briefe haben?"

„Selbstverständlich. Ich habe drei Briefe hier. Einer ist an Katja gerichtet, eine Freundin, die für unsere Regierung arbeitet. Sie schildert ihr das Problem und fragt sie dann um Rat."

Sie griff in ihre große Tasche und holte einen Umschlag heraus. „Aber bitte achten Sie darauf. Die Briefe sind alles, was mir von meiner Schwester geblieben ist."

„Natürlich, sie bekommen sie unversehrt zurück. Sind sie auf Deutsch oder Russisch?"

„Der an Katja ist auf Russisch, aber ich habe ihn übersetzt und die Übersetzung dazu gegeben. Die anderen beiden sind auf Deutsch."

„Oh, danke, das erspart und eine Menge Arbeit", sagte Goritschnigg. „Was sollte Katja denn herausfinden?"

„Lesen Sie die Briefe. Da finden Sie die Antworten."

Goritschnigg beugte sich erneut vor und fragte neugierig: „Warum arbeiten eigentlich Sie mit uns zusammen. Sind *Sie nicht* misstrauisch gegenüber der Polizei?"

Sie blickte zu Boden. „Doch! Ich will ehrlich sein, viel Vertrauen habe ich nicht, aber jetzt geht es um den Mord an meiner Schwester und nicht mehr nur um die Suche nach Barbara. Als wir die Nachricht erhielten, gab es einen Familienrat. Wir haben ein paar Tage überlegt, was zu tun sei. Ich wollte inkognito hierherreisen, um weiter zu recherchieren, aber meine Eltern meinten schließlich, dass sie nicht noch eine Tochter riskieren wollen und dass die österreichische Polizei vielleicht … etwas anders ist." Sie zuckte mit den Schultern. „Was soll's, wir können keine Sorgen mehr ertragen. Deshalb hat sich ein gewisser Fatalismus eingeschlichen."

„Was ist mit Ihnen, haben Sie Kinder?“

Sie verzog schmerzlich das Gesicht und blickte zur Seite. „Nein. Ich war kurz verheiratet und wurde schwanger. Nach drei Monaten verlor ich das Baby, dann trennte sich mein Mann von mir, nachdem mir gesagt wurde, ich könne keine Kinder mehr bekommen. Deshalb richtete sich meine ganze Liebe auch auf meine Nichte. Sie ist wie mein eigenes Kind.“

„Ich verstehe. Nun sagen Sie mir dezidiert: Ist Barbara drogensüchtig? Sie haben es nur angedeutet.“

„Ich weiß es nicht. Sie war seltsam, aufmüpfig, desinteressiert, aber dass sie Drogen nahm, hat sie immer bestritten.“

„Hm, hm, seltsam!“

„Was ist seltsam?“

„Ihre Schwester ist Ärztin und soll die Anzeichen von Drogeneinnahme nicht erkannt haben?“

Die Frau versteifte sich und sagte um eine Spur kühler: „Sie haben nicht viel Ahnung von der Jugend, wie? Die sind gerissen; sie können heute alles verbergen, wenn sie wollen.“ Sie beugte sich vor und sah dem Chefinspektor in die Augen: „Bitte sagen Sie mir jetzt, was *Sie* wissen. Ich habe Ihnen nun alles erzählt, jetzt erwarte ich von Ihnen dasselbe.“

Goritschnigg kniff die Augen zusammen und sagte eindringlich: „Nein, Sie haben mir nicht alles erzählt.“

Sie fuhr auf: „Wie kommen Sie darauf?“

„Liebe Frau Saltrytschkowa, Sie haben mir doch nicht Ihre Familiengeschichte lang und breit bis zu dem Verschwinden Ihres Großvaters und Ihrer Nichte erzählt, um nicht eine Absicht damit zu verfolgen. Was gibt es da noch? Sie müssen schon ganz offen zu mir sein, sonst kann ich Ihnen nicht helfen.“

Sie nestelte nervös an ihrer Handtasche herum. „Ich weiß nicht mehr als das, was in Rosas Briefen steht. Ich möchte, dass Sie Ihre eigenen Schlüsse ziehen.“

„Sagt Ihnen der Name ‚Petrovic‘ etwas?“

Sie sagte zögernd: „Wer soll das sein?“

„Sie kennen ihn also nicht? Hat Ihre Schwester ihn nie erwähnt?“

„Petrovic? Nein!“ Sie führte ihr Taschentuch, das sie die ganze Zeit zerknüllt in der Hand gehalten hatte, an die Nase. Sie schnäuzte sich nicht, aber es verbarg ihr Gesicht für kurze Zeit.

„Ihre Schwester hat vermutlich einem Häftling namens Karel Petrovic zur Flucht verholfen. Hat sie andere Namen genannt? Kogelnig zum Beispiel oder Mahidi oder Strauss?“

„Nein. Herr Chefinspektor. Lesen Sie die Briefe! Mehr weiß ich auch nicht.“

„Haben Sie denn nicht miteinander telefoniert?“

„Nicht, seit sie in Kärnten war. Sie hatte kein Handy, wollte absolut unerreichbar sein.“

Goritschnigg blickte sie skeptisch an. „Rosa hat meine Frau kontaktiert, weil sie mich ‚inoffiziell‘ sprechen wollte. Wissen Sie, worum es ging?“

Sie zog verwundert die Augenbrauen hoch. „Ihre Frau?“

„Sie ist Friseurin und Ihre Schwester kam als Kundin zu ihr.“

„Ach so! Ich habe keine Ahnung.“ Und nach kurzer Pause: „Würden Sie mir jetzt bitte sagen, was *Sie* von meiner Schwester wissen.“

„Tut mir leid, das kann ich nicht. Es handelt sich um ein laufendes Verfahren und könnte Sie in Gefahr bringen. Von Ihrer Nichte wissen wir leider gar nichts, schließlich habe ich erst durch Sie von ihr erfahren, aber es wird nun klar, warum Ihre Schwester bei der Erwähnung von jungen weiblichen Drogentoten fast ausgerastet ist.“

„Ja, das kann ich mir vorstellen.“ Sie seufzte, dann sagte sie abrupt: „Ich möchte jetzt gehen, bitte.“

„Natürlich können Sie gehen. Ich bedanke mich für Ihre Offenheit. Wo sind Sie zu erreichen?“

„Ich wohne im Hotel Moser, möchte aber in Rosas Wohnung ziehen; wenn das ginge, noch heute! Ich zahle die Miete weiter, solange ich dableibe. Wäre das möglich?“

Goritschnigg holte sein Handy heraus und rief Mozzolucchesi an. Während er wartete, sagte er zu der Frau: „Die Miete ist bis Ende August bezahlt. Für den September muss man schauen." Dann ins Telefon: „Ja, hallo, sag, ist Dr. Lüttjes Wohnung schon freigegeben? … Ah, gut! … Das erzähle ich dir später. Wo bist du? … Komm zurück, ich brauche dich! … Ja, etwas Neues hat sich ergeben!"

An die Russin gewandt sagte er höflich: „Sie können die Wohnung morgen haben. Den Schlüssel erhalten Sie hier beim Portier. Bitte unternehmen Sie nichts auf eigene Faust und halten Sie sich zur Verfügung. Kann sein, dass wir Sie kurzfristig brauchen. Haben Sie ein Handy?"

„Nein, leider nicht. Muss mir erst eines besorgen. Hinterlassen Sie mir Nachrichten beim Portier des Moser", sagte sie und stand auf. Er erhob sich ebenfalls, gab ihr eine Visitenkarte mit dem Bemerken, ihn jederzeit anrufen zu können und dann verabschiedeten sie sich.

Bevor sie den Raum verließ, wandte er sich nochmals an die Frau: „Eine Frage hätte ich noch: War Ihre Schwester lesbisch? Eine Nachbarin hat sowas angedeutet!"

Sie hob die Augenbrauen und sagte in neutralem Ton: „Ich glaube nicht, dass sie lesbisch war!" Dann ging sie. Bei Susi bedankte sie sich für den Kaffee und verließ das Amt.

Goritschnigg blickte ihr durchs Fenster nach, als sie über die Straße ging und um die Ecke in Richtung Stadt verschwand. Halb zu sich, halb zu Susi murmelte er stirnrunzelnd: „Sie hat mir eine lange Geschichte erzählt, aber ich glaube bestenfalls die Hälfte. Sie hat nicht mal gefragt, wie ihre Schwester gestorben ist."

„Sie hat's wohl in der Zeitung gelesen. Deutsch kann sie ja."

„Ja, vielleicht, aber würdest du an ihrer Stelle nicht wissen wollen, was *genau* passiert ist oder warum die Schwester als lesbisch bezeichnet wird. Bei der Erwähnung des Petrovic hat sie nicht mal mit der Wimper gezuckt. Dagegen hat sie mich intensiv ausgefragt, was *ich* über sie weiß. Sie benutzt uns, aber wofür?"

„Mozzo, wie gut bist du im Lügen“, fragte Goritschnigg, nachdem Mozzolucchesi bei der Tür reinkam und eine dünne Mappe auf den Tisch legte.

Der kleine Italiener schaute Goritschnigg verblüfft an: „Äh, Chef, äh, ich … was meinst du?“

„Als Italiener müsstest du doch ein gewisses Talent zum Fabulieren haben. Was die so alles ihren Signorinas und *mammas* erzählen …!“

„Also meiner Frau kann ich nichts vormachen.“

„Das zählt nicht. Die eigenen Frauen haben einen sechsten Sinn für die Unwahrheit ihrer Ehemänner. Wie schaut es mit den ‚gewöhnlichen‘ Leuten aus?“

„Chef, wir Italiener sind doch der Inbegriff der Wahrheitsliebe und …“

Goritschnigg lachte laut auf. „Siehst du, genau das meine ich! Der ‚Inbegriff der Wahrheitsliebe‘, wenn das keine Lüge ist!“

Mozzolucchesi wandte sich beleidigt ab. Goritschnigg sagte in versöhnlichem Ton: „Ich wollte dich nicht kränken, Mozzo. Aber ich brauche ein paar Auskünfte von der Schwester.“

„Von welcher Krankenschwester?“

„Nicht doch. Die Schwester von Dr. Lüttje war da.“

„Oh, wo kommt die denn so plötzlich her?“

„Aus Russland, sagt sie. Sie hat mir eine ziemlich lange Geschichte erzählt.“

„Kann die Deutsch?“, fragte der Italiener verwundert.

„Ja, sie spricht fast akzentfreie. Hat sie angeblich vom Großvater gelernt und dann Deutsch studiert.“

„Und du glaubst ihr nicht?“

„Hm, nicht so ganz. An der Frau und ihrer Geschichte ist einiges dubios.“

Goritschnigg berichtete ihm rasch, was Frau Saltrytschkowa erzählt hatte und fügte dann mit gerunzelter Stirn hinzu: „Ein deutscher Großvater, schön und gut! Dass er sich auf eine russische Magd einlässt und auf alles verzichtet, um aus dem Lager rauszukommen, kann ich ja noch verstehen, aber dass er nie versucht, Kontakt zu seiner Familie in Deutschland aufzunehmen, dass er mit seinen Kindern kein Deutsch spricht, mit den Enkelinnen aber schon, dass er dement sein soll, dann aber plötzlich verschwindet, ohne eine Spur zu hinterlassen, das klingt doch alles recht merkwürdig. Die Schwester will unbedingt nach Deutschland, um nach ihrer Tochter zu suchen, deshalb heiratet sie einen Mann, den sie übers Internet kennenlernt. Komischerweise weiß kein Mensch, der die Lüttje gekannt hat, etwas von einer Tochter. Warum hat Rosa Lüttje nicht die Polizei in Deutschland eingeschaltet? Ihr Misstrauen in Ehren, aber auch in Russland weiß man, dass die westliche Polizei vielleicht unfähig ist, aber sicher nicht auf Bakschisch wartet, um aktiv zu werden."

„Da bin ich nicht so sicher."

Goritschnigg lachte. „Jetzt sprichst du schon wieder als Italiener. Aber bleiben wir dabei: Warum kommt sie dann jetzt zu mir? Ausgerechnet ich soll ihre Angehörige finden! Ist es das? Warum ich? Ich muss nach Berlin und mit Rosa Lüttjes Ehemann sprechen. Wir haben ja nur seine Aussage vor der dortigen Polizei und die hatten natürlich kein Interesse, genauere Details zu erfahren. Was sollten sie auch fragen! Mal sehen, was die Berliner Behörden über das Mädchen und über Josef Grimm wissen."

„Und ich? Was erzähle ich ihr?"

„Egal was. Erfinde eine Geschichte – Du suchst jemanden und beklagst dich über die Kärntner Polizei; sowas in der Art. Von Ausländer zu Ausländerin. Achte auf ihre Reaktion. Und dann lässt du sie zappeln!" Er nahm die Mappe auf, die Mozzolucchesi auf den Tisch gelegt hatte. „Was hat der Rabuschnig gesagt? War er erfreut über dein Erscheinen?"

Der Italiener verzog das Gesicht: „Kann man nicht gerade sagen. Er hat mir den Bericht ausgehändigt, in dem steht, dass die vorgetäuschte Krankheit des Petrovic völlig glaubwürdig war, dass der diensthabende Beamte namens Rainer Ogris die Rettung gerufen hat, der Petrovic kurze Zeit darauf abgeholt worden ist und dass der vor einiger Zeit ein paar Blessuren im Gesicht hatte, aber nicht sagen wollte, woher."

„Na ja, immerhin haben wir den Mann flottgemacht, nachdem er mich zuerst auf Dienstag vertrösten wollte. Du fährst jetzt zum Hotel Moser. Und öle schon mal deinen Charme. Übrigens, hast du den Lieutschnig angerufen, den Besitzet der Pritschitzer Villa?"

„Hab's versucht. Er betreibt eine Autowerkstatt in Villach mit Alt- und Neuwagenverkauf. Hat keine Familie. Er ist noch auf Urlaub – irgendwo in Thailand – und kommt erst nächste Woche wieder. Sein Werkmeister sagt, soviel er weiß, wohnt niemand in dem Haus. Sein Chef habe sie als Wertanlage gekauft, als die Firma noch florierte."

„Und jetzt floriert sie nicht mehr?"

„Das habe ich ihn auch gefragt und er sagte: ‚Nicht mehr seit der Finanz- und der Kärnten-Krise. Die Leute horten ihr Geld für den Fall, dass sie die Banken und das Land Kärnten retten müssen. Darüber hat er sich halbtot gelacht."

„Gar nicht so weit hergeholt und sicher nicht zum Lachen. Hm, die Suche nach dem passenden Swimmingpool wird wohl etwas langwierig werden. Du holst dir die Liste der Villenbesitzer mit Swimmingpools in den Ortskernen von Krumpendorf und Pörtschach von Susi und klapperst die am Montag ab. Jetzt mach dich aber mal auf zum Moser."

Goritschnigg rief das Kommissariat in Berlin an, das Bernd Lüttje die Nachricht vom Tod seiner Frau gebracht und die Befragung durchgeführt hatte. Er wäre am liebsten gleich nach Berlin geflogen, aber es wurde ihm gesagt, dass es vor Montag keinen Sinn habe, da er weder den Amtsleiter, Kommissar Franke, noch sonst jemanden antreffen werde. Er bat darum, dass man wenigstens eine gewisse Vorarbeit leisten möge, indem man alles, was man über Bernd und Rosa Lüttje ausfindig machen könne, bereitstellen solle. Außerdem bat er darum, nach Unterlagen über eine Barbara Wuschtschenkowa, wie die Tochter Rosa

Lüttjes aus erster Ehe hieß, zu suchen. Er wollte am Montagabend wieder zurückfliegen, um nicht noch mehr Zeit zu verlieren.

In seinen Schreibtischsessel zurückgelehnt, legte er die Beine auf den Tisch und schloss die Augen. Die Briefe wollte er sich gleich vornehmen, aber sie würden ihm ohnehin nur weitere Lügen erzählen, davon war er überzeugt. Die Russin wollte ihn auf eine bestimmte Fährte setzen, der er folgen sollte. Sozusagen die Kastanien für sie aus dem Feuer holen. Er seufzte, nahm die Beine wieder vom Tisch und wendete sich den gefalteten Bögen zu. Es irritierte ihn, dass es keine Kuverts dazu gab. Es waren drei Briefe. Alle drei trugen kein Datum. Der erste bestand aus zwei Bögen, die handschriftlich in Russisch abgefasst waren. Das Papier war von schlechter Qualität, hatte eine gelbliche Färbung und zeigte leichte Faserung. Ein drittes und viertes Blatt enthielt die auf einem Computer geschriebene deutsche Übersetzung und trug das Logo der Charité in Berlin. Er faltete die Bögen mit spitzen Fingern auseinander und legte sie in Plastikhüllen. Dann nahm er sich die Übersetzung vor und begann zu lesen:

'Liebste Katja!

Da bin ich nun im Land meiner Sehnsucht, aber es will sich kein Glücksgefühl einstellen. Zu sehr beschäftigen mich Sorgen und Ängste. Wo finde ich, was ich suche? Ich dachte, ich würde entweder in Berlin oder im hessischen Hegau Antworten finden, aber da ist niemand, der mir helfen konnte. Niemand weiß etwas. Die Behörden sind nicht sehr hilfreich, fast wie bei uns daheim. Deshalb wende ich mich mit einer Riesenbitte an dich, liebe Katja. Du arbeitest im Außenministerium und hast vielleicht die Möglichkeit, offizielle Anfragen zu stellen. Es sollte so klingen, als betreibe jemand Ahnenforschung, der schon lange vor dem Krieg nach Russland emigriert ist. Halte die Anfrage an die Meldebehörde in Berlin ganz allgemein.

Du kennst zwar unsere Familiengeschichte, aber ich schildere dir nun nochmals die Umstände, die meinen Großvater nach Russland gebracht haben und was dann geschehen ist, damit du die genauen Daten für deine Anfrage hast.'

Es folgte eine Schilderung der Lebensgeschichte des Josef Grimm, wie er sie von Ilona schon vernommen hatte. Die Daten stimmten überein. Der Brief fuhr dann fort:

,Mit diesen Daten sollten die deutschen Behörden etwas anfangen können. Was mich interessiert:

- *Wer kannte unseren Großvater vor dem Krieg? Seine Eltern hießen Heinrich und Barbara Grimm – so hat er es uns zumindest gesagt und stammten aus Hessen, lebten aber dann in Berlin.*
- *Ist seit 1982, als Großvater verschwand, irgendwo ein Josef Grimm gemeldet? Ich weiß, dass man es in Deutschland damit sehr genau nimmt.*
- *Wenn er unter falschem Namen leben oder gelebt haben sollte, dann bist du natürlich chancenlos. Er kann genauso gut tot sein, schließlich wäre er jetzt fast 90 Jahre alt. Irgendwie glaube ich das aber nicht. Du tust mir einen sehr großen Gefallen damit und ich revanchiere mich dafür, wenn ich nach Petersburg komme.*

In Dankbarkeit
Rosa'

PS: ,Ich suche Barbara, die aus Russland verschwunden und vermutlich ihrem Urgroßvater nach Deutschland nachgereist ist. Ich bin sehr in Sorge'

Die zwei weiteren Briefe bestanden aus einem einzelnen Blatt und waren in Deutsch auf einem Computer geschrieben. Goritschnigg legte auch sie in Plastikhüllen.

‘Liebe Ilotschka!

Ich bin ziemlich enttäuscht. Großvater scheint uns viel Falsches erzählt zu haben. In Hessen gibt es das Dorf Hegau, aber da wohnen keine Grimms. Niemand kann sich an jemanden dieses Namens erinnern. Ansonsten gibt es jede Menge Grimms in Deutschland. Ca. 40 Kilometer nördlich von Berlin gibt es in Hanau eine Tischlerei Grimm. Es könnte sein, dass Großvater dort war. Die Familie hat mich nicht an sich herangelassen.

Jetzt kommen die anderen Grimms dran. Es wird mühsam. Aber ich gebe nicht auf.

Deine Rosa‘

Der dritte Brief war etwas länger:

‚Liebste Ilona,

Enttäuschung über Enttäuschung. Es scheint, als wäre Barbara in Berlin gewesen. Das ist noch nicht so lange her. Nun folge ich einer bestimmten Spur und die führte nach Kärnten an den Wörthersee. Es gibt einen Mann, der angeblich weiß, wo Barbara ist. Wie ich an ihn herankomme, weiß ich noch nicht, aber das wird sich machen lassen. Das kann dauern. Meine Arbeit nimmt mich nicht zu sehr in Anspruch, sodass ich in der Lage bin, Nachforschungen anzustellen. Ich bin so unruhig, denn die Zeit haben wir nicht. Wo ist das Kind, mein Gott? Es ist alles so geheimnisvoll.

Du sagst, ich soll die Behörden aufsuchen. Das habe ich in Deutschland versucht, bin aber nur abgewiesen worden. Hier wird es nicht anders sein. Außerdem, was soll ich sie fragen? Ich habe doch nur Vermutungen und Andeutungen. Nein, am vielversprechendsten ist immer noch mein Job im Rettungshaus. Irgendwo um den See werde ich sie finden!

Außerdem: Auch das Geheimnis um Großvater wäre wichtig zu lösen. Könnte er tatsächlich in Hanau gewesen sein. Aber was hat er da gemacht? Die Behörden sagen gar nichts. Es macht mich ganz verrückt, dass ich nichts tun kann.‘

Ich küsse Dich

Rosa‘

Er war gerade mit dem Lesen fertig, als Susi reinkam.

„Dein Flug nach Berlin geht Montag früh um zehn nach sechs.“

„Danke! Sag‘ Susi, schau dir mal diese Briefbögen an. Fällt dir was auf?“

Sie kam an den Schreibtisch und betrachtete eingehend die nebeneinanderliegenden Bögen. „Unterschiedliches Papier. Das eine schaut wie Umweltschutzpapier aus. Der letzte Brief dürfte längere Zeit in einer Jackentasche getragen worden sein.“

Er kratzte sich am Kinn. „Sonst fällt dir nichts auf?“

„Was meinst du?“

„Die Schrift des Postskriptums schaut etwas anders aus. Außerdem: Da geht es um die Suche nach ihrer Tochter, als wäre es etwas eher Nebensächliches.“

„Vielleicht hat sie den ganzen Brief in Eile geschrieben und war abgelenkt oder sie war nervös und aufgeregt.“

„Schon! Aber seltsam für eine Mutter, die in Sorge um ihre Tochter ist. Und wie kommt sie überhaupt an den Brief, der ja bei der Freundin sein müsste?“

„Den wird sie wohl von der Freundin besorgt haben?“

„Extra für mich?“

Leicht genervt hob Susi die Schultern. „Was fragst du *mir* Löcher in den Bauch? Frag sie!“

„Bin nicht sicher, ob’s Sinn hat! Warum wollte sie wohl nicht, dass ich die Briefe anschaue, als sie noch da war? Warum gibt sie zwei auf Deutsch geschriebene Briefe dazu. Ich vermute, die hat diese Ilona für mich geschrieben, um mir etwas mitzuteilen. *Diese Schwestern!* Die eine ist *nur* ein Rätsel und die andere gibt noch zusätzlich welche auf! Erkläre mir jemand die Frauen und ihre verwinkelten Gedankengänge! Und du bist auch nicht gerade hilfreich."

Susi sagte spöttisch, während sie beim Verlassen des Raumes dem Chefinspektor zuwinkte: „Wenn wer was rausfindet, dann du! Viel Spaß beim Rätseln!"

Als sie gegangen war, legte Goritschnigg die Bögen zur Seite und griff zum Telefon. Er rief im Bootshaus des Strandbades an.

„Goritschnigg, grüß Gott! Sagen Sie, wie oft hat Dr. Lüttje das Elektroboot der Rettungsstation auch außerhalb der Öffnungszeit des Bades benutzt?"

„Äh, woher wissen Sie das?"

„*Wie oft*?", fragte Goritschnigg eindringlich. Als der Mann zögerte, hakte Goritschnigg nach: „Ich bin nicht daran interessiert, wieviel Bakschisch Sie erhalten haben. Ich möchte nur wissen, ob sie häufig mit dem Boot draußen war und wann."

„Tja, sie benutzte das Boot oft, meist am Nachmittag, aber auch am …", er zögerte wieder, „… Abend. Sie hat mich gebeten, es niemandem zu sagen. Ich habe eine Romanze dahinter vermutet."

„Sie haben ihr also einen Schlüssel fürs Bootshaus gegeben. Wie aber kam sie ins Bad und wieder hinaus?"

„Was weiß ich? Die Rettungsleute werden wohl eine Möglichkeit haben."

„Wann war sie das letzte Mal draußen?"

„Am Tag vor Ihrem … Ertrinken."

„Wenn sie privat rausgefahren ist, wird sie ja auch manchmal angezogen gewesen sein, warum hat Sie das dann am Dienstag gewundert?"

„Erstens, weil es da erst Mittag war und zweitens hatte sie eine Reisetasche dabei. Ich dachte, jetzt haut sie mit ihrem heimlichen Liebhaber ab."

Goritschnigg rief Raunig von der Spurensicherung an und fragte nach, ob sie im Boot etwas gefunden hätten und was die

Untersuchung der Hülse ergeben hätte. Es sei das Endstück einer Kordel oder eines dünnen Riemens, wie sie bei billigen Plastiktaschen zu finden seien. Man habe jede Menge Fingerabdrücke, Haare, Fingernagelsplitter usw. gefunden, wie in einem von verschiedenen Personen benutzten Boot zu erwarten sei. Weiter sei nichts auffällig gewesen, sonst hätte er sich schon gemeldet.

Dann kontaktierte er nochmals das Berliner Kommissariat, um sie zu bitten, Auskünfte über die Tischlerei Grimm in Hanau einzuholen.

Der Chefinspektor saß seinem Chef gegenüber, berichtete ihm die Neuigkeiten und dachte wieder einmal laut nach: „Rosa Lüttje war also auf der Suche nach ihrer vermutlich drogensüchtigen Tochter. Sie heiratet einen Deutschen, den sie übers Internet kennenlernt, um vor Ort recherchieren zu können, da sie sie in Berlin vermutet. Dort ist sie aber nicht. Irgendwie erfährt sie, dass das Mädchen in Kärnten ist und sucht verzweifelt nach einem Job, um legal hier sein und forschen zu können. Sie wird als Pathologin angenommen, sucht aber um jeden Preis eine Beschäftigung im Strandbad, und sei es nur als Rettungsschwimmerin. Sie macht in ihrem Alter sogar noch das Diplom. Irgendwie hängt der See oder das Bad oder beides mit Barbaras Verschwinden zusammen. Wie aber passt der Petrovic da hinein? Sie verhilft ihm zur Flucht, weil sie hofft, von ihm zu erfahren, wo sie Barbara findet. Hatte er etwas mit ihrem Verschwinden zu tun oder hat er sich bloß wichtiggemacht? Woher kannte sie ihn? Was hatte er, der Kleinkriminelle, wirklich mit der Sache zu tun? Über das Krankenhaus kommt er frei und haut ab. Sie fährt ins Strandbad, besteigt ein Boot und fährt auf den See. Als nächstes taucht sie in einer Villa mit Swimmingpool auf und wird wenig später im See ertrunken aufgefunden. In was war sie verwickelt? War man ihr auf die Schliche gekommen und wollte verhindern, dass sie etwas herausfindet und ausplaudert? Ging es wirklich um Barbara oder um den Petrovic oder um Großvater Grimm?“

„Fragen über Fragen! Ich hoffe, in Berlin erfährst du mehr.“

„Das hoffe ich auch.“

„Was machst du am Wochenende?“

„Meine Mutter zur Vernunft bringen! Zumindest will ich das versuchen.“

Als Goritschnigg nach Hause kam, war Lilly, seine Tochter, bereits da. Sie war ein hoch aufgeschossenes, neunzehnjähriges Mädchen mit einem kantigen Gesicht, blauen Augen und einem schmalen Mund. Sie war eher attraktiv als hübsch und offensichtlich überwiegend mit Jakobs Genen ausgestattet. Das Schönste an ihr waren die langen goldblonden Haare, die zwar das Bild von ihr optisch noch verlängerten, aber dennoch, dem Zeitgeschmack angepasst, den Hingucker ausmachten. Außerdem hatte sie ein einnehmendes Lächeln, das für Goritschnigg die Sonne aufgehen ließ, als sie aus dem Wohnzimmer kam und ihn mit einer stürmischen Umarmung begrüßte: „Hallo Dad!“

„Hallo Kleines! Ich hab gar nicht gewusst, dass du heute schon kommst.“

Seine Tochter studierte in Graz Architektur. Zurzeit waren zwar noch Ferien, aber sie war eine Woche dort gewesen, um sich ein neues Zimmer zu suchen.

„Clemens musste zu einer Geburtstagsfeier in der Familie.“ Clemens war ihr Freund und studierte ebenfalls in Graz. „Ist Peter noch nicht da?“ Peter war vierzehn und Lillys Bruder. Er ging aufs Realgymnasium und war zwei Wochen in England bei einer Familie. Die Goritschniggs hatten ihn mehr oder weniger gezwungen, an diesem Schulprogramm teilzunehmen, denn freiwillig hätte sich der Junge nie weiter als vier Kilometer von zu Hause entfernt. Das war die Distanz zum Bad Stich in Krumpendorf, wo er sich mit seinen Schulfreunden in den Ferien am liebsten traf.

„Kommt morgen!“ Er lächelte fragend seine Tochter an: „Und? Hast du ein Zimmer gefunden?“

Zwischen Lillys Augenbrauen zeigte sich eine Sorgenfalte. Bevor sie antworten konnte, legte ihr Goritschnigg eine Hand auf den Arm und sagte: „Komm, trinken wir ein Glas.“

Sie folgte ihrem Vater in die Küche. Er nahm eine Flasche Sherry aus dem Kühlschrank; sie holte zwei Gläser. Dann sagte sie: „Ich habe kein Zimmer gefunden, weil ich gar keines gesucht habe. Clemens und ich werden zusammenziehen! Wir haben eine kleine Wohnung genommen. Etwas außerhalb von Graz und gar nicht teuer.“ Sie sah ihren Vater provokant an: „Und Papa, spar dir jetzt eine Moralpredigt. Ich bin neunzehn und erwachsen.“

Goritschnigg trank seinen Sherry auf einen Zug aus und stand auf. „Ich wollte dir keine Moralpredigt halten“, sagte er in beleidigtem Ton, während er das Glas in die Abwasch stellte, „Ich habe ohnehin nicht angenommen, dass du noch Jungfrau bist, aber wie wär’s, wenn du mich fragst, bevor du so eigenmächtige Entscheidungen triffst. Du sollst dich auf dein Studium konzentrieren und nicht …“

„Ja, ja, ja, was glaubst du denn! Clemens studiert doch auch.“

„Und hat schon zweimal umgesattelt, hast du gesagt. Wie ernst ist es ihm denn diesmal? Was studiert er denn zurzeit?“

„Das ist nicht fair, Papa. Er studiert …! Ach, was muss ich mich überhaupt rechtfertigen?“ Sie stand auf und ging aus dem Raum.

„Weil wir dein Studium bezahlen vielleicht!“, rief er seiner Tochter nach. Er nahm das Glas wieder aus der Spüle und schenkte sich nochmal ein. Er ärgerte sich. Dachte er immer nur als Polizist, der überall Gefahren sieht? Oder hatte er Angst, seine Tochter an einen anderen Mann zu verlieren? Goritschnigg seufzte. ‚Welche Klischees‘, dachte er und trank das Glas aus. Dann ging er hinauf zu Lillys Zimmer und klopfte an. Zuerst rührte sich nichts, aber als er mit den Fingerspitzen leicht auf das Türblatt trommelte, hörte er ein leises: „Komm rein!“

Jakob Goritschnigg und seine Tochter Liliane hatten ein besonderes Verhältnis zueinander. Sie war ihm sehr ähnlich, nicht nur vom Aussehen. Sie betrachtete wie er alles von der logischen Seite und konnte genauso ungeduldig und aufbrausend werden.

Lilly war dabei, ihre Reisetasche auszupacken. In ihrem Zimmer herrschte ein wüstes Durcheinander an Kleidung, Skripten, Büchern, Toilettenartikel und allem Möglichen. Die Unordentlichkeit der Tochter war gelegentlich ein Zankapfel zwischen dem Ehepaar Goritschnigg. Während Jakob sich mehr Ordnungsliebe wünschte und gelegentlich auszuckte, wenn nicht nur ihr Zimmer, sondern das ganze Haus zur Mülldeponie wurde, war es Ursula immerhin gelungen, durchzusetzen, dass zumindest der familiengemeinsame Bereich frei von Lilianes Sachen blieb.

Goritschnigg setzte sich aufs Bett, wobei er die ausgebreiteten Kleidungsstücke zur Seite schob, um ein freies Fleckchen zu finden.

„Ich räum‘ gleich weg, Dad!“, sagte die Tochter in versöhnlichem Ton, während sie in ihrer Handtasche kramte.

„Lass nur, ich werde nicht noch einmal den konservativen Alten herauskehren. Ich wollte dir nur sagen …“

Lilly richtete sich auf und sah ihren Vater an. „Ich weiß, was du sagen willst. Ich habe nie angenommen, dass du es böse meinst. Ich kenn dich doch und du kennst mich und dass wir immer über solche Dinge streiten müssen, gehört scheinbar zu unserer …“, sie suchte nach einem passenden Wort, „… Liebesbeziehung!“, sagte sie lachend.

Goritschnigg lachte ebenfalls, wenn auch nicht aus vollem Herzen, denn dass ihn seine Tochter immer wieder mit ihrer offenen Art herumkriegte, gefiel ihm nicht so ganz, wenn es um Themen ging, die ihm persönlich wichtig waren. Und dass Liliane nun mit einem unreifen, arroganten, verwöhnten Schnösel zusammenziehen wollte, gefiel ihm schon gar nicht.

„Wie wär‘s, Töchterlein, wenn du in Zukunft erst mit uns redest, ehe du solche Entscheidungen triffst.“

Bevor das Mädchen antworten konnte, hörten sie, wie die Haustür geöffnet wurde. Lilly stürmte aus dem Zimmer und die

Treppe hinunter, wo sie ihre Mutter umarmte. „Mama, ich bin wieder zurück", sagte sie unnötigerweise.

„Das seh' ich." Ursula zog ihre Schuhe aus und nahm sich bequeme Treter. Goritschnigg kam gerade die Treppe herunter, als er seine Frau sagen hörte: „Und? Habt Ihr eine Wohnung gefunden?"

Goritschnigg blieb abrupt stehen. „Du hast davon gewusst?"

Ursula sah ihren Mann belustigt an. „Du nicht?"

Lilly beeilte sich, zu sagen: „Ich habe Papa vorher nichts gesagt, weil …"

„Ich weiß schon! Mit vollendeten Tatsachen kann er besser umgehen."

Goritschnigg reagierte verärgert: „Was bin ich in dem Haus eigentlich? Legt irgendjemand Wert auf meine Meinung?"

Lächelnd kam Ursula auf ihren Mann zu und schlang ihre Arme um seine Hüften. „Du bist die wichtigste Person hier!", sagte sie einschmeichelnd und mit Blick auf die Tochter: „Zumindest für mich. Aber gewisse Dinge siehst du zu altmodisch und, äh, etwas zu ‚vaterhaft'."

„Dass unsere neunzehnjährige Tochter mit einem fremden Mann zusammenzieht, das findest *du* in Ordnung?"

„Erstens ist das kein fremder Mann – mit Clemens ist sie immerhin seit einem Jahr zusammen. Zweitens ist er ein netter Bursch aus einer ordentlichen St. Veiter Familie und drittens ist eine kleine Wohnung günstiger als zwei Einzelzimmer."

Goritschnigg entwand sich seiner Frau und sagte nichts mehr. Er ging nach draußen, holte den Rasenmäher aus der Gerätehütte und begann die Grünfläche zu malträtieren.

Ursula schaute ihm belustigt nach und murmelte: „Die Nachbarn werden sich über die abendliche Geräuschkulisse freuen, aber das ist *sein* Problem." Sie wandte sich um und ging in die Küche.

Liliane folgte ihr. Sie überragte mit ihren eins achtundsiebzig ihre Mutter um einen halben Kopf, weshalb sie sich setzte, um nicht auf sie hinabblicken zu müssen. Besorgt fragte sie: „Glaubst du, er wird es akzeptieren?"

„Aber sicher. Es bleibt ihm gar nichts anderes übrig. Hab Geduld mit deinem Vater. Er sieht in dir immer noch das kleine Mädchen, das man beschützen muss." In verhalten kritisierendem Ton fuhr sie fort, während sie die drei vollen Einkaufstaschen auf den Küchentisch hievte: „Könntest du mir bitte helfen, die Taschen auszuräumen und das Abendessen zu machen!" Ursula hatte mit Lilly ein freundschaftliches Mutter-Tochter-Verhältnis, aber es gab auch Konfliktthemen wie die Unordentlichkeit der Tochter oder ihre mangelnde Bereitschaft, im Haushalt mitzuhelfen. Auch ihr sorgloser Umgang mit Geld und die Gründe, wofür es ausgegeben wurde, gaben oft Anlass zu Diskussionen zwischen den beiden Frauen, aber schließlich sagte sich die Mutter, dass ihre Tochter ein Leben lang mit ihren Eigenschaften selbst werde auskommen müssen, während sie das bald nichts mehr angehen wird.

Lilly sprang auf und den leisen Vorwurf ihrer Mutter ignorierend sagte sie: „Gleich, Mama, ich möchte nur fertig auspacken."

„Das kannst du später machen. Papa und ich haben Hunger."

„Ich komm' sofort", und schon war sie draußen.

Seufzend murmelte Ursula: „Zuerst Clemens anrufen natürlich, als hätten sie sich tagelang nicht gesehen!"

Samstag/Sonntag

Sohn Peter, den Goritschnigg am Samstag vom Flughafen abholte, begrüßte seinen Vater ebenfalls mit einem „Hallo Dad!“ Auf die Frage, wie es ihm in England gefallen habe, sagte der Junge nur: „Ätzend, die Familie! Lauter Langweiler! Und das Essen! Fürchterlich, sag ich dir. Da kocht ja Oma noch besser.“ Goritschniggs Mutter war nicht gerade berühmt für ihre ‚deutsche Küche‘.

„Hast du wenigstens dein Englisch verbessert?“

„Wie denn? Kaum ein Wort zu verstehen, die haben so einen komischen Dialekt gesprochen! Also hab ich mich hauptsächlich mit dem Klausi, der mit mir dort war, unterhalten. Nur die Fußballspiele waren cool. Der Vater der Familie ist mit uns drei Jungs – seinem Sohn Oliver, Klausi und mir – zu einem Match gegangen. Die spielen wirklich toll.“

Peter war ganz anders als seine Schwester. Er interessierte sich nur für Freunde, Computer und Fußball. Goritschnigg ärgerte sich oft über die Interessenlosigkeit seines Sprösslings, mit dem man nur über Sport sprechen konnte.

Nachdem er Peter zu Hause abgeliefert hatte, rief er Mozzolucchesi an. Der Italiener berichtete, dass er gestern im Hotel gewartet habe, aber die Russin sei nicht aufgetaucht. Heute Morgen habe er angerufen und erfahren, dass sie die ganze Nacht das Zimmer nicht benutzt habe, aber ihre Sachen noch da seien. Er habe dann die Frau Strauss angerufen, aber dort sei die Russin auch nicht gewesen; zumindest habe sie sie nicht gesehen und die ganze Zeit könne sie ja auch nicht an der Haustür lauschen. Ob er heute weiter beobachten soll? Seine Frau Barbara habe einen Ausflug in die Berge geplant, da es in Klagenfurt zu heiß sei und das sollte er schon machen, weil seine Frau sonst ziemlich ärgerlich werden könnte.

„Mozzo, ihr wart gerade auf Urlaub, schon vergessen? Sardinien! Dort war’s nicht heiß?“

„Das ist was ganz anderes! Am Meer …!“

„Ist gut, ich weiß schon! War ja nicht ernst gemeint. Ich werde doch nicht deine ‚*donna cuore*‘ in dem höllenheißen Klagenfurt schmachten lassen. Aber ruf immer wieder im Moser an, ob die Dame aufgetaucht ist und sag mir das *sofort!* Verlass dich nicht darauf, dass die Rezeption sich meldet. Dasselbe machst du mit der Nachbarin von Lüttjes Wohnung. Frau Strauss wird sich freuen, dass sie *für dich* die Spionin spielen darf. Ich wünsche euch ein schönes kühles Wochenende. Wir fahren morgen auch in die Berge: Hochrindl!“

„Mutter beruhigen, wie?“

„*Die* braucht man nicht beruhigen. Das läuft eher umgekehrt.“

Goritschnigg musste am Sonntag allein nach Hochrindl fahren. Lilly war bei der Familie ihres Freundes eingeladen. Die Einladung galt zwar für alle Goritschniggs, aber Jakob schätzte die Mösslachers nicht besonders. Clemens‘ Vater, ein vermögender St. Veiter Wurstfabrikant, empfand er als übertrieben laut und aufgeblasen. Frau Mösslacher, die das Geld ihres Mannes in Form von teuren Kleidern und Schmuck am Leib trug, redete für seinen Geschmack zu viel und nur einfältiges Zeug. Deshalb benutzte er gerne die Ausrede, er müsse sich um seine Mutter kümmern. Ursula wollte sich den Besuch in der Mösslacher Villa am Längsee mit eigenem Strand allerdings nicht entgehen lassen. Peter hatte sowieso weder auf Almwiesen noch auf einen Tag mit Mutter und Schwester Lust und war mit seinen Freunden zum Schwimmen verabredet.

Jakob Goritschnigg, der am Land aufgewachsen war, liebte dennoch das Landleben überhaupt nicht. Er hatte sich in jungen Jahren regelmäßig auf die Schulzeit gefreut, nicht, weil er so gern lernte, sondern weil er sie in Klagenfurt verbringen konnte, das für ihn damals immerhin eine richtige Stadt darstellte. Später war er von Wien und Berlin fasziniert gewesen. Er hätte gerne in einer Großstadt gelebt, wo ihm die Anonymität zusagte, die viele Möglichkeiten eines unbeobachteten Lebens zuließ. Dieser Wunsch hatte sich jedoch nicht erfüllt, weil er nach zwei Jahren freudlosen Jus-Studiums Ursula kennengelernt hatte, die sich ein Leben anderswo als in Klagenfurt nicht vorstellen konnte und wollte. Sie hätte gerne die Matura gemacht, aber eine lange Schulausbildung war in ihrer Familie finanziell nicht drin gewesen. Also hatte sie den Friseurberuf erlernt, die Meisterprüfung gemacht und bald ein eigenes Geschäft eröffnet. Goritschnigg hatte sich spontan in sie verliebt, als er sie auf einem Ball der Klagenfurter Wirtschaftskammer, zu dem ihn ein Freund mitgenommen hatte, zum ersten Mal sah. Er hängte sein Studium in Wien an den Nagel und ließ sich zum Polizisten ausbilden. Er hat es nie bereut und inzwischen war er angesichts von Überfremdung, steigender Kriminalität, Verkehrschaos, teuren Wohnungsmieten und Jobproblemen in den Großstädten sehr froh, in dem doch noch relativ beschaulichen Klagenfurt zu leben.

Es war ein heißer Tag. Schon am frühen Morgen hatte es fast dreißig Grad gehabt und jetzt, kurz vor der Mittagszeit, näherten sich die Temperaturen der Fünfunddreißig-Grad-Marke. Zumindest in den Tälern. In den Bergen war es etwas kühler, dennoch rann Goritschnigg der Schweiß über den Rücken, als er in Hochrindl aus dem Auto stieg.

Im Haus seiner Mutter war es angenehm temperiert. Die stolze Frau strahlte Gelassenheit und Ruhe aus. Jakob fragte sich oft, wie sie angesichts der häufigen Unannehmlichkeiten so beherrscht bleiben konnte.

Sie begrüßte ihren Sohn mit einem: „Jo, was brauchst du?"

„Muss ich immer etwas von dir wollen, wenn ich dich besuche."

„Junge, ich verstehe ja, dass Hochrindl für einen Stadtmenschen keine erstrebenswerte Destination ist. Aber wenn du an einem so schönen Sommertag heraufkommst, gibt es nur zwei Gründe dafür: Du willst deiner Familie entfliehen oder du brauchst etwas." Sie schaute ihn leicht spöttisch an. „Ich vermute beides!"

Goritschnigg lachte. „Vor dir kann man wirklich nichts verbergen. Du hast recht. Die Einladung bei den Mösslachers …"

„Denen wolltest du also entfleuchen! Das kann ich verstehen."

Goritschnigg sagte erstaunt: „Aber du kennst sie doch gar nicht."

Martha Goritschnigg drehte sich um und holte eine Flasche Bier aus dem Kühlschrank. Dann nahm sie zwei Gläser aus der Vitrine und wandte sich wieder ihrem Sohn zu. „Komm, setzten wir uns raus in den Schatten." Hinter dem Haus gab es unter den Fichten einen Holztisch mit zwei Bänken. Sie setzten sich und Martha schenkte die Gläser voll. „Bei der Hitze gibt's nichts Besseres als ein Glas Bier."

Erstaunt sagte ihr Sohn: „Ich habe dich noch nie Alkohol trinken sehen. Du wirst doch nicht deinen Prinzipien abschwören."

„Erstens, Junge, habe ich prinzipiell keine Prinzipien. Zweitens habe ich auch Launen wie jeder andere normale Mensch und drittens hat mich der Johann auf den Geschmack gebracht. Wir trinken manchmal ein Glas zusammen."

„Der Johann, soso. Was sagt da seine Frau dazu?"

„Die trinkt mit!" Martha lächelte. „Du hast Angst um die Moral deiner Mutter, wie schön! Und was Lilly betrifft: Sie hat mir von den Mösslachers erzähl. Deine Tochter ist ein kluges Mädchen und schätzt die Leute schon richtig ein. Dass sie und Clemens zusammenziehen, finde ich ganz in Ordnung. So können sie am besten herausfinden, ob sie zueinander passen."

Goritschnigg seufzte. „Also du bist auch in das Komplott eingeweiht. Mich zu fragen ist wohl niemandem in den Sinn gekommen?"

„Nicht wirklich." Martha lehnte sich zurück und breitete die Arme auf der Rückenlehne aus. Sie streckte sich wohlig. „Ah, tut die Wärme gut!"

„Mutter, lenk nicht ab. Ich möchte wissen, warum ihr alle an mir vorbei Dinge tut, die ich möglicherweise nicht gutheißen kann."

„Weil du typische Vater-Ängste hast. Glaub mir, Clemens ist ein netter Bursch und ganz anders als seine Eltern. Trotzdem sieht Lilly ihn auch realistisch, sei beruhigt!"

„Sie sind doch noch sehr jung."

„Ich war siebzehn, als ich deinen Vater kennenlernte. Drei Jahre später waren wir verheiratet und mit einundzwanzig war ich bereits Mutter."

„Und? Glaubst du, er war der Richtige für dich?"

Sie blickte zur Seite und zögerte mit der Antwort. „Im Prinzip schon", sagte sie gedehnt.

Goritschnigg lachte. „Ich dachte, du hast keine Prinzipien."

Martha lachte ebenfalls. „Du hast mich erwischt!" Trotz der lockeren Antwort konnte Jakob auf dem Gesicht seiner Mutter sehen, wie verschiedene Emotionen miteinander kämpften.

Als sie sich wieder im Griff hatte, fragte sie ernst: „Aber nun sag schon, weshalb du *noch* gekommen bist? Es geht doch sicher um den Fall, von dem du mir das letzte Mal erzählt hast. Die tote geheimnisvolle Russin! Was hat dir die Frau am Freitag erzählt? Ist das ihre Schwester, Cousine, Freundin?"

Jakob wunderte sich schon lange nicht mehr über die Dinge, die seine Mutter offensichtlich ‚wusste'. „Ihre Schwester!"

„Hm, hm, etwas stimmt nicht mit der Frau. An die solltest du dich halten. Irgendwie ist sie der Schlüssel zum Ganzen."

„Das vermute ich auch, aber sie ist verschwunden. Mozzo hat sie weder gestern noch heute irgendwo aufspüren können."

Goritschnigg erzählte Martha alles über die Begegnung mit Ilona Saltrytschkowa. Seine Mutter hörte gespannt zu. Als er geendet hatte, saß sie eine Weile schweigend mit geschlossenen Augen da, bevor sie zu sprechen anfing: „Ich habe diese seltsamen Wellenebenen gespürt, als du am Donnerstag da warst. Schon da hat sich etwas gezeigt: Nichts ist, wie es scheint."

„Das Mädchen? Barbara? Kannst du etwas über sie sagen?"

„Barbara ist nicht wirklich wichtig. Auch sie ist nicht das, was sie scheint. Josef Grimm ist wichtig! Um ihn ist alles düster."

„Ist er tot?"

„Ja, er ist tot! Und dennoch …" Sie öffnete die Augen. „Junge, es ist *sehr* verworren. Ich sehe nichts Klares."

Goritschnigg seufzte. „Schade. Dass alles verworren ist, das weiß ich selbst."

„Es tut mir leid, dass ich dir nicht mehr helfen kann. Komm, lass uns etwas essen. Ich habe frisches Brot gebacken."

Jakob hatte befürchtet, dass er etwas essen musste. Das pappige und schwere Vollkornbrot seiner Mutter pflegte ihm im Magen liegen zu bleiben. Der geschmacklose Aufstrich war trocken und bröselig, die Bauernbutter schon leicht ranzig. Tapfer spülte Jakob eine Brotscheibe mit einem zweiten Glas Bier hinunter. Das frische Quellwasser hatte er verweigert. Bei der Verabschiedung sagte Martha Goritschnigg: „Jo, ich sage dir nochmal, lass dich nicht von Offensichtlichkeiten täuschen. Niemand ist das, was er zu sein scheint oder zu sein vorgibt – *niemand!*" Und dann fügte sie noch hinzu: „Etwas möchte ich dir noch mitgeben: Mutter und Tochter sind wie Sonne und Mond, sie drehen sich umeinander. Aber suche das Haus mit dem Geist des Großvaters!"

Goritschnigg, der mit den kryptischen Aussagen seiner Mutter wenig anfangen konnte, hörte nur noch halb zu. „Was auch immer das bedeutet!", sagte er leicht spöttisch.

Martha lächelte. „Ja … was auch immer das bedeutet!"

Montag

Als Goritschnigg am Montagmorgen das Gebäude des Berliner Flughafens verließ, wartete bereits Kommissar Franke auf ihn. Er war ein großer blonder, etwa fünfzigjähriger Mann mit kleinem Wohlstandsbauch. Sein markantes Gesicht zierte ein mächtiger Schnurrbart. Mit einem freundlichen Lächeln streckte er dem Chefinspektor beide Hände entgegen. „Hallo Kollege Goritschnigg. Erinnern Sie sich noch an mich?“

„Klar, aber waren wir nicht schon mal beim ‚du‘?“

„Ja genau, wusste nicht, ob du dich noch daran erinnerst!“

„Es ist zwar lange her, aber die Tage in Berlin sind mir unvergesslich. Wie geht’s deiner Frau? Sie hat mich immer so gut bekocht“. Goritschnigg, der damals noch sehr jung war, erinnerte sich mit Schrecken an die zähen Sauerbraten, Kasseler und Schweinsstelzen mit pappigem Sauerkraut und bröckeligem Erdäpfelpüree.

„Oh, es geht ihr gut. Sie macht gerade einen Kochkurs für französische Küche. Willst du heute Abend zum Essen zu uns kommen?“

Goritschnigg schauderte innerlich bei dem Gedanken an blutige Entenbrust mit matschigem Ratatouille. „Tut mir leid, aber ich muss heute wieder zurück. Der aktuelle Fall lässt mir keine Zeit.“

„Na gut. Wir haben im Amt alles für dich bereit.“

Sie fuhren in Frankes Auto vom Flughafen ab und schlängelten sich durch den Morgenverkehr. Eine protzige Limousine versperrte ihnen den Weg und Franke musste hart auf die Bremse treten. „Fucking Großkopf“, schimpfte er, „es wird immer schlimmer mit dem Verkehr! Und Rücksicht, die gibt’s schon lange nicht mehr.“

„Wem sagst du das!“

Franke schaute ihn von der Seite an. „Erzähl mir nicht, dass es in eurem winzigen Städtchen auch so zugeht!“

„Das ‚winzige Städtchen‘ ist immerhin den ganzen Sommer über von Massen an Piefkes okkupiert! Vergiss das nicht!“

Franke lachte. „Wenn du das so siehst! Aber du hast recht, das ist die Zeit, wo wir die Berliner Eingeborenen nach Österreich schicken, um ein wenig Ruhe zu haben.“

Goritschnigg seufzte: „Leider nicht mehr in dem Ausmaß wie früher. Der Fremdenverkehr lässt nach. Dabei ist unser Land noch immer so schön wie eh und je. Wandern, Baden, Wälder, nette Leute!“

„Werbung, wie? Kommt bei mir nicht an, Freund – ich bevorzuge den heimatlichen Norden. Bin sozusagen eine Eismeerkrabbe! Zuviel Sonne verträgt meine Haut nicht.“

„Dann komm getrost zu uns“, nun lachte auch Goritschnigg, „da kannst du ohne Weiteres zwei Wochen Regen haben.“ Er räusperte sich: „Aber zurück zu meinen Anfragen: Habt ihr etwas über den Grimm gefunden?“

Der Berliner Kommissar dachte kurz nach. „Wir haben den Namen in den Meldelisten abgefragt und sind auf einen Alois Grimm in Hanau gestoßen. Ich habe den Mann angerufen – er ist Tischlermeister und betreibt eine Werkstatt im Ort – und ihn nach einem Josef Grimm gefragt. Er sagte, er kenne keinen Josef Grimm. Aber ich glaube ihm nicht.“

„Warum?“

„Weil er so eigenartig reagiert hat. Zuerst sagte er zwei Minuten gar nichts. Ich hatte das Gefühl, dass er die Muschel abgedeckt und jemanden gefragt hat, bevor er antwortete. Normalerweise sagt man doch: ‚Ich habe keine Ahnung, wer das ist, aber warten Sie, ich frage meine Mutter‘, oder so etwas Ähnliches! Außerdem wollte er gar nicht wissen, was mich an dem Mann interessiert. Es schien mir so, als wäre das ohnehin für ihn klar.“

„Hm, vielleicht! Vielleicht ist er aber auch nur unsicher und verschroben, wie viele auf dem Land?“

„Möglich! Wir werden hinfahren, nachdem du mit Lüttje gesprochen hast. Es ist nicht weit von Berlin entfernt.“

Sie waren inzwischen im Präsidium angekommen. Franke steuerte seinen Parkplatz an, als ein Beamter aufgeregt auf ihn zukam. „Kommissar Franke, gut, dass Sie kommen. Da sind zwei Leute in Ihrem Büro, die schon sehr ungeduldig sind.“

Franke reagierte ärgerlich: „Das passt mir jetzt gar nicht. Wer sind diese Leute und was wollen sie?“

„Er heißt Alois Grimm und sie Antonia Wuttke.“

Franke und Goritschnigg waren schon aus dem Auto und eilten auf den Eingang zu, als der Beamte ihnen noch nachrief: „Sie sind sehr aufgeregt, vor allem die Frau.“

Die zwei Kriminalbeamten nahmen die Stiege in den ersten Stock im Laufschritt und waren etwas außer Atem, als sie vor Frankes Büro ankamen, daher verschnauften sie kurz. Franke wollte soeben die Tür öffnen, als Goritschnigg ihn zurückhielt: „Wie willst du mich eigentlich vorstellen und wer spricht nun mit ihnen?“

Franke überlegte: „Es ist sicher besser, wenn ich zuerst mit den beiden rede, schließlich habe *ich* Grimm angerufen. Mal sehen, was sie sagen.“

Sie hatten kaum den Raum betreten, als ihnen auch schon eine aufgeregte, etwa sechzigjährige Frau entgegenkam. Sie war ziemlich beleibt und trug ein schlechtsitzendes und zu enges dunkelblaues, altmodisches Kostüm, dazu eine braune Plastikhandtasche und schwarze ausgelatschte Schuhe. Auf dem Rock prangten zwei dunkle Flecken und den rechten Strumpf zierte eine Laufmasche. Ihr aschgraues Haar wirkte ungepflegt und strähnig; die Gesichtsfarbe war fahl, als ob sie nur selten an die Sonne käme. Mit weit aufgerissenen Augen und geblähten Nasenflügeln fing sie sofort zu schimpfen an: „Dass Sie endlich kommen. Wir warten schon seit …“

Ihr Begleiter versuchte sie zurückzuhalten, indem er sie an den Armen packte und zu einem der Stühle führte, die vor dem Schreibtisch des Kommissars standen. Der Mann war um die fünfunddreißig und von bulliger Statur. Er war nicht besser gekleidet als die Frau, trug eine ausgebeulte, uralte, einst wahrscheinlich graue Hose, die jetzt einen undefinierbaren Farbton hatte, und eine fleckige Joppe. In der Hand hielt er einen vergilbten Hut mit schlapper Krempe. Er wirkte im Gegensatz zu der Frau schüchtern und unsicher. Er gab Kommissar Franke die Hand, die dieser angesichts der schwarzrandigen Fingernägel nur zögernd ergriff.

„Ich heiße Alois Grimm und das ist meine Mutter Antonia Wuttke." Der Mann deutete auf die Frau und fügte hinzu, als müsse er sich entschuldigen: „Sie hat wieder geheiratet."

Franke stellte Goritschnigg als Gastbeamten vor, ohne nähere Erklärungen abzugeben, dann nahm er hinter seinem Schreibtisch Platz. Goritschnigg setzte sich etwas abseits auf einen Stuhl.

Frau Wuttke fing erneut mit einer unangenehm schrillen Stimme zu zetern an: „Ich wusste es doch sofort, als die russischen Weiber auftauchten, dass wir in Teufels Küche kommen!" Sie nahm ein zerknittertes, reichlich benutztes Taschentuch aus ihrer Handtasche und schnäuzte sich ausgiebig. Mit zitternder Stimme fuhr sie fort: „Herr Kommissar, haben Sie ein Nachsehen mit uns. Wir sind in die Sache hineingeschlittert ohne unsere Schuld."

Franke hob reichlich genervt die Hand und gebot der seltsamen Dame mit energischer Stimme, endlich zu schweigen. Sie blickte ihn feindselig und durchaus nicht eingeschüchtert an. „Ich kenne meine Rechte, Herr Kommissar!", sagte sie und setzte einen dramatischen Gesichtsausdruck auf.

Franke sagte, nun in freundlicherem Ton: „Niemand nimmt Ihnen Ihre Rechte, Frau Wuttke, aber könnten wir von Ihnen und Ihrem Sohn vielleicht erfahren, was Sie zu uns geführt hat?"

Nun meldete sich der junge Mann zu Wort: „Wir sind gekommen, weil Sie bei uns angerufen und nach Josef Grimm gefragt haben. Wir wollen nämlich nichts vertuschen, nachdem jetzt doch alles aufgeflogen ist."

Franke wurde hellhörig. Er musste so tun, als wüsste er, wovon der junge Mann sprach, sonst hätte der womöglich dichtgemacht. Also nickte er nur aufmunternd mit dem Kopf und sagte in beruhigendem Ton: „Wird schon nicht so schlimm werden!"

„Das sagen Sie nur, um uns in Sicherheit zu wiegen. Aber mein Vater hat uns ausdrücklich vor der Polizei gewarnt."

„Aha. Erzählen Sie uns die Geschichte am besten von Anfang an."

Die Alte mischte sich wieder ein: „1970, ja, da ist er aufgetaucht. Ich weiß es noch genau, weil der Max – das war mein erster Mann – ja Ende 69 gestorben ist. Hat uns einfach mit der Tischlerei sitzen lassen." Sie zog eine Schnute, als habe der Mann sie absichtlich mit seinem Tod hereingelegt. „Was sollte ich machen? Die Tischlerei gerade begonnen; das Haus halb fertig und einen Haufen Schulden! Da ist der Josef grad recht gekommen. Hat schöngetan und gesäuselt hat der, ich kann Ihnen sagen …!" Franke machte eine ungeduldige Handbewegung. Unbeeindruckt fuhr sie fort: „Also, er hat gesagt, er versteht was vom Tischlergewerbe und Geld hat er auch mitgebracht. Die Fanni, also die Stefanie Hunzinger, die was eine entfernte Verwandte vom Josef war, also die hat auch für ihn geredet." Sie schnäuzte sich wieder. „Der Josef war ja schon einiges älter als ich, aber noch gut beieinander und auch ganz fesch, also hab ich ja gesagt und wir haben am 14. April geheiratet; 1970 natürlich. Leider ging's nicht so recht aufwärts. Er war geschickt, nur nicht besonders fleißig. Leider! Aber wir sind zurechtgekommen. Und dann kam der Alois auf die Welt. Das war ihm gar nicht recht. Er hat gesagt, das macht alles noch komplizierter."

„Was wurde komplizierter?"

Nun sprach der junge Mann weiter: „Mein Vater hat nur gesagt, wir sollen nicht zu genau fragen. Er führte die Werkstatt und ich habe bei ihm gelernt. Das Handwerk gefiel mir gut und zusammen haben wir einiges geschafft, aber so richtig angelaufen ist es nie. Er hat immer gesagt, in Hanau hat man auf Dauer keine

Chance, deshalb ist er regelmäßig nach Berlin gefahren, um Aufträge zu bekommen. Jede Woche! Angeblich gab es eine Möbelfirma, die er irgendwann einmal beliefern könnte und da muss er am Ball bleiben, hat er gesagt. Gebracht hat's nicht viel, denn er ist fast immer ohne Auftrag zurückgekommen. Irgendwann hat er es aufgegeben und ist nur noch selten nach Berlin gefahren. Er sagte, die Möbelfirma gibt es nicht mehr und man hat ihn getäuscht. Das war so um die Zeit, als die Wende kam. Es wurde danach aber nicht viel besser, denn die Leute kaufen jetzt die billigen Möbel aus dem Katalog oder bei Ikea."

„Das Tischlergewerbe in Ehren, aber was war nun mit den Russinnen, die Ihre Mutter erwähnte?"

„Vater hat immer wieder befürchtet, dass jemand aus Russland kommen könnte. Dann ginge es uns schlecht, hat er gesagt. Und dann ist diese Frau aufgetaucht. Wir haben sie nur kurz gesehen", er schaute seine Mutter an, die schmerzlich das Gesicht verzog, „und das auch nur von Weitem. Sie stand auf der anderen Straßenseite, aber Vater sah sie und wurde blass. Ich weiß nicht, ob sie ihn gesehen hat, aber ich glaube schon. Jedenfalls, als ich kurz darauf aus dem Fenster schau, war sie weg." Er schluckte erneut und sagte mit brüchiger Stimme: „Und Vater auch. Noch am gleichen Tag war er verschwunden ... wie er es angekündigt hat, aber wir haben schon nicht mehr daran geglaubt, weil alles so lange friedlich war."

„Woher wussten Sie dann, dass es eine russische Dame war, wenn Sie sie nur einmal kurz gesehen und nicht mit ihr gesprochen haben?"

„Wir haben vom Wirt in unserem Dorf erfahren, dass sie sich nach uns erkundigt hat. Sie hat Deutsch mit russischem Akzent gesprochen."

„Der hätte aber auch polnisch, ukrainisch, slowakisch oder sonst was sein können!"

„Das schon, aber Vater hat doch gesagt, dass jemand aus Russland kommen könnte und so, na ja, war's halt die Person."

„Wann war das?"

„Das war, warten Sie, ja, vor vier Jahren war's. Im September."

Die Frau begann zu schluchzen. „Und ich bin wieder allein dagestanden. Ein alter Mann! Rennt wegen einer Dahergelaufenen davon ..."

Grimm unterbrach sie: „Mutter glaubte, er sei *mit* der Frau fortgegangen, die er von früher kennt. Ich glaube, er ist *vor* ihr davongelaufen."

„Sagte er, wer die Frau war?"

„Nein. Er sagte nur: ‚Es ist soweit'! Das war alles. Dann hat er noch gesagt, ich wüsste schon, was ich zu tun hätte und ist mit seinem Rucksack hinten raus und über die Felder weg."

„*Was* sollten Sie denn tun?"

„Wir sollten allen Leuten sagen, dass er sich das Leben genommen hat. Er hatte einen alten Armeerevolver in seinem Rucksack, den er mir mal gezeigt hat. Einen Abschiedsbrief hat er uns hinterlassen, der ist schon lange in einer Schublade gelegen. Ich hab den Brief hier, wenn Sie ihn sehen wollen."

Er kramte in einer seiner Hosentaschen und gab dem Kommissar ein zerknitterte Stück Papier, der es mit spitzen Fingern nahm und auf dem Schreibtisch ausbreitete. Goritschnigg erhob sich und stellte sich hinter Franke, um mitlesen zu können. Der Brief war nur kurz, etwa eine halbe Seite lang und in einer gestochenen, ja fast gestelzten Schrift abgefasst. Zahlreiche Fehler zierten die wenigen Sätze:

‚Liebe Toni, lieber Lois

Ich kann nicht mer, mein Leben ist die Hölle. Die Schmerzen fresen mich auf, hab bisher nichts gesagt, weil ich euch nicht beru (durchgestrichen) beunruigen wollt. Suchts nicht nach mir, ihr werds mich nich finden. Ich machs weit weg, sodas ihr keine Schereien habts. Ich wollt das nicht aber es get nicht anders.

Euch liebender Josef und Papa'

Goritschnigg fragte: „Wann hat Ihnen Ihr Vater den Brief und die Anweisungen gegeben?"

Grimm hob die Augenbrauen und dachte kurz nach. Dann antwortete er: „Ich war vierzehn und bin noch zur Schule gegangen. Vater machte mir gegenüber nur Andeutungen – dass er vielleicht eines Tages wegmüsste – dass wir dann sagen sollten, er habe sich umgebracht – dass wir den Brief herzeigen sollen – dass wir nicht nach ihm suchen sollen, weil er nicht wiederkommen wird – und dass ich Mutter vorher nichts sagen soll."

„Als Ihr Vater verschwand, was ist dann passiert? Die Polizei muss doch nachgeforscht haben."

„Wir haben den Abschiedsbrief hergezeigt und gesagt, dass wir keine Ahnung haben, wohin er gegangen ist. Er wurde für tot erklärt und Mutter hat wieder geheiratet. Alles schien in Ordnung. Ich habe mich endlich auch beruhigt, weil ich gedacht habe, jetzt kann nichts mehr passieren …", er machte eine dramatische Geste, „… bis die junge russische Tussi voriges Jahr bei uns aufgetaucht ist und unverschämte Forderungen gestellt hat."

Alarmiert fragte Goritschnigg: „Welche Tussi?"

„Das war so eine Halbwüchsige. Sie kommt bei uns hereingeschneit und erzählt von einem Josef Grimm, der nach dem Krieg in Russland geblieben und dann nach Deutschland zurückgegangen ist. Sie hat gesagt, sie heißt Barbara und ich bin ja jetzt ihr Onkel. Ich muss ziemlich blöd dreingeschaut haben, denn sie fragte dann, ob ich nicht wisse, dass das ihr Urgroßvater ist. Da bin ich schon stutzig geworden. Uns hat Vater immer erzählt, dass er in Russland zwar verheiratet war, aber keine Kinder gehabt hat. Seine Frau ist gestorben und dann wollte er nach Deutschland zurück, hat er gesagt. Ich habe mich immer gewundert, dass er viel jünger ausgesehen hat, als er angeblich war, aber was denkt sich ein Sohn schon dabei, der seinem Vater vertraut."

„Ich war außer mir", sagte Frau Wuttke zornig. „Was die sich eingebildet hat. Sie sagt, ihre Mutter sei ja jetzt Miterbin von unserem Laden und wir sollen ihr das Erbe auszahlen. Ich frag' sie, wie sie darauf kommt, denn der ‚Laden' hat schließlich nie meinem Mann gehört, sondern mir, da ist sie ziemlich frech geworden. Na, der hab ich den Marsch geblasen." Die Beamten konnten sich das vorstellen. „Dann hab ich sie rausgeworfen. Das war gar nicht so leicht, weil sie uns mit der russischen Mafia gedroht hat. Die machen kurzen Prozess mit solchen Leuten wie wir, hat sie gesagt."

„Sagte sie ausdrücklich, dass sie Kontakt zur russischen Mafia hat?"

Grimm antwortete: „Nicht ausdrücklich. Sie hat das mehr oder weniger angedeutet. Die Drohung ist uns ordentlich unter die Haut gegangen. Seitdem leben wir in ständiger Angst."

Es folgte ein kurzes Schweigen. Goritschnigg stand auf und rückte seinen Stuhl näher an die beiden heran. Er sprach den jungen Mann eindringlich an: „Das bisherige hätten Sie alles dem Kommissar Franke schon am Telefon erzählen können. Sie haben eingangs gesagt, Sie wären gekommen, weil ‚nun doch alles aufgeflogen ist' und Ihre Mutter meinte, dass Sie in Teufels Küche kommen könnten. Was gibt es in Bezug auf Ihren Vater, das so gefährlich ist?"

Grimm fragte, an Franke gewandt, indigniert: „Sie wissen es nicht? Warum haben Sie dann nach ihm gefragt?"

Franke sagte kryptisch: „Wir haben eine Ahnung, aber bitte erzählen Sie uns Genaueres."

Der junge Mann zögerte, bevor er zu sprechen anfing: „Vater ist aus Russland geflohen. Er hat dort einen Funktionär umgebracht."

„Und das hat er Ihnen so frank und frei erzählt?"

Grimm sah verlegen zu Boden. „Er war betrunken, als er sagte, er will mir was erzählen, was ihm schwer auf der Seele liegt: Er wollte nach Deutschland zurück und war wegen einer Ausreisegenehmigung bei der Behörde. Er hat angeblich hunderte Anträge gestellt und immer negative Antworten bekommen. Er war verzweifelt. Als er wieder mal wegen der Ausreiseerlaubnis nachgefragt hat., ist ihm ein Politkommissar wohl blöd gekommen. Da ist er ausgerastet und hat den Mann einen krummen Hund geschimpft, worauf der die Waffe zieht. Es kommt zu einem Gerangel und ein Schuss geht los, der den Mann mitten ins Herz trifft. Vater rennt davon und haut ab. Über die Grenze nach Estland und von dort über Polen nach Deutschland."

„Aber in Ostdeutschland war er doch nicht sicher. Die hätten ihn sofort an die Russen ausgeliefert. Kam Ihnen das nicht unwahrscheinlich vor?"

„Später schon, aber im ersten Moment habe ich nicht weiter darüber nachgedacht." Er blickte zu Boden und kämpfte mit der Fassung.

„Aber was hat Sie so in Panik versetzt. *Sie* hatten doch damit nichts zu tun." Goritschnigg rückte noch näher an den jungen Mann heran und sagte eindringlich: „Da gibt es doch noch etwas, nicht wahr!"

Grimm stützte sich mit den Ellbogen auf den Knien auf und malträtierte den Hut mit seinen kräftigen Händen, bis er nur noch ein undefinierbares Gebilde war. Dann blickte er abrupt auf und wandte sich an Franke. „Mein Vater ...," er räusperte sich, „... war als russischer Spion in Deutschland eingeschleust worden. Ich habe gedacht, dass Sie das wüssten und bin deshalb gekommen." Er sah erschrocken zu seiner Mutter, die mit einem entsetzten Schrei aufgesprungen war. Grimm fasste sie am Arm und zwang sie, sich wieder zu setzen. „Meine Mutter weiß nichts davon und mir wäre lieber gewesen, sie hätte es nie erfahren müssen."

Die alte Frau fing zu zetern an: „Josef ein Spion! Mein Gott! Er hätte mich ja umbringen können. Wie konnte er mich so hintergehen." Dann sah sie ihren Sohn misstrauisch an. „Woher willst du denn das überhaupt wissen?"

Der junge Mann seufzte. „Ich bin Vater eines Tages nach Berlin gefolgt, weil er so oft dahin gefahren ist und nie Aufträge gebracht hat. Ich dachte, er hat eine Affäre. Aber er traf sich mit einem Mann, der auf ihn eingeredet und ihm gedroht hat. Vater schüttelte dauernd den Kopf und ist dann wütend davongegangen. Dann traf er sich in einem Café mit einem anderen, jüngeren Mann. Am Abend habe ich Vater rundheraus gefragt, wer die Männer waren und da hat er mir gesagt, dass er wegen dem Totschlag an dem Funktionär gezwungen worden ist, die Deutschen auszuspionieren. Er sollte auf antirussische Stimmungsmache achten und solche Sachen. Dafür bekomme er Geld und das bräuchten wir zum Leben."

„Haben Sie vermutet, dass er gar nicht Josef Grimm heißt?"

„Sicher, aber er hat steif und fest behauptet, das sei sein wahrer Name. Das ist alles, mehr weiß ich nicht."

Goritschnigg fragte Grimm, ob er von Barbara oder der anderen Russin je wieder gehört habe. Der antwortete zögerlich: „Vor ca. einem halben Jahr hat eine Frau mit russischem Akzent angerufen und nach Barbara gefragt."

„Ah! Glauben Sie, dass es dieselbe Frau war, die vor Jahren schon mal da war?"

„Keine Ahnung."

„Was haben Sie ihr gesagt?"

„Dass wir nichts von einer Barbara wüssten."

Goritschnigg ließ sich nicht beirren. „Sie kennen die Frau, nicht wahr. Haben Sie sie außerhalb des Hauses getroffen?"

Der junge Mann reagierte empört: „Nein. Ich weiß nicht, wer die Dame war. Ich habe einfach aufgelegt."

Nachdem die Grimms gegangen waren, blieben die beiden Kollegen einige Minuten still und hingen ihren Gedanken nach. Goritschnigg sprach als erster: „Glaubst du ihnen?"

Franke sagte zögernd: „Ich weiß nicht? Klingt alles reichlich verworren. Auf jeden Fall muss ich den Polizeibericht über Grimms angeblichen Selbstmord einsehen. Wie siehst du die Sache."

„Mir scheint, wir haben in ein Wespennest gestochen. Dass der Hanauer Grimm nicht Rosa Lüttjes Großvater ist, ist klar, nachdem er 1970 hier auftaucht und in Petersburg erst 1982 verschwindet. Aber wie hängen die beiden zusammen? Oder haben sie überhaupt nichts miteinander zu tun? Ist das eine zufällige Namensgleichheit, auf die Rosa oder Ilona hereingefallen sind? Ist ihnen der Unterschied nicht aufgefallen? Sie wussten nichts, *deshalb* vermutlich ist Ilona zu mir gekommen, um mich auf den Grimm in Hanau aufmerksam zu machen. Aber warum hat sie mir das nicht einfach gesagt, sondern mir diese Briefe in die Hand gedrückt? Irgendetwas ist da absolut nicht koscher."

„Scheint mir auch so."

„Trotzdem, mit dem Alois Grimm stimmt auch was nicht. Es gibt da etwas, das er geflissentlich verbirgt. Er wollte uns viel mehr erzählen, aber nachdem er gemerkt hat, dass wir eigentlich ahnungslos sind, hat er nicht alles gesagt, was er weiß, da verwette ich meine Pension drauf!"

„Na, na, da hast du nicht viel Risiko."

Goritschnigg lachte: „Da könntest du recht haben." Dann wieder ernst: „Die Totschlaggeschichte nehme ich dem Grimm keine Minute ab. Spionage? In Ostdeutschlang? Was hältst du davon? Das war doch ohnehin russisches Einflussgebiet."

„Das könnte schon sein; die Russen hatten viele Spione hier. Schließlich haben sie niemandem vertraut, schon gar nicht den ‚deutschen Freunden'!"

„Hm", Goritschnigg kratzte sich am Kinn, „das nächste: Was ist 1982 passiert? Warum verschwindet der echte Grimm aus Russland? Abgehauen? Gefängnis? Vom KGB umgebracht? Dafür würde sprechen, dass er sich bei seiner Familie in Russland nie wieder gemeldet hat. Nebenbei, der Mensch ist ganz schön oft ‚gestorben'! Zuerst für seine deutschen Verwandten nach dem Krieg, dann für seine Familie in Russland und schließlich sogar als falscher Grimm. Der Mann hat neun Leben wie eine Katze, scheint es. Vielleicht lebt er ja immer noch und der zweite auch.

Vieleicht sind die Grimms deshalb so darauf bedacht, uns ihre Geschichte mit dem komischen ‚Abschiedsbrief‘ zu verkaufen. Bitte prüf nach, ob und wann er für tot erklärt worden ist.“

„O.k. Was fragst du dich noch?“

„Vielleicht hat der echte Grimm die ganze Zeit, die er in Russland verbrachte, für die Deutschen spioniert – die Ost- oder die Westdeutschen, beides wäre möglich.“

„Dann müssten die Deutschen ihn ja schon im Krieg rekrutiert haben.“

„Weißt du, was in den Lagern so gemauschelt wurde? Die gefangenen Gestapoleute waren sicher auch dort nicht untätig. Auf jeden Fall wäre es wichtig, herauszufinden, was mit seiner damaligen deutschen Familie geschehen ist. Glaubst du, dass es noch Unterlagen gibt? Könntest du das nachprüfen lassen?“

„Natürlich! Allerdings, wenn Grimm ursprünglich nicht aus Hanau stammt, wird es schwierig. Es gab ja damals noch keine *zentralen* Melderegister. Das heißt, es könnte dauern.“

„Spielt keine Rolle. Und um noch etwas möchte ich dich bitten. Lass in Hanau herumfragen, was man alles über den Grimm und die Hunzinger, die angebliche Verwandte, weiß.“

Es war inzwischen Mittag geworden. Sie nahmen in einer nahen Kneipe einen Imbiss ein und besprachen dabei das weitere Vorgehen. Franke hatte am Nachmittag keine Zeit, deshalb musste Goritschnigg Lüttje allein aufsuchen.

„Hast du mich bei ihm angekündigt?“, fragte er.

„Nein, weil ich ihn nicht vorwarnen wollte. Ich habe mich lediglich erkundigt, ob er heute im Büro anzutreffen ist.“

„Das ist gut. Er ist Sozialarbeiter, soviel ich weiß.“

Franke schaute erstaunt auf: „Nee, der arbeitet in der Baubranche als Projektplaner.“

„Aha, da hat mir die Schwester der Lüttje mit dem unaussprechlichen Namen aber einen ordentlichen Bären aufgebunden. Welche Projekte plant er denn?“

„Supermärkte, Tankstellen, Kioske und solche Sachen. Nichts Großes. Die Firma heißt ‚All-Bau‘ und gehört einem Baumeister namens Allrich. Scheint ein solides Unternehmen zu sein, keine Unregelmäßigkeiten, keine Finanzprobleme. Vierunddreißig Mitarbeiter. Frau Allrich leitet das Unternehmen mehr oder weniger. Herr Allrich ist viel auf Reisen. Er möchte ins Ausland expandieren und schaut sich vorwiegend im ehemaligen Osten um. Meint wohl, dort haben sie Nachholbedarf an Supermärkten und Kiosken.“

„Fleißig, fleißig! Wo hast du das alles so rasch erfahren.“

Franke lachte: „Geheimnis!!! Nein, ich habe meine Sekretärin losgeschickt, um sich bei der Firma zu bewerben. Sie hat sich am Samstag mit der Sekretärin von Herrn Allrich getroffen und ihr eine haarsträubende Geschichte aufgetischt von wegen alleinerziehender Mutter, die auf der Suche nach einem sicheren Arbeitsplatz ist, weil die Kinder sonst verhungern müssten und so Kram, auf den Frauen halt leicht abfahren. Sie hat gefragt, wer da so zu ihren Vorgesetzten gehören würde. Die Sekretärin hat Lüttje nur kurz erwähnt. Soll ein zurückhaltender, grundsolider Mann sein, dessen Privatleben nahezu unbekannt ist. Aber etwas war schon seltsam.“

„Was?“

„Sie sagte, er sei glücklich verheiratet.“

„Na ja, er wird halt von Rosas Weggang nichts erzählt haben.“

„Kann sein. Was sie aber noch gesagt hat, ist das eigentlich Seltsame. Sie sagte, dass Frau Lüttje ihren Mann erst vor kurzem nach der Arbeit abgeholt hat. Sie habe zufällig aus dem Fenster geschaut und da seien die beiden einträchtig in sein Auto gestiegen. Das war Freitag vor zwei Wochen.“

Goritschnigg betrat das Gebäude von All-Bau und suchte Lüttjes Büro. Die Sekretärin, eine ältere respektable Person, die sich als Frau Nordenthal vorstellte, hielt ihn wohl für einen potenziellen Kunden, denn sie meinte, er sei hier falsch, denn das sei das Planungsbüro und nicht die Geschäftsleitung. Goritschnigg klärte den Irrtum auf und sagte, dass er nur ein paar Auskünfte von Herrn Lüttje brauche. Sie sah ihn daraufhin misstrauisch an und meinte, er habe doch schon alles zum Tod seiner Frau gesagt und sie sei halt eine flatterhafte Person gewesen. Goritschnigg wunderte sich, dass dieselbe Person Frankes Sekretärin gegenüber eine glückliche Ehe erwähnt hatte.

„Ich werde seine Zeit nicht lange in Anspruch nehmen, denn ich muss noch heute nach Klagenfurt zurück. Also melden Sie mich bitte an."

In diesem Moment kam ein Mann aus dem Nebenraum, der sich an Frau Nordenthal wandte: „Sind die Unterlagen von der Firma Krause endlich gekommen?"

Die Sekretärin blickte verlegen drein. „Tut mir leid, noch nicht, aber ich rufe gleich nochmal an."

Dann zeigte sie auf den wartenden Kriminalbeamten: „Hier ist Kommissar Goritschnigg aus Kärnten, der Sie sprechen möchte."

Der Mann, ca. fünfzig, groß, modisch gekleidet und gutaussehend mit halblangem dunklem Haar und tiefblauen Augen, sagte, an Goritschnigg gewandt: „Was …? Ach, Sie ermitteln wahrscheinlich im Todesfall meiner Ex?"

„Ihrer Ex? Ich wusste nicht, dass Sie geschieden sind?"

Lüttje ging auf ihn zu und reichte ihm die Hand. „Entschuldigen Sie, ich sollte wohl etwas präziser sein. Wir sind tatsächlich nicht geschieden, aber da sie weg ist und außerdem inzwischen tot …!" Er hob vielsagend die Augenbrauen.

„Ich verstehe, aus den Augen aus dem Sinn!"

Lüttje runzelte die Stirn. „Es ist nur, wie soll ich sagen, schon eine Zeit her und sowieso keine erfreuliche Geschichte." Er machte eine verbindliche Geste: „Aber kommen Sie doch weiter in mein Büro. Möchten Sie Kaffee oder Tee?"

„Kaffee bitte, schwarz und ohne Zucker, wenn's geht!"

Lüttje wandte sich brüsk an seine Sekretärin mit einem schroffen: „Sie haben es gehört!" Die Frau schaute ihren Chef mit offenem Mund an.

Das Büro war ein großer Raum, ausgestattet mit Zeichentischen, Wandtafeln, großen Borden, auf denen Modelle standen und Computertischen, an denen einige junge Leute arbeiteten. Im hinteren Teil des Raumes war ein kleines Séparée mittels Aktenschränken und Regalen abgetrennt. Dorthin führte Lüttje den Chefinspektor und bat ihn, Platz zu nehmen. Die Sekretärin kam mit dem Kaffee. Bislang hatten sie geschwiegen. Lüttje sprach als erster: „Sie kommen wegen Rosas Tod eigens hierher? Ich habe doch Kommissar Franke schon alles gesagt."

„Es gibt ein paar Unklarheiten, über die ich mit Ihnen persönlich sprechen möchte. Darf ich Sie als erstes fragen, ob Sie wieder verheiratet sind?

„Ich? Nein! Wie denn auch, ich bin ja sozusagen erst seit ein paar Tagen Witwer. Wie kommen Sie darauf?"

„Ihre Sekretärin hat …!"

„Ach die", unterbrach ihn Lüttje, „seit Rosa weg ist, erzählt sie jeder Frau, die sich bei uns bewerben möchte, dass ich glücklich verheiratet bin, weil sie eifersüchtig ist. Das soll die Frauen abschrecken, sich an mich heranzumachen. Aber wieso hat Sie das *Ihnen* gesagt? Dazu gab es doch keine Veranlassung."

Goritschnigg ging nicht darauf ein, sondern stellte seine nächste Frage: „Ich habe inzwischen Rosas Schwester Ilona kennengelernt. Kennen Sie sie?"

„Kennen ist zu viel gesagt. Sie war bei der Hochzeit da, aber ich habe keine zwei Worte mit ihr gewechselt. Ich glaube, sie war ein bisschen verrückt und ziemlich problematisch. Viel hat meine Frau von ihr nicht erzählt. Sie hat generell über das Leben ihrer Familie in Russland kaum gesprochen. Ich weiß von dem deutschen Großvater: Warum er in Russland geblieben ist, dass sie und ihre Schwester durch ihn Deutsch gelernt haben und dass er plötzlich verschwunden ist. Das war's auch schon."

„Was wissen Sie über die Tochter Ihrer Frau, die möglicherweise drogensüchtig war und als halbwüchsiger Teenager nach Deutschland abgehauen ist?"

Lüttje zögerte. „Von der weiß ich so gut wie nichts."

„Sie hat möglicherweise nicht viel über sie erzählt, weil sie nicht wollte, dass die Polizei sie in die Finger bekommt. Aber das war doch der eigentliche Grund, dass Rosa nach Deutschland wollte. Hat sie Ihnen das nicht gesagt?"

Er blickte sinnierend zu Boden. „Nein. Ich dachte, es ginge um den Großvater. Ist das der Grund dafür, dass Rosa mich verlassen hat? Vermutete sie, dass sie in Kärnten ist? Ich habe eher an einen anderen Mann gedacht, aber sie sagte, es habe nichts mit mir oder mit einer Affäre zu tun. Sie halte es nur in Berlin nicht mehr aus. Das Leben sei so … unpersönlich hier in der Großstadt. Ich dachte, das sagt ausgerechnet jemand, der aus Petersburg kommt."

„Warum haben Sie sie überhaupt geheiratet, wenn sie offensichtlich so wenig über sie wissen?"

Er zögerte erneut. Dann schaute er Goritschnigg direkt in die Augen: „Ich habe mich spontan in diese Frau verliebt, nachdem mein Bruder sie nach Deutschland geholt hat …"

„Ihr Bruder?"

Erstaunt sagte Lüttje: „Hat Ihnen Rosas Schwester nichts davon gesagt, dass nicht ich es war, sondern mein Bruder Jochen, der sie via Internet kennengelernt hat. Sie war ihm dann allerdings zu kompliziert. Es wäre sowieso nicht gut gegangen. Mein Bruder ist Sozialarbeiter und viel unterwegs, zurzeit in Indien. Mich hat ihre zurückhaltende, geheimnisvolle Fremdartigkeit fasziniert und ich war anfangs verrückt nach dieser Frau. Allerdings ging sie mir bald auf die Nerven."

„Wollte sie nie Ihre Hilfe bei der Suche nach Ihrem Großvater oder nach Ihrer Tochter?"

„Nein!" Er dachte nach und runzelte die Stirn. „Warten Sie, doch, einmal stellte sie eine echt komische Frage: Ob ich mir vorstellen könne, dass man die Nachkommen der Brüder Grimm finden könnte. Ich fragte sie, ob sie womöglich mit den Märchenerzählern verwandt sei. Sie gab darauf keine Antwort, sondern sagte nur: ‚Könnte man oder könnte man nicht‘? Ich sagte ihr, dann man bei uns frei heraus alles nachforschen kann. Da hat sie mich so komisch angeschaut und ein schiefes Grinsen aufgesetzt. Sie meinte, ich sei schrecklich naiv; wir alle seien schrecklich naiv. Ich wollte wissen, was sie damit meinte, aber da hat sie schon wieder dichtgemacht."

„Nachdem die Familie hinter dem Verschwinden des Großvaters eine Geheimdienstsache vermutete, glaubte sie, es gäbe offiziell sowieso nur Lügen." Goritschnigg beuget sich vor und fragte etwas schärfer, als beabsichtigt: „Wo waren Sie am Dienstag letzter Woche?"

„Alibi? Wie?"

„Die Frage ist reine Routine."

„Ich war da, das ganze Büro wird Ihnen das bestätigen. Ich habe meine Frau nicht umgebracht, warum hätte ich das tun sollen?"

„Bitte überlegen Sie nun genau, Herr Lüttje: Hat Rosa je den Namen Petrovic erwähnt?"

„Petrovic? Nie gehört!"

„Eine letzte Frage noch: Was wollte Rosa Freitag vor zwei Wochen hier bei Ihnen?"

Lüttje hob die Augenbrauen. „Ach so, Frau Nordenthal! Äh, es ging um die Scheidung. Rosa war nur ganz kurz da und hat mir mitgeteilt, dass sie es bald hinter sich bringen will."

Goritschnigg fuhr als nächstes mit dem Taxi zur Charité, wo er Dr. Straube aufsuchte, der das Empfehlungsschreiben für Dr. Lüttje ausgestellt hatte. Was er erfuhr, ließ ihn nachdenklich werden. Der war nämlich Internist und kein Pathologe. Er kenne Dr. Lüttje von der Patho zwar, habe ihr aber bestimmt kein Zeugnis ausgestellt. Allerdings sei es keine große Sache, sich im

Ärztedienstzimmer einen Stempel auf ein Dokument zu schummeln und seine Unterschrift zu fälschen. Wer würde das schon nachprüfen!"

Zurück in Frankes Büro rief er Bernd Lüttje an und konfrontierte ihn mit der Aussage des Arztes. Lüttje reagierte reserviert: „Ich habe offensichtlich meine Frau noch weniger gekannt, als ich dachte. Sie hat nie über Ihre Kollegen oder Vorgesetzten gesprochen, und schon gar nicht ihre Namen erwähnt."

„Haben Sie nie dort angerufen? Sie abgeholt? Ihre Kollegen kennengelernt?"

„Nein, ich habe sehr viel zu tun! Und angerufen habe ich sie immer auf ihrem Handy."

„Apropos Handy: Wir haben keines bei ihr gefunden und auch keinen Vertrag mit einer Betreibergesellschaft – in Österreich! Hatte sie hier einen?"

„Nein, sie hatte immer ein Wertkarten-Handy. Das hat sie kaputt gemacht und weggeworfen, als sie abfuhr. Sie sagte, sie brauche keines mehr."

„Wie hat sie das begründet?"

„Gar nicht! Meine Frau hat immer Dinge getan, die sie nicht begründet hat. Und ich habe nicht weiter gefragt, weil es sinnlos war."

Goritschnigg bedankte sich bei Kommissar Franke für seine Hilfe und nachdem dieser versprochen hatte, so bald wie möglich seine Erkundigungen über die Grimms einzuziehen, verabschiedeten sie sich. Noch am selben Abend flog Goritschnigg nach Klagenfurt zurück.

Um Mitternacht war er zu Hause. Ursula schlief schon und da er trotz des langen Tages noch zu angespannt war, setzte er sich mit einem Bier vor den Fernseher und sah sich die Spätnachrichten an. Aufstand in Libyen, Finanzkrise, Aktiensturz, nichts Neues also, da kam plötzlich eine Nachricht, die ihn aufhorchen ließ: Man wollte nahe der ungarischen Grenze einen verdächtigen Kleinbus aufhalten, als dieser auf einen Feldweg abbog, sobald der Fahrer die Streife bemerkte. In wilder Verfolgungsjagd über Stock und Stein konnte das Fahrzeug gestoppt werden. Zwei Bulgaren befanden sich in der Fahrerkabine, aber im Inneren des Busses saßen fünf junge, verängstigte Frauen zusammengepfercht am Boden. Was Goritschnigg stutzig machte, war die Mitteilung, dass die Bulgaren eine Klagenfurter Wohnadresse angegeben hatten. Namen wurden nicht genannt, aber Goritschnigg wusste ohnehin, oder vermutete zumindest, um wen es sich handelte. Er hatte schon einmal Bulgaren in seinen Fängen gehabt, als es um illegalen Aufenthalt ging. Eigentlich waren sie damals, das war jetzt ca. ein halbes Jahr her, ausgewiesen worden. Jetzt tauchten sie offensichtlich wieder auf.

„Unkraut kommt immer wieder", murmelte er.

Dienstag

Am nächsten Morgen war Goritschnigg schon zeitig im Büro und rief sofort bei Chefinspektor Fiedler, dem Wiener Kollegen, der den Fall bearbeitete, an. Er ließ sich umgehend die Fotos der beiden mutmaßlichen Schlepper und das Vernehmungsprotokoll faxen. Wie sich herausstellte, war einer der beiden tatsächlich Iliescu, den er ausgewiesen hatte, der zweite war ihm allerdings unbekannt. Er hieß Kovacs und war Bulgare mit deutscher Staatsbürgerschaft. Sie hatten ausgesagt, dass die Mädchen ihre Schwestern und Cousinen seien, die sie zu einem Ausflug nach Deutschland hätten mitnehmen wollen. Da sie keine Papiere gehabt hätten, mussten sie eben auf diese Weise ins Land geschmuggelt werden. Man hätte sie ohnehin nach ein paar Tagen nach Bulgarien zurückgebracht, sagten die beiden Strizzi.

Goritschnigg überlegte, inwieweit diese Männer mit seinem Fall zu tun haben könnten. Dr. Lüttje suchte in Kärnten nach ihrer Tochter. Ging es um Mädchenhandel! Gab es einen Zusammenhang?

Um Punkt acht Uhr erschien Mozzolucchesi und stutzte, als er Goritschnigg bereits in seinem Büro sitzen sah.

„Hallo Mozzo! Heute kein Stadtausflug, das sag‘ ich dir gleich! Wir haben zu tun!“

Mozzolucchesi schaute enttäuscht drein. „Wie soll ich da den Tag überrrstehen“, jammerte er, „ohne einen anständigen Morgenkaffee!“

„Mach dir einen“, sagte Goritschnigg ungerührt. „Und jetzt berichte erst mal, was du bei der russischen Dame ausgerichtet hast.“

„Ohne Kaffee geht gar nichts, das weißt du. Also gehen wir wenigstens ums Eck ins kleine Café, damit meine Lebensgeister erwachen! Der Kaffee ist zwar scheußlich, aber vielleicht hat die Marianne ein Einsehen und gibt eine zweite Schaufel Pulver in die Maschine.“

Goritschnigg verdrehte die Augen und zuckte resigniert mit den Schultern. „Mit Erpressung kennen sich die Italiener offenbar *auch* gut aus!"

Mozzo tat beleidigt. „Errrpressung! Errrpressung! Was für ein starkes Wort! Du brauchst doch auch …", er dachte nach, aber es fiel ihm nichts ein, was sein Kollege wohl dringend vor Arbeitsbeginn brauchen könnte, also sagte er trotzig: „*Ich* brauche auf jeden Fall meinen Kaffee!"

Der Chefinspektor, der seinen Mitarbeiter sowieso gut kannte, lachte: „Und ich brauche auch etwas, nämlich dich, da hast du schon recht!"

Als sie ihren angereicherten Kaffee schlürften, berichtete Mozzo in kurzen Worten: „Die Dame ist das ganze Wochenende nicht aufgetaucht. Ich habe immer wieder angerufen, dann war ich dort und habe bei der Rezeptionistin meine Handynummer hinterlassen, aber ich habe nichts gehört. Ich habe erfahren, dass die Salty… seit Mittwoch da wohnt. Das Zimmer hat sie noch, aber das Bett ist seit Freitag unberührt hat mir das Zimmermädchen verraten." Mozzolucchesi schaute Goritschnigg schelmisch an. „Das ich mit meinem frisch geölten Charme bezirzt habe."

„Seit Mittwoch also schon!" Goritschnigg strich sich das Kinn. „Am Freitag ist sie erst zu uns gekommen. Das gibt zu denken. Was hat sie bis dahin gemacht?"

„Sich vielleicht auf das Gespräch mit dir vorbereitet."

„Natürlich hat sie das. Aber zwei Tage lang? Was für ein Spiel spielt diese Frau mit uns? Die Dame ist also verschwunden. Könnte das bedeuten, dass sie sich schon in der Wohnung befindet, auch wenn Frau Strauss sie nicht gesehen hat? Hat sie den Schlüssel abgeholt?"

„Der ist noch da. Und Frau Strauss hat aufgepasst wie ein Höllenhund. Keine Russin im Anmarsch gewesen! Außerdem, hätte sie da nicht ihr Hotelzimmer gekündigt?"

„Hm, nicht unbedingt, wenn sie uns an der Nase herumführen will. Die Lady wird immer geheimnisvoller. Ich fahr nochmal in die Wohnung der Lüttje. Vielleicht finde ich da einen Hinweis auf die Schwester. Darauf haben wir ja beim ersten Mal nicht geachtet. Außerdem brauchen wir ein Foto von ihr. Du fährst zum Moser. Wenn sie wider Erwarten heute Nacht im Hotel war, könnte sie jetzt beim Frühstück sitzen. Dann spielst du die Rolle, die ich dir zugedacht habe. Wenn sie nicht da ist, fragst bei den Mietwagenfirmen nach, ob eine Frau Saltrytschkowa oder einfach eine Dame mit slawischem Akzent einen Wagen genommen hat. Check den Flughafen und die Bahn. Vielleicht hat sie dich in der Lobby sitzen gesehen und Reißaus genommen, weil sie sich vor deinen italienischen Verführungskünsten fürchtet."

„Du bist heute besonders witzig. Ich hab übrigens gestern schon überall nachgefragt, Jo, ich kann auch kombinieren. Nichts, keine Russin, keine passende Dame."

„Dann hat sie sich wo verkrochen. Ruf den Mahidi an, vielleicht ist sie ja dort."

„Das hab ich gestern auch schon gemacht. Er hat gesagt, er kennt die Schwester der Lüttje nicht."

„Hätte mich auch gewundert. Hast du dir die Villen mit Swimmingpool in Krumpendorf vorgenommen?

„Wann denn? Ich war ja die ganze Zeit hinter der seltsamen Russin her. Du meinst ja, die ist wichtiger."

„Verdammt! Langsam läuft uns die Zeit davon."

„Du sagst es! Hast du wenigstens in Berlin etwas Brauchbares erfahren?"

„Jetzt nicht, sonst muss ich das Ganze dem Tranegger nochmal erzählen. Komm mit, dann geht das in einem!"

Der Chef war bereits im Haus und hatte die beiden schon suchen lassen. Susi machte ihr bedenklichstes Gesicht, das Goritschnigg warnen sollte, ihn aber nur zum Lachen reizte. „Du nimmst auch gar nix ernst", sagte sie mit Schmollmund. „Warts ab, eines Tages hast du deinen Sympathiebonus verspielt und ich lasse dich eiskalt hängen."

„Am Luster, oder wo sonst?"

„Verschwinde! Der Chef wartet!"

In Traneggers Büro wurden sie nicht aufgefordert, Platz zu nehmen.

„Was ist dir denn über die Leber gelaufen?“ fragte Goritschnigg mit Unschuldsmiene.

Tranegger, der vor Mozzolucchesi nichts preisgeben wollte, antwortet unfreundlich: „Los, los, euren Bericht! Der Schlendrian muss aufhören. Man steigt mir bereits auf die Zehen."

„Wer“, fragte Goritschnigg.

„Frag nicht so dämlich. Kannst dir ja vorstellen, wer! Regierungsrat Fritz bohrt wegen der Ergebnisse."

Goritschnigg schnaubte. Das war nicht der wahre Grund für Traneggers Verstimmung, dazu kannte er ihn zu gut. Er würde es erst erfahren, wenn Mozzolucchesi weg war. Rasch kam er zur Sache und erzählte in knappen Worten, was er in Berlin erfahren hatte.

„Und? Bist du jetzt schlauer?“, fragte Tranegger unfreundlich.

„Das wird sich herausstellen“, gab Goritschnigg ebenso unfreundlich zurück. Zu Mozzolucchesi sagte er: „Du weißt, was du zu tun hast. Wir sehen uns später." Er schloss hinter ihm die Tür, nachdem dieser den Raum verlassen hatte und wandte sich an Tranegger: „Was ist wirklich los?“

„Du bist vorige Woche den Direktor des Krankenhauses angegangen, der den Regierungsrat Fritz kennt, danach die Verwalterin des Strandbads, die mit Stadtrat Gaugusch gut bekannt ist. Beide haben sich beschwert und ich konnte wieder mal deine … Unsensibilität, sagen wir mal so, ausbügeln. Reicht das nicht?"

„Nein, das reicht nicht. Das kennen wir doch alles schon. Was ärgert dich wirklich?“

„Fritz hat mir wieder mal die Hölle heiß gemacht, dass ich zu nachsichtig mit dir bin. Ich soll dich mehr rannehmen! Du weißt, wie ich darüber denke, aber ich habe auch Verpflichtungen gegenüber *meinen* Chefs. Ich hasse es, immer zwischen zwei Stühlen zu sitzen. Einerseits will ich dich einfach werken lassen, weil du, meistens zumindest, erfolgreich bist, andererseits habe ich schon manchmal das Gefühl, du nutzt das aus."

Goritschnigg kannte die Problemantik zur Genüge und nahm die Vorwürfe nicht besonders ernst. „Ich weiß, du willst mir damit sagen, dass du bald ein Ergebnis brauchst, damit sie dich wieder in Ruhe lassen. Ich auch, glaub mir. In diesem Fall liegt die Sache allerdings auf einer ganz anderen Ebene."

Er erzählte Tranegger vom Bericht in den Spätnachrichten über den Mädchentransport. „Durchaus möglich, dass die Sache etwas mit unserem Fall zu tun hat und dann wird's kompliziert."

„Noch komplizierter", grinste Tranegger spöttisch.

„Du sagst es." Goritschnigg blieb ernst. „Ich habe allmählich das Gefühl, dass der Mord an der Lüttje nur ein winziges Detail eines viel größeren Puzzles ist. Und das, mein Freund, ist nicht in null Komma nix zu lösen. Das müssen auch die Regierungsfuzzis begreifen!"

„Das kannst du vergessen. Die glauben doch immer noch, dass man mit ein paar Fingerabdrücken Mörder fängt!"

Jetzt grinste Goritschnigg: „Tut man ja auch, wenn der Mörder so dumm ist, welche zu hinterlassen. Immerhin kommt das gelegentlich vor." Und wieder ernst: „Was die Sache nicht gerade erleichtert, ist der Umstand, dass ich es mit lauter Märchenerzählern zu tun habe." Er hob die Arme. „Das, lieber Kurt, ist eine echte Herausforderung: Was ist wahr und was nicht?"

„Was wirst du als Nächstes tun?"

„Mozzo soll die Saltrytschkowa aushorchen. Darin ist er gut, glaub mir. Das Problem ist nur, dass wir sie nicht haben." Er berichtete vom Verschwinden der Russin.

Tranegger stöhnte: „Auch das noch! Seids Ihr nicht in der Lage, eine einfache Frau unter Beobachtung zu halten."

„Erstens ist sie keine ‚einfache Frau' und zweitens konnte man damit nicht rechnen. Sie wollte sogar in die Wohnung ihrer

Schwester ziehen. Was denkst du dir dabei? Dass sie eine Zeitlang bleiben will natürlich! Irgendwie hängt alles mit dem Josef Grimm zusammen. Da müssen wir noch mehr erfahren. Ich hoffe, dass sich Franke bald mit Ergebnissen meldet."

„Was ist mit der Lüttje, die lesbisch gewesen sein soll."

„Wenn du mich fragst, eine Ente! Wer weiß, was die Strauss sich zusammengereimt hat. Sie hat die Person nur von hinten gesehen und hat Geräusche gehört. Na und? Zu der fahr' ich sofort hin." Er beugte sich vor. „Und, ob es dir oder sonst wem gefällt oder nicht, die Kogelnig ist ein heißer Tipp! Der muss ich ordentlich zusetzen!"

Tranegger runzelte die Stirn. „Wenn's sein muss! Aber sei bitte etwas diplomatischer. Könnte die blonde Frau, die zu der Lüttje ging, nicht die Kogelnig gewesen sein? Die ist auch blond. Ich kenne sie flüchtig von einer Veranstaltung der Gemeinde. Ich muss da leider gelegentlich zur Gesichtswäsche hin. Habe aber kaum zwei Worte mit ihr gesprochen. Die ist ziemlich arrogant und so gar nicht mein Fall."

„Wem sagst du das! Zu deiner Frage: Ich glaube nicht, dass es die Kogelnig war. Die Frau Nachbarin mag zwar alt und ein wenig geschwätzig sein, aber beschränkt ist die bestimmt nicht. Die Kogelnig hätte sie auch von hinten erkannt."

In der Wagner-Siedlung angekommen, stellte Goritschnigg fest, dass das Polizeisiegel an Lüttjes Wohnung durchtrennt, aber nicht entfernt worden war. Er läutete, aber niemand meldete sich, dann schloss er die Tür auf. In der Wohnung war alles unverändert, wie ihm schien. Das Bett war unberührt; im Bad deutete nichts darauf hin, dass es in der letzten Zeit benutzt worden war. Es gab nach wie vor keine persönlichen Gegenstände. Einzig der Stapel Prospekte von den Restaurants und Touristenorten, den er auf dem Couchtisch gesehen und kurz durchgeschaut hatte, war nicht mehr da. Er rief bei der Spurensicherung an und fragte, ob sie etwas mitgenommen hätten. Das war nicht der Fall.

Bei genauerem Hinsehen entdeckte er etwas, das unter dem Sofa hervorlugte. Es waren zwei Prospekte. Das eine war der Flyer eines Restaurants in Krumpendorf mit Namen ‚Sofia', das andere beschrieb die Tropfsteinhöhle in Griffen. Goritschnigg sackte die beiden Flyer ein.

Er verließ die Wohnung und drückte gegenüber auf den Knopf neben dem Namen ‚Strauss'. Sofort wurde ihm geöffnet, als hätte die Dame schon auf ihn gewartet.

Sie strahlte über das ganze Gesicht: „Die Polizei schon wieder! Ich werde noch berühmt. Kommen Sie doch herein. Darf ich Ihnen Kaffee anbieten. Kuchen habe ich heute leider keinen", sagte sie bedauernd.

„Danke, ich möchte nichts. Hab's ziemlich eilig!"

Sie drehte sich enttäuscht um: „Oh, Ihr Kollege war viel gemütlicher."

„Woher wussten Sie überhaupt, dass ich von der Polizei bin."

Sie lächelte. „Das ist nicht schwer zu erraten gewesen. Ich bekomme sonst nie Besuch, noch dazu um diese Zeit, noch dazu von einem Herrn und noch dazu sind Sie in einem Polizeiauto gekommen."

„Wieso haben Sie das Auto erkannt?"

„Guter Mann, es steht vor meinem Küchenfenster und auf dem Beifahrersitz liegt dieses komische Ding, das man bei einem Einsatz aufs Dach gibt, das sich dreht und blinkt …"

„Alle Achtung", sagte der Chefinspektor anerkennend, „gut beobachtet."

Sie strahlte: „Nicht wahr! Und da sagen die Leute, ich fantasiere mir was zusammen."

Goritschnigg wurde hellhörig: „Wer sagt das und was würden Sie sich zusammenfantasieren."

„Das, lieber Herr Kommissar, ist eine lange Geschichte. Aber kommen Sie doch weiter und nehmen Sie Platz. Wollen Sie nicht doch etwas?"

„Na ja, ein Glas Wasser vielleicht!"

Sie gingen ins Wohnzimmer und als er das Getränk vor sich stehen hatte, beugte sie sich verschwörerisch vor.

„Wissen Sie, es gibt viele Neider auf dieser Welt und als ich neulich mit Ihrem Kollegen, dem netten Herrn Mozzarella, geplaudert habe, da hat man uns beobachtet. Ich weiß nicht, wer's war, aber am Abend kam die Kogelnig zu mir runter und hat mich gefragt, was der Mann von mir wollte. Ich sagte ihr, das war ein Polizist und er hätte mich wegen der Lüttje gefragt und außerdem hat er mich beauftragt, mich umzuhören und auf eigen Faust Nachforschungen anzustellen."

Goritschnigg verfluchte wieder mal Mozzos Eigenmächtigkeit und schlechte Menschenkenntnis.

„Was haben Sie ihr verraten?"

Sie richtete sich entrüstet auf. „Ich habe doch nichts verraten. Dass die Lüttje lesbisch war, das muss sie ja gewusst haben. Sie hat das allerdings abgestritten, aber wie ich ihr gesagt habe, wen ich gesehen und was ich gehört habe, da ist sie ziemlich kleinlaut geworden."

„Wem haben Sie das sonst noch gesagt?"

„Niemandem!"

„Was ist mit dem Reporter von der ‚Kärntner Zeitung'?"

Sie sagte verächtlich: „Ach der! Blumen hat er gebracht und geglaubt, er kann mich damit einwickeln. Dem hab ich gesagt, dass er die Lesbengeschichte auf keinen Fall schreiben darf. Kann ich was dafür, dass er sich nicht dran gehalten hat?"

Goritschnigg ließ sich nochmals die Situation und die blonde Frau ganz genau beschreiben, dann bat er Frau Strauss, ihn oder Mozzolucchesi sofort anzurufen, falls irgendjemand gedachte, die Nachbarwohnung zu betreten. Er traute der Dame nun zu, dass sie nahezu Tag und Nacht am Türspion hing.

Goritschnigg stieg ins Auto und rief Frau Trabesinger an. Er fragte, ob die Kogelnig im Büro sei und erfuhr, dass sie sie bald zurückerwarte. Bevor er losfuhr, wollte er die Signallampe in den

Beifahrerfußraum verfrachten, als er sich schalt: „Was mach ich da? Die Alte kann mich mal“, und ließ die Lampe liegen, wo sie war. Dann fuhr er gemütlich zum Strandbad.

Unterwegs rief er Mozzolucchesi an: „Wo bist du?“

„Ich suche die Russin!“

„Sie ist also wiederaufgetaucht? Wo ist sie?“

„Wenn ich das wüsste, müsste ich sie nicht suchen. Heute Morgen hat die Dame an der Rezeption sie gesehen und mich gleich angerufen, das war kurz, nachdem ich von dir weg bin. Sie hat aber nicht gefrühstückt, sondern ist gleich gegangen. Als ich ins Moser komm‘, ist sie nicht mehr da. Und jetzt staune: Sie hat unter dem Namen Grimm ein anderes Zimmer genommen. Das Zimmermädchen sagt, dass das Grimm-Zimmer nur von gestern auf heute benutzt wurde, obwohl es seit Sonntag gebucht ist. Und jetzt kommt's: Sie hat sich die Haare gefärbt oder trägt eine Perücke. Von wegen dunkelhaarig – jetzt ist sie auf jeden Fall blond, sagt die Dame an der Rezeption.“

„Sie ist *blond*??? Ist sich die Rezeptionistin sicher, dass es *unsere* Russin ist.“

„Sie ist sich sicher, weil sie die Frau angesprochen hat, ob sie das andere Zimmer noch braucht!“

„Was hat sie gesagt?“

„Dass sie jemanden erwartet. Das kann stimmen oder auch nicht.“

„Ich glaube nicht, dass das stimmt. Das gehört alles zu ihrer Verwirrtaktik.“

„Was mach ich jetzt? Soll ich die Gegend inspizieren?“

„Das würdest du wohl gern. Nein, du wartest in der Lobby des Moser auf sie. Sobald sie auftaucht, rufst du mich sofort an. Lass sie nicht aus den Augen.“

„Ist klar.“

„Übrigens, ich glaube, dass sie schon in der Wohnung ihrer Schwester war. Es fehlen ein paar Sachen. Ich vermute, sie hat sowieso einen eigenen Schlüssel. Sag mal, hast du einen Schuss im Hirn, dass du der Strauss aufträgst, sie soll Nachforschungen anstellen. Was ist dir denn da eingefallen?"

Mozzolucchesi sagte kleinlaut: „Sie hat das total falsch verstanden. Ich dachte, ihre gute Beobachtungsgabe hilft uns vielleicht, etwas über die Lüttje zu erfahren."

„Ja, erfahren hat die Kogelnig, dass wir uns für sie interessieren, weil die gute alte Dame sich bei ihr wichtig gemacht hat. Außerdem weiß jeder dort, dass die Ärztin angeblich lesbisch war. Und das ist alles andere als hilfreich für uns."

„Oh, *scusi*, das war nicht meine Absicht. Und dass die Ärztin lesbisch war, das steht doch sogar in der Zeitung."

„Hab ich gelesen! Woher, glaubst du wohl, hat das der Stannek!"

Im Strandbad warf er der Dame an der Kassa eine flotte Kusshand zu und eilte zu den Räumen der Verwalterin. Sie war noch nicht da, es wurde ihm aber von Frau Trabesinger versichert, dass sie jeden Moment auftauchen müsse. Spitz fügte sie hinzu: „Ich sage ihnen gleich, sie wird Ihnen sicher nicht viel Zeit widmen können – wir haben in zehn Minuten ein Mitarbeiter-Meeting."

Der Chefinspektor stütze sich auf dem Schreibtisch der Sekretärin auf und sah ihr tief in die Augen: „Wie viel Zeit sie mir widmet, das liegt weder an der hochnäsigen Dame, noch an *Ihnen*, meine *liebe gnädige* Frau Trabesinger. Wenn Sie je einen Krimi im Fernsehen gesehen haben, dann wissen Sie, dass ein Mordfall immer Priorität hat und eine Aussageverweigerung eine Vorladung aufs Präsidium nach sich zieht. Habe ich mich *ganz ganz* klar ausgedrückt!" Er richtete sich abrupt auf. Die Frau zog eine säuerliche Schnute. „Und jetzt, meine Gute, sagen Sie mir, was Sie über Frau Lüttje oder *von* ihr alles wissen. Und glauben Sie nicht, Sie können mich noch einmal mit Halbheiten abspeisen."

„Sie hat mir gar nichts erzählt, das habe ich Ihnen schon gesagt. Sie hat mich ausgefragt."

„Könnten Sie mir das ‚gar nichts' etwas näher schildern. Sie sagten, sie habe nur wenig von Ihrer Familie gesprochen. Was genau hat sie gesagt? Hat sie von Ihrer Tochter oder von Ihrem Großvater erzählt?"

Jetzt war die Frau wirklich überrascht: „Nein, ich wusste nicht, dass sie eine Tochter hat. Sie hat nie von ihr gesprochen. Eine Schwester hat sie kurz erwähnt."

Goritschnigg fragte gespannt: „Was hat sie genau gesagt?"

„Warten Sie, das war im Rahmen ihrer Fragerei: Ob für ihre Schwester auch ein Job hier möglich wäre?"

In diesem Moment ging die Tür auf und die Verwalterin betrat das Büro.

„Sie schon wieder, das ist jetzt aber ganz schlecht. Wir haben ein wichtiges Meeting."

„Die paar Mitarbeiter können warten." Die Verwalterin schaute ihre Sekretärin böse an, die sich rasch in ihre Papiere auf dem Schreibtisch vergrub. „Sie stehen mir zur Verfügung oder ich nehme Sie ins Amt mit! Und zwar jetzt gleich!"

Sie seufzte und murmelte etwas von ‚Beamtenwillkür', ging aber doch mit ihm in ihr angrenzendes Büro, wo sie demonstrativ die Tür zum Sekretariat schloss. Sie baute sich vor ihrem Schreibtisch auf und verschränkte die Arme. Sie forderte Goritschnigg nicht auf, Platz zu nehmen, sondern sah ihn trotzig an: „Stellen Sie ihre Fragen, damit wir es hinter uns bringen. Ich habe zu tun."

Er nahm sich einen Stuhl und setzte sich, was die Frau dazu zwang, sich hinter ihren Schreibtisch zu bequemen und ebenfalls zu setzen.

„Sie wohnen im selben Haus und Sie arbeiten im selben Verein, also erzählen Sie mir nicht, dass Sie sie nicht kannten."

„Mein Gott", sie lehnte sich in ihrem Sessel zurück und verschränkte erneut die Arme, „wie man sich halt so kennt. Sie war eine ruhige, eher unzugängliche Person. Man kam nicht leicht mit ihr in Kontakt."

„Das weiß ich bereits. Wer hat sie eingestellt? Sie oder Frau Trabesinger?“

Sie brauste auf: „Ich natürlich. Meine Sekretärin hat keinerlei Kompetenzen.“

„Aber die Arbeiten des ehemaligen Hausmeisters muss sie jetzt machen. Also ist sie schon etwas mehr als eine einfache Sekretärin.“

Das kostete sie nur ein Schulterzucken. „Kommen Sie zur Sache“, sagte sie kalt.

„Hatten Sie mit Dr. Lüttje privaten Kontakt? Und sagen Sie bitte nicht nochmal, dass sie so unzugänglich war. Sie haben sie doch auch außerhalb des beruflichen Bereichs getroffen!“ Es war ein Schuss ins Blaue, aber er saß.

Sie war momentan sprachlos. Dann sagte sie unter Räuspern: „Woher wissen Sie das? Ah, natürlich, meine gute Frau Trabesinger. Ich war nur einmal mit ihr essen, weil sie mich darum gebeten hat. Es hatte nichts zu bedeuten.“

„So, so, und weil es nichts zu bedeuten hatte, wollten Sie es vor mir geheim halten. Worum ging es denn bei dem Gespräch?“

„Es ging eigentlich nur um Belangloses. Sie hat sich dafür bedankt, dass sie im Strandbad arbeiten kann. Sie hat die Mitarbeiter gelobt und dann wollte sie wissen, ob sie einmal in der Nacht hierbleiben kann, weil sie gerne schwimmen gehen möchte, wenn es kühler ist. Das sei sie von zu Hause so gewohnt.“

„Und? Haben Sie es ihr erlaubt?“

Sie zögerte. „Eigentlich wollte ich es ihr nicht erlauben, aber sie hat mich regelrecht breitgetreten …“

„Und schließlich hatte sie Sie ja zum Essen eigeladen, da kann man wohl schlecht nein sagen, nicht wahr!“

Sie sah ihn kalt an und sagte mit eisiger Stimme: „Sie hat mir einfach leidgetan, weil sie Heimweh hatte.“

„Wann hat sie denn die Nacht hier verbracht?“

„Gar nicht! Sie kam in den nächsten Tagen an einem Vormittag zu mir und bat mich um das o.k. für die kommende Nacht.

Ich besorgte ihr die benötigten Schlüssel und stellte eine Bescheinigung aus, dass ich ihr das Übernachten erlaubt habe. Aber am Nachmittag brachte sie die Schlüssel mit der Bemerkung zurück, dass ihr für diese Nacht etwas dazwischengekommen sei und sie das ‚Vergnügen' verschieben müsse. Seitdem war keine Rede mehr davon."

„Und diese Information hielten Sie für unwichtig?"

„Ja, nein, was soll's, es ist doch nichts passiert."

„Außer, dass sich die Lüttje Nachschlüssel hat machen lassen, um jederzeit rein oder raus zu können."

Die Frau machte große Augen. „Wie kommen Sie denn darauf?"

„Weil sie nach Lust und Laune ins Bad reinspaziert und mit dem Elektroboot der Station auf dem See herumkutschiert ist."

Sie erstarrte. „Das ist … unmöglich!"

„Sie wussten es also nicht?"

„Woher denn? Ich bin in der Nacht nicht da. Und gesagt hat's mir keiner."

„Sie scheinen ja nicht gerade das Vertrauen der vollen Mannschaft zu haben", sagte Goritschnigg süffisant, worauf sie aufbrausen wollte, es aber ließ. „Andere Frage: War Dr. Lüttje lesbisch?"

Spöttisch sagte sie: „Hat Ihnen Ihre außerordentliche Helferin in der Wagner-Siedlung nicht schon alles darüber berichtet?"

Goritschnigg sagte ganz ruhig: „Hören Sie, Madame, *ich* stelle hier die Fragen. Also?"

Sie verzog das Gesicht. „Frau Strauss hat eine rege Fantasie. Das ist alles, was ich dazu sagen kann. Und jetzt gehen Sie!"

Goritschnigg ging hinaus, nickte der Sekretärin, die ihn mit angehobenen Augenbrauen verärgert anschaute, zu und schloss geräuschvoll die Außentür. Nach ein paar Schritten auf dem Kies machte er kehrt und schlich sich leise an das halb geöffnete Fenster des Sekretariats heran. Er hörte die Stimme der Frau

Trabesinger, die aufgebracht ausrief: „… habe ihm gar nichts gesagt, was glauben Sie denn."

„Woher wusste er dann, dass ich mit der Lüttje essen war."

„Was weiß ich, vielleicht ham's ihm die Spatzen geflüstert! Es werden Sie ja noch andere Leute zusammen gesehen haben."

„Wie auch immer, Sie sprechen nie weder mit dem Menschen!"

Nach kurzer Pause erscholl die Stimme der Frau Trabesinger höchst erregt: „Also, das ist doch …! Ich habe Ihnen ohnehin schon geholfen, als ich ihm beim letzten Mal nichts von Ihrem Treffen mit der Lüttje gesagt habe."

Eine Tür knallte zu. Die Sekretärin erschien am Fenster und öffnete es ganz: „Na, haben Sie alles gehört, Herr Inspektor?"

Goritschnigg trat in ihr Blickfeld. „Was hätten Sie ihr gesagt, wenn Sie nicht gewusst hätten, dass ich hier draußen stehe."

Sie lachte: „Aber Herr Inspektor, wer wird denn so misstrauisch sein."

„Immerhin haben Sie mir beim letzten Mal einiges verschwiegen."

„Sie haben doch gehört, dass ich Ihnen nichts sagen darf."

„Hätten Sie mir denn etwas zu sagen, wenn ich Sie aufs Präsidium bestellen würde?"

Ohne Antwort schloss Sie das Fenster.

Da er nun schon mal im Bad war, ging er erneut zur Rettungsstation. Am Schreibtisch saß ein junges Ding, das sich die Fingernägel lackierte. Sie sah den Chefinspektor entgeistert an, denn ein voll bekleideter Mann erschien selten in der Station.

„Sie wünschen", sagte sie, ohne ihre Tätigkeit zu unterbrechen, „der Arzt ist nicht da."

„Zunächst einmal, grüß Gott! Mit wem habe ich das Vergnügen?"

„Tag! Ich bin die Heilbringerin für die unvorsichtige Menschheit", sagte sie keck. „Und wer sind Sie?"

„Goritschnigg! Mordkommission!“

Jetzt sprang sie auf und sagte eifrig: „Oh, entschuldigen Sie, ich habe Sie für den neuen Hausmeister … Oh, Verzeihung“, sie wurde rot bis unter die Haarspitzen und stammelte: „Sie sehen natürlich nicht so aus … ich meine … ich konnte nicht …“

Goritschnigg lachte. „Nur keine Panik, Mädchen! Ich werde Sie nicht gleich wegen Beamtenbeleidigung verhaften. Ich ermittle im Mordfall Dr. Lüttje.“

„Natürlich!“ Sie war klein und drahtig mit kurzen dunklen Haaren, einer frechen Nasenspitze und tiefdunklen Augen. „Setzen Sie sich doch. Dr. Walter muss gleich kommen.“

Goritschnigg setzte sich. „Verraten Sie mir zuerst Ihren Namen?“

„Oh, natürlich, Ich heiße Petra Kogelnig.“

„Aha, sind Sie zufällig mit der Verwalterin verwandt?“

„Ja! Das ist meine Tante. Genauer gesagt, sie war die Frau meines verstorbenen Onkels. Ihr verdanke ich den Job hier. Ich bin Medizinstudentin und helfe dem jeweiligen Arzt während der Sommermonate.“

„Kannten Sie Dr. Lüttje?“

„Ja, wie man sie halt gekannt hat. Sie war nicht sehr zugänglich und machte meist den Eindruck, als ob ihr der Job lästig sei. In medizinischen Belangen war sie allerdings sehr kompetent. Sie hat oft Dienst getan als Ersatz für den diensthabenden Arzt und sie war besser als Dr. Mahidi z.B., obwohl sie als Ärztin keine Zulassung hatte.“

„Inwiefern war sie besser als Dr. Mahidi.“

„Sie hatte viel mehr Erfahrung in der Notfallmedizin.“

„Um welche Fälle ging es denn?“

„Kreislaufstillstand, Brüche, Verletzungen, Übelkeitsanfälle, einmal hatten wir sogar eine Nierenkolik. Sie war ein diagnostisches Genie, wenn Sie mich fragen und wusste immer das Richtige zu tun. Sie hat selbst Spritzen gegeben und Zugänge gesetzt usw. Dadurch ging keine wertvolle Zeit verloren.“

„Durfte sie das denn?“

Sie zögerte. „Eigentlich nicht.“

„Haben Sie Ihrer Tante Bericht erstattet?“

„Dass Dr. Lüttje etwas mehr als Rettungsschwimmertätigkeit ausübte, war ihr bekannt, sie hat das ausdrücklich gutgeheißen.“

„Das hat sie gesagt? Dass sie das gutheißt, dass Dr. Lüttje Tätigkeiten ausübt, die sie gar nicht dürfte?“

„Ja, sie sagte, wenn sie das kann, soll sie es tun, das spart uns die teuren Ärzte. Deshalb hat sie Dr. Walter und Dr. Mahidi die Bereitschaftszeiten gekürzt.“

„So, so, interessant. Und wie haben die beiden Ärzte darauf reagiert?“

„Das weiß ich wirklich nicht.“

„Wurde denn nicht darüber gesprochen, wenn Dr. Lüttje nicht da war.“

„Mit mir nicht, wahrscheinlich, weil ich die Nichte der Chefin bin und man fürchtete, ich könnte es ihr zutragen. Meine Tante ist eine ziemlich strenge Person, die keinen Widerspruch duldet.“

„Das habe ich schon bemerkt“, sagte Goritschnigg. „Noch eine letzte Frage: Hat Dr. Lüttje je etwas von einer Tochter, einer Schwester oder einem Großvater erzählt?“

„Nein. Doch, warten Sie … einmal hat sie eine Erwähnung getan … was war das bloß …? Ach ja, einmal kam ich rein, als sie hier allein war. Sie telefonierte und sprach dabei russisch. Als ich reinkam, legte sie auf. Ich hab nur ein Wort verstanden: ‚Sofia‘ Sie hat irgendwie schuldbewusst dreingeschaut und hat sich gerechtfertigt: ‚Meine Schwester! Sie kommt mich besuchen‘. Die heißt wohl Sofia, obwohl sie den Namen so aussprach wie die bulgarische Hauptstadt, S*ooof*ia und nicht Sof*iii*a.“

„Wann war das?“

„Ach, so vor zwei Wochen?“, sagte sie in fragendem Ton.

Dr. Walter kam in den Raum. Er war jung, sportlich, braungebrannt und aus unglaublich blauen Augen sprühte gute Laune, die sich allerdings abkühlte, als er Goritschnigg sah. „Äh, guten

Tag, Herr …?“ Mit einem Schulterzucken wandte er sich an das junge Mädchen: „Habe ich etwas verpasst?“

Sie setzte ein schelmisches Lächeln auf: „Allerdings, ein Vertreter der Staatsgewalt überprüft dein Privatleben. Und da es einige Ungereimtheiten gibt …!“ Sie drehte vielsagend die Hände nach oben.

„Goritschnigg, Mordkommission!“, warf sich der Chefinspektor dazwischen, um einem sinnlosen Geplänkel zuvorzukommen.

Die Miene des Arztes hellte sich auf. „Ah, wegen Rosa sind Sie da; Rosa Lüttje, stimmt's?“ Sofort verdüsterte sich sein Gesicht wieder. „Es ist einfach schrecklich, was da geschehen ist und ich kann es mir nicht erklären.“

„Haben Sie sie näher gekannt?“

„Nein! Sie war … eher schwierig.“

„Ja, das sagen alle. Dr. Lüttje war verbotenerweise auch als Ärztin tätig, deshalb wurden Ihnen die Dienstzeiten gekürzt. Wie haben Sie das aufgenommen?“

Dr. Walter warf dem jungen Mädchen einen verärgerten Blick zu. Sie kümmerte sich nicht darum, sondern lackierte seelenruhig weiter ihre Nägel, wobei sie bereits bei den Zehen angekommen war.

„Ich habe diese Maßnahme nicht hinterfragt, denn es wurde halt angeordnet. Dass ich aus lauter Frust Dr. Lüttje umgebracht habe, wird wohl niemand annehmen.“

„Nicht wirklich! Obwohl es die seltsamsten Mordmotive gibt. Sie hatten an dem Tag Dienst, als die Pathologin verschwand. Dr. Lüttje ist mit dem Elektroboot auf den See gefahren. Haben Sie das Fehlen des Bootsschlüssels nicht bemerkt?“

„Nein. Sie kann natürlich da gewesen sein und den Schlüssel für das Boot geholt haben, als wir gerade bei einem Einsatz waren und die Station eine Zeitlang nicht besetzt war. Er hängt da hinten in dem Schlüsselkasten und das Fehlen ist nicht gleich zu sehen. Aber etwas war schon sehr komisch.“

„Nun?“

„Wir sind zu einem Notfall ganz hinten auf der Spielwiese gerufen worden – aber da war gar nichts! Entweder die Person hat sich ganz rasch wieder erholt oder …“

„… es war ein getürkter Anruf!“

„Könnte sein, ja!“

„Interessant! Noch eine Frage: Was dachten Sie eigentlich, als sie vom Tod der Pathologin hörten?“

„Ich habe mich schon sehr gewundert, dass sie ertrunken sein soll. Sie war eine gute Schwimmerin. Ich habe leider keine Erklärung dafür.“ Er zuckte mit den Schultern.

Die Kleine flötete amüsiert: „Wie für Diverses andere auch!“

Nun rastete der junge Arzt aus: „Sag mal, was sollen die Seitenhiebe, du Floh! Hast du zu viel Sonne abbekommen?“

Sie zog einen Schmollmund: „Das nicht, aber deine E-Mails gecheckt“, sie deutete auf den Laptop, „und eine ‚Daniela‘ gefunden mit einer ‚Wie ich dich vermisse‘-Nachricht.“

Dr. Walter blickte verlegen drein: „Das kann ich dir erklären! Hätte ich das auf dem Computer draufg‘lassen, wenn's so brisant wäre?“

„Ja, du schon! Weil's dir im Grunde wurscht ist“, sagte sie verächtlich. An den Chefinspektor gewandt: „Haben Sie noch Fragen, ich gehe nämlich gleich nach Hause! Möchte nur diesem Kerl hier“, sie deutete vage auf den Doktor, „noch ordentlich die Meinung sagen. Er hat mir nämlich ewige Treue geschworen!“

Goritschnigg beeilte sich, zu sagen: „Ich muss auch los! Auf Wiedersehen, Herr Doktor. Tschau, Mädel, Kopf hoch, um Sie braucht man sich keine Sorgen zu machen, Sie werden noch so manchem zu Kopf steigen.“

„Soll das ein Angebot sein“, fragte sie keck.

Goritschnigg lachte: „Um Gottes Willen, meine Frau zieht mir das Fell über die Ohren!“

„Schade, immer sind die interessantesten Männer schwer vergeben!“

Nach einem schnellen Imbiss beim Würstelstand kehrte Goritschnigg ins Büro zurück. Susi überreichte ihm eine weitere Liste mit Namen und Adressen von Villenbesitzern im Ortsgebiet von Krumpendorf und Pörtschach, die einen Pool hatten.

„Mein Mittagessen!“, sagte sie. Auf Goritschniggs fragenden Blick fügte sie hinzu: „Ich meine, dass ich das alles für den Verein hier *anstatt* eines Mittagessens recherchiert habe. Weißt du, wie mühsam es ist, so viele Besitzverhältnisse nur aufgrund der Google Earth Karte ausfindig zu machen. Die Besitzungen habe ich angestrichen, wo es Unklarheiten gibt.“

„Der Mozzo soll die zuerst aufsuchen. Wo ist er überhaupt?“

„Na, der ist doch hinter der abgängigen Russin her. Übrigens: Kommissar Franke aus Berlin hat angerufen, während du unterwegs warst.“

Er rief zurück. „Was gibt es Neues? Hast du die Familie Grimm gefunden, die ich suche?“

„Hm, etwas ist bei der Sache *sehr sehr* seltsam – wie alles, was mit den Grimms zusammenhängt. Es gibt, bzw. gab, mehrere Grimms in Deutschland vor dem Krieg, was nicht so ungewöhnlich ist, denn Grimm ist nicht unbedingt ein seltener Name. Ich habe passende Grimms in Hessen gefunden. In dem Ort Neuenahr gibt es eine Familie, die sich an Verwandte erinnern, wo der Sohn in Russland vermisst war. Die Vornamen wussten sie nicht. Die Eltern, ein schon älteres Ehepaar, gingen nach Berlin und man hat nie wieder von ihnen gehört. Es wird vermutet, dass sie im Bombenhagel umgekommen sind. Eine zweite Familie Grimm existierte vor dem Krieg in Hadern. Es gibt dort keine Grimms mehr, aber der Bürgermeister fragte seine Großmutter, die sich an arme Keuschler namens Grimm erinnert, deren Sohn im Krieg gefallen ist. Die Frau starb 1942 an Krebs; der Mann nahm sich daraufhin das Leben. In Hegau gibt es keine Aufzeichnungen mehr. Hier in Hanau konnte ich ebenfalls keine Familie Grimm ausmachen, die vor dem Krieg da gelebt hat, da das Gemeindeamt 1944 von einer Bombe getroffen wurde und alle

Unterlagen verloren gingen. Dass Grimm von hier stammt, ist also nur durch eine alte Frau belegt, die behauptet hat, es habe eine Familie Grimm vor dem Krieg hier gegeben. Bei Grimms in anderen Orten, wo es heute noch Nachkommen gibt, war die Familiensaga eindeutig und keine unklaren Kriegsverluste vorhanden. Wenn du mich fragst, sind die Neuenahrer Grimms Favoriten für deinen Kandidaten. Ich hoffe, du kannst etwas damit anfangen."

„Danke! Kannst du mir die Daten zu den beiden hessischen Grimm-Familien faxen. Gibt es noch alte Fotos? Bitte gib mir auch die Daten zu den heute noch lebenden Verwandten."

„Ist alles schon zu dir unterwegs. Fotos gibt es von den Grimms in Hadern keine. Die waren sehr arm. Die Neuenahrer Grimms konnten ein altes Familienfoto auftreiben, aber es stammt aus dem Jahr 1929 und der kleine Sohn, der dann vermisst wurde, war gerade mal sechs oder sieben Jahre alt."

„Gut. Ich danke dir! Was war nun so seltsam an der Geschichte?"

„Sowohl der Bürgermeister von Neuenahr als auch die von Hadern und Hegau hatten Anfragen aus Russland erhalten, ob es in ihren Orten noch Grimms gäbe. Übrigens auch in den anderen Gemeinden, wo ich keine passende Verwandtschaft mehr fand. Es waren offizielle Anfragen unseres Außenministeriums."

„Nach dem, was mir diese Ilona erzählt hat, ist das nicht verwunderlich. Ich habe Dir doch von dem Brief erzählt, den Rosa Lüttje an ihre Freundin Katja im Außenministerium geschrieben hat."

„Schön und gut. Aber es gab auch offizielle Anfragen an die Gemeinden der DDR zur Zeit des Kommunismus."

„Das ist interessant. Wann war das?"

„1969!"

„Und die Bürgermeister können sich daran noch erinnern?"

„Nein, natürlich nicht. Aber es gab Protokolle darüber, weil ja Nachforschungen angestellt wurden."

„Gab es auch bei euch in Hanau Anfragen wegen der Grimms?“

„Ja natürlich. Die wussten sogar noch genau, wann das war: am 3. März 1970. Deutsche Gründlichkeit! Der Gemeindesekretär machte eine Frau Hunzinger ausfindig, die angeblich eine entfernte Verwandte der Grimms war. Aber da gibt es einen Clou dazu! Wart.“ Es gab eine kurze Pause und Goritschnigg hörte Papierrascheln. „Vier Wochen später, also am 31. März, verunglückte Stefanie Hunzinger tödlich, indem sie beim Fensterputzen aus dem vierten Stock fiel.“

„Das ist allerdings verdächtig!“

„Ja, höchst verdächtig, vor allem, weil am 1. April 1970 Josef Grimm hier auftauchte und am 14. Antonia Weber heiratete.“

„Was schließt du daraus?“

„Wahrscheinlich dasselbe wie du: Jemand suchte sich eine Gemeinde, wo es zwar einmal Grimms gab, aber keine noch lebenden Zeugen.“

„Hm, hm! So also haben sie ihn eingeschleust. Ich brauche dringend ein Foto von Vater Grimm aus Hanau.“

„Hab ich mir gedacht, deswegen habe ich nachgefragt. Ob du’s glaubst oder nicht, Mutter und Sohn behaupten, es gibt keins. Angeblich, weil er doch in Russland einen umgebracht haben soll.“ Er machte eine kurze Pause, ehe er fortfuhr: „Das ist aber noch nicht alles, Jakob! 1982 gab’s nochmals eine Anfrage nach dem Grimm in Hanau!“

„Was!? Wer denn diesmal?“

„Ein Anruf von einem Mann. Der Gemeindesekretär hat zu dem früheren Protokoll eine Aktennotiz verfasst, weil ihm möglicherweise irgendetwas komisch vorkam. Sein Kommentar lautete: ‚Etwas viel Interesse an Josef Grimm! Nachfragen!‘ Leider hat er weder den Namen des Anrufers dazugeschrieben, noch, was bei der Nachfrage herausgekommen ist. Ich habe ihn kontaktieren wollen, aber er lebt schon lange nicht mehr.“

Als Goritschnigg gerade zu Tranegger gehen wollte, stürmte Tomaschitz in sein Büro. Er war mit Jeans und Pullover bekleidet und völlig außer Atem, als wäre er den Marathon gelaufen.

„Chefinspektor Goritschnigg …, keuch, ich muss unbedingt …, keuch, mit Ihnen sprechen …, keuch. Haben Sie Zeit?"

„Was gibt's, Tommy? Wer ist denn hinter dir her?"

Tomaschitz drehte sich um. „Hinter mir her? Nein, ich werde nicht verfolgt. Es ist was anderes. Ich habe den Petrovic gesehen."

„Was? Der ist doch tot. Du hast ihn ja fast selbst aus dem See gefischt."

„Ich weiß, ich weiß, deshalb ist mir das ja auch so komisch vorgekommen."

Goritschnigg setzte sich wieder hinter seinen Schreibtisch und forderte Tomaschitz auf, sich ebenfalls zu setzten. „Nun erzähl mal von Anfang an."

Der lange dürre Beamte setzte sich umständlich auf die Stuhlkante und holte zuerst tief Luft. „Also das war so: Ich habe heute keinen Dienst, also gehe Ich zu meiner Mutter ins Krankenhaus – Sie wissen schon, die mit der Operation", als hätte er Mütter zum Auswählen, „die ist nämlich immer noch drin wegen der Komplikationen!" Tomaschitz machte eine kurze Pause, um dem Chefinspektor die Möglichkeit zu geben, nach den Komplikationen zu fragen. Als nichts kam, fuhr er fort: „Ich betrete die Station, da steht der Petrovic vor mir. Das heißt, eigentlich ist er gestiegen."

„Gestiegen?"

„Ja genau, er hatte einen Eimer und einen Besen in der Hand und ist die Treppe heraufgestiegen, die in den Untergrund führt."

„In den Untergrund?"

„Na, hinunter, wahrscheinlich in den Keller."

„Ah so. Du bist sicher, dass es der Petrovic war?"

„Ziemlich!"

„Was heißt das? War er's nun oder nicht?"

„Na ja, ich habe natürlich auch gedacht, der müsste doch tot sein und dass er jetzt da so gemütlich herumspaziert … Und wenn er schon nicht tot ist, müsste er doch im Gefängnis sein, oder nicht? Also hab ich ihn angesprochen."

„Du hast ihn angesprochen! Was hast du denn gesagt?"

„Hallo Herr Petrovic! Den hat's gerissen, das hätten Sie sehen sollen. Er schmeißt den Eimer hin und rennt davon."

„Und du, bist du ihm hinterher?"

„Hätte ich sollen? Ich war ja nicht im Dienst!"

„Ah so, ja natürlich, du warst nicht im Dienst. Was hast du denn dann gemacht?"

„Ich bin zu einer Schwester gegangen und hab gefragt, ob der Petrovic bei ihnen als Putzfrau arbeitet."

„Oh, sehr schlau! Was hat sie gesagt?"

„Welcher Petrovic?"

„Da haben wir's! Stecken doch alle unter einer Decke!"

„Neeeiiin! Diese Schwester doch nicht! Die kenne ich gut, ist eine Cousine meiner Tante Kreszentia. Die ist sauber."

„Was also hast du sonst für Schlüsse gezogen?"

„Dass der Petrovic unter falschem Namen dort arbeitet."

„Jaaa, da könntest du recht haben. Ich gehe der Sache nach! Danke, Tommy. Ach übrigens, alles Gute für deine Mutter. Wird schon wieder!"

Tomaschitz strahlte. „Danke, Herr Goritschnigg. Morgen darf sie nach Hause!"

„Na siehst du! Alles halb so schlimm!"

Sosehr Goritschnigg auch Tomaschitz' Geschichte misstraute – dass der falsche Petrovic bei Erwähnung des Namens davonrannte, gab ihm doch zu denken. Er rief Mozzolucchesi an, der aber nicht abhob.

Als er in Traneggers Büro kam, steckte der gerade in einem hitzigen Telefongespräch: „… Nein, das kann ich ausschließen … Wie kommen Sie bloß auf den Gedanken, er ist … Ja … Nein,

nein … Also lassen Sie uns doch … Nein, arbeiten, wollte ich sa…! Aufgelegt!“ Er knallte den Hörer auf den Apparat. „Du machst mir Probleme, Jo!“ Oje, ‚Jo‘ sagte er nur, wenn er wirklich zornig auf Goritschnigg war.

„Der Gaugusch schon wieder?“

„Genau der! Und er möchte dich zum Frühstück serviert bekommen!“

„Wegen der Kogelnig?“

„Was fragst du mich, wenn du’s eh weißt!“

„Diese Kanaille, die hat doch überhaupt kein Rückgrat. Geht sich immer gleich ausweinen! Es sind noch keine paar Stunden her, dass ich bei ihr war.“

Tranegger schaute Goritschnigg zornig an: „Um das geht’s nicht. Sie fühlt sich verfolgt! Hausmeisterin, Nachbarn, alle setzen ihr angeblich zu und sie vermutet dich dahinter. Ob sie verdächtigt wird, möchte sie wissen und warum man sie nicht in Ruhe lässt, wenn sie *nicht* verdächtigt wird! Sie will eine Klage wegen Amtsmissbrauch einreichen.“

Jetzt wurde Goritschnigg zornig. „Also das ist doch …! Die Kuh hat irgendwelchen Dreck am Stecken und ich komme dahinter, was das ist, das verspreche ich dir und dann reibe ich das ihr und dem sauberen Stadtrat untere die Nase.“

„Das wirst du schön bleiben lassen! Es gibt keinerlei Verdacht gegen sie.“

„Ich rede auch nicht von der Lüttje-Sache. Es geht da um etwas ganz anderes, vermute ich.“

Tranegger seufzte. „Tu, was du nicht lassen kannst, ich kann’s dir sowieso nicht ausreden. Also, was gibt’s Neues?“

„Nicht viel, außer dass der Grimm ein Betrüger, der Petrovic quicklebendig und die Saltrytschkowa aufgetaucht aber wieder verschwunden ist.“

„Na toll!“

Goritschnigg erzählte die Neuigkeiten und Tranegger wiederholte: „Na toll! Und zu viele Blondinen für meinen Geschmack!

Dabei mag ich kein Blond. Diese Russin führt uns absichtlich an der Nase herum. Entweder traut sie uns nicht und schaut einfach zu, wie weit wir kommen oder sie führt etwas Böses im Schilde. Solltest du dich nicht langsam selbst um sie kümmern, statt sie dem Mozzolucchesi zu überlassen."

„Würd' ich ja gern, aber es gibt anderes zu tun. Gib mir mehr Leute."

„Würd' ich ja gern, aber es ist Urlaubszeit, wie du weißt ...", Tranegger hob resigniert die Schultern, „... und alle, die nicht in den Ferien sind, sind voll beschäftigt damit, die Urlauber *hier* zu beschützen", fügte er sarkastisch hinzu. „Was hast du jetzt vor?"

„Wir müssen eine Anfrage nach dem Josef Grimm an die Behörden in St. Petersburg richten. Kann jemand Russisch hier?"

„Wir könnten doch diese Russin dafür nehmen."

„Nein, die nicht! Der trau' ich nicht über den Weg. Außerdem ist sie ja wieder verschwunden, wie ich schon sagte."

„Ist sie denn in der Wohnung ihrer Schwester noch nicht aufgetaucht? Hat sie den Schlüssel überhaupt schon abgeholt?

„Nein, hat sie nicht und ich glaube, den braucht sie gar nicht, denn sie dürfte schon längst einen haben. Sie war bereits vor unserem o.k. dort. Das hat sie sowieso nur gebraucht, um sich abzusichern. Sie hat einen Stapel Prospekte mitgenommen, die auf dem Couchtisch gelegen sind, als wir da waren."

„Prospekte?"

„Ja, von Restaurants und Ferienorten in Kärnten. Zwei der Prospekte hat sie dagelassen und sie so platziert, dass wir sie finden. Das eine ist von der Griffner Tropfsteinhöhle, das andere von dem Restaurant ‚Sofia' in Krumpendorf."

„Das ‚Sofia'? Ein feines Restaurant mit viel Werbematerial für die bulgarische Hauptstadt. Was hat das mit der Lüttje zu tun?"

„Keine Ahnung, aber sie hat es einmal während eines Telefonats in der Rettungsstation erwähnt und so getan, als wäre ‚Sofia' ihre Schwester, obwohl die ja Ilona heißt."

„Vielleicht wollte sie dort nur essen gehen und vielleicht hat sie noch eine Schwester."

„Alles ist möglich und nix is fix. Aber dieses Lokal schau ich mir jetzt mal an."

Goritschnigg gab Susi den Auftrag, im Internet nachzuschauen, was über das ‚Sofia' zu finden ist. Kurze Zeit später berichtete sie, dass die Recherche über das ‚Sofia' nicht viel mehr gebracht habe, als ohnehin in dem Prospekt stand: Ein bulgarisches Restaurant und Varieté in Krumpendorf; außer montags täglich ab 18 Uhr geöffnet. Es gehörte einem Mann namens Salvan Soronics. Wie erwartet gaben weder das Finanzamt noch die Gewerbebehörde Auskünfte über einen ihrer ‚Klienten'.

Goritschnigg kannte das Restaurant. Er war einmal mit seiner Frau dort essen gewesen. Die Küche war zweifellos gut, aber Goritschnigg hatte keine Sehnsucht nach einem zweiten Besuch gehabt, denn es war ihm schlichtweg zu teuer und außerdem zu exklusiv. Die Varieté-Vorführung war mehr als dürftig, aber im Menüpreis inbegriffen. *Dafür* wiederum war es nicht extrem teuer, aber man ging ja auch zum Essen hin und nicht wegen der, zugegebenermaßen hübschen, Tanzhäschen. Goritschnigg hatte sich damals gefragt, wie sich der Betrieb rechnen konnte, noch dazu, da das Lokal fast leer war – an einem Freitagabend! Er hatte sich zwar seine Gedanken gemacht, denn der Verdacht auf einen Geldwäschebetrieb war ihm schon gekommen, hatte dann aber nicht weiter nachgeforscht, denn erstens ging ihn das nichts an und zweitens war ihm klar: Bei einem Tatbestand würde man diesen Betrieb schließen und woanders einen aufmachen.

Die Fahrt nach Krumpendorf dauerte etwa fünfzehn Minuten. Der Badeort lag am Nordufer des Wörthersees, vier Kilometer von Klagenfurt entfernt. Kurz nach der Ortstafel von Krumpendorf befand sich auf der rechten Seite das Lokal. Es machte von außen keinen pompösen Eindruck: Ein einfacher, langgezogener, gelb gestrichener Bau. Das Portal bestand aus einer Doppeltür aus Glas mit einer grünen Einfassung. Links davon gab es eine Reihe von Bogenfenstern. Um diese Uhrzeit war das Restaurant noch geschlossen. Er ging um das Gebäude herum und klopfte an die Hintertür, die wohl für Lieferanten und Personal gedacht war und vermutlich zu den Wirtschaftsräumen führte. Nach mehrmaligem Klopfen und als er sich schon zum Gehen wenden wollte, öffnete ein Mann in weißer Schürze. Unfreundlich fragte er: „Was wollen Sie?“ Der Mann sprach Kärntnerisch.

Goritschnigg zeigte seinen Ausweis und verlangte den Chef zu sprechen. Augenblicklich wurde der Mann freundlich. „Entschuldigen Sie“, sagte er, „war im Weinkeller und habe Sie nicht gleich gehört. Herr Soronics ist um diese Zeit noch nicht da. Mein Name ist Kurt Adamitsch und ich bin der Chefkoch. Aber kommen S‘ doch herein.“

Goritschnigg betrat das Haus und wurde an der Küche und einigen Türen vorbei ins Lokal geführt.

Adamitsch stellte sich hinter die Bar und sah den Chefinspektor fragend an. „Darf ich Ihnen etwas zu trinken anbieten?“ Er goss sich ein Mineralwasser ein.

„Auch so ein Wasser bitte. Wann ist Ihr Chef hier?“

„Darf ich erfahren, worum es geht?“

„Dürfen Sie, wenn Sie mir sagen, wann ich Herrn Soronics hier antreffen kann.“

Adamitsch wurde etwas reservierter. „Um fünf müsste er da sein. So genau weiß man das bei ihm nie. Und worum geht’s jetzt?“

„Sagt Ihnen der Name Petrovic etwas?“

Goritschnigg beobachtete den Mann genau. Wenn er Petrovic kannte, hatte er sich auf jeden Fall gut im Griff, oder er war auf die Frage vorbereitet. Er zögerte nur den Bruchteil einer Sekunde, dann stützte er sich mit den Ellbogen auf die Theke und legte die Stirn in Falten. „Petrovic? Petrovic? Warten Sie, der Name kommt mir bekannt vor. Stand da nicht etwas in der Zeitung über den?“

„Er wurde im See treibend aufgefunden. Ertrunken!“

„Nein, das meine ich nicht. Da war doch etwas anderes, nicht wahr?“ Der Kerl wusste genau, was es war. Guter Schauspieler, der Mann. „Ach, jetzt fällt’s mir wieder ein. Er ist aus dem Gefängnis geflohen, stimmt’s?“ Er richtete sich auf. „Und nun ist er tot, sagen Sie? Da hat er sich aber nicht lange an seiner Freiheit erfreut. Was sagt man dazu!“

„Wie das Leben halt so spielt. Er hätte besser in der *Besserungsanstalt* bleiben sollen. Dann würde er zumindest noch leben. Die Luft in der Freiheit ist oft auch nicht die gesündeste. Was meinen Sie?“

Adamitsch nahm ein Geschirrtuch zur Hand und begann, ohnehin schon saubere Gläser noch sauberer zu schrubben. „Ich meine gar nichts, Herr Inspektor. Sich aus allem, was *Besserung* verspricht, raushalten ist die beste Überlebensstrategie.“

„Wie man’s nimmt!“ Goritschnigg leerte das Glas Wasser in einem Zug. „Wo wohnt der Chef?“

„Keine Ahnung! Er hat mich noch nicht zu sich nach Hause eingeladen. Er wohnt irgendwo am See, das zumindest weiß ich, weil er täglich schwimmen geht.“

„Im See? Oder hat er einen Swimmingpool?“

„Wozu braucht er einen Pool, wenn er den See vor sich hat?“

„Seltsam, dass Sie nicht wissen, wo Ihr Brötchengeber wohnt.“

„Hören Sie!“ Adamitsch zeigte endlich Nerven. „Er ist noch nicht so lange da und wir sind nicht sonderlich vertraut miteinander.“

„Wie lange ist er denn da?“

„Drei, vier Monate?“, sagte Adamitsch in fragendem Ton.

„So, so, drei, vier Monate? Und waren *Sie* vorher schon da?“

„Ich gehöre hier zum Urgestein, Mann. Bin seit sechs Jahren Chefkoch und der Laden würde ohne mich gar nicht laufen. Das wussten alle meine bisherigen Chefs und lassen mich deswegen in Ruhe.“ Und nach kurzer Pause fügte er hinzu: „Und ich sie auch! Deswegen komme ich mit jedem gut aus.“ Er stützte sich wieder auf die Theke. „Und auch mit der Polizei“, sagte er mit einem freundlichen Grinsen.

„Wie schön für Sie! Was heißt das: Alle bisherigen Chefs? Wie viele hatten Sie denn in sechs Jahren?“

„Soronics ist der vierte.“

„Waren das Besitzer oder Pächter oder nur Geschäftsführer?“

Adamitsch sagte grinsend: „Ich bin nur der Koch! Ich denke, das müssten Sie besser wissen als ich, oder sollten Sie sich nicht über uns erkundigt haben!“

Goritschnigg ging nicht darauf ein, sondern fragte: „Wann beginnt das Varieté-Programm bei euch?“

„Um sieben.“

„Und wann sind die Mädels da?“

„Normalerweise ab fünf. Sie üben ein bisschen und ziehen sich dann um.“ Er grinste süffisant. „Saubere Miezen, sag ich Ihnen!“

„Kann man die mieten?“ Goritschnigg ballte eine Hand zur hohlen Faust und schlug mit der zweiten Hand drauf. „Sie wissen schon, was ich meine.“

Adamitsch grinste noch anzüglicher. „Wohl Gusto, Herr Inspektor!“ Dann wurde er ernst. „Aber zu haben sind die nicht.“

„Na gut! Wenn Sie Ihren Chef dann anrufen, sagen Sie ihm, dass ich wiederkomme. Und nicht, um zu essen!“ Goritschnigg verließ das Lokal auf dem Weg, den er gekommen war.

Der Koch blickte ihm mit einem teils spöttischen, teils besorgten Gesichtsausdruck nach. Als er die Tür ins Schloss fallen hörte, griff er zum Telefon. Nach dreimaligem Klingeln wurde abgehoben und er sprach in die Muschel: „Chefinspektor Goritschnigg war da, hat nach dem Petrovic gefragt, der im See ertrunken ist und ob man die Mädchen zum Bumsen haben kann. Ach ja, er wollte auch wissen, ob Sie einen Swimmingpool haben. Haben Sie einen?“

Goritschnigg fuhr in die Wagner Siedlung, wo er Frau Strauss aufsuchte. Sie war hocherfreut über den Besuch des Kriminalbeamten und sprudelte gleich los: „Was kann ich diesmal für Sie tun, Herr Kommissar? Über die Lüttje habe ich weiter nichts erfahren", sagte sie bedauernd, „aber ich bleibe am Ball ..."

„Deswegen bin ich nicht hier, Frau Strauss. Sie sind doch so gut informiert über die Mieter. Was wissen Sie über Frau Kogelnig? Hat sie oft Besuch? Geht sie oft aus? Wer geht aus und ein? Welche Unterwäsche trägt sie? Welche Zeitung liest sie?"

Die Frau schaute den Chefinspektor skeptisch an. „Das wollen Sie alles wissen? Na gut, das meiste kann ich beantworten. Also, sie liest die ‚Kärntner Zeitung'. Ausgehen tut sie regelmäßig: Sie hat ein Theater-Abo und ist auch sonst immer wieder abends unterwegs; ich weiß aber nicht, wo sie da hingeht." Sie zuckte bedauernd mit den Schultern. „Besuch bekommt sie nicht; zumindest habe ich noch keinen gesehen. An den Wochenenden fährt sie regelmäßig fort. Ihre Unterwäsche kenne ich leider nicht, weil sie nie die Wäscheleine draußen benutzt." Mit Verschwörermiene beugte sie sich zu dem Beamten: „Wenn sie mich fragen, geniert sie sich und hat einen Wäschetrockner."

„Sie sind ja ein wahres Lexikon, Frau Strauss. Sie könnten ein Auskunftsbüro aufmachen. Wissen Sie auch etwas über Ihre Arbeit als Verwalterin des Strandbads?"

„Ach, da arbeitet sie! Das hat sie aber ordentlich geheim gehalten. Wahrscheinlich wollte sie nicht, dass man sie um Freikarten angeht! Was ich noch über sie weiß, ist, dass sie früher Politikerin war. Sie saß für die Freiheitlichen in der Landesregierung. Dann war irgendwas; ich weiß nicht genau; irgendeine Unregelmäßigkeit, die man ihr in die Schuhe geschoben hat, sagt sie."

„Wann war das?"

„Das war vor ein paar Jahren – kurz nach dem Tod Ihres Mannes. Der ist an Krebs gestorben, wissen Sie, und hat ihr nichts hinterlassen, hat sie gesagt. Sie mussten ihr schönes Haus verkaufen. Deshalb ist sie dann in diese Wohnung gezogen."

„Welches Haus?“

„Na, das Haus am Wörthersee. Das liegt bei Pörtschach. Er hat so viele Schulden gemacht, weil er sich verspekuliert hat. Er war Geschäftsmann und ist bei einer Autofirma eingestiegen, die Pleite gemacht hat und er musste die Scherben aufklauben. Er hat das wohl nicht verkraftet und ist krank geworden. Leberkrebs! Ging sehr schnell, hat sie gesagt. Damals hat sie mir richtig leidgetan, aber dann hat sie sich so aufgespielt als was ‚Besseres‘, und seitdem ist sie mir unsympathisch.“

Goritschnigg läutete bei Erna Kogelnig im ersten Stock, aber die Dame war nicht zu Hause. Dann rief er Susi an, um ihr den Auftrag zu geben, die Villen am Wörthersee – mit und ohne Swimmingpool – von Klagenfurt bis Pörtschach auf den Namen Kogelnig, betreffend Kauf oder Verkauf, bzw. Vermietung, zu überprüfen und das Jahre zurück.

„Die Kogelnig, Mädchen, die wird mir immer suspekter. Die war mal Politikerin und hat ihr Mandat verloren, nachdem ihr Mann einen geschäftlichen Crash hingelegt hat, worauf sie ihre Villa am See verkaufen mussten und sie irgendwas gedeichselt hat, das möglicherweise nicht ganz astrein war und damit hat sie ihren Mann in den Tod getrieben. Das ist in einem Satz die Tragik einer Frau, die nicht damit fertig wird, dass das Schicksal sie ordentlich beutelt. Deshalb checkst du ihr Leben ebenfalls akribisch. Und das bis gestern!“

„Nee – das bis morgen, Herr Chefinspektor? Ich gehe jetzt nach Hause; meine Dienstzeit ist zu Ende. Der Lebenslauf dieser Madame wird auch morgen noch derselbe sein.“ Damit legte sie auf. Hätte Susi in dem Moment Goritschniggs Gesichtsausdruck gesehen, sie hätte den Mund vielleicht nicht so voll genommen. Er stand kurz vor einer Explosion, besann sich aber, weil er wusste, dass es ohnehin keinen Sinn hatte, sich aufzuregen.

Umso überraschter war er, als er bei seiner Rückkehr die junge Frau in ihrem Büro vorfand.

„Was tut man nicht alles für ein gutes Betriebsklima“, sagte sie schelmisch, „außerdem war ich neugierig.“

„Betriebsklima … ha! Du hast dich vor einem größeren Erdbeben bewahrt.“

Sie schmollte. „Willst du jetzt mit mir über Dienstauffassung streiten oder willst du wissen, was ich herausgefunden habe?“

„Schieß los!“

„Ich habe einen Bekannten angerufen, der in der Politik tätig ist und Insiderwissen über alle Parteien hat. Er wusste über die Kogelnig Bescheid. Sie wurde von ihrer Partei abgesägt, weil sie versucht hat, einem Ausländer einen Posten zu verschaffen.“

„Aber das machen sie doch alle!“

„Ja, aber nicht, indem sie den Parteivorsitzenden erpressen.“

„Wie das? Womit denn?“

„Die Freiheitliche Partei hat doch immer das Image der Sauberkeit und Integrität verbreitet – zumindest ist das vor Jahren noch hineingegangen. Jetzt schaut‘s ein bissl anders aus, aber damals wäre es eine Katastrophe gewesen, wenn man etwas nicht ganz Astreines über den Mann erfahren hätt‘.“

„Weiß dein Bekannter, was es war?“

„Nein, leider nicht. Die Kogelnig hat ihren Willen durchgesetzt, musste dann aber den Hut nehmen.“

„Was ist mit den Villen?“

„Die ehemalige Kogelnig-Villa liegt bei Pritschitz. Heute gehört sie einem gewissen Lieu…“ Sie sah auf einem Zettel nach.

Goritschnigg hob die Augenbrauen. „Lieutschnig, aha! Sie scheint unbenutzt zu sein. Aber das ist mir ein bisschen zu viel Zufall. Kannst du herausfinden, ob es einen Mieter gibt?“

„Mach ich. Muss ich jetzt alle anderen Villen noch checken bis zum Jahre Schnee?“

„Nein, ich glaube, das reicht vorläufig. Der Mozzo hat schon damit genug zu tun. Hat dein Bekannter gesagt, für wen die Kogelnig die Bröseln mit der Partei hatte.“

„Nein. Das hat er leider nicht erfahren können.“

Mittwoch

Als er um neun Uhr ins Präsidium kam, eilte ihm Susi aufgeregt entgegen. „Da hat gerade einer angerufen. Er sagte, er ist der Zellengenosse von dem Petrovic gewesen und er weiß von einem Besuch der Lüttje bei seinem ‚Kollegen'."

Goritschnigg pfiff durch die Lippen. „Holla, langsam kommt Bewegung in die Sache. Hast du ihn gefragt, wann das war?"

„Natürlich!" Sie reichte ihm ein Blatt Papier. „Hab das Wichtigste auf dem Zettel da aufgeschrieben. Er heißt Raininger, Josef Raininger und sitzt wegen Einbruchs schon seit eineinhalb Jahren. Der Besuch war vor ca. drei Monaten. Mehr wollte er nicht sagen, ohne dass er einen Vorteil zugesagt bekommt. Ich habe ihm gesagt, dass ich das nicht entscheiden kann, da hat er geflucht und aufgelegt."

Er wählte die Nummer der „Besserungsanstalt" und nach wenigen Minuten hatte er den Direktor dran. „Ah, Grüß Gott, Herr Rabuschnig. Goritschnigg hier, ich möchte in einer halben Stunde den Raininger sprechen." Er schaute auf den Zettel. „Josef Raininger, Zelle 423 … Was ich von ihm will? Er hat bei uns angerufen … Ja, ich weiß, dass er der Zellengenosse von dem Petrovic war … Nein, weiß ich nicht, was er mir mitteilen möchte. Würden Sie ihn bitte in den Besucherraum bringen, nicht in das Verhörzimmer. Es sollte aber sonst niemand anwesend sein … Ja danke, danach komme ich zu Ihnen." Er legte den Hörer auf und wandte sich an die Sekretärin. „Ist ein bisschen nervös, der Herr Besserungsanstaltsdirektor."

Die ‚Besserungsanstalt' lag bei Atschalas, nordöstlich von Klagenfurt. Goritschnigg schaffte den Weg in zwanzig Minuten. Man führte ihn zu dem Raum, in dem die Häftlinge ihre Besucher sehen können. Der nüchterne Raum war leer bis auf einfache Tische und Stühle, ein paar Tafeln mit Verhaltensregeln an der Wand und einem Erste Hilfe Kasten oberhalb der Tür. Ein kleiner drahtiger Mann mit pomadisiertem schwarzem Haar und Dreitagebart, der an einem der vorderen Tische saß, blickte ihm finster entgegen. In aggressiven Ton sagte er: „Erstens will i an Kaffee und zweitens sag i Ihnen gar nix, wenn Sie mir nit an Strafnachlass zusag'n."

Goritschnigg drehte sich um und ging zurück zur Tür. „Dann auf Wiedersehen, Herr *Rainer*."

Der Mann stand auf und kam Goritschnigg wütend nach. „I haß *Raininger,* Bulle! Und so springen S' mit mir nit um, wenn i was für Sie hab, das Sie brauch'n."

Goritschnigg wendete sich langsam zu dem Mann um und sagte ruhig: „Was hast du denn, was ich brauchen kann? Bis jetzt hast du nur schlechte Manieren!"

Schmollend zog sich der Häftling zurück und setzte sich mit dem Rücken zum Chefinspektor an einen Tisch ganz hinten in dem Raum. Goritschnigg öffnete die Tür und sagte zu dem Beamten, der draußen stand: „Bringen Sie dem *Herrn* einen Kaffee", und mit Blick auf Raininger fügte er laut hinzu: „*Bitte*!" Dann setzte er sich zu dem Mann, der nun wie ein Häuflein Elend dasaß und sofort zu jammern anfing:

„Zwa Johr hab i noch, trotzdem i unschuldig bin. Is das gerecht, Herr Inspektor? Und Sie woll'n mir ka bissl helf'n."

Goritschnigg unterbrach ihn: „Hör schon auf, sonst kommen mir noch die Tränen. Auf frischer Tat ertappt und unschuldig – dass ich nicht lach'. Dreimal schon erwischt und eingebuchtet – also deppert noch dazu! Sag, was du zu sagen hast und nerv mich nicht."

Der Wachebeamte brachte den Kaffee und stellte ihn demonstrativ auf einen anderen Tisch. „Trottel!", zischte Raininger dem Beamten nach. Goritschnigg stand auf und holte den Becher. Er hielt ihn dem Häftling hin. Als dieser danach griff, zog er ihn zurück. „Ich höre", sagte er.

Raininger seufzte: „Ka Liebe auf dieser Welt. Also gut! Im April hat der Petrovic Besuch von einer Frau 'kriegt. Er hätt' mir ja nix g'sagt, wenn i die beiden nit zufällig g'sehn hätt', weil i a Besuch g'habt hab. Wir waren grad fertig, wie die beiden eine'kommen sind. I hab ihn dann so lang g'löchert, bis er mir die Sache verraten hat."

Goritschnigg konnte sich das ‚Löchern' vorstellen: „Du hast ihm eine auf die Birne gegeben, stimmt's!"

„Na ja, bei dem hat man immer a bissl nachhelfen müssen. Der war stur wie a Bock. Aber es war nit damals, dass i ihn ‚gedrängt' hab, mir was zu verraten, sondern erst a paar Tag' vor seinem Verschwinden, weil er meine Unterstützung gebraucht hat. Ich sollt' sagen, dass er schon länger wegen Bauchschmerzen klagt."

„Wie kam er zu der Medizinerin?"

„Er hat mir verrat'n, dass *sie ihn* kontaktiert hat wegen an gewissen Mädel, das verschwunden sein soll. Er hat ihr g'sagt, dass er waß, wo sie is, weil er damals g'holfen hat, sie wegz'bringen. Er wollt' ihr oba erst sagen, wo sie is, wenn sie ihn außeholt. Er hätt' noch anahalb Johr absitzen müssen und das war ihm z'lang. Sie hat ihm versproch'n, dass sie das macht, wenn er sie zu der Trutsch'n führt. Ob er *wirklich* g'wusst hat, wo sich die Klane *heut* befindet? Was waß i?"

„Und was soll ich jetzt mit der Information anfangen? Dass der Petrovic etwas mit dem verschwundenen Mädchen zu tun hatte, weiß ich schon. Was also hättest du mir denn anbieten wollen für eine Gegenleistung von mir?"

Der Raininger schaute den Chefinspektor verschlagen an: „Etwas waß i wohl noch, aber das kriegen S' nit ohne a Zuckale für mi!"

„Mach keine Faxen! Ich kann dir das Leben hier drin auch schwermachen."

Der Häftling beugte sich ganz nah zu Goritschnigg, dem er seinen schlechten Atem ins Gesicht blies, als er gepresst sagte: „Kannst du nit, Bullenorsch. Hier drin bin i vor Leuten wie dir sicher, glab mir. Wenn du nit mit was außeruckst, is Sense mit der Information, wo er das Gör *damals* hingebracht hat. Das hat er *mir* nämlich g'sagt."

„Nachdem du ihn gelöchert hast?"

„Genau!".

Goritschnigg stand auf. „Du glaubst doch nicht, dass ich auf dich reinfalle. Du kannst mir sowieso nichts verraten, was ich nicht schon weiß. Ich sage nur: ‚Sofia'!"

Raininger glotzte Goritschnigg an und machte dann dicht, indem er die Arme verschränkte und bockig zu Boden starrte: „*Sofia,* nie g'hört! I waß nix und Ihnen sag i schon gar nix mehr. Der miese Hund hat g'sagt, dass er nit amol der Arzttussi sag'n wird, wo sie is, wenn er frei is."

Goritschnigg trat wieder an den Tisch heran. „Warum wollte er es der Ärztin nicht verraten?"

„Weil er …! Halt, was krieg i dafür?"

Goritschnigg stütze sich auf der Stuhllehne und der Tischkante auf und beugte sich zu Raininger hinunter. „Du kriegst von mir ein Verfahren wegen Beamtenbeleidigung angehängt von wegen ‚Bullenorsch' …", er holte ein Tonbandgerät aus der Hosentasche, das er dem Häftling unter die Nase hielt, … wenn du nicht sofort den Mund aufmachst."

Der Mann schimpfte: „Miese Tricks, das! Aber was kann man schon von euch Bul…", besann sich aber, dass es vielleicht klüger wäre, keine weiteren Beleidigungen auszusprechen, so sagte er nur missmutig: „Er hat g'sagt, dass er sei Wissen als Lebensversicherung noch brauchen wird." Trotzig schaute er den Chefinspektor an. „Hat ihm wohl nix g'nutzt!"

Goritschnigg suchte das Büro des Anstaltsleiters auf. Der dicke Mann mit der Glatze, dem Doppelkinn und den dunklen Kulleraugen war ihm noch nie besonders sympathisch gewesen. Dementsprechend begrüßte er den Beamten. Der Direktor kam dann gleich zur Sache: „Würden Sie mir bitte erklären, was Sie mit dem Raininger zu tun haben?"

Der Chefinspektor setze sich unaufgefordert und erwiderte höflich: „Mit dem Raininger habe ich nichts zu tun. Er hat bei uns angerufen, um uns mitzuteilen, dass der Petrovic von Dr. Lüttje Besuch bekommen hat."

Erstaunt fragte der Direktor: „Und was hatten *die beiden* miteinander zu tun?"

„Das war die Frage! Leider hat ihm der Petrovic nichts erzählt, was ich nicht schon wusste."

„Sie haben ihm ganz schön zugesetzt!"

„Ah, Sie haben zugeschaut? Die Kamera haben Sie aber gut verborgen. In dem Erste-Hilfe-Kasten über der Tür, vermute ich. Dachte mir schon, was der dort oben macht, wo niemand so schnell hinkommt, wenn er gebraucht werden sollte."

Reserviert sagte Rabuschnig: „Es sind Medikamente drin. Die platziert man nicht in Reichweite der Insassen. Sie haben das Gespräch mit dem Raininger auf Band aufgenommen. Sie wissen, dass das nicht erlaubt ist."

Goritschnigg grinste, als er das Tonbandgerät aus der Tasche holte. Er schaltete es ein. Elvis Presley schmetterte einen heißen Rock'n Roll. „Ich liebe diese Oldies und habe sie immer bei mir, damit mir nicht fad wird, wenn ich warten muss!"

Der Direktor verzog das Gesicht. „Sagen Sie", fuhr Goritschnigg fort, „Müssen die Besuche angemeldet und genehmigt werden?"

„Zu den normalen Besuchszeiten – das ist mittwochs von zehn bis elf – braucht man keine Anmeldung oder Genehmigung, wenn es sich um die Angehörigen handelt. Die Leute werden registriert und das war's. Außertourliche Besuche meldet man, telefonisch oder per E-Mail, in der Verwaltung an, wobei der Besucher Namen und Grund angeben muss."

„Wer nimmt die Anmeldungen entgegen?"

„Wer gerade im Büro ist."

„Könnte man feststellen, wer die Genehmigung im Fall Lüttje erteilt hat?"

„Kommen Sie mit.“ Sie gingen aus dem Raum und der Direktor bat die Sekretärin, im Computer die Datei aufzurufen, die alle Besuchsanfragen und -genehmigungen enthielt.

„Wann soll denn das gewesen sein?“, fragte sie.

„Im April. An dem Tag hatte angeblich auch der Raininger Besuch.“

Die Sekretärin scrollte durch die Aufzeichnungen im April, dann blickte sie irritiert auf. „Der Raininger hatte am 14. April Besuch von seinem Anwalt. Für den Petrovic ist kein Besuch eingetragen, auch kein Antrag.“

„Sind Sie sicher, dass die Dame da war?“, fragte der Anstaltsdirektor.

„Ich? Wieso soll *ich* sicher sein? Ich habe nur die Aussage von dem Raininger. Fragen Sei Ihre Leute, die müssen sie doch reingelassen haben.“ Goritschnigg beugte sich vor. „Außerdem haben Sie ja noch Ihren ‚Spion‘. Wird der bei jedem Besuch eingeschaltet und wie lange hebt Ihr die Bänder auf?“

„Der ‚Spion‘, wie sie es bezeichnen, ist sicherheitshalber immer bei Besuchen eingeschaltet, aber wenn es keinen Vorfall gegeben hat, heben wir die Bänder nicht auf.“ Eisig fragte er: „War das alles?“

„Nicht ganz. Könnte ich mit den Beamten sprechen, die im April Dienst hatten. Es müssen ja wohl der Mann an der Pforte als auch die Aufsichtsbeamten etwas bemerkt haben, wenn nicht Dr. Lüttjes Geist vielleicht den Besuch gemacht hat.“

Die Beamten, die gerade anwesend waren, gaben einhellig an, dass sie zwar an dem fraglichen Tag Dienst hatten, sich aber an keine Besuche für dien Petrovic erinnern könnten. Der ‚zu Bessernde‘ habe sich bestimmt nur wichtigmachen wollen. Die Blessuren in Petrovics Gesicht habe man wohl bemerkt, aber eine kleine Meinungsverschiedenheit der beiden dahinter vermutet, was öfter vorgekommen sei.

Goritschnigg war klar, dass Lüttje sie reichlich gesponsert hatte. Er beabsichtigte nicht, die Beamten in Schwierigkeiten zu bringen, denn er wusste um die geringen Gehälter und die miserablen Arbeitsbedingungen dieser Leute, deshalb ließ er sich von ihnen nur die Namen und Telefonnummern geben.

Auf dem Rückweg, der am Krankenhaus vorbeiführte, schaute er bei Dr. Wurzer rein. Er fand den Pathologen neben der Leiche einer jungen Frau, die nackt auf einem der Tische lag. „Tragisch, mein Freund. So junge Menschen müssen schon sterben. Manchmal verfluche ich meinen Beruf, wenn ich solche Fälle untersuchen muss. Ich pack' das nicht mehr lange."

„Woran ist sie gestorben?" Goritschnigg blickte in das Gesicht einer vielleicht Fünfzehnjährigen.

„Du wirst es nicht glauben, an einer Fehlgeburt. Verblutet! Sie war ein Junkie", er zeigte auf ihre Armbeugen. „Keine sechzehn Jahre alt. Die Mutter war gerade zur Identifizierung da. Die hat nicht mal mit den Augen gezuckt. Völlig ungerührt sagte sie: ‚Geschieht ihr recht, der Schlampe!' Dann ist sie abgerauscht und meinte noch: ‚Werft sie in die Anatomie. Die werden sich über einen so jungen Körper freuen'. Was sagt man dazu? Warum kriegen Leute Kinder, die sie gar nicht wollen?" Kopfschüttelnd beugte er sich über die Tote. „Gibt's was Neues?"

„Eine Frage: Wir haben einmal darüber gesprochen, dass du mit der Lüttje ein Problem hattest, als sie eine Drogentote wie die hier", er deutete auf das junge Mädchen, „sezieren sollte. Was ist da *genau* vorgefallen?"

Dr. Wurzer richtete sich auf. „Wie ich schon sagte, als sie erfuhr, dass eine Herointote auf einem der Tische im Sektionsraum liegt, wurde sie fast hysterisch, stürzte in den Raum, aber als sie das Mädchen sah, weigerte sie sich, die Obduktion durchzuführen. Das war irgendwann im Juni. Ich kann aber nachschauen, wann das Mädchen zu uns gebracht wurde. Komm mit."

Sie gingen in den Bereitschaftsraum, wo sie Dr. Rosenig, die junge Assistenzsärztin, an dem Schreibtisch über Papiere gebeugt vorfanden. Sie hob den Kopf und grinste. „Ah, Herr

Chefinspektor, Sie haben ja offensichtlich die Leiche, die Sie gesucht haben, im See gefunden!"

„Hab ich, hab ich! Ihr wolltet sie nicht haben, aber schließlich habt Ihr sie doch nehmen müssen."

Dr. Wurzer blickte zwischen den beiden hin und her und sagte ein wenig konsterniert: „Redet Ihr von Dr. Lüttje? Klingt ein bisschen pietätlos." Und dann barsch: „Dr. Rosenig, suchen Sie mir bitte den Akt Drasche Maria heraus."

Die junge Frau wurde rot. „Tut mir leid, aber wir reden von dem Petrovic, den der Chefinspektor vorige Woche hier vermutet hat." Sie wandte sich dem Aktenschrank zu, dem sie eine dünne Mappe entnahm und dem Pathologen reichte. Der schlug den Aktendeckel auf und zeigte Goritschnigg das erste Blatt, das die Daten und ein Foto der toten Frau enthielt. Es handelte sich um Maria Drasche, fünfundzwanzig Jahre alt. Dunkler Typ. Hübsches Gesicht. Obduziert am 14. Juni. Gestorben an einer tödlichen Heroindosis.

„Habt Ihr öfter solche Fälle?", fragte Goritschnigg den alten Pathologen.

„Gottseidank nicht."

Goritschnigg rief in der Abteilung für Drogenkriminalität an und bat um Auskünfte über eine Drasche Maria. Er erfuhr nach ein paar Minuten, dass man sie am 13. Juni unter der ‚Steinernen Brücke' am Lendkanal tot aufgefunden habe. Es habe sich eindeutig um einen ‚goldenen Schuss' gehandelt, den sie sich verpasst hatte. Ob man andere Jugendliche aus ihrem Umfeld kenne oder beobachte, wollte der Chefinspektor wissen, erhielt aber eine verneinende Antwort.

„Du hast gesagt, dass sie über alle Drogenfälle sofort informiert werden wollte. Hat sie außer der vagen Begründung, die du erwähnt hast, noch etwas gesagt?", fragte Goritschnigg den Pathologen.

„Mir nicht!" Dr. Wurzer zuckte mit den Schultern.

Dr. Rosenig mischte sich ein: „Mir hat sie einmal gesagt, dass Gott Drogen, Aids, Atombomben und so Zeug als Ersatz für die Pest geschickt hat, um die Menschheit zu reduzieren."

„Sonst nichts?"

„Nein", sagte sie, „aber jetzt, wo Sie davon sprechen, muss ich Ihnen sagen, dass sie die Bitte um Informationen über Drogenfälle auch in der Notaufnahme hinterlegt hat. Ich habe ein Gespräch mitangehört: Sie sagte, dass man sie auch in der Nacht anrufen soll. Ich dachte mir, wenn sie die Welt retten will, dann wird sie viel zu tun haben."

Beim Hinausgehen aus dem Raum deutete er Dr. Wurzer, ihm zu folgen und die Tür zu schließen. „Ich sage dir jetzt etwas, von dem die Presse noch nichts weiß und das soll auch so bleiben. Wir wollen niemanden aufscheuchen oder warnen. Also halte dich bitte bedeckt: Dr. Lüttje hatte eine Tochter, die sie in Kärnten vermutete, deshalb war sie da. Das Mädel ist noch keine fünfzehn und soll drogensüchtig sein."

„Ich verstehe. Jetzt wird mir einiges klar. Deshalb hat sie mich gefragt, wo wir die erledigten Akten aufbewahren. Ich wollte wissen, ob sie etwas Bestimmtes sucht, aber sie sagte nur, sie interessiere sich generell für die Todesursachen junger Menschen."

Sein nächster Besuch galt der Zweiten Med. Es war ein schöner Tag und er war ein wenig in Gedanken über sinnlose Tode junger Leute, als er vor dem Gebäude fast mit Oberschwester Regina zusammenstieß, die es eilig zu haben schien.

„Oh, haben Sie mich erschreckt!", sagte sie außer Atem.

„Tut mir leid, war ein wenig gedankenverloren."

„Wollten Sie zu mir?"

„Ja, auch! Und zu Karel Petrovic, der hier arbeitet."

„Ist das nicht der, den Sie schon neulich als Leiche gesucht haben?"

„Genau der!"

Sie grinste. „Sie sollten sich langsam entscheiden, ob der Herr nun tot oder lebendig ist!“

„Das klingt jetzt vielleicht blöd, aber einer unserer Streifenbeamten hat ihn gestern auf Ihrer Kellerstiege mit Eimer und Lappen gesehen.“

„Derselbe, der die Lüttje mit einer nicht existierenden Leiche auf einem unserer Gänge gesehen hat?“, fragte sie skeptisch.

„Genau der!“

Nun lachte sie laut auf. „Sie sollten den Drogenkonsum auf Ihrer Polizeistation etwas einschränken, finden Sie nicht?“

Goritschnigg blieb ernst. „Tomaschitz ist zwar vielleicht nicht ganz so helle, aber er ist ein guter Beobachter. Und wenn er sagt, er hat den Petrovic gesehen, dann hat er jemanden gesehen, der ihm sehr ähnlichsieht.“ Goritschnigg holte das Polizeifoto des Petrovic, das bei seiner Verhaftung gemacht worden war, aus der Tasche und zeigte es der Schwester. „Arbeitet jemand, der dem hier ähnlich schaut, bei Ihnen? Als Pfleger oder Reinigungskraft, oder Monteur oder …“

Sie betrachtete das Foto genau und schüttelte dann den Kopf. „Leider nein, einen solchen Arbeiter gibt es bei uns nicht. Aber das Krankenhausgelände ist groß und es gibt viele Abteilungen. Jeder kann bei uns ein und aus gehen.“

„Das ist mit klar.“ Goritschnigg seufzte. „Dann wird es halt etwas mühsamer, ihn zu finden, als wenn Sie mir hätten sagen können: ‚Der Mann heißt Peter Paul‘!“

„Ich hab‘s nicht einfach, warum sollten Sie‘s einfach haben, Herr Chefinspektor!“

„Ja, warum nur?“

Sie verabschiedete sich und Goritschnigg stieg in den zweiten Stock, um auch Schwester Maria das Foto zu zeigen und zu fragen, ob der Pfleger, den sie am Dienstag gesehen hatte, diesem Mann ähnlich geschaut haben könnte. Sie meinte, es sei möglich, aber genau könne sie es nicht sagen, da sie ihn nur kurz von hinten gesehen habe.

Als er im Präsidium eintraf, teilte ihm Susi mit, dass man eine Russin, die als Lehrerin in Klagenfurt tätig sei, aufgetrieben habe und die für Übersetzungen zur Verfügung stehe. Sie habe viel zu tun und nur wenig Zeit, also wäre es hilfreich, wenn alles zur Übersetzung vorbereitet wäre. Um drei Uhr könne sie da sein.

Er nahm an seinem Schreibtisch Platz und setzte eine Anfrage mit mehreren Punkten an die Polizeidirektion in St. Petersburg auf: Was ist aktenkundig über Josef Grimm, bzw. Josip Grimow, über seinen jetzigen Aufenthalt und über eine Grimm'sche KGB-Akte? Er fragte nach Rosa Wuschtschenkowa und eine Ilona Saltrytschkowa und schließlich wollte er wissen, ob es eine Vermisstenanzeige bezüglich Barbara Wuschtschenkowa gibt.

Er rief Mozzolucchesi an, der am Morgen erneut das Moser aufgesucht hatte, nur um zu erfahren, dass die Russin nicht wiederaufgetaucht war. Dann hatte er einige Villen in Pörtschach und Krumpendorf abgeklappert, bei denen es laut Susis Recherche Unklarheiten über die Besitzer gab.

„Puh, bin ich fertig", klagte er, „bringt alles nichts. Hab keine Mörder, Vergewaltiger, Diebe usw. gefunden."

„Haben wahrscheinlich alle vor dir Reißaus genommen. Pass auf, du fährst jetzt nochmal zu der Lieutschnig-Villa und siehst dich etwas genauer um. Sie hat einmal der Kogelnig gehört. Du legst jetzt einen Gang zu und ob du satt bist oder nicht, ist mir absolut egal. Wenn jemand dort sein sollte, gebrauch eine Ausrede – aber eine vernünftige, hörst du! Um zwei Uhr stehst du dann hier auf der Matte. Besprechung!"

„Bei der Stimmung vergeht mir sowieso der Appetit." Leise fügte er hinzu: „Scheißbetriebsklima! Ausbeuter! Sklaventreiber!"

„Ich hab's gehört", sagte Goritschnigg lachend.

Danach ging er zu Tranegger und berichtete über die vormittäglichen Aktionen.

„Was wirst du jetzt tun?", fragte dieser.

Goritschnigg lehnte sich mit seinem Stuhl zurück und verschränkte die Arme hinter dem Kopf. „Ich nehme das ‚Sofia' auseinander! Dazu brauche ich Stan und Ollie!"

Tranegger stöhnte: „Oh Gott, Stan und Ollie? Willst du die bulgarische Mafia auf den Plan rufen, damit sie unsere zwei Clowns erwürgt?"

„Genau das!" Goritschnigg kippte wieder nach vorn. „Ich habe da eine grandiose Idee."

„Das kann ja was werden. Darf man den Plan erfahren?"

„Ich will eine Scheinaktion gegen die Leute unter irgendeinem Vorwand starten, die Stan und Ollie ausführen sollen, und dann warte ich ab, wie sie reagieren! Ich kann mich darauf verlassen, dass Stan und Ollie sich wie immer ziemlich dämlich anstellen und die Bulgaren sich nicht auskennen, aber nervös werden."

Tranegger runzelte die Stirn: „Was …"

„Wart's ab!"

„Aber vorher erfahre ich schon noch, was du beabsichtigst. Dazu brauchst du nämlich meinen Segen. So ohne weiteres bringst du die beiden nicht in Gefahr!"

Goritschnigg reagierte verärgert: „Natürlich, der Dienstweg wird eingehalten! Muss ich aber nicht schriftlich in fünffacher Ausführung einreichen, oder?"

Tranegger verdrehte die Augen. „Wann soll das starten?"

„Heute Abend! Um zwei Uhr möchte ich die beiden am Tisch haben und dann instruiere ich sie."

Um vierzehn Uhr trafen Tranegger, Tomaschitz, Smolnig und Mozzolucchesi zur Besprechung ein. Tranegger wandte sich an Goritschnigg: „Jetzt erklär mir bitte den Zweck der Aktion mit den beiden."

Goritschnigg sagte, dass er mit dem Soronics sprechen wolle und sie sollen währenddessen die Mädchen befragen. Es soll so aussehen, als ginge es um die Überprüfung ihrer Papiere: Pässe,

Aufenthaltsgenehmigungen usw. Ob sie etwas finden müssten, wollte Smolnig wissen, was Goritschnigg mit einem Achselzucken unbeantwortet ließ. „Ich glaube kaum, dass die kleine Wuschtschenkowa noch dabei sein wird., selbst, wenn sie da jemals als Tanzgirl aufgetreten ist."

„Was soll die ganze Sache dann?", fragte Tranegger.

„Wie ich schon sagte, den Hühnerstall aufscheuchen! Mich interessiert, wie sie alle reagieren und so weiter."

Misstrauisch fragte der Chef: „Was ist das ‚und so weiter'?"

„Hm, das hängt von den Reaktionen ab."

„Halt dich zurück, Mensch. Noch wissen wir nicht, ob das ‚Sofia' überhaupt etwas mit der Sache zu tun hat. Nur, weil du bei der Lüttje einen Prospekt gefunden hast, willst du das Lokal auseinandernehmen. Vielleicht war sie da nur essen."

Goritschnigg tippte sich an die Nase: „Riecher! Außerdem hat der Raininger, Petrovics' Zellengenosse, auch auf das ‚Sofia' reagiert."

„Kann Zufall sein. Der weiß doch gar nichts. In Gottes Namen, mach deine Aktion, aber …", Tranegger wandte sich mit einem Seufzer an die beiden Streifenpolizisten: „… behutsam!"

„Jawoll!" und „Jawoll!", sagten die beiden im Chor. Gerade, dass sie nicht salutierten! Goritschnigg wollte zwar nicht, dass sie behutsam vorgingen, aber er würde ihnen die *richtige* Vorgehensweis schon noch vor Ort beibringen.

Tranegger stand auf und wandte sich zum Gehen, als er kurz innehielt und zu Mozzolucchesi, der die ganze Zeit nur dagesessen und zugehört hatte, sagte: „Sie verzichten in der nächsten Zeit auf Ihren Morgenspaziergang, der manchmal bis Nachmittag dauert, dass das klar ist."

Ohne eine Antwort abzuwarten, verließ er den Raum und schloss die Tür geräuschvoll.

Mozzolucchesi wollte protestieren, also fragte Goritschnigg rasch: „Was war in der Lieutschnig-Villa? Wohnt inzwischen wer dort?"

„Nein, alles ruhig und unverändert. Der Lieutschnig ist noch auf Urlaub; kommt erst morgen zurück."

Mozzolucchesi verzog das Gesicht; dann fuchtelte er durch die Luft und rief aufgebracht: „Woherrr weiß der von meinen Stadterrrkundungsgängen? Kann er nur von dir wissen!"

Goritschnigg beugte sich vor und grinste. „Mach keine Witze! Jederrr hierrr weisss!"

Als Frau Miksche um Punkt drei Uhr kam, gab ihr Goritschnigg die Anfragen und sobald sie diese übersetzt hatte, schickten sie sie per E-Mail an die Polizeibehörde in St. Petersburg.

Dann zeigte er der Russin den Brief an Katja, den ihm Ilona mitsamt der Übersetzung gegeben hatte. Er bat sie, zu überprüfen, ob die Inhalte identisch seien. Sie las die Texte genau durch und meinte, dass sie im Wesentlichen übereinstimmten. Zwei Abweichungen seien ihr allerdings aufgefallen: Z.B. beginne der Brief mit den Worten: ‚Ich kenne nun das Land meiner Sehnsucht …'. In der Übersetzung hieße es aber: ‚Da bin ich nun im Land meiner Sehnsucht …'. Außerdem stehe in der Übersetzung ‚hier', im Original aber ‚in Deutschland'. Ansonsten seien nur geringfügige Veränderungen enthalten, da es im Russischen Worte gäbe, die man nicht einfach übersetzen könne, die seien aber präzise umschrieben worden.

Bevor sie sich verabschiedete, bat sie darum, nur für wichtige Angelegenheiten hinzugezogen zu werden, da sie in den nächsten Tage Intensivkurse halten müsse.

Goritschnigg hatte Tomaschitz und Smolnig für halb sechs zum ‚Sofia' bestellt und ihnen streng aufgetragen, ohne Blaulicht und Folgetonhorn vorzufahren. Um fünf vor halb stellte Goritschnigg seinen Golf auf dem Restaurantparkplatz ab, der gleich neben dem Lokal lag und bis auf einen schwarzen Porsche Carrera leer war. Stan und Ollie waren noch nicht da, kamen aber zwei Minuten später mit dem Streifenwagen.

Was sie denn eigentlich genau machen sollten, fragten sie ihn. Goritschnigg machte ein bedenkliches Gesicht und beugte sich mit konspirativer Miene zu den beiden vor. Leise sagte er: „Es geht um etwas ganz Spezielles. Ihr überprüft die Mädchen und passt auf, was vor sich geht, dann berichtet ihr mir. Ich verlasse mich auf euch und euer Gespür."

„Jawoll!", riefen beide im Chor.

Das Lokal war gegenüber seinem Besuch am Tag zuvor völlig verändert. Die runden Tische waren mit blütenweißen Tischtüchern gedeckt. Auf jedem Tisch gab es farblich mit den weinroten Servietten abgestimmte Blumen. Feinstes weißes Porzellan mit einem zarten roten Muster konkurrierte mit jeweils drei Gläsern für Wasser, Bier und Wein. Das Silberbesteck war auf das Menü ausgerichtet, das aus vier Gängen bestand, die man sich aus der Auswahlkarte selbst zusammenstellen konnte. Die roten Menükarten standen aufgeklappt auf jedem Tisch. Die Kerzen waren noch nicht angezündet, aber eine raffinierte Anordnung von Decken- und Wandleuchten in verschiedenen Abstufungen und Höhen erzeugten eine stimmungsvolle Atmosphäre.

An der dem Eingang gegenüberliegenden Bar stand ein großer Mann im Smoking. Er hatte dunkle Augen und schwarzes halblanges Haar, das in einer lockern Welle in seine Stirn fiel. Er wirkte elegant und weltgewandt. Als er den Chefinspektor erblickte, ging er auf ihn zu und streckte ihm freundlich lächelnd die Hand entgegen.

„Guten Abend", sagte er in ordentlichem Deutsch mit nur wenig Akzent, „mein Name ist Salvan Soronics. Chefinspektor Goritschnigg, nehme ich an." Sein Blick verdüsterte sich, als er die beiden Beamten erblickte, die hinter Goritschnigg das Lokal betraten. „Oh, Sie kommen mit schweren Geschützen. Liegt gegen mich etwas vor?"

Goritschnigg ließ sich durch das verbindliche Gehabe des Restaurantbesitzers nicht täuschen. „Wir führen nur eine

Routinekontrolle durch. Sie wissen schon – illegale Beschäftigte und so! Dazu müssen wir Ihre Mädchen und das Personal überprüfen. Wenn die Papiere in Ordnung sind, sind wir auch gleich wieder weg."

Soronics sagte konsterniert: „Aber es war doch erst vor zwei Wochen jemand da. Gibt es einen konkreten Verdacht oder suchen Sie jemanden?"

„Um ehrlich zu sein, es gibt da etwas, aber darüber darf ich Ihnen natürlich keine Auskunft geben. Wir müssen halt im Ausländermilieu nachschauen. Würden Sie so liebenswürdig sein und uns zu den Mädchen führen. Meine Leute werden sie als erstes überprüfen. Ich hoffe nur, sie haben ihre Papiere dabei."

„Das sollten sie! Es sind fünf Bulgarinnen. Sie sind ganz offiziell hier. Deutsch sprechen sie leider fast gar nicht."

Er ging voraus und betrat den Gang, der zu den Wirtschaftsräumen und dem Hintereingang führte. Linker Hand öffnete er eine Tür, hinter der sich ein weiterer Gang befand, von dem vier Türen abgingen. Zwei davon standen offen. An einem Büro vorbei kamen sie zu einem Raum, aus dem Gelächter zu hören war. Als sie den Raum betraten, in dem sich fünf atemberaubende Mädchen gerade in Varieté-Puppen verwandelten, verstummte das Gelächter und Geplapper. Sie schauten ängstlich den Uniformierten entgegen. Soronics sagte etwas zu ihnen, das sie offensichtlich beruhigen sollte. Die Mädchen waren gerade beim Schminken, aber noch in Straßenkleidung. Sie trugen Tops und enge Hosen und sahen umwerfend aus. Goritschnigg konnte sehen, wie Stan und Ollie fast die Augen aus dem Kopf fielen. Genau deswegen hatte er die beiden mitgenommen. Er konnte sich darauf verlassen, dass sie in alle Fettnäpfchen treten würden, die möglich waren. Tomaschitz stolperte gleich über ein lässig auf dem Boden liegendes Federkostüm. Goritschnigg beobachtete Soronics, der sich ein schiefes Grinsen nicht verkneifen konnte, bis er merkte, dass er von dem Chefinspektor beobachtet wurde. Sofort verwandelte er sein Gesicht wieder in eine unverbindliche, nichtssagende Maske mit dem aufgesetzten Lächeln. „Nun, Herr Inspektor, wollen Sie an der Kontrolle teilnehmen?“

„Nein, das machen meine beiden Leute. Würden Sie den Mädchen bitte sagen, was von ihnen erwartet wird.“

„Was wird denn von ihnen erwartet?“ Es war nicht zu überhören, dass der Mann diese Frage zweideutig meinte.

Goritschnigg sagte kalt: „Sie sollen ihre Papiere bereithalten und Fragen nach Aufenthaltsdauer, Wohnadresse und Herkunft beantworten. Mehr nicht. Das werden sie wohl auf Deutsch hinbekommen. Danach kommen das Küchenpersonal und die Kellner dran. Wer arbeitet sonst noch hier?“

„An der Bar steh ich oft selbst, wenn die Kellner alle beschäftigt sind. Nach Schließen der Küche macht das dann der Adamitsch. Die Putzfrauen sind jetzt natürlich nicht da. Sonst haben wir niemanden.“

Goritschnigg wandte sich nun an Tomaschitz und sagte eindringlich: „Ihr wisst, worauf ihr besonders achten sollt!“ Hätte er nicht eine bestimmte Absicht verfolgt, er wäre in Lachen ausgebrochen, als er Tomaschitz mit offenem Mund und fragendem Blick dastehen sah.

„Chef, aber …“

Goritschnigg machte eine wegwerfende Handbewegung: „Keine Angaben jetzt. Wir haben alles besprochen, schon vergessen.“

„Ja, ja, alles besprochen!“, beeilte sich Smolnig zu sagen, der etwas heller als der lange Lulatsch war.

„Na also!“ Und wiederum zu Soronics: “Können wir uns irgendwohin zurückziehen, wo wir ungestört sind. Ich habe ein paar Fragen an Sie.“

„Dann gehen wir am besten in mein Büro.“ Sie gingen den Gang zurück und betraten den nicht allzu großen Raum, der als nüchternes Büro mit Schreibtisch, Schränken, Kopierer, Faxgerät, Computer und Monitor ausgestattet war. Goritschnigg warf einen kurzen Blick auf den Bildschirm, der halb zur Tür gedreht war und stellte fest, dass er ein Bild des Lokals zeigte. Der Lokalbesitzer setzte sich hinter den Schreibtisch und drehte den Monitor so, dass Goritschnigg, der aufgefordert wurde, ihm gegenüber Platz zu nehmen, nicht mehr draufsehen konnte.

„Die ersten Gäste werden gleich eintreffen. Ich sollte zur Begrüßung im Lokal sein, also stellen Sie Ihre Fragen."

„Sind Sie der Besitzer dieses Lokals oder arbeiten Sie für andere Eigentümer?"

„Es gehört mir."

„Wem hat es davor gehört?"

„Ich habe es heuer von einem Vladimir Radiescu gekauft."

„Wie lange hat er es besessen?

Soronics stand auf und ging zu einem Tischchen, auf dem Getränke standen. „Darf ich Ihnen etwas zu trinken anbieten", fragte er, während er dem Chefinspektor den Rücken zukehrte. Die Frage war ihm offensichtlich nicht angenehm. Er nahm zwei Gläser zur Hand und schenkte sich aus einer Flasche mit brauner Flüssigkeit ein Fingerbreit in ein Glas ein.

„Nein danke", sagte der Chefinspektor. Soronics stellte das zweite Glas wieder hin, kam zurück an den Schreibtisch und setzte sich erneut. „Also, wie lange war Radiescu Besitzer?", fragte Goritschnigg.

„Zwei Jahre – ungefähr!"

„Und davor gab es einen gewissen Herrn Slava, der es ein Jahr besaß und davor Millitsch, der auch …"

Der Bulgare unterbrach ihn: „Wenn Sie sowieso schon alles wissen, was fragen Sie mich dann?" Zum ersten Mal zeigte der Mann Wirkung.

Susi hatte doch noch ein paar Auskünfte über das ‚Sofia' einholen können. „Nicht so wichtig, deswegen bin ich nicht da. Ich habe eine andere Frage: Kennen Sie einen Mann namens Petrovic?"

Soronics lehnte sich in seinem Bürosessel zurück, verschränkte die Arme hinter dem Kopf und blickte zur Decke, als erwarte er eine Erleuchtung von oben. „Petrovic? Petrovic? Das ist ein häufiger Name. Lassen Sie mich mal nachdenken.“ Er kippte wieder nach vorn und sagte bedauernd: „Tut mir leid, ich kenne keinen Petrovic! Aber selbst wenn, was hätte der mit mir zu tun?“

„Ein Karel Petrovic ist vor ein paar Tagen aus unserer schönen Klagenfurter Haftanstalt ausgebrochen. Er hat einem Mithäftling gegenüber angedeutet, dass er das ‚Sofia‘ kennt.“

Soronics grinste. „Und jetzt glauben Sie, er verstreckt sich unter meinem Personal? Vielleicht sogar als Tingel-Tangel-Mädchen verkleidet.“

„Seien Sie nicht kindisch, Herr Soronics. Der besagte Herr kann sich kaum noch irgendwo verstecken. Er ist ertrunken?“

„Na, dann haben Sie ihn doch wieder! Ich habe ihn nicht ertränkt, falls Sie das vermuten.“

„Nächste Frage: Kennen Sie einen Dimitri Iliescu?“

Soronics hob die Augenbrauen. „Wer soll das nun wieder sein? Nie gehört den Namen!“

„Er schleppt bulgarische Mädchen in den Westen.“ Mit einem schiefen Grinsen fügte Goritschnigg hinzu: „Vielleicht bringt er ja auch Ihre Mädchen?“

Nun beugte sich der Bulgare nach vorn und sah Goritschnigg giftig an: „Meine Mädchen, wie Sie es ausdrücken, sind alle legal hier. Ich brauche keinen Schlepper. Ist es das, was Sie hier suchen – Illegale?“

Bevor Goritschnigg antworten konnte, wurden sie durch ein Gepolter, das vom Gang her ertönte, abgelenkt. Ein durchdringendes Gekreisch ließ Soronics von seinem Stuhl aufspringen, zur Tür eilen und im Gang verschwinden. Goritschnigg reagierte augenblicklich, stand auf und sah sich in dem kleinen Raum um. Der Monitor zeigte den Eingangsbereich vor dem Lokal und sprang gerade auf eine andere Kamera um, die offensichtlich auf die Bar gerichtet war. Dort unterhielten sich zwei Männer sehr angeregt, während der Kellner hinter der Bar in unmittelbarer

Nähe stand und sichtbar dem Gespräch lauschte, während er ein Glas polierte. Ein rascher Blick auf die Ordner in einem Regal an der Wand des Büros half Goritschnigg nicht weiter, da sie alle auf Kyrillisch beschriftet waren. Dennoch nahm er einen zur Hand und warf einen Blick hinein. Es waren Dossiers über Mädchen mit Fotos und vermutlich Lebensläufen. Er konnte zwar nichts lesen, aber jedes Blatt zeigte am unteren Ende einen Namen und eine Unterschrift. Goritschnigg nahm sein Handy heraus und fotografierte ein paar der Seiten ab.

Länger konnte er nicht allein in dem Raum bleiben, ohne dass es auffiel, also stellte er rasch den Ordner zurück und ging auf den Gang hinaus. Wäre die Situation nicht so grotesk gewesen, die er sah, hätte er sich königlich amüsiert. Stan und Ollie krochen auf dem Boden herum, traktiert mit Federboas, Stöckelschuhen und roten Korsetts von fünf aufgebrachten furiosen Blondinen. Soronics machte das Chaos perfekt, indem er versuchte, sich dazwischenzuwerfen, aber ebenfalls Hiebe mit den Damenutensilien abbekam. In der Tür zu dem zweiten Gang standen die Köche und Helfer und hielten sich den Bauch vor Lachen, allen voran Adamitsch, der die Mädels gehörig anfeuerte. Goritschnigg eilte seinen Beamten zu Hilfe und drängte sie aus der Gefahrenzone. Mit wirrem Haar und hochrotem Gesicht standen die beiden Polizisten schließlich vor ihm.

Goritschnigg polterte: „Was in Gottes Namen habt ihr zwei angestellt?"

Tomaschitz stammelte: „Sie haben gesagt, wir sollen besonders achten auf …" Ratlos wandte er sich an Smolnig, der sich beeilte, hinzuzufügen: „… versteckte Drogen natürlich."

Goritschnigg rang in gespielter Verzweiflung die Hände. „Unregelmäßigkeiten bei den Papieren habe ich gemeint." Er schielte nach dem Lokalbesitzer, der wutentbrannt dastand, umringt von langbeinigen Wesen, die aufgebracht auf ihn einredeten. Schließlich hob er die Hände und brüllte ein bulgarisches Wort, das wohl ‚Ruhe' bedeutete, denn es wurde augenblicklich still. Weitere Worte brachten die Mädchen dazu, sich in ihren Umkleideraum zurückzuziehen.

Zu Goritschnigg sagte er: „Was auch immer Ihre Komödie hier zu bedeuten hat, das wird ein Nachspiel haben, Herr Chefinspektor!“

Goritschnigg wandte sich dem wütenden Soronics zu und sagte ruhig: „Ich entschuldige mich für die Tollpatschigkeit meiner Leute. Das wird nicht wieder vorkommen." Und an die beiden Beamten gewandt sagte der Chefinspektor ungerührt: „Habt Ihr nun die Daten der Mädchen?“

„Ja, schon, aber …“, sagte Tomaschitz.

„Gut, dann befragt noch rasch die Leute in der Küche, aber diesmal zurückhaltender, kapiert!“

Der Lokalbesitzer wollte protestieren, aber Goritschnigg nahm ihn bei der Schulter und schob ihn in Richtung der Tür, die zum Lokal führte. „Kommen Sie, beruhigen Sie sich. Es ist ja nichts passiert. Ihre Mädchen werden das schon verkraften. Lassen Sie uns ein Gläschen auf den Schrecken trinken.“

Finster ließ sich Soronics zu der Verbindungstür drängen. Bevor er sie öffnete, strich er Haare und Smoking glatt und setzte eine verbindliche Miene auf. „Sie haben recht, es ist nicht der Rede wert“, sagte er.

In dem Lokal waren inzwischen ein paar Tische besetzt. Die Kellner besprachen mit den Gästen das Menü. Soronics stellte sich hinter den Tresen und fragte Goritschnigg, was er trinken wolle. „Ein kleines Bier wäre nicht schlecht“, meinte der Chefinspektor.

Soronics zapfte ein Bier für Goritschnigg und schenkte sich einen Cognac ein, den er in einem Zug hinunterkippte. „Sagen Sie, Inspektor Goritschnigg, was wollten Sie eigentlich dadurch erreichen, dass Sie diese beiden Tölpel auf mein Personal losgelassen haben?“

Goritschnigg blickte mit absoluter Unschuldsmiene den Bulgaren an. „Was meinen Sie denn? Sie haben wohl etwas ein wenig missverstanden, das ist alles. Normalerweise wissen sie schon Bescheid, was sie zu tun haben, aber es sind halt Männer und Ihre Schönen haben sie verwirrt, scheint mir."

Der Bulgare grinste. „Das können Sie Ihrer Großmutter erzählen, wie man hier so schön sagt. Aber was auch immer Sie bezweckt haben, bei mir werden Sie nichts Unkorrektes finden. Sie bräuchten mich nur zu fragen. Das wäre für Sie und für mich einfacher und für Ihre Beamten weniger anstrengend gewesen."

Goritschnigg ging auf den Plauderton ein: „Nun gut, dann frage ich Sie: Woher haben Sie das Geld für den Kauf dieses Lokals? Wie kommen Sie an die Tanzmädchen? Wieso haben Sie überall hier Kameras installiert? Arbeitet eine Barbara Wuschtschenkowa für Sie? Vielleicht fällt mir noch was ein, aber das wäre vorläufig das Wichtigste. Ach ja, ob Sie in einer Villa mit Swimmingpool wohnen, würde mich auch noch interessieren."

Soronics lachte: „Das ist ziemlich viel auf einmal. Aber gut: Ich wohne Seeweg vier – hier vor Ort. Pool habe ich keinen. Wozu auch? Ich habe einen ganzen See vor meiner Haustür. Woher ich das Geld für das Lokal habe, geht Sie nichts an. Die Kameras waren schon da, als ich das Lokal kaufte. Wozu mein Vorgänger …", er zuckte mit den Schultern, „… oder *die* Vorgänger sie brauchten, weiß ich wirklich nicht. Ich finde sie praktisch, weil ich sehen kann, wann die ersten Gäste eintreffen und die letzten gehen. Außerdem helfen sie mir und der Polizei …", er grinste wieder, „… potentielle Ruhestörer zu identifizieren." Er schenkte sich nochmal Cognac ein und stürzte ihn hinunter. „Eine Barbara Wusch… oder wie die heißt, kenne ich nicht. Die Mädchen bekommen wir über eine Agentur in Sofia, die Fotos und Lebensläufe schickt, soviel ich weiß. Alle waren schon da, als ich das Lokal übernommen habe." Er beugte sich erneut süffisant zu dem Chefinspektor über die Theke. „Möglicherweise haben Sie das ja vorhin gesehen, als Sie allein in meinem Büro waren." Er richtete sich wieder auf und mit einer leicht verzweifelten Miene fragte er: „Noch Fragen, Herr Chefinspektor? Ihre Arbeit in Ehren, aber langsam müssen wir uns um das Geschäft kümmern. Ich begrüße gewöhnlich die Gäste."

„Nur noch eine Frage: Kennen Sie Dr. Rosa Lüttje oder Erna Kogelnig?"

Er runzelte die Stirn. „Ach, Sie meinen die ertrunkene Pathologin? Wieso sollte ich die kennen?"

„Möglicherweise war sie ja hier essen."

„Wissen Sie was, Herr Inspektor, hier essen viele Leute, aber deswegen kenne ich die doch nicht. Und eine Erna Kogelnig sagt mir gar nichts."

„Aber Sie begrüßen die Gäste doch persönlich und durch die Tisch-Reservierungen, ohne die man hier normalerweise gar nicht reinkommt, wissen Sie doch, wer die sind. Ihr ‚Spion' im Büro tut da sicher ein Übriges. Sie wissen gerne, wer bei Ihnen diniert, nicht wahr!"

Soronics wurde etwas schärfer im Ton, als er antwortete: „Herr Chefinspektor, ich kannte weder Dr. Lüttje noch eine Frau Kogelnig und jetzt beenden Sie bitte Ihren Besuch und lassen uns in Ruhe."

„Na gut! Ich unterhalte mich noch kurz mit den Kellnern, dann sind wir fertig. Ich denke, die beiden Beamten sind inzwischen auch soweit." Goritschnigg grinste. „Dramen dürften sich ja nicht mehr abgespielt haben. Jedenfalls haben wir nichts gehört."

Goritschnigg schrieb sich Namen und Adressen der zwei Kellner und des Mädchens auf, ließ sich die Ausweise zeigen, fragte, wie lange sie schon hier arbeiteten, schließlich wollte er wissen, ob sie Petrovic und/oder Iliescu kennen. Die Befragung war rasch beendet. Soronics beobachtete das Manöver mit Argusaugen. Schließlich sagte er: „So, ich hoffe, das war's jetzt." Grinsend fügte er hinzu: „Wenn Sie nochmals kommen sollten, dann bringen Sie was Offizielles mit. Damit meine ich, einen Schrieb oder so, nicht Beamte. Wenn ich Sie hier hinausbitten dürfte." Er leitete den Chefinspektor zu der Verbindungstür in die Wirtschaftsräume. „Wir wollen nicht mehr Aufsehen als notwendig, nicht wahr!"

Smolnig und Tomaschitz standen bereits wartend bei der Tür ins Freie und unterhielten sich leise. In der Küchentür stand Adamitsch mit verschränkten Armen und beobachtete die beiden mit einer spöttischen Miene. Goritschnigg blieb vor Adamitsch stehen und sah ihn nur an, sagte aber nichts. Dann verabschiedete er sich von Soronics und verließ mit den beiden Polizisten das Haus. Vor der Tür wollten Stan und Ollie heftig protestieren, aber Goritschnigg schob sie weiter und zischte. „Nicht jetzt, die beobachten uns."

Tatsächlich waren Adamitsch und Soronics zu dem Fensterchen, das in die Tür eingelassen war, getreten und blickten den drei Beamten nach. Soronics wandte sich zu seinem Koch und sagte: „Womit, verdammt nochmal, haben Sie uns das eingebrockt? Sollte ich da etwas wissen, was ich nicht weiß?"

Adamitsch zuckte nur mit den Schultern und verschwand in der Küche.

Auf dem Parkplatz konnte Tomaschitz nicht mehr an sich halten: „Ich schätze Sie ja sehr, Chef, aber das war wohl eine unnötige Aktion. Warum haben Sie uns nicht gesagt, was wir wirklich tun sollen. Ich bin mir selten so blöd vorgekommen."

Genau das war ja Goritschniggs Absicht gewesen. Zu den beiden sagte er: „Ihr habt das großartig gemacht, Ich bin stolz auf euch! In diesem Haus gehen dubiose Dinge vor sich und Ihr habt die Leute ordentlich aufgescheucht. Schreibt alles auf, was euch aufgefallen ist und bringt mir das morgen mit der Liste der Angestellten. Das reicht. Fahrt jetzt nach Hause."

Heftig diskutierend gingen die beiden zu ihrem Auto. Goritschnigg blickte ihnen nach und schaute dann zu dem Restauranteingang. Er kratzte sich am Kopf und murmelte: „Wirklich schlau bin ich aus dem Ganzen nicht geworden."

Zu Hause angekommen, empfing ihn Ursulas mit einem schiefen Grinsen. „War's schön?"

„Was meinst du?", antwortete Goritschnigg mit Unschuldsmiene.

Sie tänzelte durch das Vorzimmer. „Ich weiß doch, wo du warst!"

„Umwerfend, die Mädels! Trotzdem kann dir keine das Wasser reichen." Er nahm sie um die Hüfte und drückte ihr einen Kuss auf die Lippen. „Wenn du nur nicht so spröde wärst."

Sie beugte sich entrüstet zurück. „Ich und spröde, na warte!" Sie schmiegte sich an ihn und rieb ihre Wange an seiner. Das raue Gefühl des leichten Stoppelbarts, untermalt von dem herben Geruch seiner Haut ließ sie ganz weich werden. „Die Kinder sind nicht da", sagte sie leise und es kam, wie es kommen musste: Das Dinner fiel in der Familie Goritschnigg an diesem Abend aus.

Donnerstag

Als er am Morgen ins Büro kam, war die Antwort auf die Anfrage in St. Petersburg bereits eingetroffen. Die sechs Fragepunkte waren nur kurz beantwortet. Auf Russisch natürlich. Susi hatte die Russischlehrerin verständigt, die ausrichten ließ, dass sie um zehn Uhr kurz Zeit hätte. Sie erschien pünktlich und wurde in den Besprechungsraum geführt, wo die Anwesenden – Tranegger, Goritschnigg, Mozzolucchesi und Susi – ihr schon gespannt entgegenblickten.

Sie war leicht nervös und setzte zuerst ihre Brille auf, bevor sie sich das Schreiben durchlas, bevor sie übersetzte:

Punkt 1: Ein Josef Grimm, geboren in Deutschland 1923, ist hier nicht aktenkundig. Aus der Zeit vor 1989 sind keine Unterlagen auffindbar. Dementsprechend können auch keine Auskünfte über ihn oder etwaige Angehörige erteilt werden. Dasselbe gilt für den Namen Josip Grimow, wie der Gesuchte nach der Einbürgerung geheißen hat.

Punkt 2: Über den jetzigen Aufenthaltsort besagter Person kann aus obigen Gründen ebenfalls nichts ausgesagt werden.

Punkt 3. Eine KGB-Akte ist nicht bekannt. Außerdem können diese nur von den betroffenen Personen selbst eigesehen werden.

Punkt 4: Eine Rosa Wuschtschenkowa hat Russland verlassen. Über Angehörige kann keine Auskunft erteilt werden.

Punkt 5: Über die Person Ilona Saltrytschkowa kann keine Auskunft erteilt werden. Das verstieße gegen den Datenschutz. Es liegt aber nichts gegen sie vor.

Punkt 6: Eine Vermisstenanzeige bezüglich Barbara Wuschtschenkowa gibt es nicht

Interessant waren zwei Nachbemerkungen:

Erbitten Auskünfte darüber, warum ein Josip Grimow gesucht wird.

Und: *Wenn Sie detailliertere Auskünfte wünschen, müssen diese über die Ministerien laufen und gut begründet werden.*

Sie wollten also wissen, ob Grimm – der echte oder der falsche – hier etwas ausgefressen hat. Goritschnigg wandte sich an Tranegger: „Sie schreiben nicht, über welche Ministerien Anfragen laufen müssen. Ich nehme aber an, es handelt sich um das Außenministerium. Ruf bitte gleich dort an und frag nach dem üblichen Vorgehen. Das wird ja nicht das erste Mal sein, dass man Auskünfte einholt."

Zu Frau Miksche, die schon die ganze Zeit auf die Uhr gesehen hatte, sagte er: „Wenn Sie noch ein wenig Zeit für die Ausarbeitung der Anfragen hätten?"

Sie blickte bedauernd: „Eigentlich nicht. Ich sollte eigentlich schon beim Unterricht sein."

„Oh, entschuldigen Sie, dass wir Sie so lange aufgehalten haben. Können wir Ihnen den Text per E-Mail schicken und Sie bearbeiten ihn, sobald es geht?"

„Das ist eine gute Idee. Schicken Sie ihn mir auf meinen Computer zu Hause, da habe ich mehr Ruhe. Ich bin in zwei Stunden mit dem Unterricht fertig, dann erledige ich das umgehend." Sie nahm ihre Handtasche und verabschiedete sich von den drei Männern, die sich bedankten.

„Gern geschehen", sagte sie. Und an Susi gewandt: „Ich gebe Ihnen noch rasch meine E-Mail-Adresse."

Nachdem die beiden den Raum verlassen hatten, sagte Tranegger stirnrunzelnd: „Merkwürdig! Zuerst bringt uns die Schwester der Lüttje auf eine Spur und möchte, dass du ihr laufend berichtest und dann verschwindet sie einfach. Die hat doch massiv Dreck am Stecken."

„Oder sie ist tot", sinnierte Mozzo.

„Das glaube ich nicht", war Goritschniggs Meinung. „Mit der ganzen Aktion bezweckt sie etwas ganz gezielt. Entweder sie glaubt, dass wir uns nicht bemühen, wenn sie für Rückfragen zur

Verfügung steht oder sie hat mit ihren Ausführungen einfach dahergeschwafelt, weil sie selbst nichts weiß. Die russischen Behörden sind ja nicht gerade kooperativ. Ich vermute, dass Rosa und sie keine Auskünfte bekommen haben und nur eine lapidare Antwort so wie wir: Dass man nichts wisse und nichts sagen könne. Also regt sie uns an, offiziell beim russischen Ministerium anzufragen. Schlaues Mädchen."

„Und du glaubst, dass wir etwas erfahren werden? Was wollen wir eigentlich genau wissen?"

„Tja, das ist die Frage." Goritschnigg strich sich über das Kinn. „Es geht ihr sowohl um die Nichte als auch um den Großvater. Josip Grimow alias Josef Grimm. Nach dem müssen wir suchen."

„Und Barbara? Und Rosas Mörder?"

„Finden wir Grimm, finden wir auch Barbara und Rosas Mörder. Davon bin ich überzeugt."

„Wo willst du suchen?"

Goritschnigg murmelte: „Im Haus mit dem Geist des Großvaters …"

„Was?"

„Ach nichts. Kümmerst du dich bitte um die Anfragen."

Als Tranegger gegangen war, richtete sich Goritschnigg an Mozzolucchesi: „Mozzo, du fährst zu Lüttjes Wohnung und schaust, ob es inzwischen Spuren von Ilonas Anwesenheit gibt, dann fragst du nochmal bei Mietwagenfirmen, am Flughafen usw. nach. Ruf den Lüttje in Berlin an, ob sie vielleicht dort aufgetaucht ist. Diese Dame müssen wir finden, denn sie hat den Schlüssel zu dem Ganzen in Händen. Spür sie auf, egal wie!"

„Und was machst du?"

„Ich unterziehe die Kogelnig einer hochnotpeinlichen Befragung, wieso sie für einen illegalen Ausländer ihre Karriere als Politikerin aufs Spiel setzt. Könnte doch der Petrovic gewesen sein."

Von Frau Trabesinger erfuhr Goritschnigg, dass die Kogelnig zu Hause sein müsse, da sie das Büro schon verlassen habe.

Im Stiegenhaus des Polizeigebäudes begegnete er Stannek. Er wollte rasch an ihm vorbeieilen, aber der hielt ihn auf und fuhr den Chefinspektor grob an: „Hast du nicht versprochen, mir Informationen zukommen zu lassen?“

„Hör mal, Paul, es gibt nichts, was ich dir zurzeit sagen kann, was nicht eh schon in eurer Zeitung steht.“

Stannek lachte bitter auf: „Ja, das habe ich mir alles aus anderen Quellen zusammensuchen müssen, nachdem mein ‚Freund‘ mich im Stich gelassen hat.“

„Mir kommen die Tränen! Frau Strauss war ja eine bereitwillige Informantin, nicht wahr? Ich hab dich gebeten, mit deinen Veröffentlichungen noch zuzuwarten. Also, wer hat da wen im Stich gelassen?“

„Was sollte ich machen, nachdem ich von dir nichts gehört habe. Mein Chef war wild wie eine Furie, als ich ihm gesagt hab, ich möchte noch warten mit den Kommentaren. Er hat mich gefragt, ob ich Journalist bin oder für die Polizei arbeite.“

„Tut mir leid, aber ich kann noch nichts preisgeben. Du musst dich wohl mit dem Offiziellen begnügen. Aber ich verspreche dir, du erfährst als erster die Zusammenhänge, sobald sie klar vorliegen. Als Zeichen meines Entgegenkommens kann ich dir nur sagen, es hat alles damit zu tun, dass die Lüttje aus Russland stammt. Apropos, du könntest mir helfen. Habt Ihr Zugriffe auf Zeitungsberichte aus Deutschland oder Russland?“

Stannek antwortete reserviert: „Kommt drauf an …“

„Mich würde interessieren, ob es in Berlin oder in St. Petersburg Berichte gibt, die sich mit einem Josef Grimm bzw. Josip Grimow, mit einer Rosa Wuschtschenkowa oder mit einer Ilona Saltrytschkowa beschäftigen.“

Er wartete, bis Stannek die Namen aufgeschrieben hatte. Der fragte umgehend: „Was haben diese Namen mit den Fällen hier zu tun? Worauf soll ich denn achten? Und wie soll ich die russischen Zeitungen lesen können?“

„Glaube mir, ich habe noch keine Ahnung, was dahintersteckt, aber diese Namen spielen eine Rolle. Rosa Lüttje hieß früher in Russland Wuschtschenkowa, Ilona Saltrytschkowa ist ihre Schwester und Josef Grimm ist ihr Großvater, so hängt das zusammen. Die offiziellen Behörden halten sich bedeckt, deshalb findest du vielleicht was in einer Zeitung. Wenn du in Russland Treffer hast, dann gib mir einfach die Quellen und wir haben da eine Russischlehrerin, die uns die Artikel übersetzen kann. Die Headlines werden doch auf Englisch im Internet stehen?“

„Und du sagst mir dann, ob und was sie bedeuten?“

„Versprochen!“ Goritschnigg zögerte kurz. „Ich will ehrlich sein, vielleicht nicht gleich, denn wenn zu früh etwas über diese Sache in der Zeitung steht, kann uns das alles versauen.“

„Hm, na gut, ich will dir nochmal vertrauen. Aber wenn du mich verscheißerst …!“

„… dann bringst du mich um, ich weiß.“

„So ungefähr!“

„Danke, Kumpel. Aber ich warne dich, was auch immer du findest, untersteh dich, etwas ohne mein Einverständnis hinauszuposaunen. Es könnte sich um eine Sache von großer Tragweite handeln und wenn wir da was erreichen, dann schlägt das Wellen – und du profitiertest davon, das garantier‘ ich dir.“ Goritschnigg hatte bewusst übertrieben, um die Neugier des Reporters zu wecken. Das würde ihn eine Weile beschäftigen.

Er fuhr in die Wagner-Siedlung und stellte sein Auto außer Reichweite des Strauss’schen Küchenfensters ab. Auf dem Weg zum Haus erhielt er einen Anruf von Susi, die noch einiges über die Strandbadverwalterin herausgefunden hatte.

Die Kogelnig öffnete die Türe mit zorniger Miene: „Sie schon wieder. Hat man denn keine Ruhe vor Ihren infamen Nachstellungen?“

„Wenn Sie mir rasche und ehrliche Auskünfte geben, bin ich auch gleich wieder weg. Kann ich vielleicht reinkommen?“

Sie ließ ihn stehen und ging voraus ins Wohnzimmer. Dort fragte sie unfreundlich: „Was gibt's?“

„Zunächst: Sind Sie sehr traurig über die geplatzte Politikerkarriere? Und das wegen einem Kerl namens Petrovic, den Sie angeblich gar nicht kennen?“

Der Schuss ins Blaue saß. Sie sagte aufgebracht: „Von wem haben Sie das? Ah, Sie spionieren mir nach! Hat Ihnen Stadtrat Gaugusch nicht nahegelegt …?“

„Ja, hat er! Also, was ist? Petrovic? Ich warte!“

Sie seufzte: „Das war so ein armer Teufel, der kam zu mir und hat mich so lange bearbeitet, bis ich in meiner Gutmütigkeit für ihn interveniert habe. Hat nichts genutzt und nur mir geschadet.“

„Warum wird man gleich aus der Partei geworfen?“

„Es war sowieso schon überfällig, dass ich gehe, deshalb hab ich freiwillig den Hut genommen. Der Posten im Strandbad war mir wesentlich genehmer.“

„Freiwillig? Dass ich nicht lach'! Wie auch immer, die Villa am Wörthersee haben Sie und Ihr Mann wahrscheinlich auch freiwillig aufgegeben.“

„Die Villa …?“ Sie stockte. „Die war … einfach zu teuer … und zu abgelegen …“

„… und Ihr Mann ist mit dem Verkauf von Luxuskarossen Pleite gegangen, nachdem der Lieutschnig ihn als Partner im Stich gelassen hat.“

„Der Herbert ist zu Geld gekommen und hat eine Spenglerei in Villach gekauft. Mein Mann war nun allein verantwortlich.“

„Ihr Mann hat sich dann aber ein paar Fehltritte geleistet, indem er Kunden betrogen hat. Es gab einen Prozess und er musste ziemlich hohen Schadenersatz leisten. Die Firma ging den Bach runter. Da verkauften Sie die Villa, die Sie 1994 von Frau Lieutschnig erworben hatten, an deren Sohn Herbert. Und jetzt haben

Sie sie wieder gemietet." Susi hatte das eben erst herausgefunden und ihm mitgeteilt. „Woher haben Sie das Geld?"

„Die Miete ist nicht hoch …"

„Weil Sie etwas gegen den Lieutschnig in der Hand haben?"

„Blödsinn! Weil wir alte Freunde sind und …"

„Bevor Sie mir jetzt das Blaue vom Himmel runterlügen, verraten Sie mir, wozu Sie die Villa brauchen, in der Sie gar nicht wohnen. Sie ist leer, der Swimmingpool unbenutzt."

Empört sagte sie: „Wie's scheint, haben Sie sich widerrechtlich Zutritt verschafft. Ich werde …"

„Sie werden gar nichts, Frau Kogelnig, außer mir antworten."

„Es geht Sie nichts an, wofür ich die Villa brauche. Und wie Sie sagten, ist sie unbenutzt, also lassen Sie mich in Ruhe. Auf Wiedersehen – oder besser nicht!"

Damit war der Chefinspektor entlassen.

Es war kurz nach ein Uhr nachts, als das schrille Klingeln des Telefons den schlaftrunkenen Goritschnigg aus Morpheus' Armen holte. Er griff nach seinem Handy, das aber nicht dort lag, wo er es normalerweise vor dem Schlafengehen ablegte, als er realisierte, dass es das Festnetztelefon war. Fluchend erhob er sich, nachdem er seiner Ursula, die unmutig zu raunzen begann, eine Hand auf die ihm zugewandte Schulter legte und sie zum Weiterschlafen aufforderte.

Es hörte nicht zu klingeln auf und Goritschnigg schlurfte aus dem Zimmer, schloss leise die Tür und eilte nun die Stiege hinunter in den Flur, wo das Telefon auf einem Tischchen stand. „Was gibt's", hauchte er unmutig in die Muschel. Erst jetzt sah er die Kennung auf dem Display – es war Mozzolucchesi. „Mozzo, bist du verrückt, mich um viertel zwei anzurufen."

Mozzolucchesi konnte vor Aufregung kaum sprechen. „Chef, ich muss! Hab es zuerst am Handy versucht, aber nix." Er sprach sichtlich mit gedämpfter Stimme. Goritschnigg hörte im Hintergrund typische Geräusche eines Lokals.

„Was ist denn passiert, um Gottes Willen?“

„Die Salty..., die Russin halt!“

„Was!“, Goritschnigg wurde nun doch etwas lauter, bremste sich aber, mit Blick nach oben, sofort wieder ein, „tot?“

„Nein! Tot nicht! Aber ich habe sie gefunden!“

„Wie, gefunden?“

„Sie ist hier!“

Goritschnigg wurde ungeduldig: „Wo ist ‚hier‘, Mozzo? Lass dir nicht alles aus der Nase ziehen.“

„Ich war doch auf dieser, du weißt schon, ich hab's dir gesagt, Geburtstagsparty von Barbaras Nichte. War toll, beim Sandwirt. Bis zwölf! Die Manuela – das ist die Nichte – hat uns dann noch in die ‚Bar Nuit‘ eingeladen – am Kardinalplatz, die kennst du sicher. Auf einmal kommt die Russin rein.“

„Bist du sicher, dass sie es ist? Du kennst sie ja gar nicht.“

„Natürlich ist sie es. Sie trägt zwar die blonde Perücke, aber nach deiner Beschreibung und nachdem sie irgendwie slawisch spricht, ist sie es, da gibt es keinen Zweifel.“

„Ist sie allein?“

„Natürlich nicht. Sie geht doch nicht allein in eine Bar um eins. Es ist ein Mann dabei. Ein blonder, großer.“

„Klingt, als wär’s der Adamitsch. Was machen die beiden? Turteln sie?“

„Turrrteln?“

„Mensch, Mozzo, wie lange bist du schon hier! Schaut es so aus, als wären sie verliebt?“

„Eigentlich nicht. Sie unterhalten sich sehr angeregt. Es schaut eher so aus, als würden sie streiten; dezent, aber doch. Chef, was soll ich machen?“

„Ich bin schon auf dem Weg! Du machst Folgendes: Beobachte sie unauffällig. Gut, dass sie dich noch nicht kennt. Wenn sie gehen, bevor ich da bin, dann folgst du den beiden und rufst mich am Handy an. Wenn sie sich trennen, folgst du *ihr*. Dass du sie mir ja nicht verlierst.“

„Und wenn sie mit dem Auto da sind? Ich habe keines dabei."

„Verdammt, das ist blöd." Er dachte kurz nach: „Pass auf, ruf die Bereitschaft an und die sollen mit einem neutralen Auto in die Stadt kommen und sich irgendwo unauffällig hinstellen. Die sind vermutlich schneller da als ich. Vielleicht ist ohnehin ein Wagen in der Stadt unterwegs. Du hüpfst dann schnell rein, wenn es notwendig sein sollte."

Mozzo stöhnte: „Barrrbarrra bringt mich um, wenn ich ihrrr den Abend versaue."

„Dein Charme wir sie schon wieder hinbiegen." Er legte auf, zog rasch seine ‚Notkleidung' an, die er für überraschende nächtliche Einsätze immer im Vorzimmerschrank hängen hatte – Jeans, Polohemd und ein altes Sakko. Nicht gerade passend für eine Nachtbar, aber er fuhr ja auch nicht hin, um jemanden zu beeindrucken. Ursula, die nun doch aufgewacht war, erschien mit verschleierten Augen und wirrem Haar am oberen Treppenabsatz.

„Ein Mord?"

„Nein, gottseidank nicht! Mozzo hat die Russin gefunden."

„Mitten in der Nacht? Darf er denn so spät noch aus dem Haus?"

Goritschnigg lachte: „Erzähl ich dir später. Geh wieder schlafen. Hab keine Ahnung, wann ich wiederkomme."

„Dass mir das nicht zur Gewohnheit wird!", murmelte sie und verschwand gähnend.

Goritschnigg hatte freie Fahrt in die Stadt. Des nächtens ist Klagenfurt das verschlafenste Nest, das man sich vorstellen kann. Er brauchte nur zehn Minuten zum Kardinalplatz. Er wusste, wo sich die ‚Bar Nuit' befand, auch wenn er noch nie drin war. Sie war erst vor drei Monaten eröffnet worden und mauserte sich rasch zu einem Anziehungspunkt für Nachtschwärmer, die auch nach Mitternacht noch nicht nach Hause gehen wollten. Die Villacher, immer auf der Suche nach Scherzen, die sie sich auf

Kosten der Klagenfurter leisteten, hatten sie sofort zur ‚Nachthemd-Bar' erklärt, wo sich die Klagenfurter ihr Betthupferl reinziehen können, ohne von Mutti oder Ehefrau gescholten zu werden, denn sowohl das Ambiente als auch das Image der Bar hatten nichts Verruchtes an sich. Klagenfurt hatte natürlich sofort gekontert und retour gefragt, warum wohl so viele Villacher in der Bar anzutreffen seien. Das müsse daran liegen, dass man in diese Bar auch mit der Freundin gehen könne – ohne Gefahr, den eigenen Ehefrauen zu begegnen, da sich diese vorwiegend in den verruchten Villacher Bars herumtreiben würden.

Goritschnigg stellte gerade das Auto in der Nähe der Bar ab, als er Mozzo aus der Burggasse kommen sah. Der kleine Italiener blickte sich suchend um.

In diesem Moment drehte ein Auto auf der anderen Seite des Platzes kurz die Scheinwerfer auf. ‚Auffallender können die wohl nicht agieren', dachte Goritschnigg. Immerhin waren sie tatsächlich nicht mit einem Streifenwagen da.

Goritschnigg stieg aus und winkte Mozzo zu sich. „Wo sind die beiden jetzt?"

„Hab sie nach links weggehen sehen und bin ihnen in die Burggasse gefolgt. Sie sind gerade in ein Auto eingestiegen."

„Kennzeichen?"

„Konnte ich nicht sehen, zu finster und zu weit weg. Kann ich jetzt wieder reingehen, nachdem du da bist. Barbara war ganz schön sauer."

„Kommt nicht in Frage, Mozzo! Pass auf, ich folge dem Auto. Du steigst in den anderen Wagen und folgst mir. Irgendwo werde ich abbiegen und du bleibst hinter ihnen. Verstanden? Wir bleiben in Telefonkontakt und du sagst mir, wo sie hinfahren. Wenn sie aus der Stadt rausfahren, übernehme ich wieder."

„Na gut, wenn's sein muss", seufzte Mozzo. „Kannst du die Russin nicht gleich festnehmen? Wäre doch einfacher!"

„Damit du keinen Anschiss von deiner Barbara bekommst? Auf keinen Fall! Ich habe keinen Grund, sie festzunehmen.

Lieber möchte ich wissen, wo sie sich versteckt und was sie mit dem Adamitsch vorhat."

Goritschnigg fuhr los und sah das Auto etwa hundert Meter vor sich. In der Nacht war es nicht schwierig, einem Wagen zu folgen, denn die Straßen waren leer. Allerdings fiel ein verfolgender Wagen eher auf. Sie fuhren am Neuen Platz vorbei, über den Heiligen Geistplatz weiter zur Villacher Straße. Goritschnigg sagte zu Mozzo per Handy, er solle nun übernehmen. Er, Goritschnigg werde in die Rosentalerstraße abbiegen, wenden und in einiger Entfernung folgen, sodass er später wieder übernehmen könne.

Sie fuhren in weiterer Folge auf die Autobahn Richtung Villach. Goritschnigg hatte den Wagen, in dem Mozzo saß, erneut abgelöst, ließ ihn aber folgen. Mozzo sollte später wieder übernehmen, während Goritschnigg zurückblieb.

Leider war das Manöver so nicht durchführbar, denn der verfolgte Wagen fuhr so langsam auf der Autobahn, dass es zu auffällig gewesen wäre, dahinter zu bleiben. Goritschnigg fluchte.

„Mozzo, die fahren ja wie die Nachtwächter. Ich überhole das Auto jetzt und fahre auf den nächsten Parkplatz. Ihr bleibt vorläufig hinten. Ich sage dir dann, wenn Ihr überholen sollt. Oh ..., was ist das? Da sitzt nur eine Person drin. Du hast doch gesagt, sie sind zu zweit in das Auto gestiegen. Sind die mal stehengeblieben, während du sie verfolgt hast." Goritschnigg schrie fast.

„Nein, sind sie nicht. Es sind beide eingestiegen, das habe ich gesehen, aber ich habe natürlich nicht gesehen, ob wirklich beide weggefahren sind. Während ich zu dir zurück bin, kann eine Person wieder ausgestiegen sein."

„Ist er oder sie auf der Fahrerseite eingestiegen?"

„Wart mal, ja ... das war er. Sie können natürlich auch getauscht haben. Wer fährt jetzt? Kannst du das sehen?"

„Leider nein, es ist zu finster und ich bin zu schnell vorbei. Diese Hurenkinder haben mitgekriegt, dass wir sie beobachtet haben. Du hast sie in der Bar wohl auffällig angestarrt?"

Mozzolucchesi reagierte beleidigt: „Hab ich nicht, aber Barbara und Manuela haben öfter hingeschaut, nachdem ich ihnen schon sagen musste, dass ich wahrscheinlich wegen der beiden wegmuss."

Resigniert sagte Goritschnigg: „Wahrscheinlich verfolgen wir jetzt den Adamitsch, der uns an der Nase herumführt und die Russin lacht sich ins Fäustchen, dass sie die dummen Bullen wieder mal ausgetrickst hat. Mozzo, du kannst umkehren. Ich fahre hinter dem Wagen her, nachdem er sowieso weiß, dass wir ihn verfolgen."

„Tut mir leid, dass ich es verbockt habe, Jo."

„Hm. Zumindest wissen wir jetzt, dass sie noch lebt und sich versteckt. Dem Adamitsch mache ich die Hölle heiß. Ich glaube nur nicht, dass ich ihn heute noch erwische. Jetzt hat er sicher Gas gegeben."

So war es. Goritschnigg fuhr mit hoher Geschwindigkeit bis Velden, aber das Auto erreichte er nicht mehr. Zumindest die Nummer hatte er sich gemerkt, als er vorbeigefahren war, aber bereits am Nummernschild erkannt, dass es sich um einen Mietwagen handelt. In Velden fuhr er ab und über die Landstraße zurück. Das Auto sah er nirgends, auch nicht, als er in Krumpendorf einen Abstecher zu Adamitschs Wohnhaus machte. Trotzdem läutete er an der Haustür, aber vergeblich. Natürlich war er nach Klagenfurt zurückgefahren und hatte sein eigenes Auto geholt, denn der Mietwagen gehörte sicherlich Ilona. Er rief den Bereitschaftsdienst an, wo er erfuhr, das Mozzolucchesi bereits nach Hause gegangen war. Goritschnigg trug den Streifenbeamten auf, ihre Runden in Klagenfurt aufmerksam zu drehen und nach dem Auto Ausschau zu halten, dessen Beschreibung und Nummer er ihnen durchgab.

Auf der Heimfahrt überdachte Goritschnigg die Situation. Die Russin wohnte entweder in Klagenfurt und war zu Fuß nach Hause gegangen oder sie hatte ein Taxi genommen und sich wegbringen lassen – nein, das glaubte er nicht, denn eine nächtliche

Taxifahrt war von der Polizei viel zu leicht zu eruieren. Das Mietauto würde die Streife sicher noch in der Nacht finden, aber es würde nichts aussagen, denn sie hatte es vermutlich unter falschem Namen gemietet. Verdammt, die Frau war schlau. War wohl geschult durch die Überlebensstrategien im Ostern. Aber warum nur? Warum versteckte sie sich? Was bezweckte sie damit? Was hatte sie mit dem Mord an Rosa und mit dem Verschwinden von Großvater und Nichte zu tun? Verdammt, er hätte etwas früher eintreffen und sie zur Rede stellen sollen. Tranegger würde schäumen. Aber das war nun nicht mehr zu ändern.

Freitag

Und Tranegger schäumte tatsächlich. Er hatte am Morgen Goritschnigg und Mozzolucchesi zu sich beordert, nachdem er den Bericht der Streifenbeamten erhalten hatte. Sie hatten das Auto gefunden. Es stand auffällig sichtbar in der Leitgebstraße – einen Steinwurf vom Polizeigebäude entfernt. Natürlich war nichts im Auto gefunden worden und die Mietwagenfirma hatte einen Anruf bekommen, dass sie den Wagen bei der Polizei abholen könne.

„Was war denn das für eine unnötige Aktion, Jakob? Bist du schon ganz bescheuert? Da hast du sie vor Augen und lässt sie verschwinden. Noch dazu mit filmreifen Verfolgungsaktionen. Muss ich jetzt an deinem Verstand zweifeln oder was?"

Mozzo warf sich ins Zeug: „Es war meine Schuld, ich …!"

Goritschnigg fiel ihm ins Wort: „Nein, Mozzo, nett von dir, mich reinwaschen zu wollen, aber du hast vollkommen recht, Martin! Ich habe mich blöd angestellt. Ich hätte von Mozzo verlangen sollen, dass er sie aufhält. Ich wollte feststellen, was sie mit dem Adamitsch am Hut hat – ob sie bei ihm wohnt oder ob er sie nur wo abliefert. Sie ist weder in einem Hotel noch in einer der bekannten Pensionen, das haben wir alles überprüft. Also ist sie privat bei jemandem und das muss nicht unbedingt der Adamitsch sein."

Tranegger wischte die Argumente mit einer Handbewegung fort. „Wie auch immer, es ist in die Hose gegangen und das schaut nicht gut aus. Wenn das nach außen sickert, heißt es gleich, wir sind nicht einmal fähig, eine Frau, noch dazu eine Ausländerin, unter Kontrolle zu halten. Ist dir das klar?"

„Selbstverständlich."

„Was wirst du jetzt machen?"

„Ich werde mir den Adamitsch vorknöpfen, aber gehörig!"

Tranegger seufzte: „Ich hoffe nur, du findest ihn dort, wo du ihn vermutest." Spöttisch fügte er hinzu: „Ich an seiner Stelle würde mich aus dem Staub machen, falls ich was zu verbergen hätte. Die Klagenfurter Polizei scheint ja für dieses Vorhaben kein Hindernis zu sein."

„Danke für die Blumen! Aber du hast nicht Unrecht. Würde mich nicht wundern, wenn der Adamitsch sich vertschüsst hat."

Goritschnigg schickte Mozzolucchesi zu der Autoverleihfirma, um sich über den oder die Mieter/in des Ford Fiesta zu erkundigen. Dann ließ er Susi seine Handyfotos von den Papieren aus Soronics' Büro auf ihren Computer runterladen; mit der Bitte, sie an die Russischlehrerein weiterzuleiten.

Er machte sich auf den Weg nach Krumpendorf zu Adamitschs Wohnung. Auf sein Läuten öffnete niemand. Auf Adamitschs Handy erschien sofort die Mailbox. Als nächstes suchte er Soronics' Villa auf. Er musste lange läuten, bis jemand über den Türlautsprecher reagierte. Es war der Hausherr selbst, der mit verschlafener Stimme laut seinen Unmut kundtat, als ihn der Chefinspektor fragte, ob Adamitsch bei ihm sei: Er sei nicht seines Kochs Aufpasser und Goritschnigg samt Polizeiapparat sollten ihn doch am A… usw. Trotzdem kam er im Morgenmantel an die Tür und ließ den Chefinspektor ein.

Beim Vorausgehen ins Hausinnere schimpfte Soronics ohne Unterlass: „Können Sie nicht zu einer christlicheren Zeit kommen. Ich war bis fünf Uhr morgens im Lokal, weil ein paar Russen Geburtstag gefeiert haben – und die finden ja kein Ende. Noch dazu muss man mitmachen, weil die soooo ein großes Herz haben …", er zeichnete mit dem rechten Arm einen ausladenden Kreis in die Luft, „… und tödlich beleidigt wären, wenn du kneifst. Und da kommen Sie und nerven mich mit Adamitsch. Was geht mich der Scheißer an."

Sie waren inzwischen im Wohnzimmer angekommen. Es war ein großer, modern eingerichteter Raum, der über eine mehrteilige Terassentür, die die ganze gegenüberliegende Wand einnahm, einen herrlichen Blick auf den See bot. Soronics drehte sich abrupt um und fragte scharf: „Was wollen Sie nun eigentlich von mir?“

„Adamitsch ist nirgends aufzufinden. Wie lange war er gestern im Restaurant?“

„Keine Ahnung. Ich habe ihn gebeten, etwas länger zu bleiben, da die Russen …“ er verdrehte die Augen, „… ja nie zu essen aufhören, aber er sagte, er könne maximal bis Mitternacht bleiben. Wann er dann tatsächlich gegangen ist, weiß ich nicht.“

„Hat er gesagt, was er vorhat?“

„Nein, hat er nicht. Ich habe angenommen, dass es sich um ein Weibsbild handelt. Adamitsch ist für mich ein Angestellter und basta. Ich lege Wert darauf, dass die Leute pünktlich sind, ihre Arbeit zufriedenstellend machen, dass sie nicht saufen und nicht stehlen. Ansonsten können sie machen, was sie wollen.“

„Wissen Sie, ob er mit jemandem von Ihren Leuten besonders befreundet ist?“

„Hören Sie, warum wollen Sie das alles wissen? Ich habe keine Ahnung!“

„Er wurde gestern Nacht um eins mit einer Frau gesehen und hat dann die Polizei ausgetrickst, als man ihn verfolgen wollte. Seitdem ist er nicht aufzufinden.“

Soronics lachte anerkennend. „Hätte ich dem Burschen gar nicht zugetraut. Steigt gleich in meiner Hochachtung. Allerdings braucht’s dazu bei der *Kärntner* Polizei wohl nicht viel.“

Der Chefinspektor nahm die Ohrfeige gelassen hin: „Unterschätzen Sie die *Kärntner* Polizei nicht.“

Soronics grinste: „Ich zittere gleich vor Angst.“

Goritschnigg ging nicht darauf ein. „Können Sie mir die Namen der Leute, die gestern gefeiert haben, sagen.“

Der Bulgare schaute Goritschnigg in die Augen. „Sie glauben doch nicht ernsthaft, dass ich Ihnen dazu Auskunft gebe. Erstens kenne ich die Leute nicht und zweitens gibt’s bei mir keinerlei Indiskretionen. Da könnte ich ja gleich zusperren.“

„Sagen Sie mir wenigstens, wie viele Personen es waren?

„Sieben Männer und fünf Frauen."
„Sind alle so lange geblieben?"
„Nein, eine Frau ist kurz nach Mitternacht gegangen."
„War sie so um die vierzig, blond, groß, schlank und sehr attraktiv?"
„Könnte schon sein. Aber um ehrlich zu sein, alle waren groß, schlank und sehr attraktiv. Zwei blond, eine brünett und zwei schwarz! War's das jetzt."
Aus einer Seitentür kam eine junge Frau, groß, blond, schlank und sehr attraktiv, in einem weißen flauschigen Bademantel und mit schlafverhangenen Augen. Sie sagte irgendetwas auf Bulgarisch. Als sie Goritschnigg sah, machte sie sofort kehrt und verschwand hinter der Tür. Goritschnigg hatte sie als eines der Varieté-Mädchen erkannt.
Der Chefinspektor grinste: „Ist wohl eher *sie* schuld, dass Sie noch nicht ausgeschlafen sind."
Soronics grinste auch. „Nur keinen Neid, Herr Inspektor."
Wieder ernst sagte Goritschnigg: „Würden Sie mich sofort verständigen, wenn Adamitsch sich bei Ihnen melden sollte! Oder spätestens, wenn er zur Arbeit erscheint!"
„Selbstverständlich, Herr Chefinspektor, stets zu Diensten!"

Zurück beim Auto rief Goritschnigg Mozzolucchesi an. „Wo bist du?"
„Gerade zurück von Europcar. Das Auto wurde am vorigen Mittwoch, also einen Tag nach Lüttjes Tod und zwei Tage, bevor sie bei dir war, von einer dunkelhaarigen attraktiven Dame unter dem Namen Grimowa gemietet."
„Wie wollte sie bezahlen? Hat sie ihre Kreditkartennummer hinterlassen?"
„Sie hat für zwölf Tage im Voraus bar bezahlt! Sie hatte also noch drei Tage gut. Deshalb haben sie sich auch gewundert, als sie heute den Anruf von einem Mann erhielten, dass das Auto abzuholen ist."

„Man hat ihr das Auto so ohne weiteres gegeben? Normalerweise macht das eine Autoverleihfirma nicht, dass sie ein Fahrzeug auf Barzahlung hergibt!“

„Sie hat einen Pass mit dem Namen ‚Grimowa‘ hinterlassen.“

„Sehr schlau von der Dame. Irgendein alter Pass und die passende Haarfarbe. Die hat alles akribisch geplant. Was sagten die von Europcar dazu, dass sich die Polizei für das Auto interessiert?“

„Nicht viel. Die hat nur interessiert, ob alle Papiere drin waren, ob nichts kaputt war und es wie vereinbart vollgetankt war.“

„Und, war es vollgetankt?“

„Nein, aber mit der überzähligen Miete sei das ausgeglichen, meinte der Mann. Aber eines war schon eigenartig: Sie ist zweitausendfünfhundertzweiundvierzig Kilometer gefahren.“

Goritschnigg stieß einen Pfiff aus. „Da war sie ja fleißig unterwegs. Kein Wunder, dass sie nirgends gesehen wurde.“

„Hast du Adamitsch gefunden?“

„Noch nicht. Zu Hause ist er nicht. Deshalb brauche ich dich jetzt. Nimm dir die Liste vor, die wir von den Angestellten des ‚Sofia‘ gemacht haben. Wir müssen die alle abklappern. Es könnte sein, dass er sich bei jemandem da versteckt. Eventuell auch die Russin. Du nimmst dir die Leute vor, die in Klagenfurt oder am anderen Seeufer wohnen. Ich übernehme alle Adressen von Krumpendorf und Umgebung. Bei Soronics war ich schon, aber da ist er auch nicht.“

„Ich frag also nur nach dem Adamitsch?“

„Nein, pass auf! Angeblich gab es im ‚Sofia‘ bis fünf Uhr früh eine russische Fete. Frag jeden, wie lange er oder sie arbeiten musste, ob er oder sie die Leute, die da gefeiert haben, kannte und ob eine Russin, auf die die Beschreibung der *blonden* Ilona passt, dabei war!“

„Hast du denn das nicht den komischen Bulgaren gefragt?“

„Was glaubst du denn, natürlich! Aber der hält dicht. Ohne konkreten Verdacht und ohne Gerichtsbeschluss erfahre ich von dem nichts und kann auch nichts durchsuchen. Deswegen versuchen wir's mit seinen Leuten."

„Ich könnte mir vorstellen, dass Soronics sie längst instruiert hat, dass sie den Mund halten sollen."

„Sowieso, aber vielleicht haben wir Glück! Also los."

Goritschnigg suchte als erstes die Adresse der Tingeltangel-Mädchen auf. Sie wohnten in einer kleinen Privatpension, die an einer Straße lag, die in engen Kurven aus Krumpendorf hinaus und über eine Anhöhe nach Moosburg führte. Die Mädchen waren alle noch im Tiefschlaf. Die Wirtin, eine unscheinbare Frau mittleren Alters, sagte, dass sie zwei Zimmer mit je drei Betten vermiete und auch für sechs Gäste bezahlt werde, aber nur vier Mädchen hier wohnten. Es seien immer wieder andere Mädchen, aber alle seien sehr ordentlich und leise. Sie habe keine Probleme mit ihnen. Sie mache Frühstück, räume auf und das wär's.

„Wie oft wechseln die Mädchen?"

„Ach, so im Halbjahresrhythmus."

„Haben Sie eine Ahnung, woher sie kommen und vor allem, wohin sie wieder gehen."

Die Wirtin reagierte auf diese Frage ziemlich reserviert. Sie zögerte kurz. „Ich habe nie gefragt und es interessiert mich auch nicht. Außerdem sprechen die kein Deutsch. Das einzige, was die herausbringen ist: ‚Versteh nix'!"

Die Wirtin reagierte auf diese Frage ziemlich reserviert. Sie zögerte kurz. „Ich habe nie gefragt und es interessiert mich auch nicht. Außerdem sprechen die kein Deutsch. Das einzige, was die herausbringen ist: ‚Versteh nix'!"

„Was bekommen Sie für dieses Desinteresse?"

Sie wendete sich ab und nahm eine Vase in die Hand, die auf einer Truhe im Flur stand und betrachtete das Ding, als sähe sie es zum ersten Mal. Dann wischte sie mit dem Ärmel über einen unsichtbaren Fleck. „Was meinen Sie damit?"

„Sie wissen genau, was ich meine. Aber keine Angst, Ihr Zusatzeinkommen ist mir völlig wurscht. Ich will nur alles über die

Mädchen wissen. Also! Wie steht's mit den Dingen, die Diskretion erfordern?"

Sie wandte sich dem Chefinspektor wieder zu und lehnte sich an den Truhenrand. Mit verschränkten Armen schaute sie Goritschnigg trotzig an. „Es tut mir leid, ich kann Ihnen nichts weiter sagen."

„Kommen Sie! Wer sind die beiden Mädchen, die zwar hier gemeldet sind, aber nicht hier wohnen. Können Sie mir wenigstens das verraten."

„Warum sollte ich …"

Nun wurde Goritschnigg zornig: „Jetzt passen Sie mal auf, gute Frau. Ich werde die Mädchen oben fragen, wie sie heißen und dann erkundige ich mich nach den Anmeldungen, die ja bei der Polizei gemacht worden sind und ich habe die zwei Namen, die fehlen. Also ersparen Sie mir die Mühe und sagen mir, was ich wissen will. Ich kann auch ungemütlich werden, wenn Ihnen das lieber ist."

Sie war kein bisschen eingeschüchtert. „Eine heißt Tamara Lytkowa, oder so ähnlich, diese Namen merkt sich ja keiner, die andere Valentina Gritschko."

Goritschnigg sah auf seinem Zettel nach. „Tamara Lytkowa hab ich hier. Die Gritschko steht aber nicht drauf. Wo sind die beiden? Das wissen Sie doch!"

„Die eine, diese Tamara, ist die Freundin von dem Restaurantbesitzer, glaube ich. Sie hat ihre Sachen zu der Adresse von dem Mann bringen lassen. Von der anderen weiß ich nichts. Die ist krank geworden und war plötzlich weg."

„Sozusagen bei Nacht und Nebel?"

„Sozusagen bei Nacht und Nebel Sie sagen es! Ich soll nicht zu viel fragen. Das ist es doch, was Sie wissen wollen. Man zahlt mir gut für die zwei Zimmer, das genügt mir."

„Könnten Sie jetzt bitte die Mädchen wecken."

„Wozu eigentlich? Die werden Ihnen ohne Dolmetscher nichts sagen können."

„Würden Sie bitte tun, was ich Ihnen sage. Kann ich mich irgendwo mit den Mädchen ungestört unterhalten?“

Frau Romnig führte ihn in einen Raum, in dem zwei Tische standen, die für das Frühstück gedeckt waren.

„Wollen Sie vielleicht eine Tasse Kaffee?“ Sie sagte das in einem Ton, der unmissverständlich kundtat, dass er besser daran tat, keinen Kaffee zu wollen. Goritschnigg lehnte ab. Dann ging sie aus dem Raum und kam nach ein paar Minuten mit vier zerzausten, schlaftrunkenen, murrenden Girls zurück. Als sie Goritschnigg sahen, setzte ein heftiges Palaver ein, das die Wirtin zu dämpfen versuchte, aber keine hörte auf sie.

„Bändigen Sie doch diese Hühnerschar. Was sind die aufgeregt, wenn ein Hahn auftaucht“, keifte sie.

„Ruhe!“, brüllte er und es wurde augenblicklich still. Alle schauten ihn erschrocken an. An die Wirtin gewandt fragte er: „Wie heißen die, bitte der Reihe nach.“

„Adriana, Vera, Saskia, Ljuba.“ Die Mädchen hoben nacheinander den Kopf, als die Wirtin auf sie deutete.

„Ich möchte mit jeder einzeln sprechen.“

Die Wirtin ging mit drei Mädchen hinaus und Vera blieb zurück. Goritschnigg sah sie streng an und stellte sich breitbeinig vor sie hin. Barsch fragte er: „Sie heißen Vera Irtytsch.“

Sie sagte kleinlaut: „Ich Vera Irtytsch, sonst versteh nix.“

Er setzte eine strenge Miene auf und sagte: „Wir haben Ihre Papiere geprüft und festgestellt, dass etwas nicht in Ordnung ist. Sie werden bald ausgewiesen.“

Sie schüttelte den Kopf und sagte bedauernd: „Versteh nix.“

Goritschnigg schickte sie hinaus und holte Saskia rein. Mit ihr betrieb er dasselbe Spielchen, aber auch sie reagierte nicht auf seine Androhung, sondern sagte nur ihr ‚versteh nix‘ – Sprüchlein auf.

Bei Ljuba hatte er mehr Glück. Sie reagierte erschrocken und fing zu jammern an. „Warum, Herr Kommissario, warum? Polizist sagen, alle Papiere in Ordnung. Was ist nicht in Ordnung?

Was ich tun kann? Muss noch bleiben halbe Jahr mindestens. Familie in Bulgarien braucht Geld. Biette nicht wegschicken …"

Sie hätte noch weiter lamentiert, wenn Goritschnigg sie nicht unterbrochen hätte: „Pass auf, Mädchen, du musst nicht gehen, wenn du mir alles sagst, was du beobachtet hast, ja?"

Sie hob die Hände in einer verzweifelten Geste: „Nix beobachtet, nix gesehen, kann nix sagen. Soronics schmeißt mich raus. Was soll ich dann machen?"

„Keine Angst. Soronics erfährt nichts. Was war gestern los? Was wurde im ‚Sofia' gefeiert? Wer war da? Was haben die geredet? Wie lange habt Ihr gearbeitet?"

„Viel Fragen, Kommissario! Waren Russen aus St. Petersburg, mehr weiß nicht. Sieben Männer, fünf Frauen. Wir haben getanzt. Bis vier Uhr früh. Extra bezahlt bekommen."

„Habt Ihr alle getanzt oder nur Ihr vier."

„Wir vier. Tamara hat gesprochen mit die Leute und Valentina war nicht da – ist krank."

„Was fehlt ihr denn."

Sie hob bedauernd die Schultern. „Weiß nicht genau. Hat gesagt, fühlt sich nicht gut und ist einfach nicht mehr gekommen."

„Wann war das?"

„Ist schon lange her - schon vor Wochen."

„Was haben Soronics und Adamitsch dazu gesagt?"

„Soronics hat gesagt ‚Scheiße' und Adamitsch hat gesagt, sie hat eine böse Grippe und muss wahrscheinlich nach Bulgarien zurück."

„Kann es sein, dass Valentina auch bei einem Mann ist – so wie Tamara?

Sie wand sich verlegen und blickte zur Seite, dann sah sie Goritschnigg abrupt flehentlich an: „Biette nix sagen. Wenn ich rausgeworfen, dann ich muss zurück nach Bulgarien. Wir dürfen nicht darüber reden. Wenn Mädchen einverstanden sind, sie können mit Männer gehen und verdienen extra."

„Und sie dürfen auch bei den Männern wohnen?"

„Eigentlich nicht. Sie hat nix gesagt. Nur: Fragt nicht. Wir uns daran halten, weil sonst …“

„Ja, ja, sonst müsst Ihr zurück nach Bulgarien. Hast du Valentina noch mal gesehen?“

„Nein.“

Goritschnigg zog sein Handy raus und rief Soronics an, der sich laut fluchend meldete: „Was wollen denn Sie schon wieder. Sie können einem aber auf die Nerven gehen.“

„Immer mit der Ruhe. Ich möchte nur wissen, wo – besser gesagt – bei wem das *kranke* Mädchen Valentina Gritschko untergebracht ist.“

„Verdammt, deswegen rufen Sie an! Da müssen Sie den Adamitsch fragen! Er hat gesagt, ihre Grippe ist sehr ansteckend und hat sie nach Hause geschickt. Keine Ahnung, wo sie ist. War's das jetzt?“

„Vorläufig ja. Sie können sich wieder voll und ganz Ihrer Tamara widmen.“ Er legte auf.

Goritschnigg wandte sich erneut an das Mädchen: „Zurück zu gestern Abend. Habt Ihr mitbekommen, was gesprochen wurde?“

„Wir haben getanzt, da ist Musik laut. Kann nichts hören.“

Goritschnigg fragte freundlich: „Woher kannst du so gut Deutsch?“

Sie wurde verlegen. „Ach, kann nicht so gut. Ich hab in Gymnasium gelernt, Englisch und Deutsch.“

„Du warst auf dem Gymnasium und spielst hier die Aufziehpuppe? Hast du keinen besseren Job bekommen?“

Sie wurde noch verlegener. „Habe Studium begonnen – Medizin“, sagte sie mit einem Anflug von Stolz, dann wurde sie wieder kleinlaut und sagte niedergeschlagen: „Vor ein Jahr meine Eltern haben Autounfall; beide tot. Ich habe zwei jüngere Geschwister. Kann nicht weiter studieren. Hat eine Freundin angerufen, dass Möglichkeit in Österreich arbeiten und Geld verdienen. Schicke es nach Bulgarien zu meine Großmutter, wo Juri und Manuela leben. Sind vierzehn und fünfzehn. Wenn sie

Schule fertig und arbeiten, dann ich mache weiter mein Studium."

„Tapferes Mädchen. Ich nehme an, Adamitsch hat dich eingestellt, bevor Soronics da war?" Sie nickte. „Wie bekommst du dein Geld?"

„Wir bekommen das Geld auf die Hand. Ende von Monat. Ist aber nur wenig von das, was auf dem Zettel steht. Der Rest ist für Wohnen und Essen und alles."

„Und Ihr seid einverstanden?"

„Kann nicht anders sein. Ist gute Job mit offizielle Status. Andere Mädchen haben viel schlimmer."

„Kennst du solche Mädchen?"

Sie wurde reserviert. „Nein, weiß nur aus dem Fernsehen."

„Gut, noch eine Frage: Ich weiß, dass Ihr nicht ewig bleiben könnt. Was macht Ihr danach? Was hat man dir versprochen?"

Sie runzelte die Stirn und Goritschnigg konnte sehen, dass ihr nicht wohl bei der Frage war.

„Iliescu hat gesagt …", sie schaute erschrocken auf, als sich der Chefinspektor abrupt aufrichtete. „… Ist der Agent in Bulgarien, der die Mädchen anwirbt. Er hat gesagt, soll mir keine Sorgen machen, kann lange in Österreich oder Deutschland arbeiten. Gibt gute Jobs für brave und fleißige Mädchen."

„Du hast also erst hier erfahren, dass du wieder wegmusst."

„Ja, von die anderen Mädchen."

„Kommt Iliescu hierher?"

„Nein, habe ihn nie wiedergesehen. In Sofia hat Büro."

„Gut, du kannst jetzt gehen. Du warst lange hier drin, also sagst du, ich habe dich nach den Arbeitsbedingungen, der Bezahlung uns solchen Dingen gefragt. Außerdem habe ich dir angedroht, dass Ihr möglicherweise alle nach Bulgarien zurückmüsst, weil etwas mit den Aufenthaltsgenehmigungen nicht stimmt. Sag ihnen, ich werde dich auf dem Laufenden halten, weil du gut Deutsch kannst. Sonst sag ihnen *gar nichts*, hast du verstanden. Ich will nicht, dass du Schwierigkeiten bekommst."

Sie blickte treuherzig zu ihm auf. „Gut, ja, verstanden."

„Ich habe noch einen Auftrag für dich. Ruf mich bitte sofort an, falls Valentina wieder auftauchen sollte. Hast du ein Handy?"

„Ja. Rufe oft meine Familie in Bulgarien an. Verspreche, ich werde Sie anrufen."

„Tu das, aber pass auf, dass dich niemand beobachtet und lösche sofort die Nummer, damit …"

„Schon klar, ich will sehr vorsichtig sein."

Die Befragung von Adriana brachte nichts außer: „Versteh nix!" Goritschnigg ließ sich noch Valentinas Schlafplatz und ihre Sachen zeigen – ein paar Toilettenartikel, wie eine fast leere Zahnpastatube und zwei Haarspangen, ferner ein paar T-Shirts waren noch da. Er nahm das Bett auseinander und sah auch darunter nach, fand aber nichts weiter. Ihre Sachen nahm er mit.

Die Besuche bei Soronics' Angestellten brachten nichts. Ein Hilfskoch war noch vor Mitternacht nach Hause gegangen, der zweite, der in Pörtschach wohnte, ebenfalls. Einer der Speisenkellner, ein waschechter Kärntner, zumindest dem Dialekt nach, der in der Nähe von Velden bei seinen Eltern wohnte, hatte nichts Ungewöhnliches bemerkt, natürlich keine Namen gehört und natürlich kein Russisch verstanden. Er hatte bereits nach Küchenschluss um halb zwölf frei und war gegangen.

Bevor Goritschnigg nach Klagenfurt zurückfuhr, suchte er nochmals Adamitschs Wohnhaus auf. Ohne Erfolg. Der Vogel war ausgeflogen und Goritschnigg bedauerte erneut, dass er ihn und die Russin in der Nacht verpasst hatte.

Mozzolucchesi, den Goritschnigg natürlich beim Essen in der Pizzeria gegenüber des Polizeigebäudes antraf, legte gleich jammernd los: „Frrraß, fürchterlicher! Schlimm, wenn man keine Zeit für ein anständiges Mittagessen hat. Wie soll man denn arbeiten nach solchen Spaghetti, die einem stundenlang im Magen liegen. Der Fisch trocken, der Salat sauer. Was habt Ihr nur für eine Kultur in der Küche!"

„Reg dich ab, Mozzo. Du immer mit deinem Nudel- und Grünzeug. Dann iss halt einen ordentlichen Schweinsbraten beim ‚Jaunig' oder geh heim zu deiner Barbara. Die kocht dir sicher was Feines."

„Brrrr! Das tät noch fehlen." Mozzolucchesi schüttelte sich, als habe man ihm gerade Jauche angeboten.

„Na also, dann sei zufrieden. *Hier* kocht immerhin ein echter Italiener. Nun erzähl schon, was du gehört hast."

Goritschnigg bestellte *Spaghetti Carbonara.* Zugegebenermaßen war das Essen hier kein Highlight, aber er war längst nicht so anspruchsvoll wie sein Kollege.

„Warte, schön der Reihe nach." Er holte einen Notizblock aus seiner Tasche und berichtete: „Die zwei Küchenmädchen wohnen bei einer Helga Moser zur Untermiete, sind aber diese Nacht nicht nach Hause gekommen. Sie gehen schon mal mit Männern mit, sind aber keine Prostituierten. Sind dem Pass nach Bulgarinnen. Sprechen wenig Deutsch, es gab aber nie Probleme mit ihnen."

Goritschnigg wurde ungeduldig. „Vergiss die mal. Von denen werden wir sicher keine Geheimnisse erfahren. Wer stand noch auf deiner Liste?"

Mozzo wurde lebhaft. „Ja, das war schon interessanter. Es gibt da noch einen Hilfskoch oder so was Ähnliches. Eigentlich ist er Kellner, muss aber auch in der Küche aushelfen. Er heißt Angelo, ist gebürtiger Bulgare und wohnt gleich ums Eck von der Lüttje-Wohnung."

Goritschnigg stieß einen Pfiff aus, der ein Pärchen am Nachbartisch erstaunt herüberschauen ließ. Goritschnigg hob in gespielter Begeisterung die Gabel und sagte zu den beiden: „*cucina exquisita, veramente*!", worauf sie das Gesicht verzogen und sich betreten wieder ihrer pappigen Polenta zuwandten.

„Also, was war mit dem?"

„Ich habe ihn aus dem Tiefschlaf holen müssen, denn er war die halbe Nacht auf. Er ist seit fünf Jahren im ‚Sofia' beschäftigt und kennt den Betrieb ganz genau. Er war zunächst in der Küche, dann aber die ganze Zeit hinter der Bar. Er hat gelegentlich die Getränkebestellungen aufgenommen und den Russen an den Tisch gebracht. Die haben jede Menge Wodka und Champagner gesoffen, der Chef mit ihnen. Die Tamara von den Tanzmädchen war auch dabei. Kurz nach Mitternacht ist eine der Russinnen gegangen, ob der Adamitsch mit ihr, das weiß er nicht."

„Gut, das sind die Fakten, aber was hat er von den Gesprächen mitbekommen?"

„Nicht viel. Er hat gesagt, dass er, obwohl er etwas Russisch kann, nicht viel verstanden hat, weil die so einen fürchterlichen Dialekt gesprochen haben."

Mozzo legte eine kurze Pause ein, als sich sein Gesicht aufhellte und er strahlte, als habe er soeben die Glühbirne erfunden.

„Aber etwas anderes ist ihm rausgerutscht."

„Aha! Und was? Mach's nicht so spannend. Du platzt ja gleich."

„Ich frag' ihn, wer an diesem Abend noch in dem Lokal war und da sagt er ‚außer der Schwester vom Adamitsch war da niemand'. Und was glaubst du, wie die heißt?"

„Na?"

„Erna Kogelnig."

Goritschnigg war gerade dabei, einen Bissen zum Mund zu führen, als dieser ihm offen und die Gabel in halber Höhe schweben blieb. „*Die* Erna Kogelnig?"

„Welche denn sonst? Natürlich *die* Erna Kogelnig. Ich hab genauso reagiert wie du."

Goritschnigg legte die Gabel auf den Teller. „Und er wohnt dort in der Nähe?"

„Ja, eigentlich in der gleichen Siedlung, nur in einer anderen Straße. Ich hab ihn gefragt, ob er durch sie die Wohnung bekommen hat, aber da hat er gemeint, dass mich das nichts angeht; und ob ich ihn wegen irgendwas verdächtige; und außerdem muss er fort. Ich bin aus der Tür raus und habe gewartet. Nach fünf

Minuten kommt er raus und fährt zum Strandbad. Er eilt rein, kommt aber gleich wieder raus."

Goritschnigg lachte. „Ja, was er offensichtlich nicht wusste, ist, dass die Kogelnig an ihrem Arbeitsplatz nur selten anzutreffen ist." Nachdenklich sagte er: „Warum fährt er gleich hin zu ihr? Hm, weil sie die Schwester vom Adamitsch ist vermutlich. Langsam scheint es so, als wäre sie die Drehscheibe der ganzen Angelegenheit."

Und wieder an Mozzolucchesi gewandt: „War sie im ‚Sofia' in Begleitung?"

„Ja, eine Frau saß mit ihr am Tisch, die er nicht gekannt hat. Sie war dunkelhaarig, schlank, etwa vierzig. Sie sah ziemlich gewöhnlich aus, meinte er."

„Ja, ja, ich weiß, wer das ist. Wann sind die gekommen?"

„Das wusste er nicht, weil er da ja noch in der Küche zu tun hatte. Um halb zehn stand er dann in der Bar und da haben die beiden immer zur Tür geschaut, als würden sie jemanden erwarten. Um zehn sind sie wieder gegangen."

„Hat die Kogelnig ihren Bruder kontaktiert?"

„Er sagte, sie war einmal auf dem Klo. Ob sie ihn da getroffen hat, weiß er nicht. Wer war denn nun ihre Begleiterin?"

„Später! Hat er noch etwas gesagt?"

„Nein, das war alles, was aus ihm rauszuholen war."

„Aha, und bist du ihm vom Bad aus weiter gefolgt?"

„Schon. Er ist in die Stadt gefahren, da habe ich ihn dann leider verloren."

„Wie war's bei den anderen auf deiner Liste?"

„Da war ich noch nicht. Wollte das jetzt nach dem Essen machen."

„Wer fehlt noch?"

„Einer der Köche. Der war gestern aber gar nicht da, deshalb hat er ja aushelfen müssen, sagt der Gritschko ..."

„Wart mal, der heißt wirklich ‚Gritschko', der Angelo? Auf der Liste vom Smolnig steht gar kein ‚Gritschko'?"

„Stimmt, da steht ‚Glitscho'. Hat wohl nicht aufgepasst, der Smolnig. Die Wirtin von den zwei Bulgarinnen hat gesagt, dass der ‚Gritschko' heißt. Was ist daran so ungewöhnlich?"

„Weil die Valentina auch ‚Gritschko' heißt."

„Kann Zufall sein."

„Sei nicht naiv, Mozzo, das ist ihr Mann, da fress' ich einen Besen."

„Hoffentlich verschluckst du dich daran nicht. So ein Besen kann verdammt zäh sein!"

„Schon probiert?"

„Sei nicht albern!" Goritschnigg stand auf. „Mozzo, vergiss die restlichen Namen auf deiner Liste. Von denen werden wir keine großen Erkenntnisse gewinnen. Komm, wir gehen ins Büro und informieren Tranegger. Es hängt von unserem weiteren Vorgehen viel ab. Langsam lüftet sich der Schleier ein wenig."

„A… Aber ich bin noch nicht fertig. Das Dessert …"

„Ich dachte, es ist so fürrrchterrrlich hier."

„Gerade das Dessert nicht. Das *Tiramisu* ist gut. Das ist doch der einzige Grund, warum ich überhaupt hier esse."

„Wahrscheinlich ist es sowieso von ‚Iglo'. Lass es dir einpacken, wenn du ohne nicht leben kannst."

Murrend stand Mozzolucchesi auf. Nachdem sie gezahlt hatten, wobei der Italiener mit Bedauern zu dem Kellner sagte, dass er heute auf die Nachspeise verzichten müsse, klopfte ihm dieser auf die Schulter und meinte: „Kein Problem, wir haben genug Vorrat."

Im Hinausgehen jammerte er: „Sollte das vielleicht heißen, dass du recht hast?", und folgte dem Chefinspektor, der mit raschen Schritten die Straße überquerte. Über die Schulter rief er dem kleinen Italiener zu: „Ich hoffe, du verschmerzt das."

In Traneggers Büro erstattete Goritschnigg kurz Bericht, als Susi hereinstürzte und sagte, sie habe eine aufgeregte Frau Trabesinger am Telefon. Er ging an den Apparat, aber noch bevor er etwas fragen konnte, sagte die Frau gehetzt: „Kommen Sie schnell, es ist etwas passiert. Ich habe schon die Funkstreife angerufen. Die Beamten werden gleich da sein. Ich möchte aber dringend mit Ihnen sprechen …“

„Beruhigen Sie sich. Sagen Sie mir zuerst, was passiert ist?“

„Das ganze Büro steht auf dem Kopf. Ich war nur kurz weg und als ich zurückkomme, ist alles verwüstet.“

„Ist Frau Kogelnig da?“

„Nein, das ist es ja. Ich habe sie heute überhaupt noch nicht gesehen …“

„… Nachdem Sie gestern mit ihr im ‚Sofia‘ essen waren.“

„Ja, das war dienstlich. Sie hat mich eingeladen.“

„War das Büro abgeschlossen?“

Sie zögerte. „N… nein, das mache ich nie, wenn ich nur kurz rausgehe. Es gibt ja nichts zu stehlen und Geheimnisse haben wir auch keine. Zumindest glaubte ich das bisher.“

„Rühren Sie nichts an, ich bin gleich da. Auch die Beamten sollen nichts anfassen. Ich schicke die Spurensicherung.“

Goritschnigg legte auf und sah Tranegger und Mozzolucchesi an, die ihm zu Susis Schreibtisch gefolgt waren. „Langsam kommt die Sache in Gang. Wir haben sie aufgescheucht.“ Auf die fragenden Blicke der beiden fügte er hinzu: „Das Büro der Strandbadverwaltung ist verwüstet worden.“ An Mozzolucchesi gewandt sagte er: „Du gehst aufs Standesamt und fragst nach Gritschkos Heirat. Dann suchst du das Büro von Stadtrat Gaugusch auf und quetschst die Sekretärin aus, ob sie was über die Kogelnig weiß. Das kannst du sicher gut. Danach rufst du den Gritschko an und triffst dich mit ihm. Setz ihn unter Druck. Ich möchte genau wissen, wo er in den letzten paar Stunden war, seit er vom Strandbad weg ist. Als nächstes schaust du zu der Wohnung der Kogelnig. Möglicherweise hat sich der Adamitsch dort verkrochen. Da kannst du gleich deine Verehrerin, die Frau Strauss, besuchen und sie ein bisschen ausfragen: Ob die Saltrytschkowa inzwischen vielleicht aufgetaucht ist, welche

Besucher die Kogelnig bekommt, ob sie den Gritschko kennt usw. Lass sie tratschen. Du darfst ihren köstlichen Kaffee hochloben und wenn du sie jetzt anrufst und deinen Besuch ankündigst, bäckt sie dir wahrscheinlich sogar einen Kuchen – als Ersatz für das Tiramisu! Und der ist sicher hausgemacht!"

„Ja, ja, mach dich nur lustig über mich. Ich bin also doch nicht so falsch mit der Strauss umgegangen. Jetzt brauchen wir sie."

„Mozzo, hau ab!" Mit einer leichten Verbeugung und einem Grinsen im Gesicht verabschiedete sich der kleine Italiener.

Zu Tranegger sagte Goritschnigg: „Du mach dich bitte im Finanzamt schlau, ob wir die Steuerakte des ‚Sofia' einsehen können. Mich interessieren nicht die möglichen Hinterziehungen, sondern ich möchte wissen, welches Personal wie viel Gehalt bezogen hat. Das sagen sie uns vielleicht ohne Gerichtsbeschluss. Sonst müssen wir uns halt einen besorgen. Außerdem möchte ich ganz genau die Bewegungen des Personals dort erfassen. Wer hat wann dort gearbeitet, wie sind die Genehmigungen für die Ausländer zustande gekommen. Ich kann im Moment die Zeit dafür nicht erübrigen. Du weißt, wie mühsam das sein kann."

Tranegger seufzte. „Ich habe aber einen dringenden Termin beim Bürgermeister. Er will über eine Verlegung der Kriminalabteilung in ein neues Gebäude mit mir reden."

„Verlegung? Hoffentlich nicht nach Völkermarkt als Ausgleich dafür, dass wir die jetzt schon zwei Jahre beherbergen."

Tranegger schmunzelte. „Das wäre doch mal eine ausgezeichnete Idee für gemeindeübergreifende Kooperation!"

Goritschnigg schnaufte: „Der Bürgermeister muss warten. Wie kommt er überhaupt darauf, dass wir Veränderung nötig hätten?"

„Wahrscheinlich braucht wieder jemand eine *kleine* Vermittlungsgebühr in Form eines ‚Beratungshonorars'!"

„Du denkst aber auch schlecht von unseren Politikern, Lobbyisten, Baukonzernen, Immobilienmaklern und so weiter und so weiter ..."

Zwanzig Minuten später stellte Goritschnigg sein Auto vor dem Strandbad ab. Es standen bereits die Autos der Spurensicherung und ein Streifenwagen da. Er eilte durch die Eingangshalle. Es begann zu regnen, weshalb kaum Badegäste zu sehen waren. Die Tür zu den Räumen der Verwaltung stand offen. Frau Trabesinger erwartete ihn rauchend vor dem Eingang.

„Gut, dass Sie kommen. Die Leute bringen alles noch mehr durcheinander. Ist das nötig?"

„Allerdings, Frau Trabesinger. Zuerst mal Grüß Gott!"

„Entschuldigen Sie. Grüß Gott." Sie gab ihm die Hand.

Goritschnigg ging an der Frau vorbei in das Gebäude. Tomaschitz stand mit verschränkten Armen an den Türrahmen zum Sekretariat gelehnt und starrte mit ernster Miene in den Raum. Als er Goritschnigg sah, nahm er Haltung an. „Ich hab aufgepasst, dass niemand da reingeht."

„Gut gemacht, Tommy, wo ist der Smolnig?"

„Er macht eine Runde im Bad und schaut, ob der Einbrecher vielleicht …"

„… noch da ist und auf uns gewartet hat? Glaub' ich kaum!" Goritschnigg grinste.

„Wäre doch möglich. Verbrecher bleiben oft am Tatort und freuen sich über die Ratlosigkeit der Polizei."

„Du siehst zu viel fern, Tommy."

Goritschnigg warf einen Blick in den Raum. Papiere lagen verstreut auf dem Boden, Ordner waren aus den Regalen gefegt worden und bildeten groteske dachähnliche Konstruktionen. Die Schreibtischladen standen offen. Er deutete fragend auf die Tür zum Chefzimmer. Raunig nickte und sagte: „Sie können rein, aber bitte nichts anfassen."

Erna Kogelnigs Büro sah unangetastet aus. Aus dem Vorzimmer erscholl Raunigs Stimme: „Chefinspektor Goritschnigg, kommen Sie kurz."

„Ich komm' auch lang, wenn's sein muss", sagte Goritschnigg beim Betreten des Vorzimmers.

Raunig lachte. „Immer zu einem Scherzchen aufgelegt, der Chefinspektor!“ Raunig stand hinter dem Schreibtisch und forderte Goritschnigg auf, näher zu kommen. „Sehen Sie hier:“ Er deutete auf ein paar rötliche Flecken auf dem Boden. „Und hier:“ Auf der Schreibtischkante waren ebenfalls einige rote Flecken zu sehen.

„Haben Sie die Sekretärin gefragt, ob sie sich verletzt hat“, fragte Goritschnigg.

„Noch nicht. Machen Sie das?“

Goritschnigg fand Frau Trabesinger nervös auf und ab gehend vor dem Gebäude. Genervt sagte sie: „Ich kann die Chefin nicht erreichen. Normalerweise hat sie ihr Handy an und hebt ab. Aber heute scheint alles aus den Fugen geraten zu sein.“

„Es wird noch mehr aus den Fugen geraten, das sagt mir mein sechster Sinn, also regen Sie sich nicht über ein bisschen Unordnung auf. Wo können wir uns unterhalten?“

„Kommen Sie!“ Sie führte Goritschnigg in die Eingangshalle des Bades, wo sie aus dem Kassenraum zwei Stühle holte. Sie setzten sich und die Frau zündete sich mit leicht zittrigen Fingern eine Zigarette an. „Man darf hier eigentlich nicht rauchen, aber das ist mir jetzt wurscht. Ich bin tief erschüttert.“

„Warum nimmt Sie das so mit? Ist doch nur ein Einbruch.“

„Eben nicht! Haben Ihre Leute die Blutflecke nicht gesehen?“

„Sind die nicht von Ihnen?“

„Nein! Aber da ist noch etwas!“ Sie zögerte, dann sah sie den Chefinspektor herausfordernd an. „Frau Kogelnig hat mir gestern einen Umschlag gegeben, den ich aufbewahren sollte. Es sei nichts Besonderes, sagte sie wie nebenbei. Nur ein paar … Familienfotos. Genau so hat sie es gesagt … mit einer kleinen Verzögerung. Sie seien etwas … delikat und sollten nicht in falsche Hände geraten, weil jemand in Schwierigkeiten kommen könnte. Ich fragte sie, warum sie sie nicht vernichte und da schmunzelte sie: ‚Weiß man, was man einmal brauchen kann.‘ Natürlich habe ich ihr nicht geglaubt – Familienfotos und so – die hat doch gar keine Familie. Aber sie ist meine Chefin und ich mische mich nicht in ihre Angelegenheiten.“ Sie nahm ein paar tiefe Züge aus ihrer Zigarette.

„Wo haben Sie den Umschlag hingegeben?“

„Das ist es ja! Ich habe ihn gar nicht mehr.“

„Wieso?“

„Weil sie ihn wieder an sich genommen hat.“

„Interessant! Erzählen Sie!“

„Das war so: Frau Kogelnig hat mich gestern ins ‚Sofia‘ zum Essen eingeladen. Wie ich zu der Ehre komm‘, hat sie nicht gesagt, nur, dass sie sehr zufrieden mit mir ist und meine treuen Dienste belohnen will.“

„Vor ein paar Tagen hat sie Sie noch ordentlich zusammengestaucht.“

„Das hat mich ehrlich auch gewundert, aber na ja, vielleicht hat sie ein schlechtes Gewissen bekommen, oder sie braucht für irgendwas Rückendeckung.“

„Sie haben also nicht an ein lauteres Motiv geglaubt.“

Sie verzog den Mund „Bei der Frau! Nein, sicher nicht! Ich dachte mir, kann ja nicht schaden. Ich habe schon einiges von dem guten Essen im ‚Sofia‘ gehört. Sie hat mich in ihrem Auto mitgenommen. Um halb neun waren wir da. Wir bekommen also einen netten Tisch gleich neben der Bühne. Kurz nach uns kommt eine große Gesellschaft ins Restaurant. Lauter Russen, glaub‘ ich.“

„Wie viele Leute waren das?“

„Sieben Männer und vier Frauen. Sehr elegante Menschen. Vor allem die Frauen waren toll. Natürlich ist es bald ziemlich laut zugegangen und wir konnten uns kaum noch unterhalten. Die Chefin ist zusehends nervös geworden und hat ständig zum Eingang geschaut, als sollte noch wer kommen. Es kam auch tatsächlich jemand: Eine Blondine, die sich zu den Russen gesetzt hat. Ich dachte: ‚Auf die hat sie g’wartet.“

„Wie spät war es da“

„Halb zehn, schätze ich. Wir haben gerade unseren dritten Gang gekriegt und waren beim Essen. Als wir fertig sind, geht sie aufs Klo. Kaum zurück, holt sie einen braunen Umschlag aus ihrer Handtasche und gibt ihn mir …“

„Konnte man das von dem Russentisch aus sehen?“

„Natürlich.“

„Was geschah dann?“

„Kurz darauf steht sie auf und sagt, sie muss jetzt gehen, Ich könne ja noch bleiben, müsse dann aber sehen, wie ich nach Hause komm‘. Um diese Zeit gibt es keinen Bus mehr von Krumpendorf nach Klagenfurt, also bin ich mit ihr gegangen. Sie bringt mich bis zu meiner Wohnung und sagt dann: ‚Ach, geben Sie mir den Umschlag wieder zurück. Mir ist ein gutes Versteck eingefallen. Danke für den netten Abend‘, dabei hat sie kaum ein Wort mit mir gesprochen; von wegen, treue Dienste belohnen.“ Sie verzog verächtlich den Mund. „Ich hab ja so was geahnt, aber dass sie mir brisante Dinge mitgibt …“

„Da war nichts Brisantes drin! Es war nur ein Test!“

Sie riss die Augen auf. „Ein Test? Wozu, wofür?“

Goritschnigg ging nicht auf die Fragen ein. „Nochmals genau, bitte: Sie sind beim Essen – die Russin kommt – sie essen fertig – die Kogelnig geht aufs Klo. Nahm sie ihre Handtasche mit?“

„Ich habe nicht darauf geachtet. Aber ich denke schon.“

„Kam jemand vom übrigen Personal irgendwann ins Restaurant? Aus der Küche vielleicht?“

„Hm, warten Sie … Ein Mann öffnete ein wenig die Tür neben der Bar und schaute ins Lokal.“

„Bevor oder nachdem sie Ihnen den Umschlag gegeben hat.“

„Das war danach. Aber er hat gar nicht zu uns geschaut, sondern zum Russentisch. Ich dachte, er wollte sich vergewissern, ob er noch gebraucht wird.“

„Nächste Frage: Wohin hat sich die späte Russin gesetzt? Hatte sie Sicht auf die Tür neben der Bar?“

„Könnte sein, aber genau weiß ich es nicht."

„Nun kommen wir zu heute Mittag. Wann sind Sie aus Ihrem Büro gegangen?"

„Um halb zwei. Kurz nach, glaube ich. Ich musste etwas mit dem Restaurantbesitzer besprechen. Die Kogelnig war ja den ganzen Vormittag nicht da und so lag es wieder mal an mir. Es ging um eine Beschwerde, die ein Mann bei uns angegeben hat. Ich war vielleicht zwanzig Minuten weg."

„Wer war der Mann, der sich beschwert hat?"

„Ein großer Mann mit Vollbart. Er kam in Straßenkleidung: Jeans und Polohemd; eine Baseballkappe auf dem Kopf. Also kein Badegast."

„Was hat er gesagt?"

„Er hat gesagt, ich soll den Restaurantbesitzer zusammenstauchen. Er hätte es schon selbst versucht, aber erfahren, dass er erst nach ein Uhr anzutreffen ist und so lang kann er nicht warten. Also bin ich um halb zwei zum Restaurant rübergegangen. Der Pächter – Besitzer ist er ja nicht – fragte seine Kellner, ob sich ein Gast bei ihnen beschwert hat, aber die verneinten das. Als ich zurückkomm', stehen die Türen offen und ich find' das Chaos vor. Ich hab sofort gedacht, dass jemand den Umschlag gesucht hat und bin zum Schreibtisch gegangen, um nachzuschauen, ob mein abgeschlossenes Fach aufgebrochen war."

„Und, war es?"

„Ja. Da habe ich die Blutflecke gesehen."

„Haben Sie nachgeschaut, ob etwas fehlt. Im Büro Ihrer Chefin vielleicht?"

„Ihr Aktenschrank war so wie immer abgeschlossen."

„Noch eine Frage: War gestern ein junger Mann bei Ihnen, der zur Kogelnig wollte?"

„Ja, da war einer. Hat nach ihr gefragt und ist gleich wieder gegangen. Hab ich vorher noch nie gesehen."

„Überlegen Sie genau: Könnte das der sich beschwerende Gast gewesen sein?"

„Ich glaube nicht. Aber wenn, dann hat er sich gut verkleidet.“

„Gut! Bitte holen Sie Ihre Sachen. Wir fahren jetzt zu Ihrer Wohnung.“

Sie wollte protestieren: „Aber wieso denn. Ich habe doch den Umschlag nicht mehr.“

„Ich weiß das, Sie wissen das, aber weiß das auch der Einbrecher?“

„Oh Gott. Sie haben recht ...“

Sie gingen zurück zu den Büros. Die Spusi war gerade fertig. Goritschnigg nahm Raunig zur Seite und fragte: „Was können Sie mir schon sagen. Sind es Blutflecke?“

„Ja, eindeutig. Auf dem Boden lag eine Schere und die unterste Schublade des Schreibtisches wurde aufgebrochen. Die Person, die hier am Werk war, dürfte sich dabei verletzt haben.“

„Gut, dann haben wir die DNA. Die Sekretärin soll jetzt nachschauen, ob etwas fehlt.“

„Die Räume sollten aber versiegelt werden.“

„Warten Sie bitte, bis wir fertig sind. Ich fahre dann mit Frau Trabesinger zu ihrer Wohnung. Falls es dort genauso aussieht, rufe ich Sie.“

Wie Goritschnigg nicht anders erwartet hatte, fehlte nichts. Die Portokasse war ebenso unangetastet wie die Geldbörse in der Handtasche der Sekretärin.

Frau Trabesingers Wohnung war ebenfalls durchsucht worden. Die Wohnungstür war aufgebrochen. Die entsetzte Frau setzte sich auf einen freien Stuhl und weinte. „Was wollen die nur von mir? Die Kogelnig! Sie ist nicht besonders nett, aber bisher war die Zusammenarbeit kein Problem. Warum jetzt?“

Goritschnigg setzte sich neben die Frau und nahm ihre Hand. Sanft sprach er auf sie ein: „Frau Trabesinger, bitte denken Sie nach. Wann genau hat Ihre Chefin begonnen, sich zu verändern? Ist da irgendwas Besonderes geschehen? Ein Besuch? Ein Anruf? Ein Brief? Irgendwas?“

Sie schniefte und Goritschnigg gab ihr ein Taschentuch, mit dem sie sich schnäuzte und die Wangen trocknete. Sie sah ihm in die Augen. „Ich habe mir diese Frage schon gestellt, bis mir der Kopf zu rauchen ang'fangen hat. Ich bin auf nichts kommen außer auf zwei Dinge, die ich aber nicht mit irgendwelchen Ungereimtheiten in Verbindung gebracht hätte – nie im Leben – wenn nicht das heut' passiert wäre."

„Was war das?"

„Erstens ist sie noch öfter abwesend als früher. Und zweitens: Ich habe sie einmal tatsächlich weinen sehen. Das war so: Ich komm' in ihr Büro, da legt sie gerade den Hörer auf und über ihre Wangen rinnen Tränen. Ich frag sie erschrocken, ob was in Ihrer Familie passiert ist, aber sie dreht sich weg und schnauzt mich an: ‚Nein, mein Hund ist überfahren worden'. Ich sage ein paar bedauernde Worte und geh wieder. Ein paar Minuten später kommt sie raus und geht fort, unnahbar und unfreundlich wie immer. Ich dachte mir, die hat doch gar keinen Hund, aber vielleicht ist es etwas, das sie mir nicht erzählen will. Wie gesagt, ich kannte sie privat überhaupt nicht."

„Bitte denken Sie jetzt genau nach. Wann brach sie in Tränen aus? Und seit wann hat sie angefangen, länger fortzubleiben?"

Sie tippte mit dem Zeigefinger ans Kinn und konzentrierte sich. „Hmm, das ist nicht so einfach. Sie ist ja fast nie mehr da, und das seit ca. drei Wochen, schätze ich. Und geheult hat sie … Nein, um genau zu sein, sie hat eigentlich nicht geheult; es waren nur diese Tränen. Sie hat eher einen zornigen als einen traurigen Eindruck gemacht. Warten Sie …, das war … vorigen Dienstag! Sie hat mich einen Termin absagen lassen."

„Also an dem Tag, als Dr. Lüttje starb?"

„Ja, genau! Wir wussten jedenfalls noch nichts von Dr. Lüttjes Tod ..." Sie hielt plötzlich den Atem an. „Kann es sein, dass sie vom Tod der Pathologin erfahren und deshalb g'weint hat."

Jetzt tippte sich Goritschnigg ans Kinn. „Wer weiß! Wissen Sie zufällig noch die genaue Uhrzeit?"

„Ungefähr zwölf. Ich wollte gerade essen gehen – deshalb war ich ja bei ihr drin, um ihr das zu sagen.“

„Danke. Bitte warten Sie die Spurensicherung ab und fassen Sie inzwischen nichts an. Ich brauche Sie gar nicht zu fragen, ob etwas fehlt, denn, selbst wenn, hat es keine Bedeutung.“

Als er die Wohnung der Frau verließ, erhielt er einen Anruf von Tranegger. „Kommst du ins Büro zurück? Du sollst zu Kopetzky kommen. Er hat etwas für dich?“

„Kopetzky? Für m i c h?“ Goritschnigg hob die Augenbrauen. „Ein Geschenk? Ein Wort zum Sonntag? Eine heiße Frau?“

Tranegger wurde reserviert. „Hör mal, kannst du ihm gegenüber nicht etwas mehr … wie soll ich sagen …“

„Ah, weiß schon! … ‚Liebe empfinden‘ vielleicht?“

„Sei nicht kindisch, Jakob. Es geht um eine Information. Also, kommst du?“

„Bin schon auf dem Weg! Wenn der Maestro ruft …“

Tranegger wurde nun ziemlich böse: „Jo, wird Zeit, dass du mit ihm ins Reine kommst.“

„Ich habe gar nichts gegen ihn. Im Gegenteil, er kann was und ist …“ Er dachte kurz nach. „Mir fällt nichts weiter ein. Aber spann uns nur nicht zusammen, das würde nicht funktionieren. Kopetzky ist zu sehr wie ich.“

Nach kurzer Pause fragte er: „Wie kommst du überhaupt jetzt darauf.“

Tranegger sagte rasch: „Ich möchte, dass ihr nicht dauernd gegeneinander arbeitet, so wie hier. Er hat Informationen und kommt damit zu mir, statt dass er sie dir direkt gibt. Das ist doch ziemlich … ungesund. Geht's doch einmal auf ein Bier zusammen! Er ist sicher kein unguter Kerl und wenn du nur ein bisschen auf ihn zugehen …“

„Hab schon verstanden. Ich bin schuld! Apropos Bier! Dieser Mensch trinkt nur Wein und den verabscheue ich. Für meinen Geschmack zu süß oder zu sauer!“

Tranegger lachte: „Stell dir vor, es gibt in Klagenfurt auch Lokale, wo man beides bekommt!"

„Hm, kann's ja versuchen. Meine Uschi liegt mir damit auch schon die ganze Zeit in den Ohren." In gestelzter Aussprache fuhr er fort: „Dann ersuche ich halt mal um Audienz bei ihm und hole mir seine kooperativen Beiträge zu unserer *causa criminalis*."

In Kopetzkys Büro war kein Kopetzky anwesend; er kam aber gerade bei der Tür herein, als Goritschnigg schon wieder gehen wollte.

„Sie haben was für mich?", fragte Goritschnigg in einem neutralen, desinteressierten Tonfall.

Kopetzky setzte sich. „Allerdings! Chefinspektor Fiedler vom Wiener Sicherheitsbüro hat mich angerufen und mir mitgeteilt, dass sie die Namen von ein paar Kärntnern aus dem Schlepper Iliescu herausbekommen haben."

Goritschnigg wurde sauer. „Und wieso sagt er das Ihnen und nicht mir, wo ich doch mit ihm gesprochen habe."

Kopetzky sah Goritschnigg lange an. Der hielt dem Blick stand, bis sein Kollege sagte: „Was haben Sie nur für ein Problem? Sie waren nicht da, also hat er sich mit mir verbinden lassen. Wir kennen uns von meiner Wiener Zeit. Wollen Sie nun schmollen oder wollen Sie wissen, was er gesagt hat."

„Schießen Sie los!"

„Sie sollen ihn anrufen. Er hat mir die Namen nicht genannt."

„Und deswegen sollte ich zu Ihnen kommen, damit Sie mir das sagen! Das hätte mir auch Susi ausrichten können."

„Hätte sie! Aber nicht, was ich sonst noch weiß!"

„Und was wäre das?"

Kopetzky beugte sich vor und sagte gepresst: „Jetzt hören Sie mal, was haben Sie gegen mich? Das wollte ich schon lange wissen. Ihr Kärntner Chauvinisten seid zum Kotzen! Zum K-o-t-z-e-n! War das deutlich? Wenn nicht meine Frau … aber was geht Sie das an. Wollen Sie nun wissen, was ich Ihnen zu sagen hab oder muss ich mit dem Wissen in die ewigen Jagdgründe eingehen?“

„Ich höre.“

„Ich kenne Iliescu. Ich hatte schon mit ihm zu tun. Ich weiß, dass er letztes Jahr hier in Kärnten wegen Schlepperei ausgewiesen wurde, aber davor war er in Deutschland aktiv! Ich war während meiner Ausbildung auch eine Zeitlang in Berlin. Dort hatten wir den Kerl einmal in Haft. Er gehörte zu einer Gruppe von Illegalen, die ein Bordell betrieben. Ihm konnte man allerdings keine direkte Beteiligung nachweisen. Es kam deshalb auch zu keiner Anklage.“

„Haben Sie mitgekriegt, dass er vor ein paar Tagen in Österreich verhaftete wurde?“

„Ja, das habe ich gehört. Ich habe ihn allerdings nicht mit den Ereignissen hier in Zusammenhang gebracht.“ Kopetzky lehnte sich zurück. Er spielte mit seinem Kugelschreiber. Nachdenklich sagte er zu Goritschnigg: „Finden Sie nicht, dass es an der Zeit ist, die Animositäten zu begraben?“

„Animositäten? Es gibt keine! Ich habe nichts gegen Sie.“

Kopetzky hob die Augenbrauen und sah Goritschnigg erstaunt an. „Was ist es dann? Wissen Sie, dass mir diese Feindseligkeiten hier zutiefst zuwider sind und mir das Leben vergällen. Ich hätte mich schon längst wieder versetzen lassen, wenn meine Frau nur mitspielen würde. Ich möchte wenigstens wissen, was der Grund für dieses Verhalten ist. Und nicht nur Ihres. Ich habe das Gefühl, dass alle hier etwas gegen mich haben, ausgenommen vielleicht Tranegger. Da bin ich mir aber nicht sicher, ob der nicht einfach nur diplomatisch ist, weil der Vater meiner Frau, das geb ich zu, interveniert hat, damit ich diesen Posten bekomme.“

Goritschnigg kam an den Schreibtisch zurück und stellte sich vor Kopetzky hin. „Da wir nun mal bei Offenlegungen sind. Wir alle haben nichts gegen Sie persönlich, sondern gegen Ihre Art. Erstens die Art, wie Sie den Posten bekommen haben ...“ Er stützte sich auf die Schreibtischkante und beugte sich zu seinem Kollegen nach vorn. „Wussten Sie denn, dass ein Beamter Ihretwegen versetzt wurde. Einer von uns musste gehen und es traf ihn, weil er kein Klagenfurter war. Ihr ‚Anschieber' verfügte einfach über den Mann. Wir waren alle wie vor den Kopf gestoßen. Wir mochten ihn sehr und er liebte den Job hier, aber er hatte das Pech, nicht über Ihre Verbindungen zu verfügen. Die Versetzung hat ihn in tiefe Depressionen gestürzt. Er ist inzwischen vom Dienst suspendiert, die Ehe kaputt usw. Was sagen Sie dazu?"

„D… das wusste ich tatsächlich nicht. Mein Schwiegervater sagte, ein Posten sei gerade vakant und es treffe sich gut, dass ich als bestausgebildeter Polizist zur Verfügung stehe. Er stellte das fast so dar, als bräuchten Sie mich, um die Reputation der Klagenfurter Polizei zu retten."

„Das ist natürlich typisch für die Großkopferten." Goritschnigg verschwieg, dass der versetzte Beamte ein Trinker war, den sie zwar alle sehr mochten, der aber tatsächlich für das Amt nicht gerade bestens taugte. Sie hatten ihm, schon seiner Familie wegen, zu helfen versucht und alle, auch Tranegger, hatten ihn gedeckt, da sie genau wussten, dass er sonst vor die Hunde gehen würde – was ja auch geschah.

„Was ist zweitens?", fragte Kopetzky merklich kleinlauter.

„Was?"

„Sie sagten: Erstens die Art, wie ich den Posten bekommen habe, also gibt es noch etwas. Ich will das jetzt wissen."

„Zweitens, mein Freund, haben hier alle das Gefühl, dass Sie uns zeigen wollen, dass Sie etwas Besseres sind, dass Sie mehr können, dass Sie uns alle für ermittlungstechnische Nieten halten. *Das* kränkt! Verstehen Sie? Wir haben keine forensischen Kurse beim FBI gemacht, keine kriminalpsychologischen Vorlesungen gehört, keine Ausbildung in Täterprofilanalysen und was weiß ich. Wir sind einfach Polizisten, die zur Lösung der Fälle ihren Hausverstand einsetzen." Er richtete sich auf. „Und damit Erfolg haben, so wenig Ihnen das auch gefallen mag."

Kopetzky blickte auf seinen Kugelschreiber, der inzwischen zu Bruch gegangen war. „Das ist es also. Sie neiden mir meinen Posten und meine Fähigkeiten."

„Falsch!" Goritschnigg war nun sehr aufgebracht. „Wir neiden Ihnen weder das eine noch das andere. Wir haben nur alle zusammen keine Freude, wie man uns einen überheblichen Schnösel vor die Nase gesetzt hat. Hätten Sie sich um den Posten beworben und hätten sich dann der Gemeinschaft als Kumpel eingefügt, wir hätten gerne Ihre Fähigkeiten und Ihr Wissen in Anspruch genommen. So aber hat jeder das Gefühl, ständig vor Augen geführt zu bekommen, dass er ein unfähiges geistiges Nackerbatzl ist. *Darüber* sollten Sie mal nachdenken!" Goritschnigg ging. Beim Hinausgehen drehte er sich nochmal um und sagte schnippisch. „Fragen Sie sich doch, warum man Ihnen nur Diebstähle und Kleinkram zur Bearbeitung gibt! Tranegger steht halt auch seiner angestammten Truppe näher als …" er beendete den Satz nicht, denn es wäre ein 'unsympathischer Emporkömmling', daraus geworden.

Goritschnigg rief Fiedler an, der ihm mitteilte, dass sie bei Iliescus Verhören unter anderen auf den Namen Adamitsch gestoßen seien, ein Kärntner, der als Abnehmer für bulgarische junge Frauen fungiere. Iliescu wisse angeblich nicht, wo er die Frauen einsetze, sie seien aber rechtmäßig im Land und arbeiteten legal. Adamitsch müsse das bestätigen können."

„Was haben die Mädels gesagt?"

„Sie haben gesagt, dass sie hierhergekommen sind, um zu arbeiten. Warum sie keine Papiere haben erklärten sie damit, dass ihnen gesagt wurde, sie bräuchten keine, weil das EU-Land sei und hier würden sie mit allem versorgt werden."

„Haben sie Ihnen die Namen gesagt?"

„Ja, warten Sie." Nach kurzer Zeit nahm er den Hörer wieder auf: „Sie heißen Saskia, Vera, Tamara, Ljuba und Adriana. Es sind fünf und die sehen alle umwerfend aus."

Goritschnigg hielt den Atem an. „Wie lauten die Nachnamen?“

„Die sind so schwer auszusprechen: Saskia Gorgiewitsch, Vera Irtytsch, Tamara Lytkowa, Ljuba Fjordiva und Adriana …“

„… Wassili!“, fiel Goritschnigg ihm ins Wort.

„Sie kennen die?“ fragte Fiedler erstaunt.

„Ja, äh, nein.“

„Was denn nun? Ja oder nein?“

„Ich weiß nicht, was ich davon halten soll. Alle fünf gibt es hier bei uns bereits. Es sind Tanzmädchen in einem bulgarischen Restaurant und Varieté; und sie sehen alle umwerfend aus.“ Goritschnigg erzählte dem Kollegen, was ihm Ljuba berichtet hatte. „Jetzt muss sie mir nur noch erklären, wie lange sie schon Ljuba Fjordiva heißt. Ich vermute, seit einem halben Jahr.“

„Was soll das bedeuten?“

„Das, lieber Freund, finde ich jetzt heraus. Ich melde mich bei Ihnen, sobald ich mehr weiß. Halten Sie alle fünf gut fest, kann ich Ihnen nur raten. Da ist eine üble Bande am Werk.“

„Danke für die Warnung.“ Fiedler klang reservierter. „Eine Frage noch, Chefinspektor Goritschnigg: Wie kommen Sie mit Kopetzky zurecht? Ich höre da so Untertöne heraus, wenn er mich anruft.“

„Tatsächlich? Ich höre keine Untertöne. Dazu bin ich zu unmusikalisch. Was sagt er denn?“

„Ich glaube, er würde am liebsten hierher zurückkommen. Und das wundert mich, denn er ist gern nach Kärnten gegangen. Hat das als Aufstieg betrachtet.“

„So, so. Ich habe leider zu wenig mit ihm zu tun. Wie sind denn *Sie* mit ihm zurechtgekommen?“

„Ganz gut! Ist ein fähiger Mann! Allerdings …“

„… ist er sehr von sich überzeugt und gliedert sich schwer in eine Gemeinschaft ein.“

Fiedler zögerte kurz, dann sagte er „Das scheint das Problem zu sein. Privat ist er ein netter Kerl, aber er muss noch lernen, dass man im Berufsleben auch die Meinung anderer respektieren muss."

„Hat er sich über mich beklagt?"

„N… nein, nicht direkt." Fiedler lachte: „Er sagt dasselbe von Ihnen!"

Goritschnigg lachte auch. „Na dann werden wir uns ja eines Tages verstehen." Und wieder ernst: „Schicken Sie mir bitte die Berichte und Fotos."

„Selbstverständlich."

„Ach, noch etwas: Sie sagten anfangs, Iliescu erwähnte ‚unter anderen' Adamitschs Name. Wer sind die anderen?"

„Warten Sie." Goritschnigg hörte ihn blättern. „Ja, da ist noch ein Name ..."

„Erna Kogelnig?"

„Ja, genau. Sie soll sich um die Formalitäten für die Mädchen kümmern: Anmeldung, Unterbringung, Versorgung usw. Kennen Sie die Frau?"

„Allerdings! Sie hören von mir. Danke für die Auskünfte."

Goritschnigg stürmte an Susi vorbei, die ihn aufhalten wollte, in Traneggers Büro, der erschrocken aufschaute. „Gibt's einen Überfall?"

„Das nicht, aber ein Erdbeben wird gleich über das ‚Sofia' hereinbrechen. Was hast du eigentlich beim Finanzamt und bei der Einwanderungsbehörde erfahren?"

„Die haben mir natürlich nicht viel gesagt. Das ‚Sofia' werde ordentlich geführt. Man habe keine Unregelmäßigkeiten feststellen können. Die Angestellten, meist bulgarische Staatsbürger, seien seit Jahren die gleichen. Das ‚Sofia' laufe zwar mit Verlust, der aber immer wieder durch Geldnachschüsse ausgeglichen werde. Offensichtlich stecken reiche bulgarische Hoteliers dahinter, die das Lokal als Aushängeschild und Werbeträger für Bulgariens Fremdenverkehr benutzen. Deshalb die Werbebroschüren, die jeder Gast mitbekommt."

„Aha, ich brauche sofort einen Durchsuchungsbefehl für das Lokal und für die Wohnungen des Adamitsch und der Kogelnig." Goritschnigg erzählte seinem Chef, was er von Fiedler erfahren hatte. „Von wegen, seit Jahren dieselben Angestellten! Die tauschen die Mädchen im Halbjahres- oder Monatsrhythmus aus, wobei die Neuen die Namen der eingetragenen Angestellten übernehmen müssen. Sie suchen nur Leute, die dem gleichen Typ entsprechen. Sehr schlau eingefädelt. Ich möchte nur wissen, wo die ‚Abgelegten' hinkommen."

„In die Rotlichtszene natürlich."

„Das ist klar, aber da müssen wir sie erst finden. Sie kommen illegal ins Land, arbeiten unter fremdem Namen eine Zeit lang ‚legal', dann tauchen sie irgendwo unter und werden nie mehr gesehen. Sie können in der ganzen EU verschoben werden. Das ist unglaublich schlau und hinterfotzig, weil man den Mädchen weismacht, sie würden einer ehrlichen und legalen Arbeit nachgehen. Das vermitteln sie dann in der ersten Zeit ihres Aufenthalts ihren Freundinnen zu Hause, die begeistert nachfolgen."

„Jakob, das ist eine brisante Entdeckung. Ich besorge dir sofort die Durchsuchungsbefehle." Tranegger griff zum Hörer. Während er auf die Verbindung wartete, schaute er seinen Chefinspektor an: „Wie passen da die Russinnen ins Bild? Was haben die damit zu tun? Was glaubst …? Ah, Grüß Gott, Herr Staatsanwalt. Ich brauche drei Durchsuchungsbefehle. Chefinspektor Goritschnigg kommt gleich zu Ihnen und erläutert Ihnen die Umstände … Ja, es ist dringend! Danke." Er legte auf und wandte sich wieder Goritschnigg zu: „Also, was haben die Russinnen damit zu tun?"

„Ob du's glaubst oder nicht: Eigentlich nichts!"

„Aber …?"

„Wart's ab."

Als Goritschnigg die Durchsuchungsbefehle in Händen hielt, trommelte er sofort die halbe Abteilung zusammen und gab im

Gemeinschaftsraum ausführliche Instruktionen, was zu suchen ist. Er hoffte, dass die Geschwister noch nicht alles vernichtet hatten. Die Teams wurden auf die drei Orte aufgeteilt. Er selbst fuhr mit vier Mann zum ‚Sofia'. Es war vier Uhr. Das Küchenpersonal war bereits bei der Arbeit. Zwei Leute betraten das Lokal mit Goritschnigg vom Haupteingang aus. Die anderen beiden nahmen den Seiteneingang. Soronics wollte protestieren, aber der Durchsuchungsbefehl ließ ihn verstummen. Er ging mit hocherhobenem Haupt hinter die Bar und goss sich einen Brandy ein. Spöttisch prostete er Goritschnigg zu. Dieser setzte sich auf einen Barhocker. „Ich nehme an, der Adamitsch ist nicht zur Arbeit erschienen?"

„Exakte Annahme, Herr Chefinspektor."

„Ich nehme auch an, der bewusste Ordner ist nicht mehr da."

„Welcher Ordner?", fragte Soronics mit Unschuldsmiene.

Goritschnigg, dessen Geduldsfaden zu reißen drohte, stand auf und ging aus dem Raum zu den Beamten, die in Soronics' Büro dabei waren, alle Schränke und Laden zu durchsuchen.

„Alle Ordner werden mitgenommen", schaffte er an.

Soronics war ihm nachgegangen und stand grinsend in der Tür. „Ich muss Sie enttäuschen, Herr Chefinspektor. Sie werden nichts finden."

Ruhig sagte Goritschnigg: „Ich weiß, Herr Soronics! Die Informationen, die ich brauche, habe ich schon. Es geht nur noch um die Belege. Und ich hoffe, die sind alle da!"

„Selbstverständlich. Alles korrekt. Welche Informationen auch immer Sie haben, das ‚Sofia' ist sauber!"

„Abwarten! Vielleicht wissen sie ja nicht alles, was hier seit Jahren vorgeht, obwohl ich Sie kaum für so naiv halte."

Nun war der Bulgare doch etwas verunsichert. „Was könnte das denn sein?"

„Wenn Sie in die Machenschaften nicht involviert sind, dann sollten Sie mir besser helfen."

„Welche Ma…? Ich denke, Sie sind hinter Geldwäsche her."

„Wie kommen Sie denn darauf? Das interessiert mich nicht. Ich suche einen Mörder und einen Betrüger."

„*Hier*?", Soronics wirkte aufrichtig erstaunt. Goritschnigg beachtete ihn nicht, sondern ging mit seinen Leuten in die anderen Räume. Als sie fertig waren, fuhren die Beamten mit zwei Kofferräumen voller Akten davon. Goritschnigg ging noch einmal zu Soronics, der schon wieder hinter der Bar stand.

„Rufen Sie mich sofort an, wenn …, besser gesagt, falls Adamitsch doch noch auftauchen sollte."

„Sie glauben, er kommt nicht mehr?"

„Würde mich sehr wundern! Falls … ich sage, falls Sie über Adamitsch wirklich nicht Bescheid wissen sollten, dann quetschen Sie mal Ihre liebliche kleine Tamara aus. Wer sie ist, woher sie kommt und vor allem, wie sie wirklich heißt. Auf Wiedersehen, Herr Soronics."

Weder Adamitsch noch die Kogelnig waren zu Hause, sodass man die Türen öffnen lassen musste. Die Durchsuchungen brachten nicht viel. Es war auch nicht zu erwarten, dass sie brisante Unterlagen jetzt noch zu Hause aufheben würden.

Tranegger rief Goritschnigg an und eröffnete ihm, dass nun endlich ein Schreiben vom Ministerium eingetroffen sei. Es war auf Russisch abgefasst und Frau Miksche hatte es bereits übersetzt. Als Goritschnigg ins Präsidium zurückkam, reichte ihm Tranegger den Umschlag mit den Worten: „Ich hoffe, du kannst damit etwas anfangen."

Goritschnigg überflog den Text und sah sich kurz die beigelegten Fotos an. „Ja, das bestätigt alles, was ich schon weiß, oder zumindest vermutet habe. Übrigens, sagte sie etwas zu den Personalbögen der Mädchen in Soronics' Büro? Wer ist der Unterzeichner?"

„Die Papiere scheinen in Ordnung zu sein. Die Unterschrift stammt von Iliescu. Was gedenkst du nun zu tun?"

„Nachdenken!"

Er ging in sein Büro und legte das Schreiben mit dem edlen Ministeriallogo vor sich hin. Aus der Akte auf seinem Schreibtisch nahm er weitere Blätter, die er daneben hinlegte. Er nahm ein paar leere Bögen und legte sie neben die Schriftstücke. Die Fotos ordnete er auf den leeren Blättern an und schrieb Namen dazu. Dann rief er seine Mutter an. Er wusste, dass sie nur widerwillig telefonierte und meist das Handy irgendwo liegen ließ, deshalb fasste er sich in Geduld. Er tippte mit dem Kugelschreiber auf das Foto, das ein junges Mädchen zeigte, dann lehnte er sich zurück. Überraschend schnell hob seine Mutter ab.

„Was gibt's?"

„Mutter, erinnerst du dich an neulich? Der Fall, den ich dir erzählt habe? Was hast du da genau über die Beteiligten gesagt? Bitte wortwörtlich, wenn möglich."

„Ich erinnere mich immer genau an das, was ich sage", antwortete sie spitz. „'Die Leute sind nicht das, was sie zu sein scheinen'."

„Du hast noch etwas gesagt. Über das Mädchen!"

„Ach, das! Ich sagte: ‚Mutter und Tochter sind wie Sonne und Mond, sie drehen sich umeinander. Und alles dreht sich um den Großvater. Wenn du das Mädchen finden willst, dann suche das Haus mit dem Geist des Großvaters."

„Du kannst mir keine näheren Angaben machen, wo das Mädchen ist? Was ist, wenn ich mit einem Foto zu dir komme? Kannst du da was sehen?"

„Ts, ts, mein kriminalistischer Sohn braucht wieder mal die Inspiration einer Verrückten. Ich glaube nicht, dass es etwas bringt. Das Mädchen habe ich vor meinem Auge. Aber bemüh' dich nicht. Ein Toter wird dich zu dem Haus führen."

„Welcher Tote in welchem Haus? Du sprichst wie immer in Rätseln!"

„Das Haus, in dem der Geist des Großvaters gegenwärtig ist."

„Also nicht der Großvater selbst?"

„Was weiß ich?"

„Er ist übrigens nicht der Großvater des Mädchens, sondern seiner Mutter, also ihr Urgroßvater."

„Die Beziehung des Großvaters zu den zwei Enkelinnen ist wichtiger."

„Na gut, das muss genügen! Ich komme am Wochenende zu dir raus", er grinste, „wenn du Zeit hast."

„Ich hab nie Zeit und immer Zeit, falls du das verstehst."

„Das ist mir allerdings zu hoch, aber vielleicht erklärst du's mir bei Gelegenheit."

„Das ist ganz einfach: Wenn ich will, hab ich Zeit und wenn ich nicht will, dann habe ich keine, basta. Bring Ursula mit. Meine Haare gehören geschnitten!" Sie legte auf.

Goritschnigg hatte zwar die Zusammenhänge erkannt, aber er brauchte Beweise oder Geständnisse, um die Personen festnageln zu können. Er ließ die Fotos umeinanderkreisen. Das Mädchen Barbara um die beiden Frauen Rosa Wuschtschenkowa und Ilona Saltrytschkowa. Dann nahm er das Foto von Josip Grimow und legte es neben das von Josef Grimm. Die russischen Behörden hatten die Unterlagen rausgerückt, dass ein deutsch-polnischstämmiger Mann namens Sergej Petrovic aus dem ehemaligen Ostpreußen 1970 als Josef Grimm in Ostdeutschland eigeschleust wurde. Er habe keine großartigen Aufgaben gehabt, sondern sollte nur über die Tätigkeit gewisser Personen in Berlin und Umgebung berichten, was er auch getan habe. Er habe drei Kinder gehabt, wobei der älteste Sohn in Berlin gelebt habe. Seinen weiteren Lebenslauf und die der zwei anderen Kinder, Kurt und Erna, habe man nicht verfolgt.

Der echte Josip Grimow sei 1982 unter mysteriösen Umständen verschwunden. Man kenne sein Schicksal nicht. Das Schreiben ging nicht auf seine Herkunft als deutscher Kriegsgefangener ein. Die Lebensläufe der zwei Frauen ließen Goritschnigg immer wieder zustimmend nicken, schmunzeln oder die Stirn in Falten legen. Rosa Wuschtschenkowa, geborene Grimow, lebe als Rosa

Lüttje im Ausland; eine Barbara Wuschtschenkowa gäbe es nicht, aber eine Barbara Saltrytschkowa, die allerdings vor einem Jahr als vermisst gemeldet worden sei. Die Fotos der Grimows habe man von der Familie leihweise erhalten. Als Nachsatz stand, dass man vom Tod der Rosa Lüttje zwar erfahren habe, aber um Informationen über die Umstände ihres Ablebens bitte.

Goritschnigg legte die Fotos auf die weißen Blätter zurück, jetzt allerdings in einer anderen Konstellation, und strich sich sinnend über's Kinn. Barbara Saltrytschkowa? Goritschnigg schüttelte den Kopf. Einiges passte da nicht zusammen. Er griff zu seinem Handy und rief Stannek an, der tatsächlich abhob.

„Servus Paul, Jakob! Hast du was gefunden?"

„Was zahlt mir eure Behörde eigentlich dafür, dass ich eure Arbeit mache?"

„Du beziehst ein fürstliches Gehalt bei der ‚Kärntner Zeitung', während ich mich mit einem Hungerlohn zufriedengeben muss. Wir können gern tauschen!"

„Dafür sitzt *du* unkündbar auf deinem bequemen Sessel und ich muss Erfolg haben, denn *ich* sitz auf einem Schleudersitz. *Damit* würdest du sicher nicht gern tauschen. Noch dazu, wo mein Erfolg von sturen Polizisten wie dir abhängt, auf deren Informationen ich angewiesen bin."

Goritschnigg lachte. „Also, wenn du das so schilderst ...! Sag' schon, was hast du gefunden?"

„Ich habe die Namen eingegeben, die du mir gesagt hast und da wurden ein paar Artikel ausgespuckt. Komm her, wenn du sie sehen willst."

„Bin schon unterwegs!"

Zehn Minuten später betrat Goritschnigg das Gebäude der ‚Kärntner Zeitung' und eilte die Stiegen hinauf zu dem Großraumbüro, wo die Angestellten und Reporter ihre Kojen hatten. Stannek erwartete ihn schon. Er hatte mehrere Ausdrucke von Zeitungsartikeln vor sich liegen. „Servus, Jo! Schau dir das an und sag mir, was du davon hältst."

„Kann ich die Sachen nicht einfach mitnehmen?"
„Nein, kannst du nicht. Ich gebe nichts aus der Hand, ohne zu wissen, was es bedeutet. Das wirst du doch verstehen!"
„Zwei Artikel sind aus der Prawda."
„Ja. Die englische Übersetzung der Headline besagt, dass es sich um eine Belobigung für Rosa Wuschtschenkowa handelt, die irgendeine Auszeichnung bekommen hat." Das Foto war zwar etwas unscharf, zeigte aber eindeutig Dr. Lüttje in jüngeren Jahren. „In dem zweiten Artikel geht es um eine Belobigung für Josip Grimow."
„Von wann ist der Artikel?"
„Aus dem Jahr 1990."
„Hm … der echte Josef Grimm kann's nicht gewesen sein, denn den gab's zu der Zeit in Russland nicht mehr. Also war's der falsche."
„Der echte? Der falsche? Was steckt da dahinter."
„Wart', sag ich dir gleich. Hast du noch was gefunden?"
„Zwei Artikel in deutschen Zeitungen. Der Name Josef Grimm hat einen Artikel aus dem Jahr 1982 im ‚Berliner Tagblatt' angezeigt. Sieh selbst!"
Goritschnigg nahm den Ausdruck zur Hand und las. Er runzelte die Stirn. „Das ist allerdings interessant." Da stand unter der Überschrift ‚Kurioses', dass ein gewisser Horst Hochthaler auf eine seltsame Geschichte über einen alten Kriegskameraden gestoßen sei, der Josef Grimm heiße. Sie seien beide in Sibirien gefangen gewesen und Grimm sei eines Tages plötzlich aus dem Lager verschwunden. Er, Hochthaler, habe gedacht, er sei geflohen und vielleicht umgekommen, bis er einen Brief von Grimm bekommen habe, in dem er schreibe, dass er in Russland verheirate sei, zwei Kinder habe und ganz gut zurechtkomme. Grimm habe ihn gebeten, herauszufinden, ob er etwas über seine Familie in Erfahrung bringen könne und da sei er auf einen Josef Grimm in Hanau gestoßen. Das habe er nach Russland geschrieben und dann nichts mehr von seinem Kameraden gehört. Einige Zeit

später habe ihm das keine Ruhe gelassen und er sei nach Hanau gefahren. Grimm war nicht zu Hause, aber er hörte, dass er ein Russlandheimkehrer sei, der nach dem Krieg in Russland geblieben sei und dort Familie hatte, nun aber schon zwölf Jahre in dem Ort lebte. Er wunderte sich, dass offensichtlich zwei verschiedene Grimms dasselbe Schicksal erlitten hatten.

Stannek sagte: „Ich habe dann den Namen Horst Hochthaler eingegeben und daraufhin ist ein zweiter Artikel ausgeworfen worden, der eine Woche später erschienen ist."

Goritschnigg las: „Tragischer Tod eines Rentners. Horst Hochthaler, 65, wurde in seiner Heimatgemeinde Hirtendorf in einem Teich ertrunken aufgefunden. Die Umstände sind mysteriös, sagt die Familie, denn er war weder betrunken, noch hatte er Streit mit jemandem oder trug sich mit Selbstmordabsichten. Die Polizei geht von einem tragischen Unfall aus, den sich allerdings niemand erklären kann. Usw. ...!" Goritschnigg strich sich das Kinn. „Hm, der zweite Todesfall in Zusammenhang mit dem falschen Grimm, das kann kein Zufall mehr sein."

„Der zweite Todesfall? Der falsche Grimm? Jakob, worum geht es da? Was hat das Ganze mit dem Mord an der Lüttje zu tun? Sag mir endlich die Zusammenhänge."

Goritschnigg sah Stannek eindringlich an. „Paul, ich habe keine Ahnung, aber an der Sache bin ich dran."

„Wer ist der echte Grimm"

„Das ist der Großvater der Pathologin. Wie es in dem Artikel steht, ist er als Kriegsgefangener in Russland gewesen und dann durch eine Frau, die ihn aus dem Lager geholt hat, dortgeblieben. 1982 ist er aus St. Petersburg verschwunden und nie wieder aufgetaucht. Der zweite Grimm in Hanau ist ein Windei."

Reserviert stellte Stannek fest: „Das weißt du also schon alles! Was ist mit der anderen Leiche, die du erwähnt hast?"

„Ja, das ist genauso undurchsichtig. In Hanau hat eine alte Frau den ‚falschen Grimm' angeblich wiedererkannt und ist daraufhin beim Fensterputzen abgestürzt!"

Stannek stieß die Luft aus. „Puh! Das klingt sehr nach Verschwörung! Was hat das alles mit den Morden an Lüttje und Petrovic zu tun?“

Nachdenklich sagte der Chefinspektor: „Bis jetzt blicke ich noch nicht durch, aber du kriegst alles auf dem Silbertablett, sobald ich klarsehe! Auf jeden Fall schon mal danke für deine Bemühung. Kann ich eine Kopie der Artikel haben. Die russischen lasse ich von unserer Lehrerin übersetzen.“

„Ja, wenn du mir die Übersetzung zukommen lässt.“

Mozzolucchesi meldete sich, um Goritschnigg mitzuteilen, dass er den Gritschko nicht zu Hause angetroffen habe. Im Hotel Moser habe man ihm gesagt, dass das Zimmer der Russin aufgegeben worden sei. Es wurde von einer jungen Frau bezahlt, die angab, sie sei für ein ordentliches Trinkgeld von einer etwa vierzigjährigen blonden Frau beauftragt worden, die Rechnung bar zu begleichen. Das Zimmer sei nicht benutzt worden, also sei auch kein Gepäck vorhanden gewesen. Die Strauss habe auch nichts weiter gewusst. Ob er nach Hause gehen könne!

„Dieses raffinierte Weibsvolk! Ja, geh nach Hause, halte dich aber bereit. Es kann sein, dass wir kurzfristig etwas unternehmen müssen. Ich schau‘ mir jetzt die Villa in Pritschitz nochmal an. Vielleicht sind die Kogelnig und der Adamitsch ja dort. Übrigens ist der Petrovic ein Bruder dieses fiesen Geschwisterpaares. Ich hab ja schon sowas vermutet. Langsam erhellen sich die Zusammenhänge.“

Er nahm die Landstraße am Nordufer des Sees. Normalerweise verlief die Straße in Seenähe, aber bei Pritschitz, kurz vor Pörtschach, machte das Ufer einen seeseitigen Bogen, sodass es zu der Villa eine längere Zufahrtstraße gab. Man passierte zunächst unbebautes Gemeindegebiet, das mit Bäumen und Büschen bewachsen war und das sich bis an den Rand des Seegrundstücks hinzog, sodass man von der Hauptstraße aus die Villa nicht sehen konnte. Ein alter Holzzaun mit einem breiten Einfahrtstor und einer Fußgängerpforte bildete das Ende der Sackgasse. Goritschnigg stellte das Auto ab und ging auf die Pforte zu. Sie war verschlossen. Ein leicht angerosteter Briefkasten hing daneben. Goritschnigg schaute hinein und zog einen Brief heraus, der offensichtlich schon ein paar Tage darin gelegen sein musste, denn er war leicht feucht. Als er den Namen des Empfängers las, stieß er einen Pfiff aus und holte sein Handy aus der Hosentasche.

„Mozzo, hast du in den Briefkasten geschaut, als du neulich bei der Villa warst?“

„Nein, hätte ich sollen?“

„Wär‘ vielleicht hilfreich gewesen. Da steckt ein Brief an Sergej Petrovic, den Vater von Karel Petrovic, drin. Komm her und bring die Spurensicherung mit. Wir müssen das Haus gründlich durchsuchen.“

Goritschnigg versuchte es mit der neben dem Briefkasten angebrachten Klingel, aber nichts rührte sich, also stieg er über den Zaun. Das einstöckige Haus war in keinem guten Zustand. Die geschlossenen Fensterläden hätten dringend einen Anstrich gebraucht, die hölzerne Haustüre war ausgebleicht, der Verputz grau, die Dachrinne hing auf der einen Seite herunter. Als er vorsichtig um das Haus herumging, eröffnete sich ihm ein herrlicher Ausblick auf den See und die gegenüberliegende Ortschaft Maria Wörth, die, malerisch auf einer Halbinsel gelegen, in den See hineinragte. Vor der Terrasse gab es einen leeren Swimmingpool, dessen Boden mit Blättern bedeckt war. Seltsam schien ihm allerdings, dass sich ein ziemlich neu aussehendes Pool-Reinigungsgerät neben dem Becken befand. Die Läden vor der Terrassentür schlossen nicht mehr vollständig, sodass er hineinsehen und feststellen konnte, dass der Raum dahinter leer war.

Goritschnigg ging am Poolbecken vorbei zum Ufer, wo es einen etwa drei Meter langen Steg gab. Auf der linken Seite dümpelte ein Tretboot vor sich hin.

Als er auf der rechten Seite ins Wasser blickte, entrang sich ihm ein überraschtes „Oh!“ Da lag ein männlicher Körper mit ausgebreiteten Armen und aufgeblähtem Hemd bäuchlings knapp unter der Wasseroberfläche und schaukelte in der leichten Dünung auf und ab.

Er holte sein Handy hervor und rief Dr. Wurzer an, beschrieb ihm den Weg und bat ihn, so rasch wie möglich zu kommen. Susi, die bereits zu Hause war, beauftragte er, ihren Computer anzuwerfen und die Nummer der Polizeistation in Pörtschach, die für Pritschitz zuständig war, nachzuschauen, sowie den Lieutschnig anzurufen und ihn zur Villa zu zitieren. Dem Mozzolucchesi teilte er die Situation mit und trieb ihn zur Eile an.

Tranegger berichtete er ebenfalls und bat ihn, unmittelbar einen Durchsuchungsbeschluss für die Villa zu besorgen. Wer der Tote sei, könne er noch nicht genau sagen, da er erst die Spusi abwarten wolle, aber er habe die starke Vermutung, dass es sich um den Adamitsch handeln dürfte.

Als erstes traf die Funkstreife aus Pörtschach ein. Goritschnigg hatte inzwischen das Gartentor unter geringem Kraftaufwand geöffnet und begrüßte die beiden Beamten Posenig und Hafner, die er von früheren Ermittlungen kannte.

Er fragte sie, ob sie die Villa und den Besitzer kennen. Posenig gab bereitwillig Auskunft: Ja, die Villa kenne er gut. Sie war das Wohnhaus der Familie Lieutschnig gewesen, der auch die ehemalige Fabrik nebenan gehörte. Er zeigte auf mehrere Gebäude, die man auf der linken Seite hinter Bäumen und Buschwerk erkennen konnte.

„Bis in die Neunzigerjahre, solange der alte Lieutschnig noch lebte, wurden hier Landmaschinen gebaut. Als er 1994 starb, verkaufte die Witwe das Haus und zog zu ihrer Tochter nach Wien.“

„Wieso verkaufte sie nur das Haus?“

„Der Sohn sollte die Fabrik weiterführen und da Investitionen nötig waren, beschaffte sie durch den Hausverkauf das Geld dafür. Aber der junge Mann hatte keine Lust, sich mit der Sanierung der aus den Zwanzigerjahren stammenden maroden Fabrik herumzuschlagen, nahm das Geld und kaufte in Villach eine Autospenglerei. Außerdem verstand der nichts von Landmaschinen und wollte auch nichts darüber lernen. Er hat sich immer nur für Autos interessiert. Die alte Frau hat ihm das nie verziehen und ist deshalb nicht gut auf ihn zu sprechen."

„Woher kennen Sie die Verhältnisse so genau?"

„Ich bin mit Lieutschnig Junior zur Schule gegangen. Wir waren so etwas wie befreundet."

„So etwas wie ...?"

„Nun ja", er blickte zu Boden, „er war mehr der Typ, der sich Freunde ‚hielt'. Man wurde eingeladen zum Baden oder zu idiotischen Kinderfesten. Als Gegenleistung erwartete der eingebildete Pimpf, dass man ihm die Hausaufgaben macht oder seine Streiche deckt – gegenüber den Lehrern und den Eltern. Die Eltern waren nett und die ältere Schwester auch, aber er war eine Krätze am A… der Menschheit, sage ich Ihnen! Und ist es immer noch! Er betrügt die Steuer, betrügt seine Frau und betrügt seine Kunden, indem er ihnen alte Autoteile einbaut und als neuwertig berechnet. Die Villacher Kollegen sind schon lange hinter ihm her, aber nachzuweisen war bisher nichts. Er ist sehr schlau!"

„Haben Sie Kontakt mit der Mutter?"

„Gelegentlich! Sie kommt manchmal bei mir vorbei, wenn sie in Kärnten ist und klagt mir ihr Leid. Die Tochter ist Ärztin in Wien und die alte Frau Lieutschnig hat es gut dort, aber die Fabrik verkauft sie nicht, solange sie lebt, sagt sie, weil ihr missratener Sohn bereits Kredite auf das zukünftige Erbe aufgenommen hat. Solange ihr das Gelände gehört, kann die Bank nicht darauf zurückgreifen." Er lachte. „Sie führt ein gesundes Leben und tut alles, um hundert Jahre alt zu werden, sagt sie."

„Kennen Sie die frühere Besitzerin und jetzige Mieterin, Frau Kogelnig?"

„Flüchtig, ja! Die Kogelnigs kauften 1994 die Villa von Frau Lieutschnig, als er eine Erbschaft gemacht hat. Sie mussten sie aber um einen Spottpreis wieder verkaufen, als der Kogelnig Pleite ging. Ausgerechnet an Herbert! Der freute sich wie ein Schneekönig, dass er es seiner Mutter zeigen konnte. Es hat sie sehr gekränkt, dass gerade ihr ungeliebter Sohn nun Besitzer des Hauses war."

„Wissen Sie vielleicht, wer hier wohnt? Die Kogelnig jedenfalls nicht. Im Briefkasten steckte ein Brief an einen Sergej Petrovic, aber als mein Kollege vor ein paar Tagen hier war, stand die Villa schon leer."

„Tut mir leid, ich weiß nicht, wer zurzeit hier gewohnt hat. Ich war das letzte Mal als Jugendlicher hier draußen und da war noch die ganze Familie Lieutschnig da."

„Werden die Fabriksgebäude irgendwie genutzt?"

„Keine Ahnung! Da kann Ihnen wohl der Lieutschnig Auskunft geben."

„Hm! Eine Frage noch: Sagen Ihnen die Namen Kurt Adamitsch oder Karel Petrovic etwas?"

Der Polizist dachte nach. Er schüttelte den Kopf. „Leider nein, wer sollen die sein?"

„Erna Kogelnigs Brüder."

Der Mann hob die Augenbrauen. „Ah! Ich weiß nur von einem Bruder und der heißt anders."

Goritschnigg wurde hellhörig. „Wie?"

„Hab mir den Namen nicht gemerkt."

„Woher kennen Sie den?"

„Ich kenne ihn eigentlich nicht. Es hat vor ca. einem Monat ein Mann im Namen seiner Schwester Erna Kogelnig eine Eingabe wegen einer Strafe gemacht. Angeblich war sie mit dem Auto gar nicht dort, wo sie laut Strafmandat hätte gewesen sein sollen."

„Gibt es die Unterlagen noch?"

„Selbstverständlich. Liegen bei uns auf."

„Könnten Sie uns bitte Namen und Adresse so bald wie möglich mitteilen."

„Klar! Warten Sie, ich rufe auf der Wache an und der Kollege dort soll das gleich erledigen."

Während er auf sein Gespräch wartete, zeigte er auf die rechte Seite des Grundstücks und sagte: „Hier ist übrigens Gemeindeland, das sich ca. einen Kilometer bis Pörtschach hinzieht. Wie Sie gesehen haben, ist die Straße hier zu Ende. Es gibt also keine Nachbarn."

Nacheinander trafen Dr. Wurzer, Mozzolucchesi und die Spurensicherung ein. Letztere machten Fotos, holten die Leiche aus dem Wasser und legten sie rücklings auf den Steg. Es war tatsächlich Kurt Adamitsch, der nun mit glasigen Augen in den Himmel starrte.

Goritschnigg rief Susi an und bat sie, weitere Auskünfte über die Familie Lieutschnig einzuholen: Unterlagen über die Fabrik in Pritschitz, über die Mutter, den Sohn und seine Firma, ferner über die Geschäftsbeziehung mit Kogelnig und dessen Pleite. Sie stöhnte, weil sie auch noch ein Privatleben haben wollte, das für sie begann, sobald sie ihr Zuhause betrat.

Goritschnigg wurde zornig: „Dann fahrst halt wieder ins Büro!", und legte auf.

Dr. Wurzer, der den Toten oberflächlich untersuchte, richtete sich auf. „Er hat einen schweren Gegenstand auf den Hinterkopf bekommen. Dadurch ist er ins Wasser gefallen. Ob er ertrunken ist oder an der Kopfverletzung starb, kann ich dir …"

„… nach der Obduktion sagen, ich weiß. Todeszeitpunkt?"

„In der Nacht, schätze ich."

„Was könnte die Tatwaffe sein?"

„Ich sehe nichts, was man so bezeichnen könnte", sagte Raunig, „aber es gibt vielleicht einen Hinweis." Er kniete am Rand des Stegs nieder und deutete auf eine Stelle, wo ein paar weiße Brösel lagen. „Schaut wie abgeschlagener Kalkstein aus."

Goritschnigg blickte ins Wasser, das hier etwa zwei Meter tief und durch Schwebstoffe leicht getrübt war. „Zu sehen ist nichts, aber ich vermute, der Boden ist schlammig. Da muss jemand baden gehen!“

Raunig setzte zögerlich an: „Ein Taucher …“

Goritschnigg winkte ab. „Ach was!“ Er ging ums Haus zu seinem Auto und kam zwei Minuten später zum Erstaunen der Leute in einer Badehose zurück.

„Was schaut’s denn so?“, sagte er aufgeräumt. „Habe immer eine Badehose dabei. Man kann ja nie wissen, ob man nicht Beweismittel aus einem See fischen muss!“ Er streifte sich Tatort-Handschuhe über und ging ungerührt seitlich vom Steg ins sommerlich wohltemperierte Wasser. Das Ufer senkte sich rasch ab, sodass er bald bis zum Hals im Wasser stand. Die Männer schauten ihm fasziniert zu. Er tauchte. Eine Minute später kam er wieder rauf, um Luft zu holen. „Ich hab’s gleich. Irgendwas hab ich da schimmern gesehen.“ Als er erneut hochkam, hielt er eine weiße Figur in der Hand. Es war ein kleiner Nackedei, ca. vierzig Zentimeter hoch, der mit anmutigem Hüftschwung ein Trinkgefäß in die Höhe reckte. „Ich vermute, die Tatwaffe“, sagte er und reichte dem Mann von der Spusi das gute Stück. „Ich habe mir jetzt aber eine kleine Runde verdient!“ Goritschnigg streifte die Handschuhe ab, warf sie auf den Steg und machte zwei Dutzend zügige Kraultempi auf den See hinaus. Nachdem er zurückgekommen und aus dem Wasser gestiegen war, schaute er Wurzer fragend an.

„Scheint die Tatwaffe zu sein“, sagte dieser.

Raunig ergänzte: „Hier am Kopf des Knaben fehlt ein kleines Stück. Reste davon kann man in den Haaren des Toten sehen und die Brösel, die ich Ihnen gezeigt habe, scheinen auch zu passen. Gratuliere, Herr Chefinspektor“, grinste er. „Man sollte der Dienstkleidung der Polizei eine Badehose hinzufügen. Das würde dem Steuerzahler einen teuren Taucher ersparen.“

Goritschnigg grinste ebenfalls. „Der Steuerzahler ist mir in diesem Fall relativ wurscht, wenn man schon die Möglichkeit hat, im Dienst seinem liebsten Hobby zu frönen.“

Als Mozzolucchesi die Staue sah, sagte er: „Oh, die habe ich das letzte Mal, als ich da war, dort liegen gesehen.“ Er deutete auf eine Stelle in der Nähe der Terrasse. „Es ist mir gar nicht aufgefallen, dass sie jetzt nicht mehr da ist.“

Goritschnigg seufzte. Solche Versäumnisse seines Kollegen schätzte er gar nicht. Leicht ärgerlich fragte er: „Ist sonst noch etwas verändert? Schau dich um und denk nach!“

„Bringt nix, Jo. Hab schon eine Runde gedreht. Wüsste nicht, was noch …“

„Dann schau dir mit einem der Pörtschacher Beamten das Fabrikgelände an.“ Es sei zwar eingezäunt, hieß es, aber es wäre nicht schwer, sich von der Seeseite her Zugang zu verschaffen.

Raunig und seine Leute hatten inzwischen auf Goritschniggs Anordnung hin die Terrassentür aufgebrochen, was angesichts der schon leicht verbogenen Rahmen nicht schwer war. Man hatte darauf verzichtet, auf den Lieutschnig zu warten, da reichlich Verdachtsmomente gegeben waren. Als dieser eintraf, protestierte er heftig: „Was machen Sie da? Ich verklage Sie wegen Einbruchs, Besitzstörung, Hausfriedensbruch, Sachbeschädigung …!“

Goritschnigg schaute ihn finster an. „So werden Sie nicht weit kommen, mein Herr. Grantig kann ich auch werden und das kann für Sie böse ausgehen! Ich kann Sie wegen Mordes festnehmen, mein Lieber!“

„Mord? In meinem Haus …?“ Der große, dunkelhaarige Mann mit kantigem Gesicht und stechenden schwarzen Augen schaute den Chefinspektor entgeistert an und sagte etwas weniger selbstgefällig: „Ich weiß nicht, wovon Sie reden.“

In dem Moment kam Mozzolucchesi von seinem Abstecher zum Fabrikgelände zurück. Goritschnigg ging auf ihn zu und fragte: „Was Interessantes entdeckt?“

„Man kommt nicht rein! Alles abgeschlossen! Außen herum nichts Auffälliges. Das Gelände ist aufgeräumt, die Wiesenflächen geschnitten! Durch die Fenster der großen Halle sieht man, dass sie leer ist. An den Nebengebäuden sind Vorhängeschlösser angebracht."

Der Beamte, der ihn begleitet hatte, sagte: „Ein Gebäude dürfte vor kurzem benutzt worden sein. Eines dieser Schlösser ist neu!"

„Gut beobachtet. Ich besorge einen Durchsuchungsbefehl und Sie bleiben bitte auf dem Fabrikgelände vor Ort!", sagte er zu dem Polizisten. „Sollte sich jemand nähern, melden Sie das bitte sofort."

Goritschnigg rief Tranegger an und trug ihm auf, auch für die angrenzenden Fabrikgebäude Durchsuchungsbeschlüsse zu besorgen. Zehn Minuten später rief Tranegger zurück mit der Frage, die ihm der Staatsanwalt gestellt hatte, nämlich, was die Fabrikhallen mit dem Mord zu tun hätten. Goritschnigg setzte ihm die Familienverhältnisse und die Beziehung mit der Kogelnig auseinander, worauf Tranegger meinte, es sei nicht so einfach, da diese Baulichkeiten einen anderen Besitzer hätten als die Villa und der könne laut Staatsanwalt sehr wohl ein Gebäude als Lagerraum für irgendwas benutzt haben, weshalb ein neues Vorhängeschloss auf gar nichts hindeute und schon gar keine Durchsuchung rechtfertige!

Goritschnigg rief Susi an und beauftragte sie, die Telefonnummer der Frau Lieutschnig in Wien zu eruieren und ihm durchzugeben. Fünf Minuten später läutete sein Handy. Eine weibliche Stimme meldete sich: „Guten Tag! Mein Name ist Angela Lieutschnig. Ich habe gehört, man hat eine Leiche auf dem Grundstück meines Sohnes gefunden. Ist das wahr?"

Verblüfft fragte der Chefinspektor: „Hat Sie meine Mitarbeiterin angerufern?"

„Ihre Mitarbeiterin? Nein! Es war ein Mann, der sich mit ‚Stannek' vorgestellt hat:"

Goritschnigg entfuhr zornig ein: „Vollkoffer"!

„Wie bitte?“

„Oh, entschuldigen Sie, das war nicht an Sie gerichtet. Was hat er denn gesagt?“

„Na, dass eine Leiche im See schwimmt und dass die halbe Kärntner Polizei um meine Besitzung herumschwirrt. Wer ist der Tote? Muss ich kommen?“

„Gnädige Frau, beruhigen Sie sich. Ihr Sohn ist es nicht. Wir brauchen Sie nicht hier, ich hätte nur gerne ein paar Auskünfte. Haben Sie Teile Ihres Fabrikgeländes vermietet?“

„Nein, nicht mehr. Vor einem Jahr war ein Künstler in der großen Halle eingemietet, der irgendwelche Riesenkunstwerke produzierte. Der ist aber seit ein paar Monaten wieder weg.“

„Benutzt Ihr Sohn die Gebäude?“

„Mein Sohn“, Goritschnigg konnte die Verachtung in der Stimme der Frau fast körperlich spüren, „hat da nichts verloren!“

„Ein Gebäude hat ein neues Vorhängeschloss.“

„Ich habe schon lange nichts mehr verändern lassen. Welches Haus ist es denn?“

Goritschnigg beschrieb der Frau nach Mozzolucchesis Angaben den Standort.

„Ah, da waren früher die Büros und die Entwicklungsabteilung drin. Da gab es nie ein Vorhängeschloss. Es müsste einfach nur abgesperrt sein.“

„Wir müssen das Schloss entfernen und da reinschauen, Frau Lieutschnig …“

„Machen Sie, machen Sie nur. Und wenn Sie etwas finden, das meinem Sohn gehört, dann werfen Sie‘s in den See!“ Sie legte auf.

Goritschnigg rief erneut Tranegger an. „Für das Nebengelände haben wir grünes Licht von der Besitzerin.“

Tranegger sagte besorgt: „Aber Ihr könnts da nicht einfach so rein, auch wenn sie’s euch erlaubt hat.“

Goritschnigg sagte spöttisch: „Glaubst‘ ich wart‘, bis der Papierkram bei uns eintrifft. Die Dame selbst hat mir aufgetragen, nachzuschauen und netten Damen bin ich gern gefällig." Er gab seinem Chef Frau Lieutschnigs Telefonnummer, damit der Staatsanwalt die offizielle Erlaubnis einholen konnte.

Das Bürogebäude lag etwas abseits neben der großen Fabrikhalle. Es war ein einstöckiges Haus mit grünen Fensterläden und einem roten Ziegeldach, das einst sehr schmuck ausgesehen haben musste, nun aber Anzeichen von Vernachlässigung zeigte. Ein paar Stufen führten zu einem Vorbau, der den Eingangsbereich schützte. Die Tür des Vorbaus war nicht abgeschlossen, aber vor der eigentlichen Eingangstür hing ein massives Vorhängeschloss, das in zwei starke, am Türrahmen und an der Tür angebrachte Scharniere eingehängt war. Man konnte von außerhalb des Vorbaus bei flüchtigem Hinsehen nicht erkennen, dass die Tür besonders gesichert war und das war wohl auch der Zweck der Übung, falls die Besitzerin ihrem Anwesen einen Besuch abstatten sollte.

Einer der Beamten, der eine Brechzange mitgenbracht hatte, knackte das Schloss und öffnete mit einem Dietrich die massive Eingangstür. Im Haus war es finster, denn die Fensterläden waren alle geschlossen, aber es roch nicht muffig, so als sei erst kürzlich gelüftet worden. Im unteren Bereich befanden sich sechs Türen. Drei davon waren abgeschlossen und stellten sich als Büroräume und als ein Lagerraum mit Regalen für das Aktenarchiv heraus. Weiters befanden sich eine kleine Küche, eine Toilette und ein Abstellraum hier unten. Die Küche war in Gebrauch, denn es gab Lebensmittel in den Schränken und einen leidlich gefüllten Kühlschrank.

Im Obergeschoß gab es vier Zimmer und eine Toilette mit einem Waschbecken. Zwei der Zimmer waren spartanisch mit je drei Stockbetten, einem alten klapprigen Holztisch und zwei bis vier Stühlen vollgestellt, je nachdem, ob man die umgedrehten Holzsteigen dazurechnete. An der Wand waren ein paar Haken angebracht, an denen Kleiderbügel hingen. Die Beleuchtung bildete jeweils eine von der Decke herabhängende uralte

Schirmlampe. Ein dritter, etwas größerer Raum war besser ausgestattet. Neben den zwei Betten gab es einen Kleiderschrank, zwei Polstersessel mit Couchtisch, einen Fernseher und ein paar Bilder an der Wand. Im Schrank hing Männerkleidung. Der vierte Raum war mit Gerümpel vollgestellt. Man hatte offensichtlich alle Möbel und Arbeitsutensilien aus den anderen drei Räumen hier hineingepfercht, um Platz für die Ausstattung der Schlafräume zu haben.

„Zwischenstation für die Mädchen!“, sagte Goritschnigg zu Mozzolucchesi. „Hier endete der Traum vom besseren Leben im Westen für die armen Dinger. Der Lieutschnig hat einiges zu erklären!“

„Und der bessere Raum ist wohl für die Aufpasser?“

„Vermutlich! Er kann aber auch als Unterschlupf dienen, falls jemand schnell verschwinden muss. Möglicherweise sollte der Petrovic nach seiner Flucht in der ersten Zeit hier untergebracht werden. Die Vorräte in der Küche deuten darauf hin. Alles sehr schlau eingefädelt. Niemand wusste, dass der Adamitsch, die Kogelnig und der Petrovic Geschwister waren. Niemand wusste, dass ein Sergej Petrovic in der Villa wohnt, da die Kogelnig die Mieterin ist. Jetzt brauchen wir nur noch den geheimnisvollen dritten Bruder.“

Goritschnigg rief Stannek an, der aber nicht ans Telefon ging, weil er sich wahrscheinlich eine Standpauke ersparen wollte. „Paul, sag‘ mir verdammt nochmal, woher du die Information über den Leichenfund hast. Ich weiß, dass du gut bist, aber die Identität des Toten kennst du vermutlich noch nicht. Also ruf mich an, wenn du’s wissen willst. Und leg' dir eine gute Ausrede zurecht, wieso du die alte Frau Lieutschnig angerufen hast“, sprach Goritschnigg auf die Mailbox.

Ein paar Minuten später rief Stannek zurück. „Jakob, bevor du mit Vorwürfen loslegst: In Pörtschach pfeifen es schon die Spatzen von den Dächern, dass es eine Leiche im See gibt. Der

Beamte auf der Wache hat mir bereitwillig über den Fundort und den Besitzer der Villa Auskunft gegeben. Ich habe die alte Frau Lieutschnig angerufen, nachdem ich ihren Sohn nicht erreichen konnte. Ihre Nummer hat mir die Redaktion gesagt. Wir haben vor kurzem einen Bericht über den Künstler gebracht, der in der alten Fabrikhalle sein Monumentalwerk zusammengebaut hat, das seit dem Frühjahr den Europapark verschandelt. So, jetzt weißt du's und jetzt sag' mir, wer der Tote ist, dann sag ich dir, was die alte Dame gesagt hat."

„Sie wird dir gesagt haben, dass sie hofft, dass der Tote im See ihr Sohn ist."

Stannek lachte. „So ähnlich, tatsächlich! Du hast also schon mit ihr gesprochen! Aber hat sie dir auch gesagt, wie viel der Künstler, bzw. sein Sponsor, Miete für den Schuppen gezahlt hat; und vor allem wer?"

„Hm, nein, hat sie nicht Und wer ist das?"

„Zuerst den Namen des Toten, bitte!"

„Es ist Kurt Adamitsch."

„Oh!", Stannek klang äußerst verblüfft. „Genau der ist es, der die Miete bezahlt hat. Dreihundert Euro für ein halbes Jahr im Voraus. Sie sagte, es war ihr egal, wie viel sie bekam. Das Projekt habe ihr einfach gefallen und der Mann sei am Telefon so nett gewesen; außerdem kümmere er sich ein wenig um das Gelände und die Instandhaltung der Gebäude. Sie habe ihm die Halle schon ein paar Mal für irgendwelche Zwecke vermietet und es habe nie Probleme gegeben."

Goritschnigg ging zurück zu dem mit verbissenem Gesicht auf und ab gehenden Hausbesitzer. Der fuhr den Chefinspektor grob an: „Wer ist der Tote da unten?" Er deutete auf die inzwischen zugedeckte Leiche auf dem Steg.

„Das erfahren Sie gleich. Sagen Sie mir zuerst, was Sie auf dem Gelände, das Ihrer Mutter gehört, verloren haben. Sie ist ja nicht gerade gut auf Sie zu sprechen und hat sicher die Zustimmung zur Verwendung des Bürogebäudes nicht gegeben."

Lieutschnig blickte den Chefinspektor erstaunt an. „Was quasseln Sie da? Ich habe das Haus nie wieder betreten, seit es verlassen wurde.“

„Sie haben …“, Goritschnigg näherte sich drohend dem Gesicht des Mannes, „… dem Kurt Adamitsch hinter dem Rücken Ihrer Mutter seit Jahren das Haus vermietet oder zur Verfügung gestellt, wie auch immer. Die gelegentliche offizielle Vermietung der Halle diente lediglich dazu, Ihrer Mutter gegenüber die Anwesenheit von Leuten auf ihrem Gelände zu erklären. Geben Sie's zu, oder es wird sehr unangenehm für Sie. Immerhin ist der Tote hier Ihr Freund Kurt Adamitsch.“

Der große Mann wurde blass. „Was?! Wie konnte er im See ertrinken? Er war ein guter Schwimmer!“

„Da hat jemand nachgeholfen! Sie vielleicht?“

Lieutschnig zuckte zurück. „Ich? Was hätte ich für einen Grund gehabt? Adamitsch ermordet! Das ist ja ein Ding! Ich schwöre Ihnen, ich habe keine Ahnung, was das bedeutet. Er war kein Intimfreund von mir, lediglich ein Kunde. Ja, ich geb's zu, ich habe ihm das Bürogebäude zur Verfügung gestellt und er hat mir etwas dafür bezahlt. Meine Mutter ist ja bescheuert und lässt alles verkommen, weil sie mich hasst. Weiß der Teufel, warum! Ich wollte, dass die Gebäude genutzt werden; Kurt zeigte Interesse und hat sich auch um alles gekümmert. Damit hat er meine Mutter bei Laune gehalten. Aber mit seiner Ermordung habe ich nichts zu tun.“

„Woher kannten Sie den Adamitsch?“

„Seine Schwester Erna Kogelnig hat ihn zu mir geschickt, weil er ein Auto kaufen wollte. Ich handle neben der Spenglerei auch mit Gebrauchtwagen. Dann fragte er mich eines Tages, ob auf dem Fabrikgelände etwas zu mieten ist.“

„Wann war das?“

„Das ist schon fünf, sechs Jahre her.“

„Kennen Sie auch die anderen Geschwister der beiden?“

„Welche anderen Geschwister?“

„Karel Petrovic und …“ Sie wurden unterbrochen, da der Pörtschacher Polizist, mit dem Goritschnigg vorher gesprochen hatte, ihm einen Zettel reichte. Er warf einen Blick darauf und wandte sich wieder an Lieutschnig: „… und Peter Lessiak.“

Dieser sagte unbeeindruckt: „Kenne ich nicht, beide nicht. Ich hatte keine Ahnung, dass es da noch wen gibt!“

„Wissen Sie wenigstens, wozu das alte Bürohaus verwendet wurde?“

„Es hat mich nicht die Bohne interessiert, was der Kurt so treibt. Hab‘ nie nachgeschaut.“

„Das, mein Freund, nehme ich Ihnen nicht ab! Sie müssen doch bemerkt haben, dass er ein neues Vorhängeschloss an der Eingangstür angebracht hat.“

„Ach das! Er hat gesagt, es lagern wertvolle Sachen in dem Haus und das Türschloss kommt ihm nicht sehr zuverlässig vor.“

„Wertvolle Sachen? Wie man’s nimmt. Menschen hat er da untergebracht!“

„Menschen?“, fragte der Mann erstraunt, „wen denn?“

„Sie wissen es nicht?“

„Nein.“

„Haben Sie überhaupt Schlüssel für die Gebäude?“

Er schaute Goritschnigg trotzig an. „Habe ich nicht! Da sitzt meine Mutter drauf! Aber die Schlösser sind kein Problem. Alles altes Zeug! Das Bürohaus war sowieso nur einfach abgesperrt.“

„Das reicht vorläufig, Herr Lieutschnig. Aber halten Sie sich zu unserer Verfügung; da ist noch einiges zu klären.“

Raunig kam aus der Terrassentür und wandte sich an den Chefinspektor: „Kommen Sie, wir müssen Ihnen was zeigen.“

„Aber was könnte …?“, setzte Lieutschnig an. Goritschnigg beachtete ihn nicht und folgte dem Techniker ins Haus.

„Sehen Sie, das ganze Haus ist aufgeräumt und blankgeputzt, als ob nie jemand hier gewohnt hätte. Aber man hat ein paar Kleinigkeiten übersehen.“ Raunig führte ihn zu einem auf dem

Parkettboden aufgestellten Schildchen mit der Nummer 6. Es stand nah an der Wand in der Ecke neben der Terrassentür. „Wir haben an dieser Stelle einen winzigen Glassplitter gefunden.“ In der Mitte des Raumes stand Nr. 7. „Hier gibt es feine schwarze längliche Spuren. Haben sich wohl nicht ganz entfernen lassen. Sie stammen vermutlich von Gummirädern.“

„Ein Rollstuhl?“

„Könnte sein! Aber es geht weiter.“ Sie gingen in die Küche, die nebenan lag. Hier stand kein Schildchen, aber die Schranktüren waren offen. „Hier wurde noch vor kurzem gekocht. Es gibt Reste von Lebensmitteln und wären die schon länger da, gäbe es Fliegen und Motten in rauen Mengen.“

Raunig führte Goritschnigg weiter in den Oberstock. „Hier wird’s richtig interessant. Dieses Zimmer“, er zeigte auf eine Tür zu seiner Linken, „ist gewaltsam aufgebrochen worden. Man hat zwar versucht, den Ursprungszustand wiederherzustellen, aber das ist nicht ganz gelungen.“ Sie gingen in den Raum hinein, der auf den Garten, und somit auf den See und den Swimmingpool hinausging. Drei Schildchen mit den Ziffern 1, 2 und 3 standen nahe beieinander an den Wänden. Raunig erklärte: „Hier fanden wir ein dunkles Haar, halb unter der Abschlusskante des Parketts verborgen, weshalb es offensichtlich der Reinigung entgangen ist. Daneben eine verrostete Haarspange, die wohl schon länger hier drinsteckt, aber hier“, er zeigte auf die Nummer 3, „fanden wir einen Papierschnipsel; ebenfalls fast unter der Kante verborgen.“ Raunig reichte Goritschnigg eine Plastiktüte mit einem Stück Papier, auf dem eindeutig ein paar kyrillische Buchstaben zu sehen waren.

Goritschnigg sagte anerkennend: „Gut gemacht! Und wo sind vier und fünf?“

„Kommen Sie, das ist das Interessanteste!“

Sie gingen am Ende des Flurs in das Badezimmer, in dem sich auch eine Toilette befand. Auf dem Spülkasten standen zwei Schildchen mit den Nummern 4 und 5.

„Hier gibt es einen Fingerabdruck, was bedeutet, dass er vermutlich erst nach der Generalreinigung dorthin kam. Aber im Spülkasten haben wir das gefunden.“ Raunig hob einen weiteren Beutel in die Höhe. Er enthielt eine kleine Plastiktüte mit zwei Schlüsseln.

„Würde mich nicht wundern, wenn sie zu dem Vorhängeschloss und der Tür am Bürohaus passten. Hier hat wohl jemand seinen eigenen Zugang deponiert.“

Goritschnigg ging hinunter und sprach ohne Umschweife den Hausbesitzer an: „Sie haben also sehr wohl von dem Versteck gewusst!“ Der Chefinspektor konfrontierte Lieutschnig mit dem Fund: „Diese Schlüssel haben wir oben, im Spülkasten versteckt, gefunden!“

Lieutschnig grinste. „Ich habe sie jedenfalls nicht dort versteckt. Und gesehen habe ich sie auch noch nie. Tut mir leid, Herr Inspektor, da müssen Sie schon die Bewohner fragen.“

„Apropos Bewohner! Sie waren kein bisschen erstaunt, dass die Villa leer und ausgeräumt ist. Wo sind die denn hingezogen? Einer von ihnen saß vermutlich im Rollstuhl“

„Hören Sie, ich wusste nicht einmal, dass jemand dauerhaft eingezogen ist. Schon gar nicht ein Behinderter. Erna hat gesagt, dass sie die Villa für gelegentliche Verwandtenbesuche braucht. Es hat mich nie gekümmert, wer wann da gewohnt hat.“

„Und das soll ich Ihnen glauben!“

„Glauben Sie's oder glauben Sie's nicht, ist mir egal! Ich habe das alte baufällige Haus hier nur wegen meiner missgünstigen Mutter gekauft, um sie zu ärgern und das Fabrikgelände auch aus diesem Grund meinem Bekannten Kurt Adamitsch überlassen. Fragen Sie ihn doch, wenn Sie ihn wiederbeleben können, oder fragen Sie die Erna oder von mir aus den Quizonkel vom Fernsehen!“ Er verschränkte die Arme. „Und wenn Sie mich nicht mehr brauchen, dann gehe ich jetzt!“

Goritschnigg ließ ihn ohne ein weiteres Wort stehen und ging zurück ins Haus. Lieutschnig nahm das als Zustimmung und ging. Raunig, der das Gespräch mitgehört hatte, sagte: „Er war's wohl nicht, der die Schlüssel versteckt hat?"

„Sieht ganz so aus. Aber darüber bin ich ganz froh, denn das hätte die Sache nur verkompliziert", was Raunig zu einem Stirnrunzeln veranlasste. Der Chefinspektor lachte. „Hab nur laut gedacht!"

Als Goritschnigg ins Büro zurückkam, erwarteten ihn zwei Faxe aus Deutschland. Er überflog sie kurz und nickte. Dann rief er Tranegger auf seinem Handy an und berichtete ihm in groben Zügen, was sich auf dem Anwesen in Pritschitz abgespielt hatte.

„Oh, noch ein Bruder der Kogelnig und des Petrovic", sagte Tranegger erstaunt, „ganz schön fruchtbare Familie! Der Fall wird immer komplizierter und undurchsichtiger. Ob wir da jemals durchblicken!"

„Im Gegenteil, der Fall ist inzwischen eigentlich ziemlich klar", sagte Goritschnigg.

„Wie das?"

„Ich blicke durch, ja, aber ich habe keine Beweise und es gibt noch viele offene Fragen. Das möchte ich jetzt alles mit einem Aufwaschen klären."

„Wusste gar nicht, dass du in Hausarbeit so bewandert bist."

„Scherz beiseite, mein Freund. Ich komme zum letzten Akt, aber da brauche ich deine Unterstützung."

„Was hast du vor?"

„Nicht am Telefon! Kann ich zu dir kommen?"

„Wir sind bei Freunden eingeladen. Muss das heute noch sein?"

Goritschnigg überlegte kurz. „Nein. Morgen neun Uhr?"

„Gut, bin dann im Büro!"

Samstag/Sonntag

Unrasiert und schlampig gekleidet stand Tranegger am Samstagmorgen am Fenster seines Büros und blickte Goritschnigg lustlos entgegen. Er machte einen ziemlich müden und verwahrlosten Eindruck.

„Was ist denn mit dir passiert?", wollte Goritschnigg schmunzelnd wissen.

„Zu viel Essen, zu viel Wein, zu lange auf! Diese Einladungen sind immer mühsam, denn Renate rächt sich bei denen, weil die nie nach Hause gehen, wenn sie bei uns eingeladen sind und deshalb will sie noch länger bleiben als sie."

„Was dazu führt, dass diese Gäste das nächste Mal bei euch wieder eins draufsetzen. Stimmt's?"

„So ist es. Das wird langsam zur Manie, aber Renate lässt sich das nicht ausreden. Also, was hast du vor? Kannst du nicht einfach den Schuldigen verhaften, wenn du eh schon weißt, wer's ist."

Tranegger griff sich an den Kopf und verzog schmerzhaft das Gesicht. „Sag', haben wir Kopfwehpulver da?"

„Ich schau mal in Susis Schreibtisch nach. Die hat immer so Sachen dabei."

Er kam mit einer Schachtel Thomapyrin und einem Glas Wasser zurück. „Wir hätten uns auch später treffen können, wenn du wieder fit bist, denn es ist sehr wichtig, dass du mich da voll unterstützt und nicht ausflippst, weil deine Nerven nicht ganz auf der Höhe sind." Er drückte seinem Chef zwei Tabletten raus.

„Eine genügt, danke!" Tranegger nahm die Tablette, trank das Wasser aus und setzte sich. „Das klingt ja nach einer Wahnsinnsaktion, die du da vorhast. Schieß los, langsam werde ich wieder aufnahmefähig. Du hast gesagt, du blickst durch? Seit wann denn?"

Goritschnigg setzte sich ebenfalls. Er lehnte sich zurück und verschränkte die Hände hinter dem Kopf. „Seit gestern! Also, ich verstehe gewisse Dinge schon, aber du kennst auch meine Methoden und die sind nicht immer ganz …"

„Konventionell?"

„Tja, könnte man sagen …!" Er zögerte

Ungeduldig fragte Tranegger: „Was also?"

„Ich will alle Beteiligten im ‚Sofia' versammeln. Sie sozusagen gegenüberstellen."

Mit einem Stirnrunzeln blickte Tranegger seinen Chefinspektor skeptisch an. „Klingt nach einem Agatha Christie – Szenario. Wie stellst du dir das vor? Du weißt nicht, wo diese Ilona ist, du weißt nicht, wo die Kogelnig ist, der Adamitsch ist tot, der Sergej Petrovic verschwunden, das Mädchen, diese Barbara, ist bis heute nicht aufgetaucht. Wen willst du dort versammeln?"

Goritschnigg grinste. „Wo ich die Saltrytschkowa finde, das weiß ich. Auch, wo diese Barbara ist. Der alte Petrovic ist sicher dort, wo ich ihn vermute. Die Mädchen sind noch da. Ich habe den Smolnig zu der Pension geschickt, damit er auf sie aufpasst. Die Kogelnig? Die knöpfe ich mir heute noch vor. Es gibt da mehrere Möglichkeiten, wo sie sein könnte." Er kippte nach vorn und sagte ernst: „Diese Villa ist der Tatort aller drei Morde. Ich habe eine Vorstellung davon, was möglicherweise passiert ist, aber ich kann nichts beweisen. Dazu brauche ich Geständnisse. Und die sollen mir die Leute, die ich ins ‚Sofia' einladen will, freiwillig geben."

Tranegger seufzte. „Und du glaubst, das wird funktionieren? Was also brauchst du von mir?"

„Ich möchte, dass du als ‚Offizieller' heute Abend mit mir den Soronics aufsuchst und ihm erklärst, warum wir am Montag, seinem Ruhetag, eine ‚Versammlung' im ‚Sofia' abhalten wollen. Er würde es uns sicher nicht freiwillig zur Verfügung stellen – schon gar nicht mir. Dazu hat er mich nicht lieb genug. Ferner soll er dazu gebracht werden, einige der Leute selbst einzuladen. Man muss ihm klarmachen, dass er besser kooperieren soll, wenn er keine Schwierigkeiten bekommen möchte!"

„Warum willst du deine ‚Versammlung' nicht einfach hier machen?"

„Weil es bei manchen Leuten nicht so aussehen soll, als steckten wir, die Polizei, dahinter."

„Du meinst, die Leute werden freiwillig kommen?"

„Ich denke schon, dass sie kommen werden. Neugierde ist eine starke Triebkraft."

Tranegger seufzte erneut. „Na gut, versuchen wir's. Aber ich sag' dir eins: Wenn es nicht funktioniert, dann hast du einiges zu erklären. Und nicht nur mir …"

Goritschnigg grinste: „Erklärungen sind meine Stärke."

Nachdem Tranegger gegangen war, rief Goritschnigg seine Mutter an und fragte sie, ob sie ihm bei der Suche nach einer bestimmten Person behilflich sein kann, da er keine Zeit habe, die Möglichkeiten selbst abzuklappern. Sie ließ sich die Person beschreiben und meinte: „Irgendein Mitarbeiter – weiblich oder männlich – da wirst du sie finden"

Nachdem er bei Frau Trabesinger schon nachgefragt hatte, fiel ihm nur noch eine Person ein und die suchte er auf. Der Mann öffnete die Tür und mit einem Schulterzucken ließ er den Chefinspektor in die Wohnung, wo er Erna Kogelnig im Wohnzimmer vorfand.

Aufmüpfig sagte sie: „Ist das Ihr liebster Zeitvertreib – Leute schikanieren? Woher wussten Sie überhaupt, dass ich bei Herrn Kramer …, äh …, dass Herr Kramer mich eingeladen hat, ein paar Tage seine Wohnung zu benutzen, weil ich so erschüttert über den Tod meiner Brüder war und Abstand brauchte?"

„Oh, das hat mir ein Vögelchen gezwitschert. Sie pflegen ja ihre Untergebenen mit dem Arbeitsplatz ein wenig unter Druck zu setzen, nicht wahr! Ihrem ehemaligen Hausmeister im Strandbad haben Sie versprochen, dass er wieder aufgenommen wird, wenn er Ihnen hilft. Aber das ist jetzt nicht von Bedeutung. Packen Sie ihre Sachen und kommen Sie mit."

„Sie wollen mich verhaften, weil ich mich aus ihrem übereifrigen Blickfeld entzogen habe?", fragte sie spöttisch.

„Ich würde Ihnen raten, den Mund nicht mehr so voll zu nehmen", sagte der Chefinspektor ruhig.

Im Präsidium hatte Goritschnigg sie in den Verhörraum geführt. Im Nebenraum saß Angelo Gritschko, den er von Mozzolucchesi hatte abholen lassen. Die Tür blieb offen. Dann ließ er beide ein wenig schmoren, bevor er mit der Befragung begann. Die beiden konnten sich durch die geöffnete Tür sehen, taten aber so, als beachteten sie sich nicht.

Goritschnigg setzte sich der Frau, die kein bisschen eingeschüchtert wirkte, gegenüber, bevor er begann: „Wir haben Iliescu mit einer neuen Charge an bulgarischen Mädchen für das ‚Sofia' aufgegriffen." Er machte eine Pause.

„Ja, und?", sagte sie aufmüpfig.

„Sie wurden für das ‚Geschäft' ihres Bruders Kurt aus Bulgarien geholt."

„Ich verstehe nicht, was Sie meinen."

„Er beschäftigte doch eine Zeit lang Tanzmädchen im ‚Sofia', bevor sie gegen ‚neue Ware' ausgetauscht wurden und irgendwo im Rotlichtmilieu verschwanden."

„Aha, wie kommen Sie darauf?" Sie wirkte nicht mehr ganz so selbstsicher. „Und wenn es so wäre, was habe ich damit zu tun?"

„Iliescu ist sehr gesprächig und sagte aus, dass der ganze Papierkram über Sie gegangen ist."

„Das ist …", sagte sie aufbrausend.

Der Chefinspektor schnitt ihr das Wort ab und sagte scharf: „Ich weiß, Sie sind unschuldig! Sie haben also nie Ihre Kontakte zur Stadtverwaltung ausgenutzt, um das ‚Sofia' frei von Razzien und Untersuchungen seitens der Behörden zu halten. Sie sind natürlich mit Stadtrat Gaugusch befreundet, weil Sie ihn so schätzen und haben ihn deshalb immer wieder zum Essen eingeladen oder ihm einen Wellnessurlaub in Bad Waltersdorf bezahlt. Sie haben der Familie Gaugusch ein Umkleidehäuschen im Strandbad besorgt, die so gut wie nicht zu bekommen sind. Zumindest nicht auf legalem Weg. Soll ich noch mehr aufzählen, was Gauguschs Sekretärin meinem Kollegen anvertraut hat?"

„Das hat alles nichts mit der Sache zu tun?"

„Mit welcher Sache denn?"

„Na, dem … äh, der … Ich habe nichts Unrechtes gemacht! Nichts, *nichts* …! Ich habe für die Mädchen Quartiere besorgt, wenn mich Kurt darum gebeten hat. Ich wusste nicht, wer sie sind oder warum manche nur kurz geblieben sind."

„O.k., das wird mir jetzt Ihr Kompagnon erzählen."

Goritschnigg ging zu dem kräftigen Burschen, der im Nebenraum saß und ziemlich unglücklich wirkte. Er fragte ihn forsch: „Wer ist Valentina Gritschko?"

„Val… Valentina? Sie war ein … ein Tanzmädchen … äh ..."

„Sie war Ihre Frau, nicht wahr? Sie haben sie letztes Jahr geheiratet. Es war für uns leicht, das nachzuprüfen. Sie hieß Valentina Grosvenic. Das war ihr richtiger Name, obwohl sie vorher vermutlich unter dem Namen ‚Slenca Kalinowa' hier getanzt hat, die laut den Firmenunterlagen plötzlich durch ‚Valentina Gritschko' abgelöst wurde. Adamitsch hat sie Ihnen überlassen, weil Sie in sie verliebt waren, ist es nicht so? Dann aber ging sie den Weg aller Tanzmädchen, weil sie von ihr genug hatten oder weil sie vielleicht hinter ihre Machenschaften gekommen ist und Schwierigkeiten machen wollte. Sie wurde durch eine gewisse Barbara aus Russland ersetzt, die ihren Namen bekam. Sie ist wohl aus allen Wolken gefallen, als sie vor wenigen Wochen erfuhr, dass sie offiziell mit Ihnen ‚verheiratet' ist. Sie haben ihr eingeredet, dass Sie sie schützen wollen; angeblich, weil die Russen oder die Deutschen hinter ihr her sind, nicht wahr. Adamitsch verlangte von Ihnen, gut auf sie aufzupassen, bis der Deal mit der Pathologin unter Dach und Fach war."

„Davon habe ich nix g'wusst", sagte der Mann kläglich, „sonst hätt' ich mich nicht d'rauf eing'lassen."

Goritschnigg fuhr fort: „Als mein Kollege“, er deutete auf Mozzolucchesi, „bei Ihnen auftauchte, um Sie wegen des russischen Abends im ‚Sofia‘ zu befragen, gerieten Sie in Panik! Sie wussten nicht, was die Polizei bereits herausgefunden hat. Sie sind ins Strandbad gefahren, um Erna Kogelnig zur Rede zu stellen, aber sie war nicht da. Sie sind dann später, versehen mit einem Bart, nochmal zurückgekommen und haben die Schau mit dem Restaurantgast, der sich beschwert, abgezogen, um Frau Trabesinger wegzulocken und ihr Büro zu durchsuchen, wo Sie noch dazu freundlicherweise Ihr Blut hinterlassen haben. Sie suchten den Umschlag, den Ihre Chefin ihrer Sekretärin so auffällig gegeben hat. Sie vermuteten darin Beweismittel gegen *Sie.* Den Umschlag haben Sie allerdings weder im Büro noch in Frau Trabesingers Wohnung gefunden. Schließlich diente er nicht dazu, *Sie* zu verunsichern, sondern die Russin.“

„A… aber ich … ich habe doch mit all dem nichts zu tun“, stammelte der junge Mann.

„Dass ich nicht lache. Sie sind der Helfershelfer der Mädchenhändlerbande und stecken in der ganzen Sache tief drin. Sie haben auf die Mädchen aufgepasst und wenn deren Zeit um war, haben Sie sie nach Pritschitz gebracht und in dem Haus mit dem Vorhängeschloss bis zu ihrem Abtransport bewacht. Wir haben in dem Haus jede Menge Ihrer Fingerabdrücke gefunden, die wir seit einer Festnahme vor drei Jahren wegen einer Wirtshausrauferei im Archiv haben. Außerdem hat Iliescu auch *Ihren* Namen genannt. Und nun sagen Sie mir – *wo sind die Mädchen, die ausgedient haben?*“

Der junge Mann blickte zu Erna Kogelnig im Nebenraum und sagte in aggressivem Tonfall: „Fragen Sie die doch!“

Erna Kogelnig stand auf und ging auf Gritschko zu. Mit wutverzerrtem Gesicht sagte sie: „Blöder Mensch! Lügen, lauter Lügen! Ich habe nichts …!

Dem Chefinspektor reichte es jetzt. Er schob sie zurück in den zweiten Raum und sagte kalt: „Seien Sie still! Wenn Sie noch nicht kapiert haben, dass Ihr Spiel aus ist, dann sage ich es Ihnen *jetzt*: Sie wandern ins Gefängnis, das ist so sicher wie das Amen im Gebet!“ Er setzte die verdutzte Frau unsanft auf ihren Stuhl, beugte sich zu ihr hinab und sagte in scharfem Ton, wobei er jedes Wort betonte: „*Wo ... sind ... die ... Mädchen?*“

„Welche Mädchen?“

Goritschnigg verdrehte die Augen. „Geben Sie sich nicht dümmer, als Sie sind. Wo werden die Mädchen hingeschickt, die im ‚Sofia‘ unter falschem Namen eine Zeit lang arbeiten und dann, ich vermute, an Freudenhäuser verschoben werden. Ohne Papiere, ohne Hilfe haben die Mädchen keine Chance, da wieder rauszukommen. Also, *wohin ... werden ... sie ... verkauft*?“

Trotzig schaute sie ihn an und sagte ihrerseits eindringlich: „*Ich ... weiß ... es ... nicht!* Es ist doch Absicht, dass jeder Beteiligte nur einen kleinen Teil kennt, der mit seiner Tätigkeit zusammenhängt. Fragen Sie doch den Iliescu!“

„Oh, der hat gesagt, dass die Mädchen die Chance bekämen, auf einer größeren Bühne engagiert zu werden. Oh, man bedauere sehr, dass sie gehen sollen und man werde schwer einen Ersatz für sie finden, aber man wolle ihrer Karriere nicht im Weg stehen und bla … bla …!“

Triumphierend sagte die Kogelnig: „Sehen Sie, Herr Chefinspektor, genau das hat man mir gesagt und ich habe mich für die Mädchen gefreut.“

Goritschnigg grinste. „Schön, aber leider habe ich das erfunden. Iliescu sagte aus, dass die Mädchen in einer Nacht- und Nebelaktion weggebracht werden. Ihr weiteres Schicksal interessierte keinen Menschen mehr und ihre Gefühle schon gar nicht.“

Sie verzog das Gesicht zu einer hässlichen Grimasse. „Ihnen ist nicht zu trauen!“

„Danke für das Kompliment! Und nun sagen Sie mir, wer Ihre Brüder und Dr. Lüttje umgebracht hat und warum. War’s der da drüben?“ Er zeigte auf den Gritschko. „Wollte er Geld? Oder war’s die Saltrytschkowa, die Sie mit dem Umschlag, den Sie

Ihrer Sekretärin so auffällig gegeben haben, erpressen wollten? War's Ihr Vater Sergej Petrovic, den Sie mit Karel in Ihrer Villa in Pritschitz wohnen ließen? Oder war's Ihr Bruder Peter Lessiak?"

Bei der Nennung des letzten Namens zuckte sie zusammen. Sie blickte zu Boden, presste die Lippen aufeinander, verschränkte mit hochgezogenen Schultern die Arme und schwieg.

Goritschnigg ließ die beiden abführen und schickte Mozzolucchesi nach Hause.

Um sechs Uhr am Abend fanden Goritschnigg und Tranegger den Lokalbesitzer des ‚Sofia' hinter der Bar, vertieft in den Anblick der brauen Flüssigkeit in seinem Glas. Indigniert blickte er auf. „Sie schon wieder. Was hoffen Sie, *heute* hier zu finden – diesmal mit honoriger Begleitung? Lassen Sie mich raten: Staatsanwalt? Darf ich etwas zu trinken anbieten?"

„Nein danke, wird nicht lange dauern", sagte Goritschnigg. „Das ist Polizeioberst Tranegger, mein Chef. Und jetzt hören Sie gut zu: Ich werde Ihnen nun schildern, wie die Geschäfte hier laufen: Das ‚Sofia' gehört einem bulgarischen Emporkömmling, der zu Anfang der Neunzigerjahre mit – legalen und illegalen – Importen reich geworden ist. Um das illegale Geld rein zu waschen, hat er in Deutschland, Belgien, Holland und in Österreich Lokale gekauft, die er in regelmäßigen Abständen an Strohmänner zu horrenden Preisen verkauft." Soronics schenkte sich Cognac nach und prostete Goritschnigg zu. Dieser fuhr fort: „Gleichzeitig etablierte er in den Lokalen, die ganz groß mit Varieté und exquisiter Speisekarte aufgezogen werden, einen regen Mädchenhandel. Dafür beschäftigte er eine windige Figur, einen Mann, der in Kleidung und Gehabe so seriös auftritt, dass ihm die Mädchen in Bulgarien, vorwiegend vom Land, in Scharen zulaufen. Noch dazu, wo die Mädchen von ihren Schwestern oder Freundinnen aus dem Ausland Anrufe bekommen, wie gut es ihnen gehe. Dass die Anrufe nach einiger Zeit aufhören, spielt keine Rolle, weil dann die Schwestern oder Freundinnen oft ebenfalls schon auf dem Weg in die gelobten Länder sind.

An den Orten, wo es die Lokale gibt, sucht er willfährige Mitarbeiter, die für Ruhe an Ort und Stelle sorgen. Keine Kontrollen, keine Nachforschungen, keine Verdachtsmomente. Alles legal, alles sauber. In den Restaurants arbeiten die gleichen Mädchen jahrelang. Sie sind angemeldet, sie sind versichert, sie sind untergebracht. Allerdings ändern sich die Gesichter ständig, aber wer schaut schon genau? Wer kommt schon so oft in das Restaurant, um sagen zu können, dass die stark geschminkten Mädchen, die im grellen Rampenlicht stehen, nicht dieselben sind, die vor drei, vier Monaten hier waren. Die armen Dinger landen schließlich in irgendwelchen Puffs und werden nie wieder gesehen."

Soronics schien immer mehr zu verfallen. „Was erzählen Sie für Blödsinn. Sie wollen mir da was anhängen, weil sie anders nicht an mich herankommen. Womöglich wollen Sie mir auch noch den Mord an Adamitsch andichten."

„Würd' ich gern, aber da fehlen mir die Beweise. Wenn Sie's nicht waren, dann sollten Sie jetzt meinem Chef gut zuhören."

Goritschnigg ging grußlos nach draußen. Tranegger kam fünf Minuten später mit erhobenem Daumen nach. „Soronics ist aktiviert. Er will allerdings etwas für sein Entgegenkommen."

„Wenn er mit der ganzen Sache nichts zu tun hat, dann soll er froh sein, dass sich alles aufklärt. Und *wenn* er damit zu tun hat, dann soll er nicht das Maul aufreißen."

„Das habe ich ihm auch gesagt", sagte Tranegger lachend.

„Und was hat er geantwortet?"

„Ich soll froh sein, wenn er mir nicht die bulgarische Mafia auf den Hals hetzt."

„So ein Scherzküberl."

„So was Ähnliches habe ich ihm auch gesagt, und er meinte, wenn ich das so locker sehe, dann sei ich ziemlich ‚grenznaiv'!"

„Tatsächlich ‚grenznaiv' hat er gesagt? Das ist ja mal eine grenzgeniale Worterfindung."

Am Sonntag besuchte die Familie Goritschnigg Mutter Martha auf Hochrindl. Das Wetter war umgeschlagen und der seit Samstag anhaltende Dauerregen kündigte den nahen Herbst an. Fuhr Goritschnigg schon nicht gern bei Schönwetter auf den Berg, so hatte er bei Schlechtwetter überhaupt keine Lust, aber seine Ursula gab keine Ruhe: Tochter Lilly sollte vor ihrer Abreise nach Graz nochmals die Oma besuchen.

Mutter Goritschnigg hatte die ganze Familie zum Mittagessen eingeladen, aber mit dem Hinweis, sie solle sich keine Mühe machen, kam man nur zur Jause. Tatsächlich wollten sich alle den Gerstenauflauf oder so was Ähnliches ersparen.

Am Berg tummelten sich die meisten der Goritschnigg-Familie, zumindest die, die gerade in Kärnten waren; einschließlich Vater Valentin. Lilly und Peter setzten sich nach Kaffee und Kuchen mit ihren Cousinen und Cousins abseits, alberten herum und tauschten Neuigkeiten aus, denn oft sahen sie sich nicht.

Martha Goritschnigg berichtete, dass sie Besuch von Dr. Oschaunig aus Feldkirchen erhalten habe, der sich nach Hochrindl bemüht hatte, um sich vielmals für das Missverständnis zu entschuldigten, das zu der unglücklichen Anzeige bei der Polizei geführt und die er jetzt zurückgezogen habe. Im ersten Moment habe es so ausgesehen, als sei seinem kleinen Patienten Arsen verabreicht worden, weil er nicht gewusst habe, dass sie es in homöopathischer Verdünnung empfohlen und die Mutter es selbst besorgt habe. Ob sie nicht wisse, dass sie, obwohl ‚Heilpraktikerin nach deutschem Recht', in Österreich keine Behandlungen durchführen und auch keine Empfehlungen abgeben dürfe. Martha hatte erwidert, dass sie sehr wohl wisse, was sie dürfe und was nicht und wenn die Leute sie rein freundschaftlich um Rat fragten, dann plaudere sie halt ein bisschen aus der Schule. Aber ob *auch* der Herr Doktor *selbst* wisse, dass *er* die Verpflichtung habe, vor allem bei Kindern nicht gleich mit den schwersten Geschützen aufzufahren, hatte sie ihn ihrerseits gefragt. Daraufhin habe der Arzt zähneknirschend das Weite gesucht,

Valentin Goritschnigg verriet natürlich nicht, dass er bei ihm vorstellig geworden war und gedroht hatte, von der Krankenkasse seine ausgestellten Rezepte prüfen zu lassen, weil er gehört habe, dass es da gewisse Unregelmäßigkeiten gäbe.

Nachdem die Meute abgezogen war, schnitt Ursula Martha rasch noch die Haare. Jakob saß sinnend auf der Bank unter dem Baum, nachdem es zu regnen aufgehört hatte. Er war den ganzen Nachmittag ungewöhnlich still gewesen, was seiner Mutter sofort aufgefallen war. Sie setzte sich zu ihm und sagte leise: „Mach dir keine Sorgen."

Goritschnigg hob den Kopf. „Was meinst du …?"

Sie tätschelte ihm die Hand. „Du weißt, dass du mir nichts vorenthalten kannst. Du möchtest in diesem Fall etwas Ungewöhnliches anwenden und das macht dir Sorgen, weil du nicht weißt, ob es gutgehen wird."

„Ja, du hast recht." Er erzählte ihr, was er vorhatte. „Glaubst du, dass das klug ist und dass es funktionieren könnte?"

Sie sah ihm in die Augen. „Ich kann dir nur sagen, dass du das einzig Richtige tust. Nur wenn du alle mit deinen Vermutungen konfrontierst, werden sie mit der Wahrheit rausrücken."

„Das ist es nicht, was mir Sorgen macht."

„Was dann?"

„Die Wahrheit."

„Ich verstehe! Aber denk dran: Es gibt immer eine Möglichkeit, aus einer wahren Wahrheit eine annehmbare Wahrheit zu machen."

Montag

Der Montag war mit hektischer Aktivität erfüllt. Goritschnigg holte bei Dr. Kernmayer Erkundigungen über Peter Lessiak ein. Dieser war bis vor einem halben Jahr Pfleger in der geriatrischen Abteilung gewesen. Mit der Begründung, privat gebraucht zu werden, hatte er ein halbes Jahr Karenzzeit genommen. Auf der Geriatrie erfuhr er, dass Lessiak gelegentlich komme und um Pflegehilfsmittel bitte. Manche gäbe man ihm, manche nicht. Seine Wohnung ließ Goritschnigg überwachen. Er wusste, dass er den Sergej Petrovic dort finden würde, wollte die beiden aber erst zu dem Treffen im ‚Sofia' aufscheuchen.

Aus Berlin war am Wochenende ein weiteres Fax gekommen, aus Wien lagen die Verhörprotokolle mit Iliescu auf seinem Tisch und Susi hatte Informationen, die er verlangt hatte, besorgt. Er stupste sie an der Nase. „Hast du heute Abend schon was vor?"

„Nein, wieso?"

„Dann bist du ins ‚Sofia' eingeladen. Allerdings gibt's nix zu essen, aber wer so neugierig ist, den dürfte das nicht stören."

„Na toll! Jakob Goritschnigg gibt eine Show. Trittst du wenigstens im Bananenröckchen auf?"

Goritschnigg lachte. „Ich nicht, aber du könntest vielleicht ganz groß als Tanzmaus rauskommen."

„Hah, das hättest du wohl gern!"

Tranegger kam aus seinem Büro und schaute von Goritschnigg zu Susi und zurück. „Ihr seid ja so fröhlich, darf man demnächst zur Hochzeit gratulieren."

Susi schnaufte. „*Den* würde ich nicht mal nehmen, wenn er der einzige Mann auf der Welt wär'."

„Na dann bin ich ja beruhigt", sagte Tranegger. „Ich dachte schon, ich muss mir Sorgen machen um die liebliche und fleißige Ursula." Er wandte sich an Goritschnigg: „Alles erledigt, die Leute werden kommen. War nicht ganz einfach, aber wie du schon sagtest: Neugier!"

Susi blickte nun ihrerseits von einem zum anderen und schüttelte nur den Kopf, während sie sich wieder ihrem Computer zuwandte. Tranegger verließ den Raum und auch Goritschnigg schickte sich an, zu gehen. In der Tür drehte er sich nochmals um und sagte scherzhaft zu der Sekretärin: „Wir beide sprechen uns noch von wegen: ‚Wenn ich der einzige Mann auf der Welt wär'! Sei froh über solche Chefs! Du hättest es nicht besser treffen können. Gib's zu!"

Die junge Frau verdrehte die Augen. „Männer sind doch so was von eingebildet und empfindlich und ang'rührt und …"

„So ist es, Lady, also denk dran, bevor du unpassende Äußerungen von dir gibst. Vielleicht hetz' ich dir auch die Mafia auf den Hals. Allerdings die italienische."

Goritschnigg wandte sich grinsend dem soeben eintretenden Mozzolucchesi zu, der erstaunt sagte: „Wie, was? Italienische Mafia? Was hat die mit der Sache zu tun?"

„Nichts, Mozzo, gar nichts. Beruhige dich, war nur eine Warnung für das freche Gör hier. Was hast du zu berichten?"

„Alles erledigt Chef. Stan und Ollie sind instruiert."

Mit einem Augenzwinkern, das Susi galt, ging Goritschnigg mit Mozzolucchesi im Schlepptau endgültig aus dem Raum.

Es war Punkt acht Uhr abends, als Goritschnigg das Restaurant ‚Sofia' in Krumpendorf durch die Seitentür betrat. Alle waren da: Tamara, die ein blaues Auge zierte, stand mit Soronics an der Bar; Erna Kogelnig, die man am Sonntag entlassen hatte, saß, ganz in Schwarz, mit Frau Trabesinger links im Lokal an einem Tisch. Ilona Saltrytschkowa hatte mit Bernd Lüttje an einem vorderen Tisch Platz genommen. Dahinter saßen Valentina und Gritschko, auf der anderen Seite Kommissar Franke. Die vier Tanzmädchen Ljuba, Saskia, Adriana und Vera saßen ganz hinten im Lokal.

Abseits hatten sich der junge Grimm und seine Mutter hingesetzt. Er blickte schüchtern zu Boden, während die alte Frau

Goritschnigg herausfordernd ansah. Es hatte einige Mühe gekostet, die beiden dazu zu bewegen herzukommen, nachdem Soronics' Einladung zu einer tollen Show nicht gefruchtet hatte. Der junge Grimm war misstrauisch geworden und erst, nachdem Kommissar Franke die beiden mit wilden Andeutungen und mit Aussicht auf Kostenersatz mehr oder weniger zu der Reise gezwungen hatte, kamen sie angetanzt.

Tranegger und Susi saßen an dem Tisch, der dem Eingang am nächsten stand, die Gesichter den versammelten Leuten zugewandt. Die junge Frau war neugierig auf das, was kommen würde. Sie war von Goritschnigg ja einiges gewohnt, aber eine derartige Veranstaltung war etwas ganz Neues. Tranegger blickte eher besorgt drein. Er war von seinem Chefinspektor auch einiges gewohnt, aber im Gegensatz zu seiner Sekretärin lastete die ganze Verantwortung auf ihm.

Alle sahen Goritschnigg neugierig entgegen, als er eintrat. Er wurde begleitet von Mozzolucchesi, der sich zu Tranegger an den Tisch setzte. Durch das gläserne Portal konnte man Tomaschitz und Smolnig sehen, die dort Aufstellung genommen hatten. Goritschnigg blieb in der Mitte des Lokals stehen und sah die versammelten Leute einzeln an.

„Wie ich sehe, sind Sie alle unserer *freundlichen Einladung* in dieses wunderbare Restaurant gefolgt. Schön, dann können wir ja anfangen. Ich habe Sie alle hier zusammengebracht, weil ich Ihnen eine Geschichte nahebringen möchte. Eine interessante Geschichte, die durch Zufälle, Missverständnisse und unglückliche Gemeinsamkeiten diverser Leute zu tragischen Vorkommnissen geführt hat."

Die Russin beugte sich gespannt vor. Goritschnigg trat zu ihr und fuhr fort: „Mit Ihnen fange ich an, denn hätten Sie mir von Anfang an die Wahrheit erzählt, wären wir schon viel früher hinter die Zusammenhänge gekommen. Sie haben meine Aufmerksamkeit in eine bestimmte Richtung gelenkt, wollten aber nichts von ihren *wahren Absichten* preisgeben, stimmt's?" Die Russin lächelte.

„Zunächst die Geschichte Ihres Großvaters, Josef Grimm: Sein Vater hatte vor und während des Krieges in Deutschland mehrere Diebstähle und Raubüberfälle begangen – zunächst von Neuenahr in Hessen aus, später in Berlin, wo er schließlich verhaftet wurde. Er ist vermutlich in einem KZ gestorben. Die Mutter arbeitete offiziell als Küchenhilfe und kam wahrscheinlich bei einem Bombenangriff um. Geschwister gab es keine. Josef wurde der Mittäterschaft beschuldigt, da war er aber bereits in russischer Gefangenschaft. Kommissar Franke", er deutete auf den Berliner Beamten, der sich leicht verneigte, „hat das akribisch recherchiert. Wohl deshalb wollte er in Russland bleiben. Also bezirzte er das einfache Mädel – Ihre Großmutter – und brachte sie dazu, ihn zu heiraten."

Er sah die Russin an. „Grimm hatte erst Ende der Sechzigerjahre, als seine Kinder groß waren und selbst für sich sorgen konnten, an eine Rückkehr nach Deutschland gedacht. Das Leben in Russland dürfte ihm doch nicht so gut gefallen haben. Er hat sich vermutlich alle möglichen Szenarien ausgedacht, wie er wegkommen könnte. Am erfolgversprechendsten schien ihm, sich dem KGB als Spion anzubieten.

Der KGB reagierte aber ganz anderes, als er erwartet hatte. Grimm war ihnen mit fast fünfzig Jahren einfach zu alt. Aber was sie brauchen konnten, war sein Name, um einen falschen Grimm in der DDR einschleusen zu können. Weil sie der Loyalität der ‚deutschen Brüder' nie wirklich trauten, hatten sie genügend Spione dort und Grimm war nur einer davon. Sie fanden einen idealen Aufenthaltsort in Hanau nahe Berlin, weil es da früher mal Grimms gab. Das hatten sie durch vorangegangene Anfragen erfahren. Die alte Frau Hunzinger, die bald darauf praktischerweise aus dem Fenster fiel, wurde dafür bestochen, den ankommenden Grimm zu kennen. Eine Witwe wurde ebenfalls gefunden, die mit einer verwaisten Tischlerei dastand. Ein Pole namens Sergej

Petrovic, der gelernter Tischler war, bekam Papiere und Geld, um die Rolle des Josef Grimm zu spielen.“

Die alte Frau Wuttke griff sich ans Herz und stöhnte. „Ich war zu Tode erschrocken, als ich es erfahren habe und hätte …“

Goritschnigg unterbrach sie. „Sie leben ja noch, also beruhigen Sie sich.“ Er gab ihrem Sohn einen Wink, der die Anspielung verstand und seiner Mutter einen Schnaps von der Theke holte, den ihm Soronics widerwillig einschenkte

Der Chefinspektor fuhr fort: „Die russischen Behörden haben nach der offiziellen Anfrage über unser Ministerium alle Daten ausgespuckt. Sie …“, er wandte sich an die Russin, „… haben uns den Brief an Katja als Anregung gegeben, es genauso zu machen, weil Sie selbst keine Auskünfte bekommen haben, nicht wahr? Sie haben ein PS hinzugefügt, weil es so aussehen sollte, als ginge es um die Suche nach Barbara und den Text in der Übersetzung haben Sie soweit verändert, als sei der Brief in Deutschland geschrieben worden. In Wahrheit hat ihn Ilona schon viel früher in St. Petersburg verfasst.“ Sie nickte. Goritschnigg sprach weiter: „Der Mann stammte aus Grajewo, das in den ehemaligen deutschen Gebieten nahe der russischen Grenze lag, sprach also Deutsch, Polnisch und Russisch. In seiner Heimat hatte er eine Frau und einen Sohn Karel, nebenbei eine Geliebte mit Namen Kristina Adamitsch, die bulgarischer Abstammung war und als Arbeiterin in Polen lebte. Sie bekam zwei Kinder von ihm, die sie Erna und Kurt nannte. Sergej hatte ihr vermutlich versprochen, dass er sich von seiner Frau trennen würde, tat es aber nicht. Die Frau hatte bulgarische Verwandte in Kärnten und erreichte, dass sie zu ihnen auswandern konnte. Bald darauf starb Sergejs Frau und er blieb mit seinem halbwüchsigen Sohn Karel allein. Er war also der ideale Kandidat für die Russen, außer dass er in Wahrheit um zehn Jahre jünger war als der echte Grimm und dass sein Sohn in Berlin untergebracht werden musste. Das war Sergejs Bedingung.

Petrovic/Grimm bekam in Hanau einen weiteren Sohn, was ihm sicher nicht recht war. Aber es hatte den Vorteil, dass er bald als angesehenes Mitglied der Hanauer Gemeinde durchging. Er musste, laut Auskunft seines Sohnes Alois, oft nach Berlin fahren, was er mit Expansionsplänen erklärte. In Wahrheit fuhr er zur Berichterstattung an seinen Führungsoffizier hin; und um Karel zu besuchen. Für den Fall, dass er enttarnt würde und abhauen müsste, hatte er eine haarsträubende Geschichte bereit von dem Beamten, den er in Russland ermordet hätte. Aber es ist dann ganz anders gekommen, nicht wahr, Alois?" Der junge Mann schaute unglücklich drein und nickte.

Goritschnigg wandte sich wieder an die Russin: „Als Ihr Großvater von einem seiner ehemaligen Mitgefangenen namens Hochthaler in einem Brief erfuhr, dass in Hanau ein falscher Josef Grimm lebt, machte er sich spontan nach Deutschland auf. Er sagte niemandem etwas, weil er die Familie nicht in Gefahr bringen wollte. Wie er trotz seiner Verwirrtheit nach Hanau gekommen ist, das wissen wir leider nicht. Er hat es auf jeden Fall geschafft und dort seinen Doppelgänger getroffen. Und das wurde ihm zum Verhängnis. Diese Geschichte lassen wir uns jetzt von jemandem erzählen, der weiß, was dann passierte."

Er machte eine kurze Pause und blickte in die Runde. Alle sahen ihn gespannt an. Man hätte eine Stecknadel fallen hören können. Er wandte sich zur Tür und gab Tomaschitz einen Wink, der schon darauf gewartet hatte und nun das Lokal betrat, indem er einen alten Mann im Rollstuhl vor sich herschob.

Frau Wuttke stieß einen Schrei aus. Ihr Sohn stand auf und ging auf den Mann zu. Der Alte beachtete ihn jedoch nicht, sondern blickte grimmig den Chefinspektor an. Die Russin setzte sich kerzengerade auf. Valentina Gritschko stöhnte und wollte sich von ihrem Sitz erheben, aber Gritschko legte ihr die Hand auf den Arm, sodass sie sitzenblieb. Die Kogelnig verbarg ihr Gesicht in den Händen. Soronics machte ein ratloses Gesicht.

Goritschnigg beobachtete genau die Reaktion der einzelnen Leute und verkündete laut, indem er auf den alten Mann deutete: „Darf ich vorstellen: Sergej Petrovic alias Josef Grimm." Dann sprach er Alois Grimm an: „Sie wussten es doch, nicht wahr, dass Ihr Vater noch lebt und was er getan hat!"

Grimm hatte sich wieder gesetzt, blickte zu Boden und drehte seine Mütze verlegen in den Händen. Er wollte etwas sagen, aber der greise Mann im Rollstuhl kam ihm zuvor: „Er hat keine Ahnung. Vielleicht reimt er sich manches zusammen …!"

„Lass sein, Vater, es hat keinen Sinn mehr. Ich schleppe es schon lange mit mir herum und kann nicht mehr. Ich war ja noch ein Kind, sechs Jahre alt! Und ich habe es nie vergessen können. Auch wenn du mir damals erklärt hast, dass es notwendig war."

Der Mann im Rollstuhl hob abwehrend die Hände und rief: „Nicht, Junge, sie wissen nichts …!", aber Alois Grimm ließ sich nicht beirren, wandte sich dem Chefinspektor zu und begann stockend zu erzählen:

„Es war 1982 im Frühjahr. Ich komme von der Schule früher nach Hause, weil eine Stunde ausgefallen ist. Mutter war in der Stadt wegen Besorgungen. Da sehe ich Vater über einen Mann gebeugt, der ein Messer im Rücken stecken hat. Vater sagt, das ist ein böser Mann, der aus Russland gekommen ist und uns alles wegnehmen will. Ich frage ihn, wer das ist und er sagt, dass ich das nicht wissen muss und niemandem etwas sagen soll, schon gar nicht der Mutter." Er schaute auf Frau Wuttke, die mit entsetztem Gesicht der Geschichte lauschte. „Vater hat den Leichnam in den alten Brunnen auf dem leeren Nachbargrundstück geworfen und wir haben dann gemeinsam den Boden saubergemacht. Ich war ganz benommen vor Angst und Entsetzen. Vater hat mir eingeschärft, dass ich mich nicht fürchten muss, denn wenn ich schweige, wird alles gut. Ich habe mich dran gehalten, aber die Sorge hat mich nie verlassen." Er sah seinen Vater an, der grimmig zu Boden blickte. „Wir haben nie wieder darüber gesprochen, aber eines Tages hat er mir dann die Anweisungen gegeben, von denen ich Ihnen in Berlin erzählt habe. Es könnte jemand aus Russland kommen und dann werde er verschwinden. Er zeigte mir den ‚Abschiedsbrief' und ich sollte jedem sagen, er ist krank und will nicht mehr leben. Über das, was vor Jahren vorgefallen ist, soll ich weiter schweigen, dann würde es mir und Mutter nicht schaden."

Grimm stand auf und holte an der Bar noch ein Glas Schnaps, das er seiner schluchzenden Mutter gab, die es hinunterstürzte und sich dann mit geschlossenen Augen und leidendem Gesichtsausdruck zurücklehnte. Alle Anwesenden starrten gespannt den Mann an, der nun völlig ruhig wirkte, als habe er sich von einer tonnenschweren Last befreit. „Vor ein paar Jahren war es dann soweit. Eine Frau stand auf der anderen Seite der Straße und beobachtete uns. Daraufhin floh Vater und ich erzählte allen, dass er sich das Leben genommen hat. Ich habe das wohl selbst auch geglaubt, weil ich dachte, er weiß nicht mehr weiter wegen dem Mord." Er seufzte und fuhr dann fort: „Die Vergangenheit hat mich ordentlich eingeholt. Ich habe ja schon gewusst, dass Vater ein eingeschleuster Spion war. Ich habe nun auch den Verdacht gehabt, dass er vielleicht noch lebt. Ich dachte, nach allem was er mir erzählt hat, ist er dort besser aufgehoben, wo er sich versteckt: Bei seinen älteren Kindern. Jetzt bin ich allerdings nicht mehr so sicher." Er sah anklagend zu Erna Kogelnig, die stur geradeaus blickte.

„Woher wussten Sie eigentlich von den Kärntner Verwandten Ihres Vaters?", fragte Goritschnigg.

Alois sah verlegen zu seinem Vater hinüber, der den Kopf hob und offensichtlich gespannt auf die Antwort war. Er zögerte. „Ich habe einmal zufällig ein Telefongespräch belauscht und da hörte ich, wie er sagte: ‚Wozu habe ich Kinder in Kärnten, wenn sie mir nicht helfen wollen'."

„Haben Sie auch von Karel in Berlin gewusst?"

„Nein, aber jetzt ist mir klar, warum er so oft nach Berlin gefahren ist. Von wegen, Expansion …!" Er wandte sich wieder

Goritschnigg zu. „Unser Leben ging nun normal weiter, bis *sie* auftauchte.“ Er deutete auf Valentina. „Sie schneite letztes Jahr bei uns rein und stellte unverschämte Forderungen.“

Goritschnigg ging zu Valentina, die unruhig auf ihrem Sitz herumrutschte. „Bin auf *deine* Geschichte gespannt, Barbara *Saltrytschkowa*.“

Ilona richtete sich abrupt auf, grinste und klatschte langsam ein paar Mal in die Hände. „Bravo, Herr Chefinspektor. Ich habe Sie tatsächlich unterschätzt. Wie haben Sie herausbekommen, dass das meine Tochter ist?“

Goritschnigg grinste ebenfalls. „Ihre Tochter? Wohl kaum!“

Sie hob die Augenbrauen. „Wie meinen Sie das?“

„Sie wissen genau, wie ich das meine. Wird langsam Zeit …“

Die Russin seufzte und schaute Bernd Lüttje an. „Tut mir leid“, sagte sie zu ihm und dann zu Goritschnigg: „Na gut, nachdem es nicht mehr zu verbergen ist: Mein Name ist Rosa Lüttje und das wissen *Sie* vermutlich auch schon, Herr Kommissar?“

Ein Raunen ging durch den Raum. Aufgeregte Stimmen erhoben sich. Goritschnigg gebot Ruhe und sagte lächelnd zu der Russin: „Allerdings weiß ich das. Ich wollte nur warten, bis Sie selbst damit herausrücken. Es hat mich von Anfang an irritiert, dass eine Barbara Wuschtschenkowa nicht zu existieren schien. Die Anfrage bei euren Polizeibehörden hat zunächst nichts gefruchtet, aber erst die offizielle Anfrage über das Ministerium, in der es nicht nur um den Spion Grimm, sondern auch um die Familie Grimow ging, brachte die wahren Zusammenhänge. Als ich erfuhr, dass Barbara eigentlich Saltrytschkowa heißt, fragte ich mich natürlich, warum Sie, als Sie mich besuchten, nicht gesagt haben, dass es sich um *Ihre* Tochter handelt. Weitere Hinweise hatte ich schon vorher von Ihnen selbst und Ihrem Mann erhalten.“ Er wandte sich an Bernd Lüttje: „Den ersten Verdacht hatte ich durch die Aussage Ihrer Sekretärin, die von der Frau Ihres Chefs so sprach, als sei sie noch am Leben. Und dann hat uns das

Mietauto Ihrer Frau gesagt, dass Sie über zweitausend Kilometer gefahren ist. Berlin – hin und retour. Mir war natürlich klar, dass Ihr Mann Sie decken würde, Frau Lüttje, aber auch er selbst hat mir unbewusst einen Hinweis gegeben, indem er sagte, die ‚verrückte Schwester‘ *wäre* problematisch *gewesen*, so, als wäre *sie* nun tot und nicht seine Frau."

Goritschnigg machte eine kurze Pause. „Warum all diese Lügen, fragte ich mich! Sie erzählten mir z.B., dass Sie Deutsch studiert haben. Warum? Sie wollten bloß Verwirrung stiften, hab ich recht? Ist Ihnen eigentlich klar, dass Sie damit Personen gefährdet, einen Polizeiapparat unnötig beansprucht, dadurch hohe Kosten verursacht und wahrscheinlich einen weiteren Mord ausgelöst haben."

Beschämt blickte sie zu Boden. „Das stimmt! Soweit habe ich tatsächlich nicht gedacht."

Mit einer wegwerfenden Handbewegung reagierte Goritschnigg auf dieses Eingeständnis. „O.k., das ist jetzt vorbei und nicht zu ändern. Aber nun klären Sie uns über Ihr Versteckspiel auf."

Bernd Lüttje nahm ihre Hand und drückte sie. Alle sahen gespannt die Frau an, die mit einem Seufzer begann: „Meine Schwester Ilona und ich sind ein Jahr auseinander. Wir sehen uns sehr ähnlich, nur dass sie dunkelhaarig ist und ich blond bin. Wir haben uns schon früher oft mit Perücken in die andere verwandelt. Als unser geliebter Großvater verschwand, wollten wir unbedingt herausfinden, was mit ihm geschehen war. Wir haben keine Minute geglaubt, dass er in der Newa ertrunken ist. Über Katja, unsere Freundin im Ministerium, haben wir erfahren, wo es Grimms in Deutschland gibt. Dadurch wollten wir eventuelle Angehörige unseres Großvaters ausfindig machen. Wir begaben uns auf die Suche. Mal sie, mal ich. Wir fanden unseren Großvater nicht. Mir gefiel das Leben in Deutschland und ich suchte nach einer Möglichkeit, da leben zu können. Ich habe mich zur Pathologin ausbilden lassen, weil ich als Ärztin in Deutschland nicht praktizieren durfte. Ich kontaktierte Männer im Internet. Martin Lüttje sagte mir sehr zu, er war Sozialarbeiter und ein sehr netter Mensch. Ich ging mit ihm. Aber als ich seinen Bruder Bernd in Berlin kennenlernte, verliebte ich mich spontan in ihn und ihm ging es ebenso. Wir haben aus Liebe geheiratet, Herr Chefinspektor." Sie sah mit einem warmen Blick auf ihren Mann. Er drückte erneut ihre Hand.

„Aber nicht im letzten September, wie Sie mir weismachen wollten, sondern schon viel früher", warf Goritschnigg ein.

„Ja, das stimmt. Das war vor vier Jahren, aber ich musste es anders darstellen, weil es ja um Barbaras Verschwinden vor einem Jahr gehen sollte. Ich suchte nun weitere Grimms und so kam ich auf den in Hanau. Ilona war nach ihrer Scheidung gerade bei uns in Berlin und so fuhr sie hin. Als sie vor dem Haus stand, konnte sie nur einen ganz kurzen Blick auf ihn werfen und sah sofort, dass er es nicht ist. Es öffnete ihr niemand. Sie fragte die Leute in dem Ort und sie erzählten ihr die Geschichte, dass eine Frau Hunzinger den Spätheimkehrer aus Russland erkannt und dass er eine Tischlerwitwe geheiratet hat. Wir haben nun gedacht, dass es sich wohl wieder mal um einen anderen Grimm handelt. Trotzdem erschien etwas an der Geschichte verdächtig, weil die nicht mit uns reden wollten. Ilona musste nach Russland zurück, da ihr Visum abgelaufen war." Ihre Stimme war unsicher geworden. Sie schluckte und holte ein Taschentuch aus ihrer Handtasche, mit dem sie eine Träne trocknete. Als sie sich wieder gefangen hatte, fuhr sie fort: „Sobald ich Zeit hatte, kontaktierte ich den jungen Grimm und wir trafen uns in Berlin. Er erzählte mir von seinem Vater, der vor Kurzem Selbstmord begangen hat."

„Haben Sie angenommen, dass das Auftauchen Ihrer Schwester etwas mit dem ‚Selbstmord' des falsche Grimm zu tun haben könnte?" Er zeigte auf den Mann im Rollstuhl. „Oder sogar mit dem Verschwinden Ihres Großvaters?"

„Grimm Junior stritt beides ab. Sein Selbstmord habe mit etwas zu tun, das er in Russland getan hatte. Was das war, erzählte er mir nicht. Also bemühten wir Katja erneut und sie konnte nun die Geschichte von dem Petrovic, der als Josef Grimm in der DDR eingeschleust worden war, ausfindig machen. Zu Hause in Petersburg haben Ilona und ich ausgiebig darüber diskutiert. Die Suche nach Großvater war damit für uns abgeschlossen.

Dann kam Barbaras plötzliches Verschwinden. Ilona suchte zuerst in St. Petersburg unter Freunden und Verwandten. Ich habe in Berlin unter den russischen Leuten da nachgefragt, da wir vermuteten, dass sie nach Deutschland gegangen sein könnte. Auf Verdacht habe ich dann nochmal den jungen Grimm angerufen. Sie wusste ja von dem Spion Josef Grimm, weil sie mitangehört hat, wie Ilona und ich darüber gesprochen haben."

Goritschnigg wandte sich abrupt Barbara zu und sagte eindringlich. „*Du* hast sehr wohl vermutet, dass der alte Petrovic etwas mit dem Verschwinden deines Urgroßvaters zu tun hat. Du wolltest von der Familie Geld für dein Schweigen, nicht wahr!"

„N…, nein, ja, vielleicht." Dann blickte sie trotzig zu dem Chefinspektor hoch. „Er war ein Spion, und Spionen ist alles zuzutrauen." Sie sagte das in einem so naiven Ernst, dass sich der Chefinspektor das Schmunzeln verbeißen musste.

Gritschko erhob sich und ging auf den Chefinspektor zu. Fauchend sagte er: „Lassen Sie sie in Ruhe."

„Apropos Gritschko! Wusstest du eigentlich, warum du Valentina geheißen hast und was er mit dir vorhatte?"

Sie fragte irritiert: „Was soll er denn …? Er hat gesagt, seine Frau ist gestorben und ich soll seinen Namen annehmen, dann bin ich vor Verfolgung aus Russland sicher."

„Ah, dann wusstest du nicht, dass die Tanzmädchen im ‚Sofia' nach einiger Zeit an Freudenhäuser verkauft werden – so wie seine Frau Valentina."

Sie stammelte: „Das …, das kann nicht sein."

„Du warst als weiteres Opfer für die Rotlichtszene vorgesehen, nachdem du eine Zeit lang im ‚Sofia' aufgetreten bist. Du warst ideal für ihre Zwecke; jung und beeinflussbar; von zu

Hause ausgerissen; keiner kannte dich. Als deine Mutter auftauchte, ging es dann um den Deal mit der Befreiung des Petrovic und du musstest von der Bildfläche verschwinden. Wie praktisch, dass du zur Tarnung bereits den Namen Valentina Gritschko trugst, denn so konntest du bei ihm untergebracht werden."

Barbara hatte sich während Goritschniggs Worten aufgerichtet und sah den Mann neben sich entsetzt an. Sie trommelte mit den Fäusten auf seine Brust. Wütend sagte sie: „Du … du … Scheißkerl!" Dann brach sie in Tränen aus, stand auf und setzte sich neben ihre Tante Rosa, die ihre Hand nahm und tätschelte.

An Rosa Lüttje gewandt fuhr Goritschnigg fort: „Erzählen Sie weiter. Wieso haben Sie dann vermutet, dass Barbara in Kärnten sein könnte?"

Sie zögerte kurz, bevor sie antwortete: „Nachdem Grimm mir erzählt hat, dass sie tatsächlich dort gewesen war und durch seine Aussage, dass sein Vater Verwandte in Kärnten hat, dachten wir, dass sie dem Petrovic vielleicht gefolgt ist. Ilona wusste natürlich nicht, wo sie ansetzen sollte. Sie hat dann zufällig einen Bericht über einen Dieb, der Petrovic heißt und im Gefängnis sitzt, in der Zeitung gelesen. Also ist sie nach Kärnten gefahren und hat sich eine Besuchserlaubnis besorgt, indem sie sich als seine Schwester ausgegeben ..."

„… und ein schönes Trinkgeld dazugelegt hat."

Sie machte eine wegwerfende Handbewegung und ging nicht weiter darauf ein. Bestechung war den Russen offensichtlich so vertraut, dass man darüber nicht mal den Kopf schütteln konnte. „Es war nur eine geringe Chance, dass er etwas über Barbara wüsste, aber sie ist in ihrer Verzweiflung jeder noch so vagen Spur nachgegangen. Das war irgendwann im April. Sie hat ihm gegenüber angedeutet, dass er etwas mit dem Spion Sergej Petrovic zu tun habe und dass sie wisse, was in Deutschland passiert sei, aber er ist nicht darauf eingegangen, hat nur gelacht und gesagt, sie lese zu viele Spionagegeschichten! Dann aber hat er gemeint, er wisse, wo ihre Tochter versteckt werde und dass sie in

Gefahr sei. Er hat ihr die Versprechung gemacht, dass er sie zu ihrer Tochter führen kann, wenn sie ihn aus dem Gefängnis befreit. Sie soll sich an seine Schwester Erna Kogelnig wenden, die werde alles Weitere mit ihr besprechen. Dabei ist ihm etwas von einer Villa am See herausgerutscht, das Ilona hellhörig werden ließ, weshalb sie später unbedingt im Strandbad arbeiten wollte, um an das Boot der Rettungsstation heranzukommen." Sie atmete tief durch. „Sie hat also Frau Kogelnig aufgesucht und ihr ordentlich zugesetzt. Sie hat ihr viel Geld geboten, wenn sie ihr verrät, wo ihre Tochter ist, aber die Frau war stur und behauptete, nichts von dem Mädchen zu wissen. Das müsse sie schon mit ihrem Bruder ausmachen. Also wurde der Plan zur Befreiung des Petrovic ausgeheckt."

Goritschnigg wandte sich nun wieder an die Allgemeinheit: „Warum wir aber eigentlich hier versammelt sind, dient der Aufklärung der Morde. Dr. Ilona Saltrytschkowa, Karel Petrovic und Kurt Adamitsch wurden umgebracht. Wer hat das getan und warum?"

Er machte eine kurze Pause und sah in die Runde. „Wie wir gehört haben, wurde der echte Josef Grimm von dem falschen Josef Grimm, alias Sergej Petrovic, im Jahre 1982 getötet. Niemand kümmerte sich darum, denn für seine russische Familie war er schon gestorben und in Deutschland kannte ihn keiner. Dann taucht eine Russin in Hanau auf und sieht kurz den falschen Grimm. Für Petrovic wird der Boden zu heiß. Er packt seine Sachen und setzt sich zu seinen Kindern nach Kärnten ab. Sein Sohn Karel, der in Berlin ein zwielichtiges Dasein führte, ist bereits dort. Karel hat Iliescu in Berlin kennengelernt und der hat ihm von den genialen Arrangements mit Restaurants und Mädchen erzählt. Die Erwähnung der Kärntner Drahtzieher, seine Halbgeschwister Kurt Adamitsch und Erna Kogelnig, ließ bei ihm alle Glocken läuten. Er suchte sie auf und erpresste sie. So musste sich Erna bei ihren Parteifreunden für ihn einsetzen. Der

Parteivorsitzende hat wohl auch von den schmutzigen Geschäften des Geschwisterpaares gewusst und das dürfte der Grund gewesen sein, dass sie den Hut nehmen musste."

„Wovon reden Sie da", brauste Frau Kogelnig auf. „Wir haben Karel eine Wohnung zur Verfügung gestellt und ich habe für ihn einen Job besorgt. Karel wurde in der Stadtgärtnerei angestellt, aber das war ihm ja zu minder. Die kleine Wohnung war auch nicht schlecht, die er durch meine Vermittlung bekommen hat. Er hätte wunderbar hier leben können."

„Sie haben also Ihrem Bruder nur helfen wollen."

„Sie sagen es."

„Wie nobel von Ihnen! Nun, wie auch immer, Ihr Vater kam schließlich auch noch angetanzt, ebenfalls illegal. Deshalb brauchten Sie eine unauffällige Bleibe. Nun haben Sie von Lieutschnig, dessen Machenschaften Sie kannten, die leerstehende Villa in Pritschitz günstig gemietet. Karel zog zu ihm. So lebten die beiden, Vater und Sohn, friedlich und abgeschieden zwischen Krumpendorf und Pörtschach und hätten ihren Lebensabend hier verbringen können, versorgt von den liebenden Verwandten, wenn Karel seine kriminalistischen Anwandlungen im Griff gehabt hätte."

Der Alte im Rollstuhl seufzte gequält. „Der dumme Junge. Die Kirchen laden dich direkt ein, ihnen die Schätze abzunehmen, hat er gesagt. Und lässt sich dabei erwischen!" Er schüttelte den Kopf.

Goritschnigg grinste. „Jedenfalls war Karel nicht besonders geschickt. Aber immerhin wurde er von einem unserer fähigsten Beamten geschnappt." Er schaute grinsend Tomaschitz an, der sich stolz in die Brust warf. „Karel wandert ins Gefängnis. Und jetzt erst fängt das Drama an, nicht wahr? Er hat Sie nun gelöchert, ihn aus dem Gefängnis rauszuholen. Warum er die zwei Jahre nicht absitzen wollte, ist mir allerdings schleierhaft, denn in Kärnten in einer ‚Besserungsanstalt' einzusitzen, ist wahrlich keine Tortur."

Der Alte richtete sich auf. „Ich war dahinter! Ihn im Gefängnis zu wissen, war mir zu gefährlich. Ich durfte offiziell gar nicht da sein, weil ich ja angeblich tot war. Außerdem habe ich Karel gebraucht, da ich seit einem Jahr im Rollstuhl sitze. Und einen Fremden wollte ich nicht an mich heranlassen."

„Ihr Versteckspiel galt dem Mord, den Sie begangen haben und Sie fürchteten, dass Ihr Sohn Alois zu plaudern anfängt, wenn man ihn unter Druck setzt."

Der Alte verzog das Gesicht: „Das reimen Sie sich zusammen, Herr Kommissar."

Erna Kogelnig sah ihren Vater trotzig an. „Hätte ich gewusst, dass du ein falscher Fuffziger bist und einen umgebracht hast, dann hätte ich mich sicher nicht für dich eingesetzt."

Der Alte seufzte. „Ich habe sie gebeten, Karel zu helfen, weil ich ihn brauche, so hilflos wie ich bin. Die Chance kam, als Karel gesagt hat, dass die Russin zu ihm gekommen ist, weil sie ihre Tochter sucht."

„Erpresst hast du uns!", brauste die Kogelnig auf. „Du hast gesagt, du willst alles verraten, was Kurt und ich …, äh, was Kurt aufgebaut hat."

„Kinder! Herr Kommissar, ich hoffe, Sie haben keine."

„Schön, schauen wir uns nun an, welcher Plan ausgeheckt wurde, um Karel freibekommen. Zunächst haben Sie, Frau Kogelnig, dafür gesorgt, dass Ilona im Krankenhaus angestellt wird, indem Sie Ihre Kontakte ausgenutzt haben. Als Ärztin ging das nicht, aber in der Pathologie wurde ein Posten frei. Sie hat sich dann umgehend in Dr. Rosa Lüttje, ihre Schwester, verwandelt, die ihr Grundkenntnisse in der Pathologie vermittelt und sie mit gefälschten Referenzen ausgestattet hat."

Rosa Lüttje mischte sich ein: „Sie wollte ja nicht lange bleiben, also meinte sie, ein paar Kenntnisse würden reichen. Leider ging alles nicht so schnell, wie sie sich das gewünscht hätte, denn der Plan war nicht sofort umzusetzen. Man musste den Sommer abwarten, wenn durch Urlaube Personalknappheit aufkam. Außerdem musste der Stromausfall im Krankenhaus gut vorbereitet werden. Ich wollte ihr die Sache ausreden, aber sie hatte Angst, es könnte bald zu spät sein. Sie meinte, dass sie schon reichlich das Ufer des Sees zwischen Krumpendorf auf der Nordseite und Reifnitz auf der Südseite abgesucht hätte – vergeblich. Leider! Sie hat dann noch über Ihre Frau versucht, mit Ihnen Kontakt aufzunehmen. Als Sie sich nicht gemeldet haben, hat sie das als einen Wink des Schicksals angesehen. Wir hatten eine ziemlich heftige Auseinandersetzung. Sie machte mir Vorwürfe, dass ich gekommen bin und sie auffliegen könnte, weil ja die Frau Kogelnig über ihr wohnte."

„Das war an einem Samstag, zwei Wochen vor der Aktion im Krankenhaus. Sie sind mit einer Aktentasche gekommen, nicht wahr. Frau Strauss hat Sie gesehen und den Streit gehört. Zur Ablenkung spielten Sie Pornobänder ab."

„Äh, ja, Ilona hatte sowas dabei."

„War ihr das nicht peinlich?"

„Nein! Sie sagte, dass sie ohnehin bald weg ist und dann ist es ihr egal, was die Leute denken."

„An diesem Abend haben Sie Plan B ausgeheckt!"

„Ja. Ilona traute der Bande nicht. Also haben wir abgemacht, dass ich ihr helfe. Sie war so sicher, dass alles gutgehen würde, wenn wir das zu zweit machen. Noch in der Nacht, das heißt, gegen Morgen, bin ich nach Berlin zurückgefahren. Niemand sollte mich sehen; außerdem gab es Vorbereitungen zu treffen und ich musste meinen Mann informieren."

„Informieren, nicht fragen?"

Bernd Lüttje seufzte und richtete sich auf. „Ich wollte sie natürlich davon abbringen, aber wenn eine Russin sich mal was in den Kopf gesetzt hat …!" Er hob resigniert die Schultern.

Goritschnigg fuhr fort: „Nun kommen wir zu dem Tag der Tragödie. Was ist genau abgelaufen?"

Sie seufzte. „Ich kam am Montagabend vor dem entscheidenden Tag mit dem Zug hier an. Ilona holte mich in einem Mietwagen ab, den sie unter falschem Namen gebucht hatte. Wir gingen etwas essen und bei Dunkelheit fuhren wir zu ihr. Ich schlief dort. Am Dienstag fuhr sie wie gewöhnlich zur Arbeit. Ich setzte eine dunkle Perücke auf und wartete auf ihren Anruf. Der kam um ca. zehn Uhr dreißig. Ich nahm den Mietwagen und fuhr ebenfalls zum Krankenhaus. Ich habe die Seiteneinfahrt genommen, damit mich der Hauptportier nicht sieht. Auf der Rückseite zur Zweiten Med. habe ich gewartet ..." Sie holte ein Taschentuch heraus und tupfte sich die Stirn ab. „Ich seh' den Rettungswagen kommen; Ilona wartet schon auf ihn. Sie spricht ein paar Minuten mit den Sanitätern, dann verschwinden sie mit dem Mann im Haus. Bald darauf kommen die Rot-Kreuz-Leute wieder und fahren weg. Kurz danach erscheint der Petrovic, setzt sich zu mir ins Auto und wir fahren ab, wieder durch die Seiteneinfahrt. Niemand hat mich dort gesehen, das glaube ich zumindest."

„Stimmt nicht, einem der Sanitäter sind Sie aufgefallen."

„Mag sein, aber ich glaube nicht, dass er mich mit dem ‚Kranken' in Verbindung gebracht hat."

„Das ist richtig! Bitte erzählen Sie weiter."

„Wir wussten nicht, wie es im Krankenhaus ablaufen würde. Rosa wollte versuchen, die Rot-Kreuz-Leute schon im Stiegenhaus loszuwerden, dann wäre die Aktion mit Zimmer fünf nicht notwendig gewesen. Offensichtlich ist ihr das nicht gelungen. Deshalb hatte sie für alle Fälle das Privatzimmer vorbereitet."

„Was hätte Ilona gemacht, wenn jemand vom Krankenhauspersonal oder vom Gefängnis nachgefragt hätte – mit einem falschen Petrovic in Zimmer fünf?"

„Das, was sie ohnehin gemacht hat, als Ihr Inspektor sie beobachtet hat: Ihn zugedeckt und weggebracht. Leider verstorben, der Mann! Sie rechnete damit, dass in der allgemeinen Aufregung niemand ihre Autorität anzweifeln würde."

„Ganz schön riskant."

„Mag sein, aber sie wollte ja nur aus dem Krankenhaus weg und wäre nie mehr aufgetaucht. Es war ihr egal, wer sie gesehen oder was jemand gedacht hat."

„Na ja, wenn man es so sieht! Sie ist aber doch nochmals zur Pathologie und hat sich mit einer Ausrede verabschiedet. Warum?"

„In der Pathologie wäre ihr dauerhaftes Verschwinden natürlich aufgefallen und man hätte vermutlich im ganzen Krankenhaus nachgeforscht. So konnte sie Zeit gewinnen."

„Wie hat sich der Petrovic verhalten?"

„Mit Frau Kogelnig war ausgemacht, dass Ilona einen Mietwagen hinter der Zweiten Med. abstellt und damit zur Villa fährt. Als er mich sah, war er furchtbar aufgebracht. Der Kerl hat das Handy verlangt, das Ilona von der Kogelnig bekommen und mir gegeben hat. Er hat seine Schwester angerufen; sie haben polnisch gesprochen. Ich habe nicht alles verstanden, aber es war klar, dass er über meine Anwesenheit ziemlich wütend war; außerdem sagte er, dass er die dreihunderttausend Euro sofort haben möchte, dann werde er bei seinem Vater bleiben und schweigen. Ich hatte keine Ahnung, worauf er anspielte. Wir wussten ja nichts über den Mädchenhandel, sonst hätten wir doch das ganze Theater nicht machen müssen. Karel gab mir das Handy und die Kogelnig schimpfte gleich los, dass die ganze Aktion gefährdet sei usw. Ich sagte ihr, dass ich nur als Fahrerin für das zweite Auto mitgekommen sei und gar nicht zu dem Austausch mitfahren, sondern mit Ilonas Auto verschwinden würde."

Goritschnigg sah Erna Kogelnig an. „Karel hat Sie also erpresst. War es nicht so, dass Sie ihn dann – ohne Bezahlung – losgeworden sind?"

„Das … ist eine infame Unterstellung. Kurt hat Karel nicht umgebracht und ich war nachweislich im Büro, wo mich Frau Trabesinger ja in Tränen aufgelöst gesehen hat. Karel sollte mit dem Mietwagen und der Russin in die Villa nach Pritschitz kommen. Kurt hat Valentina ebenfalls dahin gebracht. Ich habe keine Ahnung, was dann in der Villa passiert ist." Zornesfalten zeigten sich auf Ernas Stirn, während sie Rosa Lüttje ansah.

„Erzählen Sie bitte weiter, Frau Lüttje."

Sie räusperte sich. „Ilona und ich waren auf dem Parkplatz von Minimundus verabredet, wo wir ca. eine halbe Stunde warten mussten. Petrovic nervte mich die ganze Zeit. Als Ilona ankam, nahm sie das Mietauto und fuhr mit dem Petrovic ab. Ihr Auto ließen wir stehen. Ich nahm Ilonas Reisetasche und ging durch den Europapark zum Strandbad. Ich meldete telefonisch einen Notfall im äußersten Winkel des Bades, weshalb der Doktor mit seiner Assistentin davoneilte, sodass die Rettungsstation unbesetzt war. Es gab auf jeden Fall keine Schwierigkeiten. Ich holte den Schlüssel für das Elektroboot, wartete, bis der Mann vom Bootsverleih sehr beschäftigt war, schnappte mir das Boot und fuhr am See entlang. Wir wussten ja, dass es eine Villa am See war, wo der Austausch stattfinden sollte. Das hat die Kogelnig gesagt. Irgendwo zwischen der ersten und der zweiten Ortschaft."

„Wozu hat Ilona Sie eigentlich gebraucht?"

„Nach dem Austausch sollte *ich* mit Barbara auf den Parkplatz von Minimundus zurückfahren und auf sie warten. Sie wollte einen Badeanzug anziehen und das Boot zurückbringen. Den Leuten wollte sie irgendeine Geschichte erzählen, warum sie es kurzfristig gebraucht hat. Auch dadurch hoffte sie, Zeit zu gewinnen. Dann wollten wir uns treffen. Sie hätte mich zum Bahnhof gebracht und im Mietwagen mit Barbara das Weite gesucht. Ihr Auto sollte auf dem Minimundus-Parkplatz bleiben; es war ohnehin nur geleast."

„Ihnen war aber schon klar, dass Sie in Berlin Schwierigkeiten bekommen hätten. Schließlich sind Sie offiziell ‚gestorben', nachdem *Sie, Rosa Lüttje,* den Petrovic befreit haben."

Sie grinste. „Nein, nicht ich! Konnte ich offiziell wissen, dass meine Schwester unter meinem Namen einen Posten in

Klagenfurt angenommen hatte! Ich habe Ihnen ja gesagt, dass wir darauf Wert gelegt haben, dass uns niemand je zusammen gesehen hat. In der Charité habe ich Urlaub genommen und in Berlin habe ich mich nicht mehr blicken lassen. Mein Mann hat notgedrungen mitgespielt und hätte geschworen, dass ich nie weg war und von nichts wusste."

„Gut! Was ist dann schiefgelaufen?"

„Das weiß ich nicht genau. Als ich am Steg bei der Villa anlegte, trieben meine Schwester und der Petrovic im Wasser des Swimmingpools. Meine Nichte war vollkommen hysterisch und ein alter Mann im Rollstuhl starrte verzweifelt auf das Wasser." Sie blickte zu Sergej Petrovic und deutete mit einer aggressiven Geste auf ihn. „Soll er Ihnen doch erzählen, was passiert ist."

Goritschnigg ging zu dem alten Mann, stützte seine Hände auf die Armlehnen des Rollstuhls und beugte sich zu ihm hinab. „Nicht Sie, Petrovic, werden mir das erzählen, sondern Ihr Sohn!"

Der Alte schaute den Chefinspektor trotzig an. „Meine beiden älteren Söhne sind tot und Alois …", er blickte zu dem jungen Mann, „… war zu dem Zeitpunkt weit weg in Hanau!"

Goritschnigg richtete sich auf, ging zur Eingangstür und öffnete sie ein wenig. Er sagte ein paar Worte zu Smolnig, der immer noch vor der Tür stand und wandte sich dann wieder der Versammlung zu. Es verging keine Minute, als sich die Tür öffnete und Smolnig mit einem Mann in Handschellen das Lokal betrat. Tomaschitz bekam große Augen und rief: „Das ist er, das ist er! Ich wusste doch, dass der Petrovic noch lebt, weil ich ihn gesehen habe."

„Ja, Tommy, du hast ihn gesehen, nur dass das nicht der Petrovic ist. Er sieht ihm nur sehr ähnlich."

Erna Kogelnig starrte wütend auf den Mann, der alte Petrovic schaute verbissen zu Boden. Barbara stieß einen kleinen Schrei aus, die übrigen Anwesenden wirkten erstaunt, aber nicht aufgeregt. Goritschnigg ging zu dem Mann, nahm ihn am Arm und führte den Unglücklichen in die Mitte des Raumes. „Darf ich vorstellen: Peter Lessiak."

Tomaschitz sagte verblüfft: „Wer ist Peter Lessiak?"

Goritschnigg schaute von der Kogelnig zum alten Petrovic und sagte: „Was Ihre Geliebte Kristina Adamitsch bei der Ausreise aus Polen nicht wusste, war ihre erneute Schwangerschaft. In Kärnten ließ sie sich sofort mit einem Mann namens Lessiak ein und unterschob ihm das Kind – Peter! Dann brachte sie den Mann dazu, sie zu heiraten. Das ging natürlich nicht lange gut, aber das steht auf einem anderen Blatt und geht uns nichts an. Erna Adamitsch hatte Paul Kogelnig geheiratet, sodass nun alle fünf Kinder des alten Petrovic verschiedene Namen hatten. Das hat tatsächlich zu Verwirrung geführt. Unser tüchtiger Tomaschitz hat den Lessiak auf der Zweiten Med. gesehen, als dieser aus dem Keller kam und hat mir aufgeregt erzählt, dass er den Petrovic gesehen hätte. Auch wenn ich zuerst skeptisch war, hat es mir keine Ruhe gelassen und ich bin auf die Suche gegangen. Schwester Maria von der Zweiten Med. ist ein fremder Pfleger auf ihrer Station aufgefallen. Gefunden haben wir ihn aber erst später durch Zufall, weil er auf der Pörtschacher Polizeistation einen Strafzettel von Erna ‚ausbügeln' wollte."

Zu Lessiak sagte er: „Sie kennen sich im Krankenhaus bestens aus, nicht wahr. So ist es Ihnen auch gelungen, am Dienstag vor zwei Wochen das Stromaggregat im Keller der Zweiten Med. stillzulegen. Die Pläne haben Sie bei irgendeiner Gelegenheit aus dem Verwaltungsgebäude entwendet und damit das Aggregat manipuliert. Sie haben es nicht nur ausgeschaltet, denn das wäre zu auffallend gewesen. Von dem Notstromaggregat haben Sie den Stecker gezogen und einen Putzkübel daneben gestellt, damit es so aussah, als habe die Putzfrau schlampig gearbeitet. Den Plan hatten Sie im zweiten Stock zwischen den Packungen in der Vorratskammer versteckt und sind mit den aufgescheuchten Leuten rausgelaufen. Ein paar Tage später, als sich die Aufregung gelegt hatte, wollten Sie den Schaltplan holen, aber er war nicht mehr da, wo Sie ihn hinterlegt haben. Ich habe ihn nämlich inzwischen gefunden, mit sehr schönen Fingerabdrücken von Ihnen drauf. Sie haben sich gedacht, dass Sie ihn vielleicht irgendwo im Keller gelassen hätten und sind auf die Suche gegangen. Als Sie wieder hochkamen, hat Tommy Sie unglücklicherweise gesehen und für Ihren Bruder gehalten."

Lessiak sagte trotzig; „Schön, Ich habe bei Karels Flucht geholfen, na und! Das rechtfertigt noch lange nicht das!" Er hob die mit Handschellen gefesselten Hände.

Der alte Petrovic meldete sich zu Wort: „Lassen Sie mich weitererzählen. Ich wusste nichts von Peter, denn Kristina hat mir nicht gesagt, dass sie nochmal schwanger ist. Als ich nach Kärnten gekommen bin, war sie schon gestorben. Es ging mir nicht gut, denn es stellte sich bei mir die alte Familienkrankheit ein: Multiple Sklerose. Ich wurde rasch immer hilfloser und brauchte sehr viele Medikamente. Schließlich wurde ich zum Pflegefall. Karel war überfordert, obwohl er sich bemüht hat. Erna und Kurt kümmerte es wenig, wie's mir ging. Karel und ich hatten sie aber in der Hand und so erzählte mir Erna eines Tages, dass ich noch einen Sohn hätte, der im Krankenhaus Pfleger sei. Er kam von nun an zur Unterstützung, brachte Medikamente und gab mir Spritzen. Als Karel ins Gefängnis kam, blieb Peter ganz bei mir."

Lessiak sagte zornig zu seinem Vater: „Ich hatte nicht die Absicht, für immer dein Kindermädchen zu spielen, deswegen habe ich überhaupt mitgemacht! Ich habe im Krankenhaus ja nur ein halbes Jahr Auszeit genommen."

Und seufzend zu Goritschnigg: „An dem bewussten Dienstag bin ich, nachdem im Keller alles geklappt hat und ich im zweiten Stock Karel mit der Lüttje gesehen habe, weggefahren. Eigentlich war die Sache damit für mich erledigt. Ich wollte mit dem Austausch nichts zu tun haben und als ich dachte, jetzt ist alles vorbei, bin ich zu Vaters Villa gefahren. Als ich dort ankomme, liegen die Russin und Karel im Schwimmbecken. Diese Frau", er deutete auf Rosa Lüttje, „hält das Mädchen im Arm und tröstet sie. Vater saß erstarrt im Wohnzimmer, inmitten eines Durcheinanders. Das Tischchen, auf dem seine Medikamente bereitlagen, war umgefallen und alle Fläschchen zerbrochen. Die Spritze mit dem starken Betäubungsmittel, das ich meinem Vater gebe, wenn seine Schmerzen zu groß sind, lag intakt, aber leer daneben. Die Russin sagte, man müsse die beiden Leichen ins Boot verfrachten und auf den See bringen. Es soll wie ein Ertrinkungstod aussehen. Sie holte eine Reisetasche aus dem Boot und wir zogen der Toten einen Badeanzug an. Dabei habe ich den Einstich unter dem Knöchel der Frau gesehen. Auf meine Frage, was passiert sei, sagte sie, es wäre ein Unfall gewesen."

„Sie haben Dr. Wurzer in der Pathologie angerufen und ihn auf den Einstich aufmerksam gemacht. Warum?"

„Ich glaubte nicht an den Unfall und wollte, dass die Polizei Nachforschungen anstellt. Ich weiß nicht, wer die beiden umgebracht hat, Herr Chefinspektor, glauben Sie mir. Ich war's nicht. Vater hat nichts gesehen, sagte er; und Kurt redete auch von einem Unfall. Wir haben die Villa geräumt, das Bassin ausgelassen und mit Blättern gefüllt, damit alles unbenutzt aussah. Vater habe ich mit zu mir genommen."

„Sie haben nach der Generalreinigung nochmals die Toilette im oberen Stock benutzt und einen, wahrscheinlich unbeabsichtigten, Fingerabdruck hinterlassen."

Lessiak verzog das Gesicht. „Wissen Sie, Herr Chefinspektor, eigentlich war es mir egal, was folgen würde."

„Haben Sie die Schlüssel im Spülkasten oben versteckt?

„Welche Schlüssel in welchem Spülkasten?", fragte Lessiak erstaunt.

„Sie waren es also auch nicht. Dann kann es nur eine Person gewesen sein." Er sah abrupt zu Erna Kogelnig. „Sie waren es! Damit haben Sie Ihren Bruder Kurt bei Laune gehalten, sollte er jemals auf die Idee kommen, Sie zu hintergehen, nicht wahr? Was für eine liebevolle Familie!" Sie schnaubte verächtlich.

Goritschnigg sagte nach kurzer Pause: „Gut, einiges wäre nun geklärt. Ich habe aber immer noch nicht erfahren, was genau in der Villa passiert ist. Wer erzählt mir das jetzt?“ Er schaute nacheinander Sergej Petrovic, Barbara, Rosa Lüttje und Erna Kogelnig an. Alle schauten zu Boden.

„Na gut, dann werde ich es Ihnen erzählen“, sagte der Chefinspektor. „Ich glaube, es ist ganz einfach und es gab eine logische Abfolge: Ilona kommt mit Karel in die Villa. Valentina/Barbara ist bereits dort, vermeintlich gut verwahrt in einem Zimmer im ersten Stock. Im Wohnzimmer sitzt der alte Petrovic in seinem Rollstuhl. Neben ihm das Tischchen mit den Medikamenten. Ilona erkennt ihn als den falschen Josef Grimm, den sie in Hanau kurz gesehen hat und fragt ihn wahrscheinlich, was er mit ihrem Großvater gemacht hat. Er erschrickt und wird hysterisch. Ilona schreit irgendwas, dass er gestehen soll oder so was Ähnliches. Sie will sich auf ihn stürzen, da gerät Karel in Panik, will sie daran hindern, sie fällt und reißt das Tischchen mit den Medikamenten um. Karel schnappt sich die Spritze mit dem Betäubungsmittel, erwischt die Frau am Bein und sticht zu. Ilona rappelt sich auf und rennt hinaus in den Garten. Karel läuft ihr nach und stößt sie in den Swimmingpool. Sie strampelt eine Weile, aber das Mittel wirkt und sie ertrinkt. Und du …“, er wendet sich abrupt Barbara zu, „… hast das von deinem Fenster aus beobachtet!“

Sie brach in Tränen aus. „Kurt hat mich in die Villa gebracht und in einem der oberen Zimmer eingeschlossen. Auf einmal höre ich Leute kommen. Unten gibt es ein Riesengeschrei, darauf ein großer Krach. Ich renne zum Fenster und sehe Mutter in den Garten taumeln. Ein Mann, den ich nicht kenne, stößt sie in den Pool. Ich sehe entsetzt zu, wie sie strampelt und dann still im Pool treibt. Ich trete die Tür ein und stürme aus dem Zimmer …“

„Stopp!“, sagte Rosa Lüttje scharf zu ihr. „Ich werde weitererzählen. Ich habe vom Boot aus gesehen, was dann passiert ist. Kurt Adamitsch war im Haus und ist zum Swimmingpool gerannt, wo er mit Karel in Streit geriet. Er war wohl wütend, dass er Ilona vor einer Zeugin getötet hat. Er schlug ihm den scheußlichen Cupido, der auf einem Podest stand, auf den Kopf, Karel stürzte ins Wasser und ist ertrunken. Als ich an dem Steg anlegte, kam Barbara aus dem Haus gelaufen. Ich machte das Boot fest und eilte zum Haus. Barbara war ganz hysterisch und ich versuchte sie zu beruhigen. Dann kam Peter Lessiak angerannt. Wir holten die zwei Körper aus dem Wasser und haben versucht, sie wiederzubeleben, aber es war erfolglos. So haben wir die beiden Leichen ins Boot verfrachtet, und ich bin mit ihnen auf den See rausgefahren und habe sie ins Wasser geworfen. Ilona in einer stillen Bucht nahe am Ufer, damit sie bald gefunden wird. Ich wollte nicht, dass meine Schwester als aufgeschwemmte Horrorfigur in die Zeitungen kommt. Den Mann habe ich an einer weiter weg liegenden Stelle abgeladen. Das ist die Wahrheit, Herr Chefinspektor."

Goritschnigg sah sie mit einem Lächeln an. „Ihre Wahrheiten kenne ich zur Genüge, Frau Lüttje!" Dann wandte er sich an Barbara: „War es so?"

Das Mädchen sah ihre Tante an, dann den Chefinspektor und sagte mit unsicherer Stimme: „So wird's wohl gewesen sein! Ich weiß es nicht mehr genau. War völlig verwirrt."

Nun wandte sich der Chefinspektor dem alten Sergej Petrovic zu, der mit gesenktem Kopf eher unbeteiligt zugehört hatte. „War es so?", fragte der Chefinspektor auch ihn.

Peter Lessiak ging zu dem Alten im Rollstuhl und beugte sich zu ihm hinab. „Vater, sag jetzt das Richtige!"

Der Alte richtete sich auf, schaute dem Chefinspektor in die Augen und sagte nach kurzem Zögern: „J… ja, so war es!"

Goritschnigg ging zu Barbara, beugte sich zu ihr und fragte nochmals eindringlich: „*War es so*, Barbara?"

Das Mädchen brach erneut in Tränen aus. Rosa bäumte sich auf: „Warum quälen Sie sie? Sie haben es nun von drei Seiten gehört. Was wollen Sie noch?"

„Den Grund, warum Kurt Adamitsch sterben musste!"

Sie sah ihm fest in die Augen. „Er hat Selbstmord begangen. Wahrscheinlich aus schlechtem Gewissen."

„Indem er sich selbst mit dem Cupido den Schädel eingeschlagen hat? Wohl kaum. Was ich nicht verstehe: Wenn es so war, wie Sie alle das jetzt beschrieben haben, warum sind Sie, Frau Lüttje, damals nach den Ereignissen in der Villa nicht mit Barbara abgehauen, so wie Ilona das vorgehabt hat?"

Rosa Lüttje sah Goritschnigg mit festem Blick an. „Weil …"

Der Chefinspektor unterbrach sie: „Bevor Sie mir die nächste Lüge erzählen, werde *ich* Ihnen sagen, warum! Weil Kurt Adamitsch Barbara nach dem Drama nicht hat gehen lassen, sondern mit ihr verschwunden ist. Das war der Grund, warum Sie zu mir gekommen sind und mir die vielen Halbwahrheiten erzählt haben. Sie wussten nicht, wo er Barbara versteckte und ich sollte ihn aufscheuchen. Sie hofften, dass er das Mädchen loslassen würde, wenn wir ihm auf die Zehen steigen. Offensichtlich kannten oder vermuteten Sie zu dem Zeitpunkt schon die kriminellen Aktivitäten im ‚Sofia', deswegen haben Sie mir den Prospekt in Ilonas Wohnung hinterlassen. Aber das lief nicht so, wie Sie sich das gedacht haben. Die Bande war kaltblütig und abgebrüht. Also haben Sie selbst die Initiative ergriffen und ihm ein Treffen vorgeschlagen, woraufhin er einen russischen Abend im ‚Sofia' organisiert hat. Zur Absicherung hat er seine Schwester aufgefordert zu kommen und eine Zeugin mitzubringen. Sobald Sie kamen, sollte Erna aufs Klo gehen und mit einem braunen Umschlag zurückkommen, den sie unauffällig-auffällig Ihrer Sekretärin zu übergeben hatte. *Sie* sollten vermuten, dass der Umschlag Beweise für die Geschehnisse in der Villa enthielt. Dann trafen Sie sich nach Mitternacht mit Adamitsch in der ‚Bar Nuit'. Er sagte, dass Sie Barbara haben können, wenn Sie den Mund halten. Der Umschlag würde sonst bei der Polizei landen. Pech für Sie, dass mein Inspektor Mozzolucchesi gerade den Geburtstag einer Cousine seiner Frau feierte, seinen Schlaftrunk in der ‚Bar Nuit' nahm und Sie beide gesehen hat. Jetzt mussten Sie schnell handeln. Adamitsch sagte Ihnen, Sie sollten zu der Villa fahren, dort würden Sie Barbara bekommen. Um meinen Kollegen und andere eventuelle Verfolger abzuschütteln, zogen Sie das Theater mit den Autos ab. Adamitsch lockte mich hinter sich her, um mich zu täuschen und fuhr bei Pritschitz ab. Er fuhr zu dem Haus auf dem Fabrikgelände, wo er Barbara festhielt. Sie folgten ihm mit Adamitschs Auto auf der Landstraße. Als Sie zu der Villa kamen, was war da?"

Mit fester Stimme sagte Rosa Lüttje: „Adamitsch lag im Wasser des Sees. Er dürfte auf dem Steg ausgerutscht sein, sich am Geländer angeschlagen haben und ertrunken sein. Ich wollte ihm noch helfen, aber es war zu spät."

„Wo war Barbara?"

„Sie war in dem Zimmer oben eingeschlossen."

„Dr. Rosa Lüttje, könnten Sie einmal mit den Lügen aufhören. Barbara stand unten am Wasser, nicht wahr, noch mit der Statue in der Hand, mit der sie eine Woche zuvor Karel Petrovic und nun seinen Bruder Kurt erschlagen hat." Er wandte sich an Barbara, die kreidebleich auf ihrem Stuhl zusammengesunken war. „Nicht wahr, den Petrovic hast du im Affekt erschlagen, als er sich am Beckenrand zu deiner im Wasser treibenden Mutter gebeugt hat. Deshalb hat Kurt Adamitsch dich weiterhin bei sich behalten. Als er dich dann am Freitag erneut zu der Villa brachte, hat er wahrscheinlich gedroht, dich umzubringen, solltest Du jemals etwas über die Mädchen im ‚Sofia' ausplaudern. Vielleicht hat er auch gesagt, wenn jetzt deine Tante kommt, um dich abzuholen, würdet ihr beide im See landen oder was auch immer. Hat er dich geschlagen?" Goritschnigg redete leise und eindringlich auf das verschreckte Mädchen ein. Rosa nahm die Hand des Mädchens, drückte sie fest und sagte zu dem Chefinspektor: „Ja, sie hat mir gesagt, dass er sie bedroht hat. Er wollte uns tatsächlich beide beseitigen, um uns als *Zeugen* für seinen Mord an Karel los zu sein." Sie beugte sich zu dem Mädchen. „Nicht wahr, Barbara, so war es doch!"

Barbara brach wieder in Tränen aus und sagte leise: „Ja, ja, so war es.“

Goritschnigg wandte sich an Tranegger: „Ich glaube, wir haben nun genug gehört, um den Fall zu Ende bringen zu können.“ Er ging zu Erna Kogelnig. „Sie müssen mit einer Anzeige wegen Beihilfe zu diversen Straftaten rechnen – Amtsmissbrauch, Ausbruchhilfe für einen Strafgefangenen, Mädchenhandel und vielleicht finden wir noch ein paar andere Dinge. Iliescu ist sehr gesprächig.

Peter Lessiak, Ihnen ist die Beteiligung an der Befreiung Ihres Bruders aus der Strafanstalt vorzuwerfen. Der Verdacht des Mordes an Ihrem Bruder ist vom Tisch, nachdem wir gehört haben, wie alles …“, mit Blick auf Rosa Lüttje, „… vermutlich abgelaufen ist. Tommy, nimm ihm die Handschellen ab.“

Zu Rosa sagte er: „Sie sind noch in der Nacht mit Ihrer Nichte nach Berlin gefahren und haben sie bei sich versteckt, weil Sie dachten, dass ja niemand von Ihrer Beteiligung wüsste. Vermutlich wollten Sie warten, bis Gras über die Sache gewachsen ist, bevor Sie als Rosa Lüttje wiederaufgetaucht wären. ‚Ilona‘ wäre offiziell nach Russland abgedampft – außer Reichweite für unsere Polizei – bei der Auskunftsfreudigkeit in Ihrem Land ja offensichtlich kein Problem. Unserer ‚Einladung‘ hierher, die an ‚Ilona Saltrytschkowa, zurzeit wohnhaft bei Bernd Lüttje in Berlin‘ erging, sind Sie dann doch gefolgt, weil Sie uns das Märchen von Kurt Adamitschs Mord an ‚Rosa Lüttje‘ und anschließendem Selbstmord auftischen wollten. Vermutlich hat Ihnen Ihr Mann gut zugeredet, die Sache nicht auf die Spitze zu treiben.“ Bernd Lüttje nickte. „Wären Sie nicht freiwillig gekommen, hätten wir Ihnen Kommissar Franke mit einem Haftbefehl ins Haus geschickt und das wäre sehr unangenehm für Sie geworden.“

In eindringlichem Ton fuhr er fort: „Nun, wie geht es weiter? Ihre Nichte geben wir …“ er wandte sich an Tranegger „… mit deinem Einverständnis in Ihre Obhut, Dr. Lüttje. Sie ist nicht voll strafmündig, da sie noch nicht sechzehn ist. Es wird eine Anklage wegen Totschlags geben, da wir anhand der Kopfwunde festgestellt haben, dass sie sich Kurt Adamitsch nicht am Geländer, das es nebenbei gar nicht gibt, zugezogen hat, sondern durch die Statue, die wir, mit Barbaras Fingerabdrücken drauf, aus dem See gefischt haben. Deshalb wird Kommissar Franke Sie begleiten, um sicherzustellen, dass Sie uns nicht … verloren gehen und bis zu der Verhandlung zur Verfügung stehen. Ich mache Sie, Dr. Lüttje, verantwortlich dafür, dass Sie das Mädchen nicht aus den Augen lassen. Sie selbst werden sich wohl auch wegen Beihilfe zu einem Gefangenenausbruch verantworten müssen."

„Und zuletzt", Goritschnigg ging langsam zu dem alten Mann im Rollstuhl, „müssen wir uns überlegen, was wir mit Ihnen machen. Ihr Sohn wird Kommissar Franke zu dem Brunnen führen, in dem Sie die Leiche von Josef Grimm entsorgt haben."

Der Alte grinste. „Nur zu! Sie werden nichts finden."

Auch Goritschnigg grinste. „Klar, dort liegt sie nicht, beziehungsweise nicht mehr. Sie haben sie irgendwann heimlich entfernt, da Sie befürchteten, dass Ihr Sohn einmal plaudern könnte. Was haben Sie mit ihr gemacht?"

Trotzig schaute der Alte den Chefinspektor an. „Gar nichts, weil ich den Mann nicht umgebracht habe."

Goritschnigg gab Franke einen Wink, der zum alten Petrovic ging, ein Foto aus seiner Tasche holte und es ihm zeigte. „Und was ist das?"

Petrovic warf einen kurzen Blick darauf und erbleichte. „Wo …? Wie haben Sie …?"

„… die Leiche gefunden? Ihr aufrechter Sohn hat uns erzählt, dass Sie auf dem unbebauten Nachbargrundstück einen Nussbaum gepflanzt haben. Da haben wir die Leiche gefunden."

Resigniert ließ der alte Mann die Schultern hängen. „Mein Gott! Ich wollte das alles nicht. Diese Spionagegeschichte in Hanau wurde mir abgepresst!"

„Weil Ihr Sohn Karel in Polen verhaftet werden sollte, nicht wahr!“ Petrovic hob abrupt den Kopf und wollte protestieren, aber Franke fuhr ungerührt fort: „Die russischen Behörden waren nun doch noch auskunftsfreudiger, als wir uns das erhofft haben. Man will wohl mit der unrühmlichen Vergangenheit aufräumen.“

Mit einer Geste des Bedauerns sagte Petrovic: „Karel war immer schon ein Tunichtgut. Er hatte ein Mädchen vergewaltigt und fast umgebracht. Mit sechzehn Jahren. Sie war die Tochter eines russischen Verwaltungsbeamten. Das hat man ausgenutzt und mir nahegelegt, als ‚Spion‘ nach Deutschland zu gehen oder mein Sohn würde zum Tode verurteilt.“ Er blickte auf. „Glauben Sie mir, Herr Kommissar, wenn ich gewusst hätte, was mir Karel noch für Probleme bereiten würde, ich wäre niemals auf den Handel eingegangen. Umgekommen ist er jetzt sowieso!“

„Na, na! Er wäre doch mit sechzehn nicht zum Tode verurteilt worden. Haben nicht auch eine gewisse Summe und die monatlichen Zuwendungen eine Rolle gespielt?“

„D… das …“

„Egal! Das kümmert uns nicht! Sie werden des Mordes an Josip Grimow, alias Josef Grimm, angeklagt. Was man allerdings in Ihrem Zustand mit Ihnen machen wird, kann ich nicht sagen.“

Goritschnigg wandte sich mit offensichtlicher Schadenfreude an Frau Wuttke: „Sie, Frau Wuttke, sind auf jeden Fall nun Bigamistin und müssen sich dafür verantworten!“

Die alte Frau erbeichte. Goritschnigg wusste natürlich, dass sie im Unwissen gehandelt hatte und deshalb nicht bestraft werden würde. Alois Grimm durchschaute das Spiel des Chefinspektors und tätschelte die Hand seiner Mutter. „Nein, nein, dir passiert nichts. Mach dir keine Sorgen.“

Franke wandte sich grinsend an Goritschnigg, dem es Spaß machte, diese unsympathische Person so verunsichert zu sehen, und sagte: „Genug an Überraschungen und Aufregungen für die alte Dame. Also lassen wir's gut sein. Schlimm genug, dass sie nun plötzlich mit einem behinderten Mann geschlagen ist." Zu Alois Grimm sagte er: „Die Scheidung wird für Ihre Mutter kein Problem sein und dann läuft Ihr Leben weiter wie bisher."

Mit unangenehm schriller Stimme sagte die alte Frau: „Es wird nie mehr so sein wie bisher. Glauben Sie, ich kann vergessen, dass mein zweiter Mann und der Vater meines Sohnes ein Spion und ein Mörder war, äh, ist!"

Sie stand auf, trat vor Petrovic hin und spuckte ihm ins Gesicht. „Sperren Sie ihn ein, Herr Kommissar und quälen Sie ihn und …!"

Der Alte wischte sich die Spucke ab und sagte resigniert: „Die Jahre mit dir waren Strafe genug, du böses Weib. Wäre Alois nicht gewesen, wäre ich schon viel früher abgehauen." Und zu Kommissar Franke: „Machen Sie mit mir, was Sie wollen. Ich lebe sowieso nicht mehr lange."

Franke beugte sich nochmal zu ihm hinunter und sagte mit scharfer Stimme: „Jetzt sagen Sie mir eines noch: Wie haben Sie Stefanie Hunzinger und Horst Hochthaler umgebracht?"

Der Mann fuhr erschrocken auf: „Aber …? Die Hunzinger hatte einen Unfall und einen Hochthaler kenne ich nicht."

„Aber der war doch bei Ihnen, um sich nach Josef Grimm, seinem Kriegskameraden, zu erkundigen."

Petrovics wand sich. „Ach, der! Ich habe den Mann nie wiedergesehen, aber natürlich habe ich meinen Leuten berichtet. Was die gemacht haben, weiß ich nicht."

Franke grinste. „Natürlich, Sie Unschuldslamm! Zumindest sind Sie mitschuldig an deren Tod …!"

Petrovic sah verächtlich zu dem Berliner Kommissar hoch. „Ach, rutschen Sie mir doch meinen krummen Buckel runter!"

Die Versammlung war schon in Auflösung begriffen, als Goritschnigg nochmal die Stimme erhob: „Wir sind noch nicht fertig! Zu guter Letzt komme ich zu Ihnen, mein guter Mann!" er ging zu Soronics, der bisher mit Interesse, aber starrer Miene der Angelegenheit gelauscht hatte. „Was mich interessieren würde:

Wie viel haben Sie gewusst? Adamitsch war der eigentliche Chef hier, das war klar, aber welche Rolle haben Sie gespielt?“

Soronics brauste auf: „Gar keine! Ich habe das ‚Sofia‘ gekauft, weil es mir eine gute Investition schien. Dass hier schmutzige Dinge vorgehen, wusste ich nicht. Die Mädels waren da, als ich im April gekommen bin. Woher sollte ich wissen, dass sie immer wieder ausgetauscht werden?“ Er deutete auf die hinten sitzenden Mädchen. „Und wenn Sie mir nicht glauben, kann ich Ihnen auch nicht helfen!“

„Ich glaube Ihnen kein Wort. Aus den Akten in Ihrem Büro haben wir die Urkunden mit Namen und Herkunft der Mädchen, unterzeichnet von Iliescu. Beweisen kann ich Ihnen natürlich nicht, dass Sie davon gewusst haben. Adamitsch, der mir alles darüber hätte sagen können, ist tot und Frau Kogelnig, na, die sagt sowieso nicht die Wahrheit. Anders schaut es mit dem Betreiben des Restaurants aus. Die Finanzbehörde prüft alles im Moment ganz genau. Sie werden schon wissen, worauf Sie sich da eingelassen haben. Sie sollten Ihren Betrieb auf seriöse Beine stellen, oder *wir* werden Ihnen Beine machen. Wenn Sie mit den Mädchen weitermachen wollen, dann legal: Ordentliche Anstellung und Bezahlung für die Mädchen bei ständigen unangemeldeten Kontrollen.“ Und mit einem Grinsen: „Falls Sie und Ihre … Hintermänner … sich das leisten können. Aber nachdem das ‚Sofia‘ als Aushängeschild und zu Werbezwecken für Ihr Land herhalten soll, müsste das alles ja drin sein, nicht wahr!“

Soronics verzog den Mund zu einem säuerlichen Lächeln und mit einer angedeuteten Verbeugung sagte er: „Selbstverständlich, Herr Chefinspektor! Es wird mir eine Ehre sein, Sie als Stammgast bei uns begrüßen zu dürfen.“

Und dann…

Am nächsten Tag absolvierte Mozzolucchesi seine übliche Morgenrunde; zufrieden mit sich, da er dabei geholfen hatte, Klagenfurt von ‚Gelichter' zu befreien. Im ‚*gallo nero*' gab es mittags ‚*Branzino alla Siziliana*', was seine Magennerven fast zum Singen brachte. Goritschnigg ließ ihn in Ruhe und begab sich zu Traneggers Büro, wo ihn Susi im Vorzimmer mit erhobenem Daumen empfing und flüsterte: „Großer Bahnhof beim Chef."

Tranegger hatte tatsächlich Besuch von Stadtrat Gaugusch, der, als Goritschnigg eintrat, gerade eindringlich versicherte, dass er eine Erna Kogelnig kaum kenne und ihr nur geholfen habe, weil sie ihm wegen des Rausschmisses aus der Partei leidgetan hatte … usw. usw. Goritschnigg verdrehte die Augen, und bewunderte in diesem Moment seinen Chef, der sich die Tirade mit Pokerface anhörte. Schließlich sagte Tranegger: „Danke, dass Sie die Angelegenheit jetzt aufgeklärt haben. Frau Kogelnig hat uns genau das Gegenteil erzählt, nämlich dass Sie sie erpresst haben, weil Sie von den Machenschaften im ‚Sofia' wussten. *Mich* interessiert der ganze Sumpf nicht. Setzen Sie sich lieber mit dem Zeitungsfritzen auseinander, der offensichtlich über Hintergrundwissen verfügt." Er knallte die ‚Kärntner Zeitung' mit der Riesenheadline ‚Mädchenhändlerring in Kärnten aufgedeckt' und der Unterzeile ‚Klagenfurter Politiker involviert' dem Stadtrat unter die Nase.

Gaugusch brauste auf: „Das …", er zeigte auf die Zeitung, „… wird ein Nachspiel haben. Ich weiß genug über andere, auch über Sie und den da z.B.!" Wenn Blicke töten könnten, wäre Goritschnigg in dem Moment nicht mehr unter den Lebenden gewesen.

Jetzt wurde Tranegger zornig und fauchte den unverschämten Kerl an: „Nur zu! Chefinspektor Goritschnigg gräbt gerne noch ein bisschen nach. Z.B interessiert uns und die Zeitungsleser, wie gewisse Herren ihre Posten bekommen haben, wie Ihnen der

Kuraufenthalt in Bad Waltersdorf gefallen hat, wie Sie zu der Badehütte im Strandbad gekommen sind oder wie oft sie auf Einladung der Frau Kogelnig im ‚Sofia' essen waren! Er findet da sicher noch mehr ...!"

Gaugusch presste die Lippen aufeinander, stand auf und ging mit einem weiteren bösen Blick auf Goritschnigg aus dem Raum. Als er die Tür hinter sich schloss, sagte Tranegger: „Hat der Stannek alles von dir, stimmt's?"

„Von *miiir*? Wie kommst du darauf?", tat der Chefinspektor unschuldig. Er hatte sich noch am Abend zuvor mit dem Journalisten getroffen und ihm alles, soweit er es für angebracht hielt, erzählt, wobei er den Mord an Grimow, die Mädchenhändlergeschichte, die Machenschaften der Petrovic-Familie weidlich ausschlachtete und Barbaras Rolle etwas herunterspielte. Die Beteiligung eines Klagenfurter Stadtbeamten hatte er angedeutet, aber keinen Namen genannt, weil er den Gaugusch noch brauchen würde. Natürlich wusste Stannek mit seinem journalistischen Spürsinn sofort, um wen es sich handelte und schrieb den Artikel so, dass auch die Leser es wussten.

In das ‚Sofia' versuchten ab dem nächsten Tag die Gäste vergeblich, Einlass zu bekommen. Ein Schild an der Tür: ‚Wegen Umbauarbeiten geschlossen!' sorgte nicht nur in Krumpendorf für Verwunderung, weil das Lokal erst in Frühjahr renoviert worden war. Salvan Soronics wurde nicht wiedergesehen.

Goritschnigg, der das ja schon geahnt hatte, suchte umgehend Stadtrat Gaugusch auf. Es ging ihm zwar gegen den Strich, mit Erpressung zu arbeiten, aber der Zweck heiligt manchmal doch die Mittel, und das hatte in diesem Fall auch Ursula zugegeben. Er verlangte, dass sich der Stadtrat für die Tanzmädchen einsetzen solle, damit sie bleiben können. Gaugusch brauste auf. Das übersteige seine Kompetenzen, da die Mädchen keine Aufenthaltsgenehmigungen hätten und durch die Verwicklung in die dubiosen Machenschaften im Restaurant ‚Sofia' auch keine bekommen würden. Goritschnigg kostete das ein müdes Lächeln. Er könne *seine,* nämlich Gauguschs, Beteiligung an den dubiosen Machenschaften der Presse gegenüber sehr wohl noch weidlich ausschlachten, aber auch unter den Tisch fallen lassen. Zähneknirschend gab der Stadtrat nach. In den nächsten Tagen war allerdings nur noch Ljuba da. Saskia, Vera und Adriana waren, nachdem sie erfahren hatten, was mit ihnen vorgesehen gewesen war, lieber nach Bulgarien zurückgekehrt. Tamara war mit Soronics verschwunden.

Ljuba bekam einen Job im Rathaus. Als Reinigungskraft natürlich nur, aber das machte ihr nichts aus. Ihr Ziel, Ärztin zu werden, gäbe sie nicht auf, meinte sie. Goritschnigg hatte allerdings seine Zweifel daran, denn durch das umwerfende Aussehen des Mädchens vermutete er eine baldige Karriere als Kärntner Hausfrau und Mutter.

Im Strandbad wurde die Ankündigung, dass ab nun Frau Trabesinger, die langjährige Mitarbeiterin von Erna Kogelnig, zur Verwalterin bestellt sei, mit großer Freude aufgenommen, da man sie schon lange als die *wahre* Verwalterin kannte. Ihre erste Tat war, Kramer wieder als Haumeister einzusetzen, sofern er eine Entziehungskur hinter sich gebracht hätte, zu der er sich bereit erklärte.

„Haben Sie Zeit für einen kleinen Umtrunk?“ Kopetzky sah überrascht von seiner Lektüre auf, als Goritschnigg ein paar Tage später sein Büro betrat.

„Hm…, ja! Warten Sie, ich mach nur das hier fertig und sage meiner Frau Bescheid.“ Er holte sein Handy heraus und wählte. Während er wartete, sah er stirnrunzelnd den Kollegen an und fragte: „Wo wollen Sie denn hingehen?“

„Kennen Sie die Pumpe?“

„Ich weiß, wo sie ist, aber ich war noch nie drin.“

„Dann werden Sie sie jetzt kennenlernen.“

„Ist das Ihr Stammlokal? Soll ja ziemlich ‚einfach‘ sein!“

Goritschnigg grinste. „Sie können's nicht lassen, das Ätzen."

Kopetzky sprach kurz mit seiner Frau. Goritschnigg ging zur Tür und öffnete sie. „Dann also in einer halben Stunde im Lokal", sagte er im Hinausgehen.

Er drehte sich noch einmal um: „Und zu Ihrer Beruhigung, es gibt auch Wein dort!"

Die ‚Pumpe', in einer Seitengasse der 10. Oktoberstraße gelegen, war ein bei Schülern, Arbeitern und Intellektuellen beliebtes Lokal. Goritschnigg kannte sie schon seit seiner Mittelschulzeit und sie hatte sich das Flair der alten Tage bewahrt, weshalb sie dementsprechend immer überfüllt, laut und – in den dafür vorgesehenen Bereichen – verraucht war. Lediglich die lockeren (und leckeren) Kellnerinnen passten sich nicht dem Alter des Lokals an, sondern wurden im Lauf der Jahre hin und wieder durch junges Blut ersetzt. Goritschnigg hatte Kopetzky bewusst in dieses Lokal bestellt, denn er war zwar bereit, Traneggers Rat anzunehmen und mit ihm ‚einen trinken zu gehen', aber er war nicht bereit, dafür Kompromisse zu machen.

Er fand einen relativ ruhigen Tisch in einer der urigen kleinen Stuben. Kopetzky kam fünf Minuten später. Goritschnigg bestellte ein großes ‚Schleppe', Kopetzky ein Achtel Veltliner.

„Was soll das werden?", fragte der Wiener, „Waffenstillstand? Eine dicke Freundschaft?"

„Wissen Sie was? Fangen wir einfach neu an. Ich heiße Jakob Goritschnigg, bin Chefinspektor bei der Klagenfurter Kriminalpolizei, wohne in Waidmannsdorf und habe eine Frau und zwei Kinder."

Kopetzky lachte und entspannte sich. „Das ist ja tatsächlich ein Anfang. Mein Name ist Roland Kopetzky, bin aus dem ausländischen Wien zugereist, habe euch Kärntnern eine – nebenbei sehr hübsche – Frau und einen – nebenbei schlecht bezahlten – Posten bei der Polizei weggenommen, den ein notorischer Trinker innehatte, weswegen ein Ersatz gesucht wurde."

„Ah, man hat sich erkundigt", sagte Goritschnigg grinsend.

„Ich habe natürlich meinen Schwiegervater gelöchert mit Ihrer rührseligen Geschichte, die er ein bisschen zurechtgerückt hat.“ Er stütze sich auf den Tisch. „Dennoch, es tut mir leid, dass der Mann ein so unrühmliches Ende genommen hat, aber glauben Sie nicht, dass man besser keinen Säufer als Kollegen hat?“

„Wissen Sie was, Sie haben ja recht, ich habe etwas über's Ziel hinausgeschossen. Aber vielleicht verständlich anlässlich von Protektionswirtschaft, die wir auf den Tod nicht ausstehen können und ich hoffe, Sie auch nicht.“

Kopetzky prostete dem Kollegen zu. „Na, das *ist* doch ein Anfang!“

Zwei Stunden später verließen zwei angeheiterte Männer in mittlerem Alter die ‚Pumpe‘. Der Kärntner verabschiedete sich mit den Worten: “Vielleicht werden wir nicht unbedingt dicke Freunde, aber für eine Basis zur stressfreien Zusammenarbeit wird's wohl reichen, findest du nicht, Rollo?“

Der Wiener grinste: „Schon möglich, an mir soll's nicht liegen, Jojo!“